Dino

WARCRAFT

DER TAG DES DRACHEN

RICHARD A. KNAAK

Ins Deutsche übertragen von Claudia Kern

Dino

Die Deutsche Bibliothek – CIP-Einheitsaufnahme

Ein Titeldatensatz für diese Publikation ist bei der Deutschen Bibliothek erhältlich.

*Dieses Buch wurde auf chlorfreiem,
umweltfreundlich hergestelltem
Papier gedruckt.*

In neuer Rechtschreibung.

German translation copyright © 2003 by Panini Verlags GmbH,
Rotebühlstraße 87, 70178 Stuttgart
Alle Rechte vorbehalten
Titel der amerikanischen Originalausgabe: „WarCraft (1): Day of the Dragon"
by Richard A. Knaak. Original English language edition © Copyright 2001
by Blizzard Entertainment.
All rights reserved including the right of reproduction in whole or in part in
any form.
This edition published by arrangement with the original publisher, Pocket
Books, a division of Simon & Schuster, Inc., New York.
No similarity between any of the names, characters, persons and/or
institutions in this publication and those of any pre-existing person or
institution is intended and any similarity which may exist is purely
coincidental. No portion of this publication may be reproduced, by any
means, without the express written permission of the copyright holder(s).
Übersetzung: Claudia Kern
Lektorat: Manfred Weinland
Redaktion: Mathias Ulinski, Holger Wiest
Chefredaktion: Jo Löffler
Umschlaggestaltung: tab werbung GmbH, Stuttgart,
Cover art by Sam Didier
Satz: Greiner & Reichel, Köln
Druck: Ebner & Spiegel, Ulm
ISBN: 3-89748-700-4
Printed in Germany

Internet-Adresse: www.panini-dino.de
© 2003 by Panini Verlags GmbH
Alle Rechte vorbehalten.

EINS

Krieg.

Für einige Mitglieder der Kirin Tor, des Magischen Zirkels, der über die kleine Nation Dalaran herrschte, hatte es einmal so ausgesehen, als hätte die Welt von Azeroth nie etwas anderes gekannt als immerwährendes Blutvergießen. Da waren vor dem Bündnisschluss von Lordaeron die Trolle gewesen; und als die Menschheit endlich mit diesem üblen Gezücht aufgeräumt hatte, war die erste Welle von Orks, die aus einem schrecklichen Riss im Gefüge des Universums drangen, über die Ländereien hinweg gebrandet.

Anfangs hatte es so ausgesehen, als könnte sich diesen grotesken Eindringlingen nichts und niemand entgegenstellen. Nach und nach jedoch hatte sich das, was als grausame Schlächterei begann, in eine für beide Seiten opferreiche Patt-Situation verwandelt. Die Schlachten wurden durch die Zermürbung des Gegners entschieden. Auf beiden Seiten waren Hunderte gefallen – grundlos, wie es schien. Jahrelang hatten die Kirin Tor kein Ende von alledem abzusehen vermocht.

Doch dann, endlich, hatte sich dies geändert. Das Bündnis hatte letztendlich die Horden zurückdrängen können und sie schließlich vollständig aufgerieben. Sogar der große Häuptling der Orks, Orgrim Doomhammer, hatte sich nicht mehr gegen die anrückenden Armeen zu stemmen vermocht und kapituliert. Mit Ausnahme einiger Rebellen-Clans waren die überlebenden Eindringlinge in Lager gesperrt worden und fristeten dort seither unter hohen Sicherheitsvorkehrungen ihr Dasein. Bewacht wurden sie von den legendären *Rittern der Silbernen Hand*. Und zum ersten Mal seit vielen, vielen Jahren sah es so aus, als könnte der Friede dauerhaft einkehren.

Nichtsdestotrotz lastete auf dem Ältestenrat der Kirin Tor ein Gefühl tiefen Unbehagens. Aus diesem Grunde trafen sich die Höchsten der Hohen in der „Halle der Luft", so benannt, weil sie ein Raum ohne Wände zu sein schien, ein endloser, wechselhafter Himmel voll von Wolken, Licht und Dunkelheit. Er raste an den Meistern der Magie vorbei, als ob die Zeit der Welt hier schneller liefe. Einzig der graue Steinboden mit seinem leuchtenden Diamant-Symbol, das die vier Elemente symbolisierte, verlieh der Szene die Illusion von Halt.

Die Magier selbst trugen wenig dazu bei, den Bezug zur Realität zu stärken. In ihren dunklen Umhängen, die nicht nur die Gesichter, sondern auch ihre Gestalt verbargen, schienen sie mit den Bewegungen des Himmels zu verschmelzen, fast als wären auch sie nur Teil dieses Trugbildes. Dass es sich dabei sowohl um Männer, als auch um Frauen handelte, wurde nur ersichtlich, wenn einer von ihnen sprach. Dann wurde das Gesicht zwar teilweise sichtbar, blieb aber schemenhaft.

Sechs von ihnen waren bei dieser Zusammenkunft anwesend. Dass sie die höchsten Ränge bekleideten, hieß jedoch nicht zwangsläufig, dass sie auch die Begabtesten ihrer Zunft waren. Die Führer der Kirin Tor wurden nach unterschiedlichen Kriterien ausgewählt, und Magie war nur eines davon.

„Es geschieht etwas in Khaz Modan", verkündete der Erste mit würdevoller Stimme, und für kurze Zeit wurde ansatzweise ein bärtiges Gesicht erkennbar. Ein Muster aus Sternen umschmeichelte seinen Körper. „Bei oder in den Höhlen, die vom Dragonmaw-Clan gehalten werden."

„Erzähl uns lieber etwas, das wir noch *nicht* wissen", krächzte eine Frau, die trotz ihres spürbar hohen Alters noch immer einen starken Willen besaß. Das Licht eines Mondes glomm durch ihren Schal. „Bei den dortigen Orks handelt es sich um ein paar wenige Unbelehrbare, die noch Widerstand leisten, obwohl sich Doomhammers Krieger längst ergeben haben und ihr Häuptling verschwunden ist."

Der erste Magier war sichtlich irritiert, wahrte jedoch seine Besonnenheit. „Nun gut", sagte er ruhig, „vielleicht wird Euch dies mehr interessieren: Ich glaube, dass Deathwing wieder sein Unwesen treibt."

Seine Worte versetzten die anderen in Nervosität, die Frau eingeschlossen. Die Nacht wurde plötzlich zum Tag, aber die Zauberer ignorierten es, war es für sie in dieser Halle doch etwas völlig Normales. Wolken trieben am Kopf des dritten Ordens-Angehörigen vorbei. Er war der Einzige, dessen Figur deutlich zur Korpulenz neigte, und es war unschwer zu erkennen, dass er der gerade gehörten Behauptung keinerlei Glauben schenkte.

„Deathwing ist tot!", erklärte er. „Er ist vor Monaten ins Meer gestürzt, nachdem unser Rat und eine Anzahl unserer besten Männer ihm den tödlichen Hieb versetzen konnten! Kein Drache, auch *er* nicht, könnte das überleben!"

Einige nickten beifällig, nur der Erste fuhr ungerührt fort: „Und wo war der Kadaver? Deathwing war wie kein anderer Drache. Sogar bevor die Goblins die Platten aus Adamant an seine schuppige Haut schweißten, war er eine weit größere Bedrohung als die Horde selbst ..."

„Aber welche Beweise habt Ihr, dass er noch lebt?" Dies kam von einer jungen Frau, die eindeutig in der Blüte ihrer Jugend stand. Sie mochte nicht so erfahren sein wie die anderen, an ihrer Macht indes gab es keinen Zweifel, sonst wäre sie nicht Mitglied des Rates geworden. „Welche?"

„Der Tod zweier roter Drachen aus Alexstraszas Brut. Zerfetzt in einer Weise, wie es nur einer von ihrer eigenen Art vermag – einer von gigantischer Größe."

„Es gibt andere große Drachen."

Ein Sturm begann zu wüten, Blitze und Regen prasselten auf die Magier herab, aber weder sie selbst noch der Boden, auf dem sie standen, wurden nass. Der Sturm war schon einen Augenblick später vorbei, und eine strahlende Sonne erschien über ihnen.

Der Erste der Kirin Tor zeigte an diesem Spektakel kein Interesse. „Offenbar wart Ihr noch nie Zeugen von Deathwings Wüten, sonst würdet Ihr so nicht reden."

„Vielleicht ist es, wie Ihr sagt," warf der Fünfte ein. Kurz wurde der Umriss eines Elfengesichtes sichtbar – und verschwand rascher wieder als der Sturm. „Und falls ja, ist es eine bedrohliche Angelegenheit. Aber wir können uns jetzt kaum damit befassen. Falls Deathwing lebt und nun die Brut seiner größten Rivalin angreift, gereicht uns dies nur zum Vorteil. Immerhin ist Alexstrasza immer noch Gefangene des Dragonmaw-Clans, und es sind ihre Abkömmlinge, die die Orks seit Jahren benutzten, um Tod und Chaos über das Bündnis zu bringen. Haben wir alle wirklich schon die Tragödie von Kul Tiras vergessen? Lordadmiral Daelin Proudmoore ganz sicher nicht. Immerhin hat er seinen ältesten Sohn verloren und alle, die auf den sechs Schiffen waren, als die monströsen roten Leviathane über sie herfielen. Proudmoore würde Deathwing vermutlich einen Orden verleihen, wäre das schwarze Biest wahrhaftig für die beiden Tode verantwortlich."

Niemand widersprach diesem Argument, nicht einmal der Erste der Magier. Von den sechs einstmals mächtigen Schiffen waren nur ein paar Holztrümmer und zerfetzte Leichen übrig geblieben. Sie hatten von der totalen Vernichtung gezeugt. Es sprach für die Größe Lordadmiral Proudmoores, dass seine

Entschlossenheit nicht wankte und er sofort angeordnet hatte, neue Kriegsschiffe zu bauen, um die zerstörten zu ersetzen und den Krieg fortzuführen.

„Und wir können uns, wie gesagt, kaum mit dieser Situation befassen, nicht jetzt, da wir so viel dringlichere Probleme zu lösen haben."

„Meint Ihr die Alterac-Krise?", grollte der bärtige Zauberer. „Warum sollte der dauernde Streit zwischen Lordaeron und Stromgarde uns mehr beunruhigen, als Deathwings mögliche Rückkehr?"

„Weil jetzt Gilneas sein Gewicht in die Waagschale wirft."

Wieder rührten sich die anderen Magier, sogar der sechste, der bislang geschwiegen hatte. Der korpulente Schatten machte einen Schritt auf die Elfengestalt zu. „Von welchem Interesse sollte der Zwist zweier fremder Königreiche für Genn Greymane sein? Gilneas liegt an der Spitze der südlichen Halbinsel, so weit weg innerhalb des Bündnisses, wie jedes andere Königreich von Alterac!"

„Da fragt Ihr noch? Greymane hat immer schon die Führung des Bündnisses angestrebt, auch wenn er seine Armeen zurückhielt, bis die Orks endlich auch seine Grenzen angriffen. Er hat König Terenas von Lordaeron nur deshalb zum Handeln ermutigt, weil dadurch Lordaerons militärische Macht geschwächt wurde. Jetzt hält Terenas hauptsächlich durch unsere Arbeit und Lordadmiral Proudmoores offene Unterstützung an der Führung des Bündnisses fest."

Alterac und Stromgarde waren benachbarte Königreiche, die schon seit den ersten Tagen des Krieges in Zwietracht lagen. Thoras Trollbane hatte die ganze Macht von Stromgarde hinter das Bündnis von Lordaeron gestellt. Mit Khaz Modan als Nachbar war es für das gebirgige Königreich nur vernünftig, eine gemeinsame Aktion zu unterstützen. Auch konnte sich niemand über die Entschlossenheit von Trollbanes Kriegern beschweren. Ohne sie hätten die Orks in den ersten Wochen des Krieges große Bereiche des Bündnisses überrannt, was sicherlich zu einem anderen Ausgang der Ereignisse geführt hätte. Alterac, auf der anderen Seite, hatte zwar viel vom Mut und der Gerechtigkeit der Sache geredet, aber dazu um so weniger mit seinen eigenen Truppen beigetragen. Wie Gilneas hatte Alterac nur zögernd Unterstützung geleistet, aber während Genn Greymane sich aus Ehrgeiz zurückgehalten hatte, kursierten Gerüchte, dass Lord Perenoldes Beweggrund dafür einzig Angst gewesen sei. Sogar unter den Kirin Tor war sehr früh die Frage laut geworden, ob Perenolde nicht vielleicht sogar ein Abkommen mit Doomhammer erwogen hätte, wäre das Bündnis unter den unerbittlichen Angriffen zerbrochen.

Diese Befürchtung hatte sich glücklicherweise nicht bestätigt. Zwar hatte Perenolde das Bündnis tatsächlich verraten, doch die Folgen seiner schäbigen Tat waren nicht von langer Dauer gewesen.

Als Terenas davon erfuhr, hatte er auf dem schnellsten Weg Truppen nach Alterac entsandt und den Ausnahmezustand verkündet. Durch den sich ausbreitenden Krieg hatte sich niemand in der Lage gesehen zu protestieren, nicht einmal Stromgarde. Nun, da der Frieden erreicht war, verlangte Thoras Trollbane, dass Stromgarde als gerechten Anteil für die von ihm erbrachten Opfer den gesamten östlichen Teil des verräterischen Nachbarlandes erhielt.

Terenas sah das anders. Er debattierte immer noch über die Vorzüge, die ein Anschluss Alteracs an sein eigenes Königreich brächten, und die Möglichkeit, einen neuen und einsichtigeren Regenten auf den Thron zu setzen – vermutlich in Hinblick auf die ureigenen Interessen Lordaerons.

Trotz allem war Stromgarde in diesem Kampf ein loyaler und standfester Verbündeter gewesen, und alle wussten von der Bewunderung, die Thoras Trollbane und Terenas einander entgegen brachten. Das machte die politische Situation, die sich zwischen beide gestellt hatte, nur um so trauriger.

Gilneas unterdessen hatte keine solche Beziehung zu all diesen beteiligten Ländern; es hatte sich von den anderen Nationen der westlichen Welt stets abgegrenzt. Sowohl die Kirin Tor als auch König Terenas wussten, dass Genn Greymane sich nicht nur einmischte, um sein eigenes Prestige zu erhöhen, sondern auch, um seine Expansionspläne zu verfolgen. Einer von Lord Perenoldes Neffen war nach dem Verrat in das Land geflüchtet, und das Gerücht, dass Greymane seinen Anspruch auf die Thronfolge unterstützte, hielt sich hartnäckig. Eine Basis in Alterac würde Gilneas Zugang zu Rohstoffen gewähren, über die das südliche Königreich selbst nicht verfügte, und einen Grund bieten, seine mächtigen Schiffe über das Große Meer zu schicken. Dies wiederum würde Kul Tiras in seine Rechnung mit einbeziehen, denn die Seefahrer-Nation war sehr darauf bedacht, ihre maritime Überlegenheit zu bewahren.

„Dies wird das Bündnis auseinander reißen …", murmelte die junge Zauberin mit hörbarem Akzent.

„Dazu ist es noch nicht gekommen", bemerkte der Elfenzauberer, „aber vielleicht wird es dies bald. Und deshalb haben wir keine Zeit, uns mit Drachen zu befassen. Wenn Deathwing lebt und sich entschieden hat, seinen Kampf gegen Alexstrasza wiederaufzunehmen, werde ich für mein Teil ihn nicht daran hindern. Je weniger Drachen es auf dieser Welt gibt, desto besser. Ihre Tage sind ohnehin gezählt."

„Ich habe gehört", sagte eine Stimme mit keinerlei geschlechtsspezifischem Merkmal, „dass Elfen und Drachen früher einmal Verbündete waren, wenn nicht sogar gute Freunde."

Der Elf drehte sich zu dem letzten der Weisen um, einer schlaksigen Gestalt, nicht viel mehr als ein Schatten. „Und ich kann euch sagen, dass das nur Gerede ist. Wir geben uns mit diesen Monstren nicht ab."

Wolken und Sonne verschwanden und hinterließen Mond und Sterne. Der sechste Magier verbeugte sich leicht, wie zur Entschuldigung. „Dann habe ich mich wohl verhört. Mein Fehler."

„Ihr habt Recht, diese politische Situation muss entschärft werden", grollte der bärtige Zauberer, an den Fünften gewandt. „Und ich stimme zu, dass es eine Sache von höchster Priorität ist. Dennoch können wir nicht ignorieren, was bei Khaz Modan geschieht! Ob ich mit meiner Vermutung über Deathwing Recht habe oder nicht – so lange die Orks dort die Drachenkönigin gefangen halten, sind sie eine Bedrohung für die Stabilität des Landes!"

„Dann brauchen wir einen Beobachter", warf die ältliche Frau ein. „Jemanden, der die Dinge im Auge behält und uns nur informiert, falls die Situation kritisch wird."

„Und wer sollte das sein? Wir können zurzeit niemanden entbehren!"

„Es gäbe einen." Der sechste Magier glitt einen Schritt vorwärts. Sein Gesicht blieb selbst dann noch im Schatten, als er sprach. „Da wäre Rhonin …"

„Rhonin?!?", brach es aus dem bärtigen Zauberer heraus. „Rhonin! Nach dem letzten Debakel? Er darf nicht einmal mehr die Robe der Zauberer tragen. Er wäre eher eine zusätzliche Gefahr als jemand, in den wir Hoffnung setzen könnten."

„Er ist unberechenbar", stimmte die ältere Frau zu.

„Ein Sonderling", murmelte der Korpulente.

„Kriminell!"

Der Sechste wartete, bis alle anderen gesprochen hatten, dann nickte er langsam. „Und er ist der einzige Zauberer mit Talent, auf den wir hier verzichten könnten. Außerdem ist es nur ein Beobachtungsposten. Er wird nicht einmal in die Nähe einer möglichen Bedrohung kommen. Seine Aufgabe wird es sein, die Lage zu studieren und darüber Bericht zu erstatten, das ist alles." Als sich keine Proteste mehr erhoben, fügte der dunkle Magier hinzu: „Ich bin sicher, dass er seine Lektion gelernt hat."

„Lasst es uns hoffen," murmelte die ältere der beiden Frauen. „Er hat zwar seinen letzten Auftrag erfüllt, aber es kostete die meisten seiner Gefährten das Leben."

„Diesmal wird er fast auf sich allein gestellt sein, begleitet nur noch von einem Führer, der ihn an die Grenze der vom Bündnis kontrollierten Länder bringt. Er wird Khaz Modan nicht einmal betreten. Eine Seher-Kugel wird es ihm erlauben, aus der Entfernung zu spähen."

„Das klingt einfach genug", antwortete die jüngere der Frauen. „Sogar für Rhonin."

Der Elf nickte brüsk. „Dann lasst es uns beschließen und diese Sache beiseite legen. Vielleicht haben wir Glück und Deathwing frisst Rhonin und erstickt daran – dann wären zwei Probleme auf einmal gelöst." Er sah die anderen an und fügte hinzu: „Doch nun muss ich darauf bestehen, dass wir uns endlich Gilneas' Einmischung in die Alterac-Angelegenheit widmen – und der Rolle, die wir bei der Entschärfung dieser Situation einzunehmen gedenken …"

Er stand da, wie er schon seit zwei Stunden ausharrte, mit hängendem Kopf, die Augen geschlossen, in Konzentration versunken.

Um ihn herum verbreitete nur ein schwaches Licht ohne erkennbare Quelle seinen Schimmer in der Kammer. Viel zu sehen gab es jedoch nicht. Ein Stuhl, den er nicht benutzte, stand an der Seite, und hinter ihm an der dicken Steinmauer hing ein Wandteppich, auf den ein kunstvoll verziertes, goldenes Auge auf violettem Grund gestickt war. Unterhalb des Auges zeigten drei ebenfalls goldene Dolche bodenwärts. Die Flagge und die Symbole Dalarans hatten während des Krieges stolz über das Bündnis gewacht, auch wenn nicht jedes Mitglied der Kirin Tor seine Aufgaben ehrenvoll erfüllt hatte.

„Rhonin ...", erklang eine geschlechtslose Stimme von überall her und nirgends zugleich in der Kammer.

Unter dichtem feurigem Haar blickte er mit Augen von leuchtendem Grün hoch in die Dunkelheit. Seine Nase war einmal von einem Mitlehrling gebrochen worden, doch trotz seines Könnens hatte Rhonin nie etwas unternommen, sie zu richten. Er sah auch so recht gut aus, mit starkem, geradem Kiefer und eckigen Zügen. Eine ständig hochgezogene Augenbraue verlieh ihm einen spöttelnden, zweifelnden Blick, der ihn schon mehr als einmal bei seinen Meistern in Schwierigkeiten gebracht hatte, und seine Einstellung, die seiner Mimik entsprach, war auch nicht dazu angetan, sein Ansehen zu heben.

Groß, schlank und in eine elegante, mitternachtsblaue Robe gekleidet, bot Rhonin einen beeindruckender Anblick, selbst für andere Zauberer. Er gab sich unbeeindruckt, obwohl seine letzte Mission fünf gute Männer das Leben gekostet hatte. Aufrecht stand er da und blickte in die Schatten, um zu sehen, aus welcher Richtung der Zauberer zu ihm sprechen würde.

„Ihr habt gerufen. Ich habe gewartet", flüsterte Rhonin nicht ohne Ungeduld.

„Es ging nicht anders. Ich musste selbst warten, bis ein anderer die Sache vorbrachte." Eine hohe, von Umhang und Kapuze verhüllte Gestalt trat halb aus dem Dunkel heraus – das sechste Mitglied des Inneren Rates der Kirin Tor. „Und so ist es geschehen."

Zum ersten Mal zeigte sich etwas Lebhaftigkeit in Rhonins Augen. „Und meine Strafe? Bin ich rehabilitiert?"

„Ja. Die Rückkehr in unsere Reihen ist dir gewährt ... unter der Voraussetzung, dass du zustimmst, unverzüglich einen Auftrag von immenser Wichtigkeit zu übernehmen."

„Sie setzen noch so viel Vertrauen in mich?" Die Bitterkeit

kehrte in die Stimme des jungen Magiers zurück. „Obwohl die anderen alle tot sind?"

„Du bist der Einzige, den sie noch haben." „Das klingt schon realistischer. Ich hätte es wissen müssen."

„Nimm dies." Der schattenhafte Zauberer hielt eine dürre, behandschuhte Hand mit der Innenfläche nach oben hoch. Über der Hand materialisierten plötzlich zwei glitzernde Objekte – eine winzige Kugel aus Smaragd und ein goldener Ring mit einem einzelnen schwarzen Juwel.

Rhonin hielt seine Hand in der gleichen Weise ... und die beiden Dinge erschienen darüber. Er ergriff und betrachtete sie. „Ich erkenne die Seher-Kugel, aber nicht das andere. Es fühlt sich machtvoll an, jedoch nicht in aggressiver Weise ..."

„Du bist scharfsinnig, deshalb habe ich mich überhaupt für dich eingesetzt, Rhonin. Du kennst den Zweck der Kugel, und der Ring wird dich beschützen. Du gehst in ein Reich, in dem es immer noch Ork-Kriegsführer gibt. Dieser Ring wird dich vor ihren eigenen Erkennungsgeräten abschirmen. Bedauerlicherweise wird es uns jedoch ebenso schwer fallen, dich zu überwachen."

„Dann bin ich also ganz auf mich allein gestellt." Rhonin warf seinem Gast ein spöttisches Lächeln zu. „Wenigstens kann ich dann auch nicht so viele Leute umbringen ..."

„Ganz allein bist du nicht, jedenfalls nicht auf der Reise zum Hafen. Ein Führer wird dich begleiten."

Rhonin nickte, obwohl er augenscheinlich nicht viel für Begleitung übrig hatte, schon gar nicht in Person eines Führers. Rhonin kam nicht besonders gut mit Elfen klar. „Ihr habt mir noch nichts über meine Mission erzählt."

Der schattenhafte Magier lehnte sich zurück, als ob er auf einem Stuhl saß, den der Jüngere nicht sehen konnte.

Behandschuhte Hände falteten sich, während die Gestalt sich die richtigen Worte zurechtzulegen schien.

„Sie haben es dir nicht leicht gemacht, Rhonin. Einige im Rat fordern sogar, dich für immer aus unseren Reihen zu verbannen. Du musst dir deinen Weg zurück verdienen, und um das zu tun, wirst du deinen Auftrag bis aufs i-Tüpfelchen erfüllen müssen."

„So wie Ihr darüber sprecht, hört es sich nicht nach einer leichten Aufgabe an."

„Es geht um Drachen ... und um etwas, das nach Meinung des Rates nur jemand mit deinen Fähigkeiten zustande bringen kann."

„Drachen ..." Rhonin hatte bei der ersten Erwähnung der Leviathane große Augen bekommen, und obwohl er normalerweise zur Arroganz neigte, war ihm bewusst, dass er sich momentan eher wie ein unerfahrener Zauberschüler anhörte.

Drachen ... Die bloße Erwähnung erfüllte die meisten Zauberlehrlinge bereits mit Ehrfurcht.

„Ja, Drachen." Sein Gast beugte sich vor. „Damit eins ganz klar ist, Rhonin: Niemand außer dem Rat und dir darf von deiner Mission wissen. Nicht einmal der Führer oder der Kapitän des Schiffes, das dich an die Küste von Khaz Modan bringt. Wenn jemand herausfindet, was wir uns von dir erhoffen, könnte es alle Pläne gefährden." „Aber was ist es?" Rhonins grüne Augen strahlten hell. Dies war eine gefährliche Mission, aber die Belohnung, die ihm winkte, schien es wert zu sein: Rückkehr in die Rats-Ränge und natürlich sein wieder hergestelltes Ansehen. Nichts motivierte einen Magier der Kirin Tor mehr als ein gutes Prestige, auch wenn niemand im Höchstenrat dies zugegeben hätte.

„Du wirst nach Khaz Modan gehen", verriet sein Gast endlich, worauf er die ganze Zeit wartete, „und wenn du erst einmal dort bist, wirst du alles Nötige veranlassen, um die Drachenkönigin Alexstrasza aus der Gefangenschaft der Orks zu befreien ..."

ZWEI

Vereesa wartete nicht gerne. Man sollte meinen, dass Elfen endlose Geduld besitzen, aber jüngere Elfen wie sie, die erst seit einem knappen Jahr ihre Lehre als Waldläufer hinter sich hatte, benahmen sich da eher wie Menschen. Sie hatte schon drei Tage auf diesen Zauberer gewartet, den sie zu einem der östlichen Häfen begleiten sollte, die in das Große Meer mündeten. Im Großen und Ganzen respektierte sie die Zauberer, soweit Elfen denn Menschen respektierten, aber dieser hier irritierte sie einfach. Vereesa wollte gemeinsam mit ihren Brüdern und Schwestern die noch verbliebenen Orks jagen und die mörderischen Bestien ihrem wohlverdienten Tode zuführen. Die Waldläuferin hatte nicht erwartet, bei ihrer ersten größeren Aufgabe für einen trotteligen und offensichtlich völlig vergesslichen alten Magier Altenpflegerin spielen zu müssen.

„Noch eine Stunde", murmelte sie. „Noch eine Stunde, dann verschwinde ich."

Ihre schlanke, kastanienbraune Elfenstute schnaubte ganz leise. Nach Generationen der Zucht war das Tier seinen normalen Artgenossen weit überlegen – jedenfalls glaubte Vereesas Volk das. Die Stute war im Einklang mit ihrer Reiterin, und das, was anderen nur als ein simples Schnauben erschienen wäre, ließ die Waldläuferin sofort auf die Beine kommen, den Pfeil schon im Bogen eingelegt.

Aber das Waldland, das sich um sie herum ausbreitete,

zeugte nur von Stille, nicht von Verrat, und so tief im Herzen des Lordaeron-Bündnisses konnte es sich kaum um einen Angriff von Orks oder Trollen handeln.

Sie blickte zu dem kleinen Rasthaus, das der Treffpunkt sein sollte, aber außer einem Stalljungen, der Heu karrte, sah Vereesa niemanden. Trotzdem legte sie den Bogen nicht nieder. Ihr Pferd hätte sich nicht gerührt, wenn es nicht irgendetwas gewittert hätte. Banditen vielleicht?

Langsam drehte sich die Waldläuferin auf der Stelle. Der Wind blies ihr ein paar lange, silbrig weiße Haare ins Gesicht, nahm ihr aber nicht die Sicht. Mandelförmige Augen von reinstem Himmelblau registrierten selbst die kleinste Bewegung im Dickicht der Blätter, und die langen spitzen Ohren konnten einen Schmetterling auf einer Blume landen hören.

Doch noch immer konnte sie keinen Grund für die Warnung der Stute finden.

Vielleicht hatte sie den Störenfried schon verjagt. Wie alle Elfen war Vereesa eine beeindruckende Erscheinung. Sie war größer als die meisten Menschen, gekleidet in kniehohe Lederstiefel, waldgrüne Hosen mit gleichfarbenem Hemd und einen eichenbraunen Reiseumhang. Die Hände waren durch Handschuhe geschützt, die fast bis zu den Ellbogen reichten, um ihr den Gebrauch von Schwert und Bogen zu erleichtern.

Über ihrem Hemd trug sie einen Harnisch, der ihre schlanken, aber weiblichen Formen betonte. Einer der Ortsansässigen in dem kleinen Rasthaus hatte den Fehler begangen, ihre weiblichen Vorzüge zu bewundern und dabei ihre kämpferischen zu ignorieren. Doch da er betrunken war und anderenfalls wohl seine rüden Bemerkungen für sich behalten hätte, hatte Vereesa ihm nur ein paar Finger gebrochen.

Die Stute schnaubte erneut. Die Waldläuferin starrte das Tier an und hatte schon Worte der Zurechtweisung auf der Zunge.

„Ihr seid Vereesa Windrunner, nehme ich an", klang plötzlich eine tiefe, angenehme Stimme hinter ihr auf.

Bevor der Sprecher mehr sagen konnte, berührte die Spitze ihres Pfeils seine Kehle. Hätte Vereesa den Pfeil losgelassen, wäre er durch den Hals des Mannes gedrungen.

Seltsamerweise schien ihn diese Tatsache nicht zu beeindrucken.

Die Elfe musterte ihn von oben bis unten – keine unangenehme Aufgabe, wie sie zugeben musste – und stellte fest, dass der Ankömmling der Zauberer sein musste, auf den sie gewartet hatte. Es hätte jedenfalls erklärt, warum ihre Stute sich so seltsam benommen hatte, und warum sie selbst seine Gegenwart nicht schon früher bemerkt hatte.

„Ihr seid Rhonin?", fragte die Waldläuferin schließlich.

„Ich entspreche offenbar nicht Euren Erwartungen", sagte er mit dem Anflug eines spöttischen Lächelns.

Sie senkte den Bogen und entspannte sich leicht. „Man sagte mir, dass ein Zauberer käme – ein Mensch. Das war alles. Wie könnten da Erwartungen enttäuscht werden?"

„Und mir sagten sie: ein Elf, ein Waldläufer – sonst nichts." Er bedachte sie mit einem Blick, der sie fast veranlasste, den Bogen wieder anzuheben. „Da wären wir ja quitt."

„Nicht ganz. Ich habe drei Tage hier gewartet. Drei wertvolle Tage sind vergeudet!"

„Es ging nicht anders. Vorbereitungen mussten getroffen werden." Mehr sagte der Zauberer nicht zu seiner Rechtfertigung.

Vereesa gab auf. Wie die meisten Menschen schien auch diesem hier nichts wichtig außer ihm selbst. Sie konnte von Glück sagen, dass er sie nicht noch länger hatte warten lassen.

Es erstaunte sie, dass das Bündnis mit solchen wie Rhonin in seinen Reihen überhaupt hatte triumphieren können.

„Nun, wenn Ihr wünscht, die Reise nach Khaz Modan anzutreten, wäre es wohl das beste, wenn wir sofort aufbrechen würden." Die Elfe spähte hinter ihn. „Wo ist euer Pferd?"

Halb erwartete sie, dass er sagte, er besitze keins und seine bemerkenswerten Kräfte dazu benutzt habe, sich hierher zu begeben ... aber wenn das möglich gewesen wäre, wozu hätte Rhonin sie dann noch als Führer zu dem Schiff gebraucht, das auf ihn wartete? Ein Zauberer wie er verfügte sicherlich über beeindruckende Fähigkeiten, aber es gab auch Grenzen. Außerdem sagte ihr das Wenige, was sie über diesen Fall wusste, dass Rhonin jede Unterstützung gebrauchen konnte, die ihm angeboten wurde, um zu überleben. Khaz Modan hieß keine Fremden willkommen. Die Zelte der Orks waren mit den Schädeln unzähliger mutiger Männer geschmückt, und am Himmel patrouillierten ständig Drachen.

Kein Ort, an den Vereesa sich ohne Armee gewagt hätte. Sie war kein Feigling, aber auch keine Närrin.

„Es ist am Trog der Herberge angebunden, damit es trinken kann. Ich bin heute schon weit geritten, Lady."

Dass er sie mit diesem Titel ansprach, hätte Vereesa schmeicheln können, wäre da nicht gleichzeitig die leichte Andeutung von Sarkasmus in seiner Stimme zu hören gewesen.

Sie rang ihre Verärgerung über diesen Menschen nieder, wandte sich ihrer Stute zu, hängte Pfeil und Bogen zurück und begann, es zu satteln.

„Mein Pferd könnte noch ein paar Minuten Ruhe gebrauchen", bemerkte der Zauberer, „und ich auch."

„Ihr werdet schnell lernen, im Sattel zu schlafen ... ich werde ein Tempo anschlagen, bei dem Euer Hengst sich erholen kann. Wir haben viel zu lange gewartet. Nur wenige Schiffe, selbst die aus Kul Tiras, können sich mit dem Gedanken anfreunden, nach Khaz Modan zu reisen, nur um einen Zauberer zu seinem Lauschposten zu bringen. Wenn Ihr den Hafen nicht bald erreicht, überlegen sie sich vielleicht, dass sie bessere, und weniger selbstmörderische Dinge in Angriff nehmen könnten."

Zu ihrer Erleichterung stritt sich Rhonin nicht mit ihr. Stattdessen drehte er sich mit einem Stirnrunzeln um und marschierte in Richtung der Herberge zurück. Vereesa sah ihm nach. Sie hoffte, dass sie nicht in Versuchung geraten würde, ihn zu verprügeln, bevor sie sich wieder trennten.

Sie dachte über den Zweck seiner Mission nach. Es stimmte, Khaz Modan stellte durch die Orks und ihre Drachen noch immer eine Bedrohung dar, doch besaß das Bündnis andere, gut ausgebildete Beobachter über das Land verstreut. Vereesa vermutete, dass Rhonins Aufgabe einen sehr ernsten Hintergrund hatte, sonst hätten die Kirin Tor nicht soviel für diesen arroganten Magier aufs Spiel gesetzt. Aber hatten die Kirin Tor es sich wirklich gut überlegt, ihn dafür auszuwählen? Sicherlich hätte es fähigere Männer gegeben –vertrauenswürdigere. Dieser Zauberer hatte einen Blick an sich, der von Unberechenbarkeit zeugte. Und diese konnte geradewegs ins Verderben führen.

Die Elfe versuchte, ihre Zweifel abzuschütteln. Die Kirin Tor hatten sich in dieser Sache entschieden, und die Führungsspitze des Bündnisses hatte ihnen zugestimmt, sonst wäre sie nicht entsandt worden, um ihn zu begleiten. Am besten legte sie ihre Befürchtungen ab. Sie musste ihn nur zu seinem Schiff begleiten, danach konnte sie ihrer Wege gehen. Was Rhonin nach ihrer Trennung tun oder nicht tun würde, ging sie überhaupt nichts an.

Vier Tage ritten sie dahin, und das Gefährlichste, was ihnen begegnete, waren Insekten. Unter anderen Umständen wäre die Reise fast idyllisch gewesen, außer dass Rhonin und seine Führerin so gut wie nicht miteinander sprachen. Das störte den Zauberer jedoch wenig, dachte er doch unentwegt über die

Aufgabe nach, die vor ihm lag. Wenn das Schiff ihn erst einmal an die Küste von Khaz Modan gebracht hatte, würde er auf sich allein gestellt sein in einem Land, das nicht nur immer noch voller Orks war, sondern auch aus der Luft von den gefangenen Drachen bewacht wurde. Er war zwar kein Feigling, aber Rhonin hegte auch nicht den geringsten Wunsch, gefoltert zu werden und eines langsamen, qualvollen Todes zu sterben. Aus diesem Grund hatte sein Wohltäter im Rat der Kirin Tor ihn über die letzten bekannten Manöver des Dragonmaw-Clans in Kenntnis gesetzt. Dragonmaw würde jetzt bestimmt sehr wachsam sein, insbesondere dann, wenn stimmte, was man Rhonin gesagt hatte, und der Schwarze Wurm Deathwing wirklich noch am Leben war.

Doch so gefährlich der Auftrag auch erschien, Rhonin hätte sich ihm niemals entzogen. Ihm war die Gelegenheit gegeben worden, sich nicht nur bei den Kirin Tor wieder zu rehabilitieren, sondern darüber hinaus sogar im Rang aufzusteigen. Dafür würde er seinem Wohltäter, den er nur als Krasus kannte, ewig dankbar sein. Der Titel war vermutlich falsch, das war bei den Regierenden im Rat nicht unüblich. Die Meister von Daloran wurden im Geheimen gewählt, ihr Aufstieg wurde nur dem Rat bekannt, selbst ihre eigenen Familienangehörigen erfuhren nichts davon. Krasus' Stimme war wahrscheinlich nicht seine wirkliche, und so war nicht einmal sicher, ob er ein Mann war.

Es war möglich herauszufinden, wer sich zumindest hinter einigen der Magier des Rates verbarg – aber Krasus blieb sogar seinem wissbegierigen Schützling ein Rätsel. Allerdings interessierte Rhonin ohnehin mehr, wie er seine Träume mithilfe seines Mentors verwirklichen konnte, und weniger, wer dieser Mentor eigentlich war.

Aber die Träume würden unerfüllt bleiben, wenn er das

Schiff verpasste. Er beugte sich im Sattel vor und fragte: „Wie weit ist es noch bis Hasic?"

Ohne sich umzudrehen, erwiderte Vereesa: „Mindestens noch drei Tage. Sorgt Euch nicht, wir werden rechtzeitig am Hafen sein, wenn wir dieses Tempo halten können."

Rhonin lehnte sich wieder zurück. Das war nun ihre zweite Unterhaltung überhaupt für heute. Das Einzige, was womöglich schlimmer war als mit einem Elf zu reisen, wäre vielleicht ein Ritt mit den sauertöpfischen Rittern der Silbernen Hand gewesen. Trotz ihrer unanfechtbaren Höflichkeit, machten die Paladine gerne deutlich, dass sie Magie als ein gelegentliches, notwendiges Übel betrachteten, eines, das sie normalerweise nicht vermissten. Der Letzte, den Rhonin getroffen hatte, war der Meinung gewesen, dass die Seele eines Magiers nach dem Tod in den gleichen Abgrund aus Dunkelheit fiel, wie die mythischen Dämonen des Altertums. Gleichgültig, wie rein seine Seele auch sonst sein mochte.

Die späte Nachmittagssonne begann zwischen den Baumwipfeln zu versinken, und es entstanden tief kontrastreiche Flächen aus Licht und dunklen Schatten zwischen den Bäumen. Rhonin hatte gehofft, den Rand des Waldes noch vor Einbruch der Dunkelheit zu erreichen, aber das würden sie nun nicht mehr schaffen. Nicht zum ersten Mal hielt er sich seine inneren Karten vor Auge, um zu prüfen, wo sie sich befanden, und ob sie, wie seine Begleiterin behauptet hatte, noch rechtzeitig zum Schiff gelangen würden. Seine Verspätung bei der Herberge war unvermeidbar gewesen, denn er hatte zunächst die nötige Ausrüstung und Vorräte besorgen müssen. Nun hoffte er, dass dies nicht die ganze Mission in Gefahr brachte.

Die Drachenkönigin zu befreien ...

Für manche eine unmögliche, unerfüllbare Aufgabe und für die meisten der sichere Tod. Dennoch hatte Rhonin es schon während des Krieges vorgeschlagen. Denn es war sicher, wenn die Drachenkönigin erst einmal frei war, würden die Orks eines ihrer stärksten Machtmittel verlieren. Doch es hatte sich keine Gelegenheit ergeben, diesen fundamentalen Plan auszuführen.

Rhonin wusste, dass die meisten im Rat hofften, dass er versagen würde. Ihn loszuwerden würde in ihren Augen einen schwarzen Fleck aus der Geschichte ihres Ordens tilgen.

Diese Mission war eine zweischneidige Klinge: Einerseits wären sie erstaunt gewesen, wenn er zurückkehrte, andererseits erleichtert, sollte er scheitern und umkommen.

Wenigstens konnte er Krasus vertrauen. Der Zauberer war zu ihm gekommen, um sein jüngeres Gegenstück zu fragen, ob es immer noch glaubte, dass es das Unmögliche schaffen könne. Der Dragonmaw-Clan würde für immer an' Khaz Modan festhalten, so lange Alexstrasza bei ihnen war – und solange die dortigen Orks das Werk der Horde weiterführten, konnten sie immer wieder mit den Bewohnern der bewachten Enklaven aneinander geraten. Niemand wollte den Krieg wieder aufleben lassen. Das Bündnis hatte genug damit zu tun, Streit in den eigenen Reihen zu führen.

Ein fernes Donnergrollen störte Rhonins Überlegungen. Er schaute hoch, sah aber nur ein paar Wattewölkchen. Mit einem Stirnrunzeln wandte sich der junge Mann der Elfe zu, um sie zu fragen, ob sie den Donner auch gehört habe.

Ein zweites, heftigeres Grollen ließ ihn jeden Muskel anspannen. Gleichzeitig *sprang* Vereesa ihn an!

Irgendwie hatte die Waldläuferin es geschafft, sich im Sattel umzudrehen und sich auf ihn zu katapultieren.

Ein riesiger Schatten lag über der Umgebung. Die Waldläuferin und der Zauberer prallten gegeneinander. Das Gewicht der Elfenrüstung warf beide von Rhonins Pferd. Ein ohrenbetäubendes Brüllen erschütterte die Luft und eine Kraft, einem Tornado gleich, schien die Landschaft zu zerreißen.

Als Rhonin auf den harten Boden prallte, hörte er durch den

Schmerz hindurch das kurze Wiehern seines Pferdes – ein Geräusch, das im nächsten Augenblick abbrach.

„Bleib unten!", schrie Vereesa über den Wind und das Brüllen hinweg. „Bleib unten!"

Aber Rhonin drehte sich um, wollte zum Himmel hinaufblicken – und starrte stattdessen in eine höllische Fratze.

Ein Drache von der Farbe wütenden Feuers füllte sein Blickfeld aus.

In seinen Vorderkrallen hielt er, was von Rhonins Pferd und den teuren, sorgfältig zusammengesuchten Vorräten übrig geblieben war. Der feuerrote Wurm verschluckte den Rest des Kadavers und dann fixierten seine Augen auch schon die lächerlich kleinen Figuren am Boden.

Auf den Schultern der Bestie saß eine groteske, grünliche Gestalt mit Stoßzähnen. Sie hielt eine Streitaxt, die fast so groß war wie der Zauberer, und bellte Befehle in einer rauen Sprache, während sie mit dem Finger direkt auf Rhonin wies.

Mit aufgerissenem Maul und gespreizten Krallen stob der Drache zu ihm herab.

„Ich danke Euch noch einmal für die Zeit, die Ihr mir schenkt, Euer Majestät", sagte der hochgewachsene, schwarzhaarige Adlige mit einer Stimme voller Kraft und Verständnis. „Vielleicht können wir Euer gutes Werk noch davor bewahren, zunichte gemacht zu werden."

„Wenn das so sein sollte", erwiderte der ältere, bärtige Mann, der in eine elegante weiße und goldfarbene Staatsrobe gekleidet war, „werden Euch Lordaeron und das Bündnis einiges zu danken haben, Lord Prestor. Nur durch Euer Bemühen, dessen bin ich überzeugt, werden Gilneas und Stromgarde noch Vernunft annehmen." Obwohl er kein kleiner Mann war, fühlte König Terenas sich ein wenig von der Größe seines Freundes überwältigt.

Der jüngere Mann lächelte und entblößte dabei perfekte Zähne. Es hätte König Terenas äußerst überrascht, wenn er einer eindrucksvolleren Erscheinung als Lord Prestor begegnet wäre. Mit seinem kurzen, gut geschnittenen schwarzen Haar, den glatt rasierten, habichtähnlichen Gesichtszügen, die viele der Frauen bei Hofe in helles Verzücken versetzten, seinem klugen Geist und einem Auftreten, das prinzlicher war als das irgendeines anderen Prinzen im Bündnis, war es absolut nicht überraschend, dass jeder, der mit der Alterac-Sache zu tun hatte, sich an ihn gewandt hatte, Genn Greymane eingeschlossen. Prestor hatte ein einnehmendes Wesen, das sogar den Regenten von Gilneas einmal zum Lächeln gebracht hatte, wie aus den Kreisen von Terenas' Diplomaten zu hören war.

Für einen jungen Adligen, von dem bis vor fünf Jahren noch niemand etwas gehört hatte, hatte sich der Gast des Königs ein erstaunliches Ansehen erworben.

Prestor stammte aus der abgelegensten, gebirgigsten Region von Lordaeron, war aber auch mit dem Hause Alterac blutsverwandt. Sein winziges Reich war beim Angriff eines Drachen während des Krieges zerstört worden, und er war zu Fuß in die Hauptstadt gekommen, ohne einen einzigen Diener. Seine Notlage und was er aus sich gemacht hatte, war inzwischen Legende. Darüber hinaus hatte sein Rat dem König oftmals geholfen, auch während der Dunklen Tage, als der ergrauende Monarch darüber entschieden hatte, was mit Lord Perenolde zu geschehen habe. Prestor hatte dabei den Ton angegeben. Er hatte Terenas ermutigt, die Macht in Alterac zu ergreifen und das Kriegsrecht einzuführen. Stromgarde und die anderen Königreiche hatten zwar Verständnis für eine militärische Aktion gegen den verräterischen Perenolde gezeigt, nicht aber dafür, dass Lordaeron auch noch nach dem Krieg über Alterac verfügen wollte. Jetzt sah es endlich so aus, als sei Prestor derjenige, der ihnen alles erklären und sie dazu bringen konnte, eine endgültige Lösung zu akzeptieren.

Dies alles hatte den König dazu gebracht, über eine mögliche Lösung nachzudenken, die sogar sein scharfsinniges Gegenüber sprachlos machen würde.

Terenas verweigerte die Rückgabe Alteracs an Perenoldes Neffen, der von Gilneas unterstützt wurde. Auch hielt er es nicht für weise, das besagte Königreich zwischen Lordaeron und Stromgarde aufzuteilen. Das würde den Zorn von Gilneas und sogar Kul Tiras heraufbeschwören. Alterac völlig aufzulösen kam ebenfalls nicht in Frage.

Doch was, wenn er die Herrschaft über die Region in die fähigen Hände eines Mannes legte, der von allen bewundert wurde und der gezeigt hatte, dass er nichts mehr als Frieden und Eintracht wollte? Ein fähiger Verwalter, wenn Terenas sich nicht irrte, und nicht zu vergessen jemand, der mit Gewissheit ein treuer Verbündeter und Freund von Lordaeron bleiben würde ...

„Nein, wirklich, Prestor." Der König reckte sich, um dem erheblich stattlicheren Lord auf die Schulter zu klopfen. Prestor war über zwei Meter groß, aber obwohl schlank, konnte man ihn nicht schlaksig nennen. Die blauschwarze Uniform stand Prestor vortrefflich, er sah wirklich wie der Inbegriff eines kämpferischen Helden aus.

„Ihr habt allen Grund, stolz zu sein ... und verdient es, belohnt zu werden! Ich werde nicht so bald vergessen, welche Rolle Ihr gespielt habt, glaubt mir!"

Prestor strahlte, vermutlich glaubte er, er würde bald sein winziges Reich zurückerhalten. Terenas würde dem Jungen seinen kleinen Traum lassen. Wenn der Herrscher über Lordaeron ihn als den neuen König von Alterac ausrief, würde Prestors Gesichtsausdruck noch viel erheiternder sein. Es geschah nicht jeden Tag, dass man zum König gekrönt wurde ... es sei denn, natürlich, man erbte diese Position.

Terenas' Ehrengast grüßte ihn ehrerbietig und zog sich mit einer graziösen Verbeugung aus dem königlichen Gemach zurück. Der alte Mann runzelte die Stirn, nachdem Prestor gegangen war, es kam ihm vor, als ob weder die seidenen Vorhänge, die goldenen Lüster, noch der reinweiße Marmorfußboden das Gemach zu erhellen vermochten, nun, da der junge Adlige es verlassen hatte. Lord Prestor war ohne Zweifel aus einem anderen Holz geschnitzt als die verhassten Höflinge, die in Scharen zum Palast strömten. Hier war ein Mann, an den jeder glauben konnte, dem man in allen Dingen zu vertrauen und Respekt entgegenzubringen vermochte. Terenas wünschte, sein eigener Sohn wäre ein wenig mehr wie Prestor gewesen.

Der König rieb sein bärtiges Kinn. Ja, er war der perfekte Kandidat, um die Ehre seines Landes wiederherzustellen und gleichzeitig die Harmonie zwischen den Mitgliedern des Bündnisses wiederherzustellen. Neues, starkes Blut …

Terenas musste an Valia, seine Tochter, denken. Sie war noch ein Kind, würde aber sicherlich bald zur Schönheit erblühen. Vielleicht konnte eines Tages, wenn alles gut ging, die Freundschaft und das Bündnis zwischen ihm und Prestor durch eine Hochzeit gefestigt werden. Nun, er würde zu seinen Beratern gehen und ihnen seine königliche Meinung mitteilen. Terenas war sicher, dass sie ihm zustimmen würden. Er hatte noch niemanden getroffen, der den jungen Adligen nicht mochte.

König Prestor von Alterac. Terenas versuchte, sich das Gesicht seines Freundes vorzustellen, wenn dieser das wahre Ausmaß seiner Belohnung erfuhr …

„Ihr habt den Schatten eines Lächelns auf dem Gesicht – ist jemand eines schrecklichen, grausamen, blutrünstigen Todes gestorben, Euer Giftigkeit?"

„Spar dir deine Witze, Kryll", entgegnete Lord Prestor, als er die große eiserne Tür hinter sich schloss. Über ihm, in der Villa, die sein Gastgeber ihm zur Verfügung gestellt hatte, standen von Prestor eigens ausgesuchte Diener Wache, um sicher zu stellen, dass keine ungebetenen Besucher auftauchten. Ihr Herr hatte zu tun, und wenn auch niemand der Diener genau wusste, was in den unterirdischen Räumen vor sich ging, wussten sie doch, dass sie ihr Leben verwirkt hätten, würde er gestört werden.

Prestor erwartete keine Störungen und wusste, dass die Lakaien ihm bis in den Tod gehorchen würden. Der Zauber, der auf ihnen lag, eine Variante des Zaubers, der den König und seinen Hof dazu gebracht hatte, den gut aussehenden Flüchtling so sehr zu bewundern, erlaubte kein eigenständiges Denken. Er hatte ihm im Laufe der Zeit den letzten Schliff verliehen.

„Meine demütigste Entschuldigung, o Prinz der Doppelzüngigkeit!", krächzte die kleine drahtige Gestalt vor ihm. Der Ton in seiner Stimme klang irgendwie unmenschlich, voller Bosheit und Irrsinn. Kein Wunder, denn Prestors Gefährte war ein Goblin.

Sein Kopf reichte gerade bis an die Gürtelschnalle des Adligen, doch das kleine smaragdgrüne Geschöpf war alles andere als schwach oder dumm. Das verrückte Grinsen entblößte extrem scharfe, lange Zähne und eine blutrote, fast gegabelte Zunge. Seine schmalen, gelben Augen ohne sichtbare Pupillen funkelten vor Fröhlichkeit, aber es war eher die Art von Fröhlichkeit, die aufkam, wenn man Fliegen die Flügel oder Vierbeinern die Gliedmaßen ausriss. Aus seinem Nacken spross stumpfbraunes Fell, das nach vorne über den Kopf wuchs und in einem wilden Kamm über der gedrungenen Stirn der scheußlichen Kreatur endete.

„Immerhin, es gibt Grund zum Feiern." Das Gewölbe war einmal der Vorratskeller gewesen. Damals hatte die Kühle der

Erde Regale voller Wein stets perfekt temperiert. Heutzutage jedoch fühlte sich der große Raum dank Krylls Einwirkungen an, als läge er im Inneren eines tosenden Vulkans.

Für Lord Prestor fühlte er sich an wie Heimat.

„Feiern, o Meister der Täuschung?", kicherte Kryll. Er kicherte oft, vor allem, wenn Bösartigkeiten bevorstanden. Die beiden größten Leidenschaften der grünhäutigen Kreatur waren das Experiment und die Zerstörung – und wann immer möglich, verband er beides miteinander. Aus diesem Grund war die hintere Hälfte des Raumes mit Werkbänken, Flaschen, Pudern, seltsamen Mechanismen und makabren Gegenständen angefüllt, die der Goblin gesammelt hatte.

„Ja, feiern, Kryll." Prestors stechende Ebenholzaugen fixierten den Goblin, der sein Lächeln und sein komisches Gehabe plötzlich fallen ließ. „Du würdest doch gerne bei den Feierlichkeiten dabei sein, nicht wahr?"

„Ja ... Herr."

Der uniformierte Adlige hielt inne, um die erstickend heiße Luft einzuatmen. Ein Ausdruck von Erleichterung lag auf seinen Zügen. „Oh, wie ich das vermisse ..." Seine Gesichtszüge verhärteten sich. „Aber ich muss warten. Man geht nur, wenn es notwendig ist, richtig, Kryll?"

„Wie Ihr wünscht, Herr."

Erneut zierte ein bösartiges Lächeln Prestors Gesicht. „Du stehst vermutlich gerade vor dem künftigen König von Alterac. Das solltest du wissen."

Der Goblin neigte seinen hageren, aber muskulösen Körper dem Boden entgegen. „Preiset Ihro königliche Majestät, König –"

Ein Quietschen ließ beide nach rechts blicken. Ein kleinerer Goblin schob sich hinter einem Metallgitter, das einen alten Ventilationsschacht abdeckte, hervor. Nervös verließ das kleine Wesen die Öffnung und lief zu Kryll. Der Neuankömmling zeigte einen bösartig amüsierten Gesichtsausdruck, der unter Prestors intensivem Blick jedoch rasch verschwand.

Der zweite Goblin flüsterte etwas in Krylls großes spitzes Ohr. Kryll fauchte und entließ die andere Kreatur mit einer knappen Handbewegung. Der Neuankömmling verschwand durch das offene Gitter.

„Was ist los?" Die Worte des Aristokraten klangen zwar ruhig und sanft, verlangten jedoch deutlich nach einer sofortigen Antwort des Goblins.

„Oh, Eure Großmütigkeit", begann Kryll und zeigte wieder das irre Lächeln auf seinem Bestiengesicht, „das Glück ist an diesem Tag mit Euch. Vielleicht solltet Ihr über eine Wette nachdenken, denn die Sterne scheinen auf Euer –"

„*Was ist los?*"

„Jemand ... jemand versucht Alexstrasza zu befreien."

Prestor stierte ihn an. Er starrte so lange und mit solcher Intensität, dass Kryll unter seinem Blick zu vergehen glaubte. Sicherlich, dachte der Goblin, würde nun der Tod zu ihm kommen. Dabei gab es noch so viele Experimente, die er versuchen wollte und so viele Sprengstoffe, die er noch nicht getestet hatte ...

Im gleichen Moment brach der große, schwarze Adlige vor ihm in ein tiefes, dunkles und nicht ganz natürlich klingendes Gelächter aus.

„Perfekt!" Lord Prestor gelang es, dieses Wort zwischen seinen Heiterkeitsausbrüchen hervorzustoßen. Er streckte seine Arme aus, als wolle er die Luft selbst einfangen. Seine Finger erschienen viel zu lang, fast schon wie Klauen. „So perfekt!"

Er setzte sein Gelächter fort, und der Goblin lehnte sich zurück. Er betrachtete den seltsamen Anblick und schüttelte leicht den Kopf.

„Und da behauptet man, *ich* sei verrückt", murmelte er leise.

DREI

Die Welt wurde zu Feuer.

Vereesa fluchte, als sie und der Magier unter dem Inferno, das der feuerrote Drache spie, zusammenbrachen. Wenn Rhonin sich nicht verspätet hätte, wäre das nie passiert. Sie würden jetzt in Hasic sein, und sie hätte sich schon von ihm getrennt. Nun war es eher wahrscheinlich, dass sie beide ihr Leben einbüßten ...

Sie hatte gewusst, dass die Orks von Khaz Modan immer noch gelegentlich Drachen entsandten, um die sonst so friedlichen Länder ihrer Feinde zu terrorisieren, aber warum hatten ihr Gefährte und sie das Pech, von einem solchen aufgespürt zu werden? Es gab heutzutage weniger Drachen, und die Reiche des Lordaeron waren zahlreich.

Sie blickte zu Rhonin, der sich tiefer in den Wald geflüchtet hatte. Natürlich! Irgendwie hatte es damit zu tun, dass ihr Begleiter ein *Zauberer* war. Drachen besaßen noch sensiblere Sinne als Elfen. Manche sagten, sie könnten bis zu einem gewissen Grad Magie *wittern*. Irgendwie musste diese katastrophale Eskalation der Ereignisse die Schuld des Zauberers sein. Der Ork und sein Drache waren seinetwegen gekommen!

Rhonin dachte augenscheinlich Ähnliches, denn er verschwand so schnell er konnte zwischen den Bäumen auf der gegenüberliegenden Seite.

Die Waldläuferin schnaubte. Zauberer waren nicht geschaffen für die Front. Es war eine Sache, jemanden aus sicherer Entfernung anzugreifen oder rücklings, doch sobald sie einem Feind offen die Stirn bieten mussten ...

Immerhin, es war ein Drache.

Er jagte im Sturzflug auf den flüchtenden Menschen herab, und gleichgültig, was sie persönlich über Rhonin dachte, Vereesa wollte nicht, dass er starb. Doch so sehr sie sich auch suchend umschaute, die silberhaarige Waldläuferin konnte nichts finden, womit sie dem Zauberer hätte helfen können. Ihr Pferd war mit dem seinen umgekommen, und auch ihr guter Bogen war für immer verloren. Alles was ihr noch blieb, war ihr Schwert. Nicht gerade die ideale Waffe, um etwas gegen einen tobenden Titanen auszurichten. Wieder blickte sie sich suchend um, fand aber nichts Brauchbares.

Das ließ ihr wenig Handlungsspielraum. Als Waldläuferin war es ihre Pflicht, dem Zauberer zu helfen, ganz gleich wie. Also tat Vereesa tat das Einzige, was sie überhaupt noch tun konnte, um ihm vielleicht doch noch das Leben zu retten.

Die Elfe sprang aus ihrem Versteck auf, gestikulierte wild mit ihren Armen und schrie: „Hier! Hier drüben, du Eidechsenbrut! Hier!"

Der Drache hörte sie nicht, seine Aufmerksamkeit – Vereesa hatte mittlerweile festgestellt, dass sie es mit einem männlichen Vertreter seiner Gattung zu tun hatten – widmete sich ganz dem brennenden Wald unter ihm. Irgendwo in dem Inferno kämpfte Rhonin ums nackte Überleben. Der Drache versuchte, ihm dies unmöglich zu machen.

Fluchend schaute sich die Elfenkriegerin um und fand einen schweren Stein. Für einen Menschen wäre das, was sie vorhatte, fast unmöglich gewesen – nicht so für sie. Vereesa hoffte nur, dass ihre Zielkünste noch so gut waren wie vor ein paar Jahren ...

Sie lehnte sich zurück, um dem roten Leviathan den Stein an den Kopf zu werfen. Sie hatte ihn weit genug geschleudert, doch plötzlich bewegte sich der Drache, und einen Moment lang fürchtete Vereesa, der Stein würde ihn völlig verfehlen.

Er traf zwar nicht den Kopf, streifte aber den Flügel. Vereesa hatte nicht erwartet, das Biest spürbar zu verletzen – ein einfacher Stein gegen harte Drachenschuppen war eine nahezu lächerliche Waffe –, erhoffte sich aber, die volle Aufmerksamkeit des Tieres auf sich zu ziehen.

Und das gelang ihr.

Der massige Kopf drehte sich sofort zu ihr um, und der Drache brüllte seine Wut über die Störung hinaus, worauf der Ork seinem Reittier etwas Unverständliches zuschrie.

Das große geflügelte Wesen drehte bei und steuerte genau auf die Elfe zu. Sie hatte es also geschafft, ihn von dem glücklosen Magier abzulenken.

Und was jetzt?, schalt sich die Waldläuferin.

Sie drehte sich um und rannte los, obwohl sie wusste, dass sie gegenüber einem monströsen Verfolger wie diesem keine Chance hatte.

Die Baumwipfel über ihr zerbarsten im Feuer, als der Drache die Landschaft damit überzog. Brennendes Gezweig stürzte vor ihr nieder und versperrte ihr den Weg, den sie hatte nehmen wollen.

Ohne Zögern wandte sie sich nach links und tauchte zwischen Bäumen unter, die noch nicht Teil des Infernos geworden waren.

Du wirst sterben! Und alles nur wegen diesem nutzlosen Zauberer!

Ohrenbetäubendes Brüllen veranlasste sie, über ihre Schulter zu spähen. Der rote Drache hatte sie fast erreicht und fuhr gerade seine Krallen aus, um nach der fliehende Waldläuferin zu schnappen. Vereesa war überzeugt, von den Klauen zerquetscht oder, schlimmer noch, in das fürchterliche Maul des Tatzelwurms gezerrt zu werden, wo dessen mächtige Kiefer sie entweder erst zermalmen oder gleich in einem Bissen hinunterschlucken würden.

Doch als der Tod schon unausweichlich schien, zog der Drache plötzlich seine Krallen zurück und krümmte sich in der Luft. Die Klauen rissen an seinem eigenen Körper. Das hieß, seine sämtlichen Nägel versuchten, überall zugleich zu kratzen, gerade so, als ob ... als ob der Leviathan unter einem unbeschreiblichen Juckreiz litte.

Auf seinem Rücken saß der Ork und kämpfte um die Kontrolle, doch er hätte ebenso gut der Floh sein können, der den Drachen stach, so wenig gehorchte dieser ihm jetzt noch.

Vereesa stand da und konnte nur starren. Einen solch seltsamen Anblick hatte sie noch nie zuvor erlebt. Der Drache drehte und wendete sich, um seine Pein loszuwerden, und seine Bewegungen wurden immer heftiger. Sein Ork-Reiter konnte sich kaum noch festhalten. Was, fragte sich die Elfe, konnte dem Monster so heftig zusetzen?

Die Antwort, die ihr schließlich einfiel, flüsterte sie nur: „Rhonin ...?"

Und als ob sie mit dem Aussprechen des Namens einen Geist heraufbeschworen hätte, stand der Magier unvermittelt vor ihr. Sein feuerfarbenes Haar war zerzaust und seine dunkle Robe voller Schlamm und zerfetzt, doch aus dem Konzept schien ihn das nicht zu bringen.

„Ich denke, es wäre besser, von hier zu verschwinden, so lange wir noch dazu in der Lage sind, oder, Elf?"

Das brauchte er ihr nicht zweimal zu sagen.

Und dieses Mal war es Rhonin, der *sie* führte. Er gebrauchte dazu irgendeine Kunst, irgendeinen Zauber, und lotste sie damit durch den brennenden Wald. Vereesa selber hätte es nicht besser vermocht. Rhonin führte sie auf Pfaden, die die Elfe noch nicht einmal gesehen hatte, bis sie diese entlang schritten.

Die ganze Zeit pflügte der Drache durch die Lüfte über ihnen, immer noch an seiner Haut kratzend. Einmal sah Vereesa auf und stellte fest, dass er es geschafft hatte, sich mit einer der wenigen Waffen, die Drachenhaut durchdringen konnten, zu verletzen – mit seinen eigenen Drachenkrallen.

Von dem Ork war nichts mehr zu sehen, irgendwann hatte der Krieger mit den Stoßzähnen wohl seinen Halt verloren und war abgestürzt. Vereesa hatte keinerlei Bedauern für ihn übrig.

„Was habt Ihr mit dem Drachen gemacht?", konnte sie endlich hervorstoßen.

Rhonin, der immer noch damit beschäftigt war, einen Ausweg aus den Flammen zu finden, drehte sich nicht zu ihr um. „Etwas, das nicht so geklappt hat, wie ich es wollte. Er hätte mehr erleiden müssen als nur einen starken Juckreiz!"

Er klang wirklich zornig über sich selbst, aber die Waldläuferin war zum ersten Mal beeindruckt von ihm. Er hatte sie vor dem sicheren Tode gerettet – falls sie diesem Wald je entkamen.

Hinter ihnen brüllte der Drache vor Wut und Frustration.

„Wie lange wird es anhalten?"

Endlich stoppte er und sah sie an. Was sie in seinem Blick lesen konnte, beunruhigte sie sehr. „Auf jeden Fall nicht lange genug ..."

Sie verdoppelten ihre Anstrengungen. Das Feuer umzingelte sie fast vollständig, doch irgendwann erreichten sie seinen Rand, rannten weiter in eine Gegend, durch die nur dichter schwarzer Rauch trieb. Hustend stolperten sie weiter auf der Suche nach einer rettenden Schneise, wo der Wind von vorne blies und dadurch Feuer und Rauch hinter ihnen zurückhalten würde.

Ein neuerliches Brüllen schreckte sie auf, denn es klang nicht mehr gequält, sondern wütend und rachsüchtig. Der Zauberer und die Waldläuferin drehten sich um und spähten in die Richtung der roten Bestie.

„Der Zauber hat seine Wirkung verloren", murmelte Rhonin unnötigerweise.

Er hatte Recht, und Vereesa konnte sehen, dass der Drache genau wusste, wer für seine Schmerzen verantwortlich war. Mit fast unfehlbarer Sicherheit kam der Drache auf sie zu, um sie zu vernichten. Seine riesigen ledrigen Flügel peitschten die Luft.

„Habt Ihr noch einen Zauber übrig?", rief Vereesa im Rennen.

„Vielleicht. Aber den würde ich hier lieber nicht einsetzen. Er könnte uns auch erfassen!"

Als ob das noch einen Unterschied machen würde – Zauber oder Drache, eins von beiden *würde* ihr Schicksal besiegeln, so oder so. Die Elfe hoffte, dass Rhonin sich zu seinem tödlichen Zauber entschloss, bevor sie beide als Drachenfutter endeten.

„Wie weit ...?" Der Magier schnappte nach Luft. „Wie weit ist es noch bis Hasic?"

„Zu weit!"

„Irgendeine Siedlung zwischen hier und Hasic?"

Sie versuchte nachzudenken. Ein Ort fiel ihr ein, aber sie erinnerte sich weder an den Namen der Niederlassung, noch von wem sie bewohnt war. Nur dass sie ungefähr eine Tagesreise entfernt lag. „Da gäbe es eine, aber ..."

Das Brüllen des Drachen ließ sie beide erzittern. Ein Schatten zog über sie hinweg.

„Falls Ihr wirklich einen anderen Zauber kennt, würde ich vorschlagen, wendet ihn an – sofort!" Vereesa wünschte sich ihren Bogen zurück. Mit ihm hätte sie wenigstens auf die Augen der Bestie zielen können und eine reelle Chance gehabt, sie damit aufzuhalten oder zumindest entscheidend zu irritieren. Der Schock und Schmerz eines solchen Treffers hätte vielleicht sogar ausgereicht, das Monster zu vertreiben.

Sie prallten fast zusammen, als Rhonin unerwartet stehen blieb und sich umdrehte, um der Gefahr ins Auge zu blicken. Mit für einen Zauberer überraschend starken Händen packte er sie an den Armen und stieß sie beiseite. Seine Augen glühten.

Vereesa hatte zwar gehört, dass wirklich mächtige Magier dazu in der Lage waren, aber sie hatte es selbst noch niemals erlebt.

„Bete, dass es nicht auf uns zurückschlägt", keuchte er. Dann begann er in einer Sprache zu murmeln, die Vereesa unbekannt war und ihr Schauer über den Rücken jagte.

Rhonin führte seine Hände zusammen, begann wieder zu sprechen ...

Drei neue geflügelte Wesen brachen durch die Wolken.

Vereesa ächzte, und Rhonin verstummte, brach den Zauber ab.

Er sah aus, als wollte er den Himmel verfluchen, doch dann sah die Elfe, was da über ihrem fürchterlichen Feind aufgetaucht war.

Greife! Riesige, adlerköpfige Greife mit Löwenkörpern und Flügeln ... und mit *Reitern*.

Sie zog Rhonin am Ärmel. „Unternimm nichts!"

Er starrte sie wütend an, nickte aber. Sie sahen wieder hinauf zu dem Drachen.

Die drei Greife stürzten auf ihn herab und überraschten ihn völlig. Nun konnte Vereesa auch ihre Lenker erkennen, aber sie hatte es schon zuvor geahnt. Nur die *Zwerge der Luftigen Gipfel*, einer weit entfernten Bergregion, die noch hinter dem Reich Quel'thalas lag, vermochten die wilden Greife zu reiten ... und nur diese geübten Krieger und ihre Reittiere konnten es überhaupt wagen, einen Luftkampf mit einem Drachen einzugehen.

Obwohl sie viel kleiner waren als der karmesinrote Gigant, machten die Greife diesen Nachteil durch ihre riesigen, rasiermesserscharfen Krallen wett, mit denen sie selbst Drachenschuppen durchdringen konnten, und durch Schnäbel, die das Fleisch darunter herauszuhacken vermochten. Außerdem waren sie viel wendiger und schlugen Haken in der Luft, denen ein Drache nie folgen konnte.

Die Bergzwerge waren auch nicht ausschließlich Lenker. Sie waren größer und schlanker als ihre im Boden lebenden Verwandten, aber genauso stark.

Obwohl ihre bevorzugten Waffen im Luftkampf die legendären Sturmhämmer waren, führte dieses Trio gewaltige doppelseitige Streitäxte an langen Griffen mit sich und handhabte sie mit beeindruckender Leichtigkeit. Die Waffen wurden aus einem dem Adamant verwandten Metall hergestellt und konnten selbst die schuppigen, knöchernen Schädel der Tatzelwürmer durchstoßen. Es ging das Gerücht, dass der große Greifenreiter Kurdran einen noch mächtigeren Drachen als diesen hier mit einem einzigen gut gezielten Hieb einer solchen Axt erlegt habe.

Die geflügelten Tiere umkreisten ihren Gegner, sodass dieser sich ständig umdrehen musste, um zu sehen, woher nun die größte Gefahr kam. Die Orks hatten mittlerweile gelernt, vor den Greifen auf der Hut zu sein, aber ohne seinen Reiter schien der Drache ziemlich ratlos zu sein. Die Zwerge machten sofort von ihrem Vorteil Gebrauch und stoben auf ihren Reittieren hin und her, was den Drachen zunehmend verdross. Die langen Bärte und Pferdeschwänze der Zwerge flatterten im Wind, während sie dem riesigen Untier furchtlos ins Gesicht lachten. Das bellende Lachen machte den roten Leviathan noch wütender, und er warf sich herum, wobei er seine nutzlosen Attacken mit Feuerstößen unterstrich.

„Sie rauben ihm seine Orientierung", bemerkte Vereesa, von dieser Taktik beeindruckt. „Sie wissen, dass er jung ist und zu zornig, um eine Strategie zu entwickeln."

„Das ist für uns der richtige Zeitpunkt, um zu verschwinden", antwortete Rhonin.

„Sie könnten unsere Hilfe gebrauchen!"

„Ich habe einen Auftrag zu erfüllen", sagte er mit einem düsteren Blick. „Und sie haben es unter Kontrolle."

Das stimmte. Obwohl sie noch keinen Schlag gegen das Untier geführt hatten, waren ihm die Greife deutlich überlegen.

Das Trio raste weiter um den Drachen herum, machte ihn schwindelig. Er versuchte, einen von ihnen im Blick zu behalten, doch die beiden anderen lenkten ihn ständig ab. Nur einmal kam sein Feuerstoß einem der geflügelten Gegner bedrohlich nahe.

Einer der Zwerge packte plötzlich seine Waffe, und das Ende der Axt blitzte in der Sonne. Noch einmal flog er um den Drachen herum, dann, als er dessen Hals nahe kam, stürzte der Greif plötzlich auf ihn herab. Seine Klauen gruben sich in den Nacken und pflügten die Schuppenhaut auf. Als der Schmerz den Drachen durchfuhr, holte der Zwerg mit seiner Axt aus und ließ sie niedersausen.

Die Klinge drang tief ein. Nicht tief genug, um zu töten, aber mehr als ausreichend, um den Riesenwurm vor Schmerz aufheulen zu lassen.

Er drehte sich aus einem Reflex heraus um und streifte dabei den Zwerg und dessen Greif. Beide gerieten ins Trudeln. Der Reiter vermochte sich zwar festzuhalten, aber die Axt entglitt seinem Griff und fiel in die Tiefe.

Instinktiv wollte Vereesa auf die zu Boden gegangene Waffe zulaufen, aber Rhonin versperrte ihr mit seinem Arm den Weg. „Ich sagte, wir müssen weg!"

Sie wollte widersprechen, doch ein weiterer Blick auf die

Kämpfenden sagte ihr, dass sie hier nichts ausrichten konnte. Der verwundete Drache war noch höher geflogen, und die Greifenreiter ließen auch jetzt nicht von ihm ab. Die Waldläuferin hätte nur die Axt sinnlos schwenken können ...

„Nun gut", murmelte sie endlich.

Zusammen entfernten sie sich vom Ort des Kampfes und verließen sich nun wieder auf Vereesa, die allein wusste, wo ihr Bestimmungsort lag.

Hinter ihnen schrumpften der Drache und die Greife zu winzigen Punkten am Himmel. Die Auseinandersetzung bewegte sich von der Elfe und ihrem Gefährten weg.

„Seltsam ...", hörte sie den Zauberer wispern.

„Was ist?"

Er fuhr herum. „Diese Ohren tun also doch nicht nur so, als ob sie zu etwas nütze seien, oder?"

Vereesa erzürnte diese Beleidigung, obwohl sie sich schon Schlimmeres hatte anhören müssen. Menschen und Zwerge waren ziemlich neidisch auf die Überlegenheit der Elfensinne und ließen ihren Unmut oft an den langen, spitzen Ohren aus. Sie waren schon mit Esels-, Schweine- und, am übelsten, mit *Goblin*ohren verglichen worden. Obwohl Vereesa noch keine Waffe ob dieser Beleidigungen gezogen hatte, waren viele nach solchen Worte nicht mehr sonderlich froh gewesen.

Die smaragdgrünen Augen des Magiers verengten sich. „Es tut mir Leid, Ihr fühlt euch beleidigt. Ich hatte es nicht so gemeint."

Sie bezweifelte die Aufrichtigkeit seiner Entschuldigung, akzeptierte sie aber und schluckte ihren Ärger hinunter. Noch einmal fragte sie: „Was findet Ihr so seltsam?"

„Dass der Drache genau in diesem Augenblick aufgetaucht ist."

„Wenn Ihr so denkt, könntet Ihr auch fragen, warum die Greife auftauchten. Immerhin haben sie ihn vertrieben."

Er schüttelte den Kopf. „Jemand sah ihn und machte Meldung. Die Reiter haben nur ihre Pflicht getan." Er überlegte. „Ich weiß, dass der Dragonmaw-Clan ziemlich verzweifelt sein soll, angeblich kämpfen sie gegen die anderen Rebellen-Clans und die Menschen in den Enklaven, aber dies ist nicht die beste Art, damit umzugehen."

„Wer kann schon sagen, wie ein Ork denkt? Es war bestimmt ein einzelner Plünderer. Dies war nicht der erste Angriff innerhalb des Bündnisses, Mensch."

„Nein, aber ich frage mich, ob ..." Rhonin kam nicht weiter, denn plötzlich nahmen sie beide Bewegungen im Wald wahr ... in allen Richtungen.

Mit geübter Leichtigkeit zog die Waldläuferin ihre Klinge aus der Scheide. Neben ihr verschwanden Rhonins Hände in den tiefen Falten seiner Robe – ohne Zweifel, um einen neuen Zauberspruch zu beginnen.

Vereesa sagte nichts, fragte sich aber, wie nützlich ihr Begleiter wohl im Nahkampf sein würde. Besser, er hielt sich zurück und ließ sie mit den Angreifern fertig werden.

Zu spät.

Sechs massige Gestalten auf Pferden brachen durch das Gebüsch und umzingelten sie. Sogar im schwindenden Sonnenlicht glänzten ihre Rüstungen hell.

Eine Lanze war auf die Brust der Elfe gerichtet. Eine weitere berührte Rhonins Brust beinahe, und zusätzlich bedrohte ihn eine von hinten.

Die Gesichtszüge ihrer Gegner waren von Visier-Helmen verdeckt, gekrönt von einem Löwenkopf. Als Waldläuferin war es Vereesa ein Rätsel, wie in solchen Rüstungen gekämpft, geschweige denn *gesiegt* werden konnte, doch die sechs Reiter bewegten sich in ihren Sätteln, als würden sie davon nicht sonderlich beeinträchtigt.

Ihren riesigen, grauen Kriegspferde, die ebenfalls Rüstungen trugen, schien das Extragewicht überhaupt nichts auszumachen.

Die Neuankömmlinge trugen kein Banner, und das einzige Zeugnis ihrer Identität schien das Abbild einer stilisierten, dem Himmel zugewandten Hand zu sein, die in die Brustpanzerung eingeprägt war.

Doch auch wenn Vereesa jetzt wusste, um wen es sich handelte, gab dies noch keinen Anlass zur Entwarnung. Das letzte Mal, dass sie solchen Männern begegnet war, hatten sie andere Rüstungen getragen, solche mit Hörnern am Helm und den Insignien von Lordaeron auf Brustplatte und Schild.

Und dann löste sich langsam ein siebter Reiter aus dem Wald. Er trug mehr die traditionelle Rüstung, die Vereesa erwartet hatte. Im Schatten unter dem visierlosen Helm erkannte sie ein ausdrucksstarkes, für einen Menschen altes und weises Gesicht mit einem getrimmten, ergrauenden Bart. Die Symbole von Lordaeron und dessen eigenem religiösem Orden zierten nicht nur Schild und Brustplatte, sondern auch den Helm des Mannes. Eine silberne Gürtelschnalle, die einen Löwen darstellte, hielt den Gürtel zusammen, in dem der mächtige, spitze Kriegshammer steckte, mit dem Menschen wie er zu kämpfen pflegten.

„Ein Elf", murmelte er, als er sie musterte. „Euer starker Arm ist willkommen." Er schien der Anführer zu sein und beäugte Rhonin misstrauisch, um dann mit offener Verachtung zu bemerken: „Und eine *verdammte Seele*. Lasst Eure Hände, wo wir sie sehen können, und wir werden nicht versucht sein, sie Euch abzuschneiden."

Während Rhonin sichtbar damit kämpfte, seinen Zorn im Zaum zu halten, fühlte sich Vereesa zwischen Erleichterung und Unsicherheit hin und her gerissen.

Sie befanden sich in der Gewalt der Paladine Lordaerons – den berühmten Rittern der Silbernen Hand.

Sie trafen sich an einem Ort der Schatten, einem Ort, den nur wenige zu erreichen vermochten, selbst wenn sie von ihrer Art waren. Hier wiederholten sich beständig die Träume der Vergangenheit, bewegten sich diffuse Schatten durch den Nebel der Vergangenheit, der den Geist umwehte. Nicht einmal die beiden, die sich hier trafen, wussten, wie viel von diesem Reich in der Wirklichkeit existierte und wie viel nur in ihren Gedanken, aber sie wussten, dass sie hier nicht belauscht wurden.

Angeblich.

Beide waren hochgewachsen und schlank, ihre Gesichter mit Schleiern verhüllt.

Bei dem Einen handelte es sich um den Zauberer, den Rhonin als Krasus kannte; der andere wirkte, sah man davon ab, dass seine Robe grünlicher schimmerte als die graue von Krasus, wie dessen Zwilling. Nur wenn gesprochen wurde, wurde deutlich, dass der andere im Gegensatz zum Berater der Kirin Tor eindeutig männlichen Geschlechts war.

„Ich weiß nicht einmal, warum ich hergekommen bin", sagte er zu Krasus.

„Weil Ihr es musstet. Es war notwendig."

Der andere stieß ein hörbares Zischen aus. „Das mag stimmen, doch jetzt, wo ich da bin, kann ich gehen, wann immer ich es will."

Krasus hob eine schmale, behandschuhte Hand. „Hört mich wenigstens an."

„Aus welchem Grund? Damit Ihr wiederholen könnt, was Ihr schon so oft vorgebracht habt?"

„Sodass, was ich zu sagen habe, endlich einmal in Euch einsinkt!" Krasus' unerwartet heftige Reaktion überraschte sie beide.

Sein Begleiter schüttelte den Kopf. „Ihr wart zu lange bei ihnen. Eure Abwehr lässt nach, magisch und persönlich. Es wird Zeit, dass Ihr diese hoffnungslose Sache aufgebt ... so, wie wir es taten."

„Ich glaube nicht, dass es hoffnungslos ist." Zum ersten Mal war in der Stimme eine deutliche Färbung zu hören, eine Stimme, die viel tiefer war, als irgendeines der Mitglieder des Rates der Kirin Tor es je für möglich gehalten hätte. „Das kann ich nicht, solange sie gefangen ist."

„Es ist verständlich, was sie für Euch bedeutet, Korialstrasz – uns aber bedeutet sie nichts als die Erinnerung an die Vergangenheit."

„Wenn diese Zeit vorbei ist, warum steht Ihr und die Euren noch auf Euren Posten?", entgegnete Krasus ruhig; er hatte seine Gefühle wieder unter Kontrolle.

„Weil wir unsere letzten Jahre in Frieden und Ruhe leben wollen ..."

„Grund genug, mir in dieser Sache beizustehen."

Wieder zischte der andere. „Korialstrasz, werdet Ihr Euch je in das Unvermeidliche fügen? Euer Plan überrascht uns nicht, dafür kennen wir Euch zu gut. Wir haben Eure kleine Marionette auf ihrer erfolglosen Mission gesehen – glaubt Ihr, sie könnte sie je erfüllen?"

Krasus wartete einen Moment, bevor er antwortete. „Er hat das Potenzial ... doch er ist nicht alles, was ich aufzubieten habe. Nein, ich denke, er wird versagen. Aber sein Opfer wird mir bei meinem endgültigen Erfolg helfen ... und wenn Ihr auf meiner Seite wärt, wäre dieser Erfolg noch sicherer."

„Ich hatte Recht." Krasus' Begleiter klang schwer enttäuscht. „Das gleiche Gerede. Das gleiche Betteln. Ich bin nur wegen der Verbindung gekommen, die einmal stark zwischen uns war, doch ich erkenne, ich hätte es nicht tun sollen – nicht einmal das. Ihr habt keinen Rückhalt, keine Macht. Es gibt nur noch Euch, und Ihr müsst Euch in den Schatten verbergen ...", er wies auf die Nebel, von denen sie umgeben waren, „… an Orten wie diesen, statt Eure wahre Gestalt zu zeigen."

„Ich tue, was ich tun muss. Wie steht es mit Euch?" Krasus' Stimme wurde wieder schneidend. „Für welchen Zweck lebt Ihr, mein alter Freund?"

Die andere Gestalt fuhr bei diesem Seitenhieb auf, drehte sich dann aber um, trat ein paar Schritte auf den wabernden Nebel zu, hielt inne und blickte zurück. Krasus' Begleiter klang resigniert. „Ich wünsche Euch nur das Beste, Korialstrasz, das tue ich wirklich. Ich … *wir* glauben einfach nicht, dass man die Vergangenheit zurückholen kann. Diese Tage sind vorbei, und wir mit ihnen."

„Das ist also Eure Wahl." Sie verabschiedeten sich fast schon, doch bevor sie gingen, rief Krasus plötzlich: „Eine Bitte noch, bevor Ihr zu den anderen zurückkehrt."

„Und welche wäre das?"

Die Gestalt des Magiers schien sich in ihrer Gesamtheit zu verdunkeln, und er fauchte: „Nennt mich nie wieder bei diesem Namen. *Nie wieder*. Er darf nicht ausgesprochen werden, nicht einmal hier."

„Niemand könnte je …"

„Nicht einmal hier."

Etwas in Krasus' Ton brachte den anderen zum Nicken.

Dann verließ er Krasus eilig und verschwand im Nichts.

Der Zauberer starrte auf die Stelle, wo der andere gestanden hatte, und dachte an die möglichen Konsequenzen ihrer fruchtlosen Unterhaltung. Wenn sie es doch nur einsehen würden! Gemeinsam gab es Hoffnung. Jeder auf sich allein gestellt, konnten sie wenig ausrichten … und das würde ihren Feinden in die Hände spielen.

„Narren", flüsterte Krasus. „Was sind wir doch für unglaubliche Narren …"

VIER

Die Paladine brachten sie zu einer Festung, die sich als jene Siedlung herausstellte, von der Vereesa gesprochen hatte. Rhonin zeigte sich wenig beeindruckt. Die hohen Steinmauern rahmten funktionelle, schnörkellose Gebäude ein, in denen heilige Ritter, Schildknappen und eine kleine Anzahl normaler Bürger versuchten, ein Leben in relativer Einfachheit zu führen. Die Banner der Bruderschaft wehten neben denen der Allianz von Lordaeron, die von den Rittern der Silbernen Hand tatkräftig unterstützt wurde. Nur die Bürger verhinderten, dass Rhonin die Siedlung für einen militärischen Stützpunkt hielt. Die Regeln des heiligen Ordens regulierten offenbar das Zusammenleben von Zivilisten und Soldaten.

Die Paladine behandelten die Elfe freundlich, einige der jüngeren Ritter bemühten sich sogar um besonderen Charme, wenn sich Vereesa mit ihnen unterhielt. Mit dem Zauberer redeten sie jedoch nur, wenn es unbedingt nötig war und ließen sogar seine Frage, wie lange sie noch für die Reise nach Hasic benötigen würden, unbeantwortet. Vereesa musste die Frage wiederholen, erst dann erhielt er seine Antwort.

Trotz des ersten Eindrucks waren die beiden natürlich keine Gefangenen, aber Rhonin fühlte sich wie ein Ausgestoßener unter diesen Leuten. Sie behandelten ihn mit minimaler Höflichkeit, weil es ihr Schwur gegenüber König Terenas verlangte, doch abgesehen davon blieb er ein Paria.

„Wir sahen den Drachen und die Greife", sagte ihr Anführer, ein Mann namens Duncan Senturus. „Unsere Pflicht und unsere Ehre geboten es, dass wir sofort ausritten, um Hilfe zu bringen."

Die Tatsache, dass der Kampf vollständig in der Luft und damit außerhalb ihrer Reichweite ausgetragen wurde, hat weder ihren heiligen Enthusiasmus gedämpft, noch ihren gesunden Menschenverstand auf den Plan gerufen, dachte Rhonin trocken. Sie und die Waldläuferin hatten in dieser Beziehung einiges gemeinsam. Seltsamerweise fühlte der Zauberer jedoch einen Hauch von Eifersucht, da er nicht mehr allein mit Vereesa war. *Schließlich wurde sie zu meiner Führerin ernannt. Sie sollte von dieser Pflicht nicht abweichen, bis wir Hasic erreicht haben.*

Leider hatte Duncan Senturus auch Pläne, die Hasic betrafen. Als sie abstiegen, bot der breitschultrige ältere Ritter der Elfe seinen Arm an und sagte: „Es wäre eine grobe Unterlassung, wenn wir euch nicht auf dem schnellsten und sichersten Weg zum Hafen begleiten würden. Ich weiß, dass man Euch diese Aufgabe anvertraut hat, Mylady, aber eine höhere Macht scheint dafür gesorgt zu haben, dass Euch Eure Wege zu uns führten. Wir kennen den Weg nach Hasic gut, deshalb wird Euch ein kleiner Trupp unter meiner Leitung im Morgengrauen auf der Reise begleiten."

Die Waldläuferin schien darüber erfreut zu sein, im Gegensatz zu Rhonin. Alle in der Festung starrten ihn an, als habe er sich in einen Ork oder Goblin verwandelt. Er hatte bereits genügend Verachtung von den anderen Zauberern erfahren und benötigte keine zusätzliche Häme vonseiten der Paladine.

„Das ist sehr freundlich von Euch", ließ sich Rhonin hinter ihnen vernehmen, „aber Vereesa ist eine fähige Waldläuferin. Wir werden Hasic rechtzeitig erreichen."

Senturus' Nasenlöcher blähten sich auf, als hätten sie gerade die Witterung von etwas Ekel Erregendem aufgenommen. Der ältere Paladin hielt sein Lächeln mühsam aufrecht und sagte zu der Elfe: „Erlaubt mir, Euch persönlich zu Eurem Quartier zu bringen." Er sah einen seiner Untergebenen an. „Meric! Finde einen Platz für den Zauberer ..." „Hier lang", knurrte ein muskelbepackter junger Ritter, der einen breiten Schnurrbart trug. Er schien Rhonin beim Arm greifen zu wollen, auch wenn das bedeutet hätte, ihm den Knochen zu brechen. Rhonin hätte ihm eine Lektion erteilen können, aber zum Schutz der Mission und zur Wahrung des Friedens zwischen den einzelnen Elementen der Allianz trat er einfach nur neben seinen Führer und schwieg während des gesamten Weges.

Er hatte erwartet, dass man ihm den dunkelsten und feuchtesten Platz der ganzen Festung als Nachtlager abbieten würde, aber stattdessen führte man ihn zu einem Zimmer, das vermutlich nicht schlechter war als jene Räumlichkeiten, in denen die mürrischen Krieger lebten. Es war trocken, sauber und verfügte über steinerne Wände, die den Raum umschlossen und nur eine Lücke für eine hölzerne Tür ließen. Rhonin hatte bereits an schlimmeren Orten übernachtet. Das Mobiliar bestand aus einem sauberen hölzernen Bett und einem kleinen Tisch. Da es keine Fenster gab, lieferte eine abgenutzte Öllampe die einzige Beleuchtung. Rhonin erwog, wenigstens um einen Raum mit einem Fenster zu bitten, vermutete jedoch, dass die Ritter nichts Besseres anzubieten hatten. Außerdem war er hier gegen neugierige Blicke geschützt.

„Das ist in Ordnung", sagte er schließlich, aber der junge Ritter, der Rhonin hergebracht hatte, stieg bereits wieder die Stufen hinab und schloss die Tür hinter sich. Der Zauberer versuchte sich daran zu erinnern, ob die Außenseite der Tür einen Riegel oder ein anderes Schloss besaß, entschied dann jedoch, dass die Paladine sicherlich nicht so weit gehen würden. Mochte Rhonin für sie auch eine *verdammte Seele* sein, er blieb immer noch ein Verbündeter. Der Gedanke daran, wie unangenehm diese Tatsache für die Ritter sein musste, hob seine Laune ein wenig. Die Ritter der Silbernen Hand waren ihm schon immer überaus scheinheilig erschienen.

Seine unfreiwilligen Gastgeber ließen ihn bis zum Abendessen allein. Dort setzte man ihn dann weit von Vereesa weg, auf die sich die Aufmerksamkeit des Kommandanten konzentrierte, ob sie das nun wollte oder nicht. Niemand außer der Elfe sprach mehr als ein paar Worte mit dem Zauberer, und Rhonin hätte den Tisch unmittelbar nach dem Essen verlassen, wenn Senturus nicht die Sprache auf Drachen gebracht hätte.

„In den letzten Wochen sieht man sie häufiger fliegen", informierte sie der bärtige Ritter. „Häufiger und verzweifelter. Die Orks wissen, dass sie nur noch wenig Zeit haben, deshalb versuchen sie so viel Zerstörungswerk wie möglich zu hinterlassen, bevor der Tag der Abrechnung mit ihnen kommt." Er nahm einen Schluck Wein. „Erst vor drei Tagen wurde die Siedlung Juroon von zwei Drachen vernichtet. Bei diesem unseligen Zwischenfall starb mehr als die Hälfte der Bewohner. Die Bestien und ihre Herren flohen, bevor die Greifenreiter den Ort erreichen konnten."

„Schrecklich", murmelte Vereesa.

Duncan nickte. Ein Schimmer von beinahe fanatischer Entschlossenheit lag in seinen dunkelbraunen Augen. „Das wird schon bald Vergangenheit sein! Bald werden wir nach Khaz Modan marschieren, auf Grim Batol zu. Dort werden wir die Bedrohung, die von den letzten Resten der Horde ausgeht, endgültig beseitigen! Ork-Blut wird in Strömen fließen!"

„Und gute Männer werden sterben", sagte Rhonin leise.

Offenbar besaß der Kommandant ein ebenso gutes Gehör wie die Elfe, denn er richtete seinen Blick sofort auf den Magier. „Ja, gute Männer werden sterben. Aber wir haben geschworen, Lordaeron und alle anderen Länder von der Bedrohung, die von den Orks ausgeht, zu befreien – und das werden wir tun, egal, was es uns kostet!"

Unbeeindruckt antwortete Rhonin: „Aber zuerst müsst Ihr etwas gegen die Drachen unternehmen, nicht wahr?"

„Wir werden sie vernichten, Zauberer, sie in die Unterwelt schicken, in die sie gehören. Wenn du und deine teuflischen –"

Vereesa berührte die Hand des Kommandanten und schenkte ihm ein Lächeln, das selbst Rhonin nervös machte. „Wie lange seid Ihr bereits ein Paladin, Lord Senturus?"

Rhonin beobachtete überrascht, wie sich die Waldläuferin in eine charmante und reizende junge Frau verwandelte. Ihre Verwandlung veränderte auch Duncan Senturus. Sie scherzte mit dem ergrauenden Ritter und schien an seinen Lippen zu hängen. Ihre Persönlichkeit hatte sich so sehr verändert, dass der Zauberer, der sie beobachtete, kaum glauben konnte, dass es sich um die gleiche Frau handelte, die ihn seit Tagen als Führerin und Helferin begleitete.

Duncan erzählte ausschweifend von den nicht gerade bescheidenen Anfängen seines Lebens als Sohn eines reichen Lords, der dem Orden beitrat, um sich einen Namen zu machen. Obwohl die anderen Ritter die Geschichte schon oft gehört haben mussten, hörten sie aufmerksam zu, sahen ihren Anführer wohl als leuchtendes Beispiel für ihre eigenen Karrieren. Rhonin beobachtete einen nach dem anderen und bemerkte mit leichtem Unbehagen, dass die Paladine kaum blinzelten oder atmeten, während sie der Geschichte lauschten.

Vereesa kommentierte die meisten Teile seiner Erzählung und ließ sogar die einfachsten Taten des älteren Mannes wundersam und mutig erscheinen. Sie spielte ihre eigenen Leistungen herunter, als Lord Senturus sie nach ihrer Ausbildung fragte, obwohl Rhonin sicher war, dass die Waldläuferin ihren Gastgebern in mancherlei Hinsicht überlegen war.

Der Paladin war hingerissen von ihrer Art und wurde immer ausschweifender, aber Rhonin hatte schließlich genug. Er verabschiedete sich – was niemand weiter beachtete – und eilte nach draußen, um frische Luft zu schöpfen und die Einsamkeit zu suchen.

Nacht lag über der Festung, eine mondlose Dunkelheit, die den hochgewachsenen Zauberer wie eine Decke einhüllte. Er freute sich darauf, Hasic zu erreichen und seine Reise nach Khaz Modan fortzusetzen. Dann war endlich Schluss mit Waldläufern, Paladinen und anderen nutzlosen Narren, die ihn nur von seiner eigentlichen Aufgabe abhielten. Rhonin arbeitete am besten allein, das hatte er schon vor der letzten Katastrophe, in die er geschlittert war, klar zu machen versucht. Aber man hatte ihm kein Gehör geschenkt, und er hatte den Befehlen gehorchen müssen, um den Sieg zu erzwingen. Die anderen Teilnehmer der Mission hatten seine Warnungen ignoriert und die Erfordernisse ihrer gefahrvollen Mission nicht begriffen. Mit dem typischen Hochmut der Untalentierten hatten sie sich zwischen seinen mächtigen Zauberspruch und die eigentlichen Ziele – eine Gruppe von Ork-Zaubermeistern, die etwas von den Toten hatten auferstehen lassen wollen, das manche für einen Dämon aus den alten Legenden hielten – gedrängt und waren dabei mit umgekommen.

Rhonin bedauerte jeden einzelnen Toten mehr, als er seinen Herren im Kirin Tor jemals gezeigt hatte: Sie verfolgten ihn, stachelten ihn zu immer riskanteren Unternehmen an ... und was konnte gefährlicher sein, als ganz allein zu versuchen, die Drachenkönigin aus ihrem Gefängnis zu befreien?

Er musste dies allein schaffen, nicht nur des Ruhmes wegen, den es ihm einbringen würde, sondern auch, so hoffte Rhonin, um die Geister seiner toten Kameraden friedlich zu stimmen; Geister, die ihm keinen Moment der Ruhe gönnten. Selbst Krasus wusste nichts von diesen Heimsuchungen – was gut war, da er sonst wahrscheinlich an Rhonins Verstand und seinem Wert gezweifelt hätte.

Der Wind frischte auf, als er die Festungsmauer erklomm. Einige Ritter standen Wache, aber die Neuigkeit seiner Anwesenheit in der Bastion schien sich herumgesprochen zu haben. Nachdem ihn der erste Wächter mithilfe seiner Laterne erkannt hatte, wurde Rhonin erneut zum Ausgestoßenen. Das störte ihn jedoch nicht; ihn interessierten die hiesigen Krieger ebenso wenig wie er sie.

Jenseits der Festung verwandelten die vagen Umrisse der Bäume die Landschaft in etwas Magisches. Rhonin hätte am liebsten die fragwürdige Gastfreundschaft verlassen und sich einen Schlafplatz unter einer Eiche gesucht. Dann hätte er wenigstens nicht mehr den frömmelnden Worten von Duncan Senturus zuhören müssen, der sich nach Meinung des Magiers wesentlich stärker für Vereesa interessierte, als es einem Ritter des heiligen Ordens zustand. Natürlich hatte sie schöne Augen und ihre Kleidung betonte ihre Figur ...

Rhonin verbannte den Anblick der Waldläuferin aus seinen Gedanken. Das erzwungene Exil während seiner Bewährungszeit schien ihn stärker beeinflusst zu haben, als er geglaubt hatte. Die Magie war seine Geliebte und kam vor allem anderen. Wenn Rhonin doch nach der Gesellschaft einer Frau suchte, dann bevorzugte er den gefügigen Typ, die verzogenen jungen Damen an den Höfen etwa oder die leicht zu beeindruckenden Dienstmägde, denen er mitunter auf seinen Reisen begegnete. Sicherlich aber keine arroganten, elfischen Waldläuferinnen ...

Er wandte seine Gedanken wichtigeren Dingen zu. Zusammen mit seinem Pferd hatte Rhonin auch die Gegenstände verloren, die er von Krasus erhalten hatte. Er musste versuchen, Kontakt zu dem anderen Zauberer herzustellen, um ihn wissen zu lassen, was geschehen war. Der junge Magier bedauerte, dass er das tun musste, aber er schuldete Krasus zu viel, um dies nicht wenigstens zu versuchen. Rhonin dachte nicht daran umzukehren; damit hätte er jegliche Hoffnung zunichte gemacht, die Achtung der anderen Zauberer jemals wiederzuerlangen – oder die Achtung vor sich selbst.

Er betrachtete seine Umgebung. Seine Sehschärfe war überdurchschnittlich, aber er entdeckte keine Wachen in der Nähe. Die Mauer eines Turms schützte ihn vor den Blicken des letzten Mannes, dem er auf seinem Weg begegnet war. Für den Moment schien dies ein guter Platz zu sein. Sein Zimmer hätte es vielleicht auch getan, aber Rhonin zog es vor, draußen zu sein, um die dumpfen Gedanken aus seinem Hirn zu verbannen.

Aus einer verborgenen Tasche seiner Robe zog er einen kleinen dunklen Kristall hervor. Nicht gerade die beste Möglichkeit, um eine Verbindung über Meilen hinweg herzustellen, aber die einzige, die ihm geblieben war.

Rhonin hielt den Kristall dem hellsten der schwachen Sterne am Himmel entgegen und begann die Worte der Macht zu sprechen. Das Innere des Steins begann zu leuchten und wurde heller, je länger er redete. Mystische Worte kamen über seine Zunge –

– und im nächsten Moment *verschwanden die Sterne ...!*

Rhonin brach den Zauberspruch mitten im Satz ab und starrte zum Himmel. Nein, die Sterne, auf die er sich konzentriert hatte, waren nicht verschwunden; er konnte sie noch immer sehen. Aber für einen kurzen Moment, nicht länger als ein Lidschlag, hätte er geschworen ...

Seine Gedanken gerieten ins Stocken.

Meine Einbildungskraft und die Erschöpfung haben mir einen Streich gespielt, dachte er. Wenn man berücksichtigte, was an diesem Tag alles passiert war, hätte Rhonin besser daran getan, gleich nach dem Essen zu Bett zu gehen – stattdessen hatte er sich an diesem schweren Zauberspruch versucht. Je eher er ihn hinter sich brachte, desto besser. Er wollte morgen wieder vollständig erholt sein, denn Lord Senturus würde sicherlich ein schnelles Tempo vorlegen.

Erneut hob Rhonin den Kristall und begann, die Worte der Macht zu sprechen. Noch einmal würde er sich nicht durch eine Sinnestäuschung –

„Was tust du hier, Zauberer?", fragte eine tiefe Stimme.

Rhonin fluchte wutentbrannt über die neuerliche Störung. Er drehte sich zu dem Ritter um, der auf ihn zugekommen war, und fauchte: „Nichts, was –"

Eine Explosion erschütterte die Mauer.

Der Kristall entfiel Rhonins Hand. Er hatte keine Zeit, danach zu greifen, musste stattdessen darauf achten, nicht von der Mauer in den sicheren Tod zu stürzen – was ihm gelang.

Dem Wächter war dieses Glück nicht beschieden. Als die Mauer unter ihm erbebte, fiel er nach hinten, schlug zuerst gegen die Brüstung und rutschte dann darüber hinweg. Sein Schrei ging Rhonin durch Mark und Bein, bis er jäh, mit dem Aufschlag unten, abbrach.

Die Explosion war vorbei, aber ihre Erschütterungen setzten sich immer noch fort. Der verzweifelte Zauberer hatte gerade sein Gleichgewicht wiedergewonnen, als ein Teil der Mauer in sich zusammenstürzte. Rhonin rannte auf den Wachturm zu, in der Hoffnung, dort mehr Sicherheit zu finden. Er erreichte die Tür und das Innere – doch da begann sich der Turm bedenklich zu neigen.

Rhonin versuchte, das Gemäuer wieder zu verlassen, aber der Türrahmen brach in sich zusammen. Er war gefangen.

Schnell begann er, einen Zauberspruch aufzusagen, auch wenn er fürchtete, dass es auch dafür schon zu spät war. Die Decke fiel ihm entgegen …

… und gleichzeitig wurde er von etwas, das wie eine gigantische Hand anmutete, in den Würgegriff genommen.

Er konnte nicht mehr atmen und verlor das Bewusstsein.

Nekros Skullcrusher brütete über dem Schicksal, das die Knochen ihm vor langer, langer Zeit enthüllt hatten. Der alte Ork spielte mit einem gelben Reißzahn, während er die goldene Scheibe in seiner anderen Hand betrachtete und sich fragte, wie jemand, dem es gelungen war, solche Macht zu erlangen, dazu gezwungen werden konnte, Kindermädchen und Aufpasser für ein schlecht gelauntes Weibchen zu spielen, dessen einziger Zweck es zu sein schien, Nachkommen zu gebären. Natürlich hatte die Tatsache, dass sie der größte aller Drachen war, etwas mit seiner Entscheidung zu tun – ebenso wie die Erkenntnis, dass er ohne sie, mit nur noch einem Bein, das er besaß, niemals seinen Rang als Clanführers hätte halten können.

Die goldene Scheibe schien ihn zu verhöhnen – seit jeher. Dennoch dachte der verkrüppelte Ork nicht daran, sie wegzuwerfen. Durch sie war er erst in die Position gerückt, die ihm den Respekt der anderen Krieger sicherte … auch wenn er den Respekt vor sich selbst an dem Tag verloren hatte, als der menschliche Ritter ihm die untere Hälfte seines linken Beins abgehackt hatte.

Er hatte den Menschen getötet, es aber nicht geschafft, aus eigener Kraft das Schlachtfeld zu verlassen. Stattdessen hatte er sich von anderen schleppen lassen müssen. Sie hatten seine Wunde gereinigt und ihm die Prothese gebaut, die sein fehlendes Stück Bein ersetzte.

Sein Blick fand den Kniestumpf und das Holzbein, das daran befestigt war. Er würde keinen ruhmreichen, blutigen, todesnahen Kampf mehr erleben. Andere Krieger hatten sich aufgrund weniger schwerer Verletzungen selbst gerichtet, aber

Nekros *schaffte* es einfach nicht, seine Ehre auf diese Weise wiederherzustellen. Allein der Gedanke an die Klinge an seiner Kehle oder in seiner Brust erfüllte ihn mit einem Schaudern, das er vor den anderen nicht einmal erwähnen durfte. Nekros Skullcrusher wollte leben, egal, was es ihn kostete.

Es gab einige im Dragonmaw-Clan, die ihn schon längst zu den ruhmreichen Schlachtfeldern des Lebens nach dem Tode geschickt hätten, wäre er nicht ein so talentierter Zauberer gewesen. Schon früh hatte man sein Talent für jene Künste entdeckt, und er war von den besten Magiern unterrichtet worden. Allerdings hätte das Leben eines bekennenden Zauberers Entscheidungen von ihm abverlangt, die Nekros nicht zu treffen bereit war; dunkle Entscheidungen, die seiner Ansicht nach der Horde nicht gedient, sondern sie, im Gegenteil, unterwandert hätten. Er war vor ihnen geflohen und zu den Kriegern zurückgekehrt, aber mitunter verlangte sein Häuptling, der große Schamane Zuluhed, den Einsatz seiner anderen Talente von ihm – so auch, als es darum ging, etwas zu vollbringen, was von den meisten Orks als aussichtslos betrachtet worden war: die Gefangennahme der Drachenkönigin Alexstrasza.

Zuluhed beherrschte die rituelle Magie des alten Schamanenglaubens wie nur wenige seit Gründung der Horde, aber für diese spezielle Aufgabe hatte er die dunkleren Kräfte benötigt, in denen sich Nekros auskannte. Über Wege, die der weise Ork seinem verkrüppelten Begleiter nie enthüllt hatte, war Zuluhed in den Besitz eines uralten Talismans gekommen, der angeblich zu gewaltigen Wundern imstande war. Allerdings hatte der Talisman nicht auf die Schamanen-Sprüche reagiert, obwohl der Häuptling sich die allergrößte Mühe gab. Deshalb hatte sich Zuluhed an den einzigen Zauberer wenden müssen, dem er vertrauen konnte, einen Krieger, der loyal zum Dragonmaw-Clan stand.

Und so hatte Nekros *die Dämonenseele* erhalten.

Zuluhed hatte der zierdelosen goldenen Scheibe diesen Namen verliehen, obwohl der andere Ork den Grund dafür zunächst nicht verstanden hatte.

Nekros drehte sie zwischen seinen Händen und bewunderte, wie schon so oft, ihr beeindruckendes, wenn auch schlichtes Aussehen. Sie bestand aus reinem Gold und hatte die Form einer Münze mit abgerundeten Rändern. Sie leuchtete selbst im geringsten Licht und nichts konnte sie beschmutzen. Öl, Schlamm, Blut ... alles perlte davon ab.

„Sie ist älter als die Magie der Schamanen oder der Zauberer", hatte Zuluhed ihm gesagt. *„Ich kann damit nichts anfangen, aber du vielleicht ..."*

Obwohl der holzbeinige Ork ausgebildet worden war, bezweifelte er, dass er, der den dunklen Künsten eigentlich abgeschworen hatte, mehr erreichen würde als sein legendärer Häuptling. Trotzdem hatte er den Talisman angenommen und versucht seinen Nutzen zu ergründen.

Zwei Tage später war ihnen dank seines unglaublichen Erfolgs und Zuluheds leitender Hand etwas gelungen, was niemand, vor allem die Drachenkönigin, je für möglich gehalten hätte.

Nekros grunzte und erhob sich langsam. Dort, wo das Holz gegen sein Knie stieß, schmerzte sein Bein; ein Schmerz, der durch das enorme Gewicht des bauchigen Ork noch gesteigert wurde. Nekros machte sich keine Illusionen über seine Führungsqualitäten. Es fiel ihm ja schon schwer, die Höhlen zu durchwandern.

Es war Zeit für einen Besuch bei Ihrer Hoheit. Er musste dafür sorgen, dass sie nicht vergaß, ihre Pflichten zu erfüllen. Zuluhed und die wenigen anderen Clanführer, die noch in Freiheit lebten, träumten immer noch von der Wiederauferstehung der Horde. Sie wollten die Orks, die von dem Schwächling Doomhammer im Stich gelassen worden waren, zum Aufstand bewegen. Nekros zweifelte an der Erfüllbarkeit dieser Träume, aber er war ein loyaler Ork, und als loyaler Ork folgte er den Befehlen seines Kommandanten aufs Wort.

Mit der *Dämonenseele* in der Hand hinkte der Ork durch die dunklen Gänge der Höhlen. Der Dragonmaw-Clan hatte hart geschuftet, um das vorhandene System, das sich durch die Berge zog, zu erweitern. Das komplexe Gangsystem erleichterte den Orks die schwierige Aufgabe des Aufziehens und Ausbildens der Drachen zur Unterstützung der Horde. Drachen benötigten viel Raum und ihre eigenen Räumlichkeiten, die erst einmal ausgehoben werden mussten.

Heute gab es natürlich weniger Drachen, eine Tatsache, die Zuluhed und andere in letzter Zeit häufiger in Nekros Beisein erwähnten. Sie benötigten Drachen, wenn ihre verzweifelten Angriffe doch noch irgendwann von Erfolg gekrönt sein sollten.

Und wie soll ich sie dazu bringen, schneller zu brüten?, dachte Nekros bei solchen Gelegenheiten.

Zwei jüngere, kräftige Krieger gingen an ihm vorbei. Sie waren über zwei Meter groß und doppelt so breit wie ihre menschlichen Gegner. Sie neigten leicht die Köpfe und bekundeten ihren Respekt vor seinem Rang. Riesige Schlachtäxte hingen in Gurten auf ihren Rücken. Es waren neue Drachenreiter. Die Todesfälle unter den Reitern waren ungefähr doppelt so hoch wie unter ihren Tieren, was am häufigen Verlust jeglichen Halts im Kampfe lag. Früher hatte sich Nekros gefragt, ob dem Clan zuerst die Krieger oder die Drachen ausgehen würden, aber er hatte dies nie Zuluhed gegenüber zur Sprache gebracht.

Der Ork humpelte weiter durch das Labyrinth der Gänge und vernahm schon bald die typischen Geräusche, die auf die Gegenwart der Drachenkönigin hinweisen. Er bemerkte das angestrengte Atmen, das als Echo von den Wänden zurückprallte, als würde Dampf aus den Tiefen der Erde emporsteigen. Nekros wusste, was das mühsame Atemschöpfen bedeutete. Er war zum genau richtigen Zeitpunkt eingetroffen.

Es standen keine Wachen an dem aus Stein gehauenen Eingang zur großen Kammer des Drachens, dennoch blieb Nekros stehen. Es hatte bereits frühere Versuche gegeben, den riesigen roten Drachen zu befreien oder ihn zu beseitigen, aber sie hatten jedes Mal mit dem Tod geendet. Nicht die Königin war dafür verantwortlich – sie hätte jeden Mörder sehnsüchtig willkommen geheißen –, sondern eine eher unerwartete Fähigkeit des Talismans, den Nekros in Händen hielt.

Der Ork kniff die Augen zusammen und vermochte doch nicht mehr zu sehen, als einen leeren Korridor. „Komm!"

Sofort begann die Luft rund um den Eingang zu flirren. Kleine Feuerbälle entstanden und verschmolzen miteinander. Eine humanoide Gestalt begann, den Eingang auszufüllen und herauszugleiten.

Etwas, das an einen brennenden Totenschädel erinnerte, entstand dort, wo der Kopf hätte sein sollen. Eine Rüstung, wie aus glühenden Knochen erschaffen, umfloss den Körper eines monströsen Kriegers, der selbst die größten Orks wie Zwerge aussehen ließ. Nekros fühlte keine Hitze von den höllischen Flammen ausströmen, wusste jedoch, dass selbst eine sachte Berührung der Kreatur ihn in ein Meer aus Schmerz hätte stürzen lassen; Qualen, wie sie selbst ein bewährter Krieger noch niemals durchlebt hatte.

Unter den anderen Orks flüsterte man, dass Nekros Skullcrusher einen der legendären Dämonen erweckt habe. Er sah keine Veranlassung, diesem Gerücht zu widersprechen, obwohl Zuluhed die Wahrheit kannte. Die monströse Kreatur, die den Drachen bewachte, war unfähig, einen eigenen Gedanken zu fassen.

Bei seinem Versuch, die Fähigkeiten des mysteriösen Artefakts zu enthüllen, hatte Nekros etwas anderes aus seinem Schlummer gerissen. Zuluhed bezeichnete es als einen Golem des Feuers, entstanden vielleicht aus der Essenz dämonischer Macht, aber keineswegs selbst eines dieser angeblich mystischen Wesen.

Ungeachtet seiner Herkunft oder früheren Verwendung diente der Golem nun als perfekter Wächter. Selbst die mutigsten Krieger gingen ihm aus dem Weg. Nur Nekros konnte ihm Befehle erteilen. Zuluhed hatte es versucht, aber das Artefakt, aus dem der Golem entstanden war, schien eine Verbindung mit dem einbeinigen Ork eingegangen zu sein.

„Ich trete ein", sagte er zu der grausamen Kreatur.

Der Golem versteifte sich ... und verschwand in einem Regen aus ersterbenden Funken. Obwohl Nekros diesen Abschied schon oft gesehen hatte, wich er stets ein Stück weit zurück und wagte es nicht, durch den Eingang zu treten, bis auch der letzte Funke verloschen war.

Als der Ork eintrat, bemerkte eine Stimme: „Ich wusste ... dass du ... bald hier ... sein würdest ..."

Die Abscheu in den Worten des angeketteten Drachens beeindruckte den Wärter nicht. In den letzten Jahren hatte er schon weit Schlimmeres gehört. Seine Hand umklammerte das Artefakt, als er sich auf den Kopf der Königin, der mit Eisen gehalten wurde, zu bewegte. Sie hatten einen Wärter an ihre mächtigen Kiefer verloren, ein zweiter sollte dem nicht folgen.

Eigentlich hätten die eisernen Ketten und Stangen nicht ausreichen dürfen, um einen solchen Leviathan zu zähmen, aber sie waren mit der Macht der Scheibe verstärkt worden. Selbst wenn Alexstrasza sich mit aller Kraft wehrte, konnte sie sich niemals befreien. Das hieß jedoch nicht, dass sie es nicht jedes Mal wieder aufs Neue versuchte.

„Brauchst du etwas?" Nekros fragte das nicht, weil er sich um sie sorgte. Aber er wollte sie für die Horde am Leben erhalten.

Einst hatten die roten Schuppen der Königin wie edles Metall geglänzt. Noch immer füllte sie die große Kammer vom Kopf bis zur Schwanzspitze aus, aber in letzter Zeit sah man ihre Rippen unter der Haut und ihre Worte klangen angestrengter. Doch trotz ihres schlechten Zustands war der Hass nicht aus ihren großen goldenen Augen gewichen. Der Ork wusste, dass er, sollte der Drachenkönigin je die Flucht gelingen, als Erster von ihr zermalmt oder zu Asche verbrannt würde. Da die Wahrscheinlichkeit dafür jedoch sehr gering war, machte sich selbst der einbeinige Nekros darüber keine Gedanken.

„Der Tod wäre nett ..."

Er grunzte und wandte sich ab von solch sinnloser Unterhaltung. Während ihrer langen Gefangenschaft hatte sie einmal versucht sich zu Tode zu hungern, aber er hatte einfach eines ihrer Eier vor ihrem entsetzten Blick zerbrochen, um diese Gefahr abzuwenden. Obwohl Alexstrasza wusste, dass jeder ihrer Nachkommen ausgebildet wurde, um die Feinde der Horde zu terrorisieren und wahrscheinlich in diesem Kampf zu sterben, hoffte sie immer noch, dass sie eines Tages frei sein würden. Mit dem Vernichten der Eier verging auch ein Teil dieser Hoffnung. Ein Drache weniger, der vielleicht eines Tages sein eigener Herr sein würde.

Wie immer inspizierte Nekros die neue Brut. Dieses Mal gab es fünf Eier, eine gute Anzahl, obwohl die meisten etwas kleiner als sonst waren. Das bereitete ihm Sorgen. Sein Häuptling hatte sich bereits über die kleinen Drachen aus dem letzten Wurf beschwert, obwohl selbst ein kleiner Drache noch die Größe mehrerer Orks hatte.

Nekros ließ die Scheibe in eine sichere Tasche an seiner

Hüfte gleiten und hob eines der Eier auf. Der Verlust seines Beins hatte seine Arme nicht geschwächt und so konnte der große Ork es problemlos bewegen. Er bemerkte, dass das Ei ein vielversprechendes Gewicht hatte. Wenn die anderen Eier ebenfalls so schwer waren, würden aus ihnen zumindest gesunde Drachen schlüpfen. Am besten brachte er sie sobald wie möglich nach unten in die Brutkammer. Die vulkanische Hitze, die dort herrschte, war ideal, um das Schlüpfen der Tiere zu beschleunigen.

Als Nekros das Ei wieder ablegte, murmelte die Königin: „All dies ist völlig sinnlos, Sterblicher. Dein kleiner Krieg ist fast vorüber."

„Vielleicht hast du Recht", knurrte er und überraschte sie vermutlich mit seiner Offenheit, „aber wir kämpfen bis zum bitteren Ende, Echse."

„Dann werdet ihr es ohne uns tun müssen. Du weißt, dass mein letzter Begleiter stirbt. Ohne ihn wird es keine neuen Eier mehr geben." Ihre leise Stimme war kaum noch zu hören. Die Drachenkönigin atmete mühsam aus, als wäre die Unterhaltung bereits zu viel für ihren geschwächten Körper.

Er sah in ihre Reptilienaugen. Nekros wusste, dass Alexstraszas letzter, noch verbliebener Gefährte tatsächlich im Sterben lag. Sie hatten ursprünglich drei besessen, doch einer war bei seinem Versuch, über das Meer zu fliehen, gestorben, und der Zweite hatte seine Verletzungen nicht überlebt, nachdem der rebellische Drache Deathwing ihn überraschend attackiert hatte. Der Dritte und Älteste von ihnen war an der Seite seiner Königin geblieben, aber er war noch um Jahrhunderte älter selbst als Alexstrasza, und diese Jahrhunderte, verbunden mit fast tödlichen Verletzungen, verlangten jetzt ihren Preis.

„Dann finden wir einen anderen."

Es gelang ihr zu schnaufen. Ihre Worte waren nicht mehr als ein Flüstern. „Und wie … wollt ihr das anstellen?"

„Wir finden einen." Er hatte keine andere Antwort für sie, aber Nekros wollte verdammt sein, wenn er der Echse die Genugtuung gewährte, auf die sie spekulierte. Ärger und lange aufgestaute Frustration kochten in ihm hoch. Er hinkte zu ihr. „Und was dich angeht, Echse –"

Nekros hatte sich dicht an den Kopf der Drachenkönigin herangewagt, wohl in der Gewissheit, dass sie dank der magischen Fesseln nicht in der Lage sein würde, ihn zu fressen oder einzuäschern. Deshalb erschrak er, als sich Alexstraszas Kopf plötzlich trotz der Fesseln drehte und sein gesamtes Gesichtsfeld ausfüllte. Das Maul der Königin öffnete sich weit, und der Ork starrte in den erschütternd tiefen Rachen der Kreatur, die ihn verschlingen wollte.

Das vermochte sie jedoch nicht, denn Nekros reagierte blitzschnell. Er griff in die Tasche, in der sich die *Dämonenseele* befand, murmelte ein einziges Wort und dachte einen einzigen Befehl.

Ein schmerzerfülltes Brüllen hallte durch die Kammer und ließ Felsbrocken von der Decke fallen. Der rote Drache bog den Kopf so weit zurück, wie es ihm möglich war. Die Klammer um seinen Hals leuchtete so grell, dass der Ork seine Augen bedecken musste.

Neben ihm tauchte der flammende Diener der Scheibe auf. Seine dunklen Augenhöhlen wandten sich Nekros zu, erwarteten seinen Befehl. Der Zauberer benötigte die Kreatur jedoch nicht mehr, denn das Artefakt selbst hatte die Situation, die fast in der Katastrophe gegipfelt hätte, unter Kontrolle gebracht.

„Geh!", befahl er dem Feuergolem. Als die Kreatur in einer Explosion verging, wagte sich der verkrüppelte Ork wieder an die Königin heran. Verachtung zeichnete sich in seinem hässlichen Gesicht ab, und die Erkenntnis, einen längst verlorenen Kampf zu kämpfen, steigerte seinen Zorn über den letzten Mordversuch des Leviathans ins Unermessliche.

„Immer noch trickreich, Echse?" Er warf einen Blick auf die Eisenklammer, die Alexstrasza in langer, mühevoller Arbeit aus der Wand gelöst haben musste. Die Magie ihrer Fesseln erstreckte sich nicht auf den Stein, in dem sie verankert waren, wie Nekros jetzt erkannte. Diese Nachlässigkeit hatte ihn beinahe das Leben gekostet.

Aber da es ihr nicht gelungen war, ihn umzubringen, musste sie jetzt für ihre Anmaßung bezahlen. Nekros starrte unter vorstehenden Augenwülsten heraus auf den verletzten Drachen.

„Eine gewagte Hinterlist ...", knurrte er. „Eine verwegene, aber auch dumme Hinterlist." Er hielt die goldene Scheibe hoch, damit ihre geweiteten Augen sie sehen konnten. „Zuluhed hat mir befohlen, dich am Leben zu erhalten, aber er befahl mir auch, dich zu bestrafen, wenn ich es für nötig halte." Nekros' Finger schlossen sich fester um das Artefakt, das hell zu leuchten begann. „Jetzt ist –"

„Entschuldige die Unterbrechung eines Nichtsnutzes, o großmütiger Meister", krächzte eine Nerven aufreibende Stimme hinter ihm. „Es gibt Neuigkeiten, die Ihr unbedingt erfahren müsst."

Nekros ließ beinahe das Artefakt fallen. Auf seinem gesunden Bein wirbelte er herum und erblickte eine Mitleid erregende kleine Gestalt mit Fledermausohren und spitzen Zähnen, welche in irrem Grinsen entblößt waren. Nekros wusste nicht, was ihn mehr störte – die Kreatur oder der Umstand, dass es ihr gelungen war, in die Höhle des Drachen vorzudringen, ohne vom Golem gestoppt zu werden.

„Du! Wie bist du hier hereingekommen?" Er schnappte mit der Hand nach der Kehle der kleinen Gestalt und hob sie mühelos hoch. Jeder Gedanke an eine Bestrafung des Drachens verschwand aus seinem Geist. „Wie?"

Obwohl die widerwärtige kleine Kreatur halb erstickte,

grinste sie weiterhin. „I-Ich bin einfach hinein ... gegangen, o g-großmütiger Meister! Einfach rein-reingegangen!"

Nekros dachte nach. Der Goblin hatte vermutlich den Moment genutzt, als der Feuergolem seinem Herrn zu Hilfe geeilt war. Goblins waren trickreich und fanden häufig Wege, um selbst an Orte zu gelangen, die man hermetisch abgesichert wähnte. Aber selbst dieses Exemplar hätte es auf keine andere Weise als die, die Nekros sich gerade zur eigenen Beruhigung herangezogen hatte, geschafft, hier hereinzugelangen.

Er ließ den Goblin fallen. „Also gut! Warum bist du hier? Was hast du für Neuigkeiten?"

Der Goblin rieb seine Kehle. „Nur die wichtigsten, nur die wichtigsten, dessen könnt Ihr sicher sein!" Sein Grinsen wurde noch breiter. „Habe ich Euch denn je enttäuscht, o wundersamer Meister?"

Im tiefsten Inneren war Nekros zwar der Meinung, dass Goblins weniger Ehre im Leib hatten als Schnecken, aber er musste sich auch eingestehen, dass dieser hier ihn nie betrogen hatte. Die Goblins waren vielleicht nicht die vertrauenswürdigsten Verbündeten und spielten gern ihr eigenes Spiel, aber sie hatten stets die Missionen erfüllt, die ihnen Doomhammer und vor ihm Blackhand befohlen hatte. „Sprich und beeil dich gefälligst!" Der teuflische Zwerg nickte mehrfach. „Ja, Nekros, ja! Ich bin hier, um Euch von einem *Plan* zu berichten – von mehreren, um genau zu sein –, und sie alle haben das Ziel, jemanden ..." Er zögerte und zeigte mit dem Kopf auf die erschöpfte Alexstrasza. „Ich meine, sie alle haben das Ziel, sämtliche Träume des Dragonmaw-Clans zu zerstören ..."

Ein unangenehmes Gefühl überkam den Ork. „Was soll das heißen?"

Wieder wies der Goblin mit dem Kopf zu dem Drachen. „Vielleicht sollten wir woanders, großmütiger Herr ...?"

Die Kreatur hatte Recht. Nekros warf einen Blick auf seine Gefangene, die vor Schmerz und Erschöpfung das Bewusstsein verloren zu haben schien. Von jetzt an würde er ihr gegenüber noch vorsichtiger sein. Wenn sein Spion die Neuigkeit brachte, die er vermutete, war es besser, wenn die Drachenkönigin keine Details erfuhr.

„Wie du willst", grunzte er. Nekros hinkte auf den Ausgang zu und dachte bereits über das nach, was er gleich erfahren würde. Der Goblin hüpfte grinsend neben ihm auf und ab. Nekros hätte das nervtötende Lächeln liebend gern von seinem Gesicht gewischt, aber noch benötigte er die Kreatur. Wenn sie ihm doch nur den geringsten Anlass gegeben hätte, seine Meinung zu revidieren ...

„Ich hoffe, du hast einen guten Grund für die Störung, Kryll!"

Kryll nickte und musste sich beeilen, um Schritt zu halten. Sein Kopf bewegte sich ruckartig wie bei einem zerbrochenen Spielzeug. „Vertraut mir, Meister Nekros, *vertraut* mir ..."

FÜNF

„Er hatte nichts mit der Explosion zu tun", beharrte Vereesa. „Wieso sollte er so etwas tun?"

„Er ist ein Zauberer", erinnerte Duncan sie, als beantworte allein dies schon alle Fragen. „Das Leben und Lebenswerk anderer kümmert ihn nicht."

Sich der Vorurteile des heiligen Ordens gegenüber jeglicher Form von Magie wohl bewusst, versuchte Vereesa erst gar nicht, diesen Punkt anzufechten. Als Elfe war sie mit Magie aufgewachsen, war sogar selbst ein wenig darin bewandert, und daher sah sie Rhonin nicht in dem schlechten Licht, wie es der Paladin tat. Wenngleich ihr Rhonin rücksichtslos vorkam, erschien er ihr doch nicht so unmenschlich, dass sie ihm nicht zugetraut hätte, er würde sich Gedanken um das Leben anderer machen. Hatte er ihr nicht zur Flucht vor dem Drachen verholfen und dabei die eigene Haut riskiert? Er hätte Hasic auch alleine erreichen können.

„Und wenn ihn keine Schuld trifft", fuhr Lord Senturus fort, „wieso ist er dann verschwunden? Weshalb gibt es keine Spur von ihm in den Trümmern? Wenn er unschuldig wäre, sollte sein Körper dort neben unseren beiden Brüdern liegen, die während seines Zaubers umkamen ..." Der Mann strich leicht durch seinen Bart. „Nein, dieses schändliche Werk ist sein Verdienst, das könnt Ihr mir glauben."

Und daher wirst du ihn wie ein Tier zur Strecke bringen,

dachte sie. Warum sonst hatte Duncan zehn seiner Besten zusammengerufen, um Vereesa auf ihrer Suche nach dem vermissten Zauberer zu begleiten. Was sie ursprünglich als Rettungsmission verstanden hatte, entpuppte sich bald als etwas gänzlich anderes. Beim Klang der Explosion und dem Anblick der Ruine hatte die Elfe einen Stich im Herzen verspürt. Sie hatte nicht nur darin versagt, das Leben ihres Begleiters zu schützen, sondern obendrein waren er und zwei weitere Männer auch noch eines völlig sinnlosen Todes gestorben. Duncan hatte den ganzen Vorfall von Anfang an in anderem Licht betrachtet, insbesondere nachdem eine Durchsuchung der Trümmer keine Spur von Rhonin erbracht hatte.

Ihr erster Gedanke war gewesen: *Goblin-Pioniere!* Diese Geschöpfe verstanden sich vortrefflich darin, unbemerkt einer Festung nahe zu kommen und tödliche Sprengladungen anzubringen. Doch der Hauptmann der Paladine hatte darauf bestanden, dass sein Land von allen Anhängern der Horde, vor allem von Goblins, gesäubert worden sei. Auch wenn die stinkenden kleinen Kreaturen einige unglaubliche, nachgerade fantastische Flugmaschinen besaßen, war keine von ihnen beobachtet worden. Ein solches Flugschiff hätte sich wie der Blitz bewegen müssen, um einer Entdeckung zu entgehen – ein Ding der Unmöglichkeit für diese schwerfälligen Apparate.

Womit wiederum Rhonin als wahrscheinlichster Urheber der Zerstörung übrig blieb.

Vereesa glaube ihn dessen nicht fähig, vor allem weil er so sehr nach der Erfüllung seiner Mission gestrebt hatte. Sie konnte nur hoffen, dass sie, sollten sie den jungen Zauberer aufspüren, imstande sein würde, Duncan und die anderen davon abzuhalten, ihn umzubringen, bevor sie überhaupt versuchten, die Wahrheit herauszufinden.

Sie hatten den umliegenden Landstrich durchkämmt und bewegten sich nun in Richtung Hasic. Obwohl von mehr als einem der jüngeren Ritter angemerkt worden war, dass sich Rhonin wahrscheinlich seiner Magie bedient habe, um sich an seinen Zielort zu versetzen, war Duncan Senturus' Meinung, was die Fähigkeiten des Zauberers betraf, offenkundig nicht hoch genug, um dem Glauben zu schenken. Er war der leidenschaftlichen Überzeugung, dass es ihnen möglich sein würde, den verbrecherischen Magier zu finden und an ihm Gerechtigkeit zu üben.

Als der Tag zur Neige ging und die Sonne zu sinken begann, beschlichen sogar Vereesa erste Zweifel an Rhonins Unschuld. *Hatte* er die Katastrophe vielleicht doch verursacht und war anschließend vom Ort der feigen Tat geflohen?

„Wir werden bald unser Lager aufschlagen", verkündete Lord Senturus einige Zeit später. Er betrachtete den dichter werdenden Wald. „Auch wenn ich keinen Ärger erwarte, bringt es uns doch nichts, durch die Dunkelheit zu streifen und dabei womöglich die Beute zu verpassen, obwohl sie sich ganz nah verbirgt."

Mit einem weit besseren Sehvermögen ausgestattet als ihre Gefährten, zog Vereesa in Betracht, alleine weiterzusuchen, besann sich dann aber eines Besseren. Wenn die Ritter der Silbernen Hand Rhonin in ihrer Abwesenheit fanden, standen die Chancen des Zauberers ziemlich schlecht.

Sie ritten noch eine Weile weiter, ohne eine Spur zu entdecken. Die Sonne war hinter dem Horizont versunken und hinterließ nur einen Hauch von Licht, der ihren Weg erhellte. Wie angekündigt, gab Duncan merklich widerwillig die Losung aus, eine vorübergehende Unterbrechung ihrer Suche einzulegen. Er befahl seinen Rittern, umgehend ein Lager zu errichten. Vereesa saß ab, doch ihre Augen fuhren fort, die Umgebung zu sondieren, und wider alle Vernunft hoffte sie, dass sich der hitzköpfige Zauberer bemerkbar machen würde.

„Er ist hier nirgendwo, Lady Vereesa."

Sie drehte sich um und blickte zum Anführer der Paladine auf, dem einzigen Mann unter den Verfolgern, der groß genug war, ihr solch eine Haltung abzunötigen. „Ich kann nicht aufhören, Ausschau zu halten, Mylord."

„Wir werden diesen Schurken schon früh genug finden."

„Wir sollten uns zuerst seine Version der Geschichte anhören, Lord Senturus. Das erscheint mir nur angemessen."

Die in voller Rüstung vor ihr stehende Gestalt zuckte mit den Schultern, als würde dies für sie keinerlei Unterschied machen. „Er wird natürlich die Möglichkeit erhalten, Buße zu tun."

Was nichts anderes hieß, als dass sie Rhonin entweder in Ketten zurückschleifen oder auf der Stelle hinrichten würden. Die Ritter der Silbernen Hand mochten ein heiliger Orden sein, aber sie waren ebenso bekannt für ihre Pragmatik bei der Ausübung von Gerechtigkeit.

Vereesa entschuldigte sich beim Hauptmann der Paladine, nicht sicher, ob sie ihm gegenüber, was diesen Punkt anging, sonst noch lange ihre Zunge hätte im Zaum halten können. Sie brachte ihr Pferd zu einem Baum am Rande des Lagerplatzes, dann tauchte sie zwischen die Bäume. Hinter ihr verstummten die Geräusche des Lagers, während die Elfe tiefer in ihre ureigene Welt eindrang.

Erneut verspürte sie die Versuchung, die Suche allein fortzusetzen. Es war so einfach für sie, geschmeidig durch den Wald zu huschen und die Klüfte oder Dickichte zu finden, die einen Leichnam verbergen mochten.

‚Du bist immer darauf aus, dich davonzustehlen und die Dinge auf deine eigene, unnachahmliche Weise anzupacken, nicht wahr, Vereesa?', hatte ihr erster Lehrer eines Tages, kurz nach ihrer Aufnahme in das besondere Ausbildungsprogramm für Waldläufer, bemerkt. Nur die Besten wurden für dazu berufen. ‚So voller Ungeduld hättest du wahrlich als

Mensch geboren werden können. Mach nur so weiter und du wirst nicht lange unter Waldläufern weilen …' Doch entgegen aller Zweifel, die mehr als einer ihrer Ausbilder zum Ausdruck gebracht hatten, war es Vereesa gelungen, sich durchzusetzen und schließlich zu einer der Besten ihres erlauchten Kreises aufzusteigen. Sie konnte, was sie gelernt hatte, nicht einfach zunichte machen, indem sie jetzt leichtsinnig wurde.

So gab sie sich selbst das Versprechen, nach einigen Minuten der Erholung zu den anderen zurückzukehren. Die silberhaarige Waldläuferin kletterte auf einen der Bäume und atmete tief aus. So ein einfacher Auftrag, und dennoch war er nicht nur einmal, sondern bereits zum zweiten Mal fast gescheitert. Wenn sie Rhonin nicht wiederfand, musste sie sich etwas einfallen lassen, das sie ihren Herren erzählen konnte – ganz zu schweigen von den Kirin Tor von Dalaran. Sie selbst musste sich keine Fehler anlasten, aber …

Ein plötzlicher Windstoß warf Vereesa fast von dem Baum, auf dem sie sich niedergelassen hatte. Die Elfe schaffte es im letzten Moment, sich doch noch festzuhalten. Aus der Ferne waren die erregten Rufe der Ritter zu hören und das wilde Klappern loser Gegenstände, die durcheinander gewirbelt wurden.

So schnell der Wind aufgekommen war, so unvermittelt erstarb er auch wieder. Vereesa schob sich das zerzauste Haar aus dem Gesicht und eilte zurück zum Lager. Sie fürchtete, dass Duncan und die anderen von etwas Schrecklichem angegriffen worden seien, ähnlich dem Drachen zu Beginn dieses Tages. Zu ihrer Erleichterung hörte die Waldläuferin jedoch schon im Näherkommen, wie die Paladine die Aufräumarbeiten im Lager kommentierten, und als sie den Platz erreichte, sah Vereesa, dass, abgesehen von verstreut herumliegenden Schlafsäcken und anderen Dingen, niemand großartig zu Schaden gekommen zu sein schien.

Lord Senturus schritt auf sie zu, den Blick voller Sorge. „Geht es Euch gut, Mylady? Seid Ihr unverletzt?"

„Ja. Der Wind überraschte mich, das ist alles."

„Er überraschte jeden." Er rieb sich das bärtige Kinn und starrte in den dunkler werdenden Wald. „Ich würde sagen, kein normaler Wind wütet auf diese Art ..." Er wandte sich an einen seiner Männer. „Roland, verdopple die Wachen! Das mag noch nicht das Ende dieses besonderen Sturms sein."

„Jawohl, Mylord!", rief ein schlanker blasser Ritter zurück. „Christoff! Jakob! Bewegt ..."

Seine Stimme brach mit solcher Abruptheit ab, dass beide – Duncan, der sich erneut der Elfe zugewandt hatte, und Vereesa selbst – aufblickten, um zu schauen, ob der Mann plötzlich von einem Pfeil oder Armbrustbolzen niedergestreckt worden war. Stattdessen fanden sie ihn auf ein dunkles Bündel starrend, das zwischen den Schlafsäcken lag, ein dunkles Bündel mit ausgestreckten Beinen, die Arme über der Brust gekreuzt, fast wie ein Toter.

Ein dunkles Bündel, das sich schließlich als Rhonin entpuppte.

Vereesa und die Ritter versammelten sich um ihn, einer der Männer mit einer Fackel in der Hand. Die Elfe kniete nieder, um den Körper zu untersuchen. Im unsteten Licht der Fackel sah Rhonin bleich und starr aus, und zunächst konnte sie nicht sagen, ob er noch atmete. Vereesa berührte seine Wange ...

... und zum Erschrecken aller riss der Magier die Augen auf.

„Waldläuferin ... wie schön ... Euch wiederzusehen ..."

Und damit fielen ihm erneut die Augen zu. Er sank in einen tiefen Schlaf.

„Närrischer Zauberer!", fluchte Duncan Senturus. „Erst verschwindet Ihr, nachdem gute Männer gestorben sind, und dann glaubt Ihr, einfach wieder in unserer Mitte erscheinen und

Euch schlafen legen zu können!" Er fasste nach dem Arm des Zauberers, in der Absicht Rhonin wachzurütteln, stieß jedoch einen überraschten Schrei aus, als seine Finger das dunkle Hindernis berührten. Der Paladin starrte auf seine gepanzerte Hand, als wäre er gerade von etwas gebissen worden. Dann knurrte er: „Irgendeine Art teuflischen, unsichtbaren Feuers umgibt ihn! Selbst durch den Handschuh hindurch fühlte es sich an, als berührte ich glühende Kohlen!"

Trotz seiner Warnung wollte sich Vereesa hiervon selbst überzeugen. Tatsächlich verspürte sie ein gewisses Unwohlsein, als ihre Finger Rhonins Kleider berührten, aber nichts, was der Intensität entsprach, die Lord Senturus beschrieben hatte. Nichtsdestoweniger zog die Waldläuferin ihre Hand zurück und nickte bestätigend. Sie sah im Augenblick keinen Grund, den Hauptmann der Paladine auf den Unterschied hinzuweisen.

Hinter sich vernahm Vereesa das Geräusch von Stahl, der aus einer Scheide fuhr. Rasch blickte sie zu Duncan empor, der dem entsprechenden Ritter bereits mit einem Kopfschütteln Einhalt gebot. „Nein, Wexford, ein Ritter der Silbernen Hand wird niemanden abschlachten, der sich nicht wehren kann. Dieser Makel auf unserem Gelübde wäre zu groß. Ich denke, wir werden für diese Nacht Wachen aufstellen und sehen dann morgen, was mit unserem Zauber geschieht." Lord Senturus' wettergegerbtes Gesicht nahm grimmige Züge an. „Und auf die eine oder andere Weise *wird* der Gerechtigkeit Genüge getan werden, sobald er aufwacht."

„Ich werde bei ihm bleiben", erklärte Vereesa. „Sonst wird niemand nötig sein."

„Vergebt mir, Mylady, aber Eure Verbundenheit mit …"

Sie richtete sich auf und blickte dem Hauptmann der Paladine in die Augen. „Ihr stellt das Wort eines Waldläufers in Frage, Lord Senturus? Ihr stellt mein Wort in Frage? Glaubt

Ihr, ich würde ihm helfen, sich erneut aus dem Staub zu machen?"

„Natürlich nicht!" Duncan zuckte mit den Schultern. „Schön, wenn es das ist, was Ihr wollt, so soll es sein. Ihr habt meine Erlaubnis. Doch die ganze Nacht ohne Schlaf zu verbringen …"

„Lasst das meine Sorge sein. Würdet Ihr weniger tun für jemanden in Eurer Obhut?"

Damit hatte Vereesa ihn. Lord Senturus schüttelte nur noch den Kopf, ehe er sich zu den anderen Kriegern begab und begann, ihnen Befehle zu erteilen. Kurze Zeit später waren die Waldläuferin und der Zauberer allein in der Mitte des Lagers. Rhonin lag, wie er gefallen war, auf zwei Schlafsäcken. Die Ritter waren sich nicht sicher gewesen, wie man ihn hätte von dort wegrücken können, ohne sich zu verbrennen.

Vereesa untersuchte den schlafenden Mann, so gut sie konnte, ohne ihn erneut zu berühren. Rhonins Umhang war an einigen Stellen zerrissen, und in seinem Gesicht zeigten sich winzige Kratzer und Abschürfungen, ansonsten schien er heil. Seine Miene wirkte jedoch erschöpft, als lägen große Anstrengungen hinter ihm.

Vielleicht lag es an der Dunkelheit, in der sie ihn betrachtete, jedenfalls fand Vereesa, dass der Mensch vor ihr auf einmal sehr viel verletzlicher wirkte als sonst, fast … liebenswert. Die Elfe musste auch zugeben, dass er durchaus gut aussehend war, wenngleich sie jeden weiteren Gedanken in dieser Richtung rasch von sich schob. Vereesa überlegte, ob es nicht eine Möglichkeit gäbe, dem bewusstlosen Magier seine Lage etwas angenehmer zu gestalten, doch der einzige Weg, dies zu tun, hätte den anderen verraten, dass *sie* ihn ohne Probleme berühren konnte. Dies wiederum hätte Lord Senturus wahrscheinlich ermutigt, sie aufzufordern, Rhonin in Fesseln zu legen – was ihrer Verbundenheit mit dem Magier eindeutig zuwider lief.

Vereesa ließ sich, ohne etwas zu unternehmen, neben dem schlaffen Körper nieder und suchte die Umgebung mit ihren scharfen Blicken nach einer möglichen Bedrohung ab. Noch immer fand sie Rhonins unvermitteltes Auftauchen äußerst seltsam und, obgleich er nichts über die Hintergründe preisgegeben hatte, war Duncan zweifellos derselben Meinung. Rhonin erweckte kaum den Anschein, als wäre er imstande, sich aus eigener Kraft in die Mitte ihres Lagers zu versetzen. Einerseits hätte dies erklärt, warum er nun in einem komagleichen Erschöpfungsschlaf lag, doch andererseits fühlte es sich einfach nicht stimmig an. Auf Vereesa wirkte er vielmehr wie ein Mann, der entführt worden und dann von seinem Entführer fallen gelassen worden war, nachdem dieser ihm angetan hatte, was auch immer seine Absicht gewesen war.

Die einzige Frage, die blieb, war: Wer konnte eine so unglaubliche Tat vollbringen … und warum?

Er erwachte im Bewusstsein, dass alle gegen ihn waren.

Nun gut, vielleicht nicht alle. Rhonin war sich nicht ganz sicher, wie sein Stand bei der elfischen Waldläuferin war – vorausgesetzt, er konnte sich überhaupt auf den Beinen halten …

Im Grunde musste ihr Schwur, ihn sicher nach Hasic zu bringen, sie dazu anhalten, ihn gegen die frommen Ritter zu verteidigen, aber man konnte nie wissen. Es hatte einen Elfen in seiner letzten Reisegemeinschaft gegeben, einen älteren Waldläufer, Vereesa nicht unähnlich. Dieser Waldläufer hatte den Zauberer jedoch ziemlich genau in der Art behandelt, wie Duncan Senturus es nun tat, wenngleich er sich weit weniger Zurückhaltung auferlegt hatte, als der ältere Paladin.

Rhonin atmete vorsichtig aus, um niemanden darauf aufmerksam zu machen, dass er das Bewusstsein zurückerlangt hatte. Es gab nur einen Weg, herauszufinden, in welcher Lage er sich befand, aber er benötigte noch einen Moment, um seine Gedanken zu ordnen. Zu den ersten Fragen, die man ihm stellen würde, gehörte mit Sicherheit, was er mit der Explosion zu tun hatte – und was ihm im Anschluss daran widerfahren war. Was Ersteres betraf, konnte sich der geschwächte Zauberer die Antwort selbst geben, das Letztere betreffend, war er jedoch so klug wie alle anderen.

Er konnte es nicht länger hinausschieben. Rhonin nahm einen weiteren Atemzug, dann streckte er sich, als erwache er gerade.

Neben ihm entstand eine schwache Bewegung.

Wie beiläufig öffnete der Magier die Augen und sah sich um. Zu seiner Erleichterung und – wie er sich eingestehen musste – Freude, füllte Vereesas Erscheinung sein gesamtes unmittelbares Blickfeld aus. Die Waldläuferin wirkte besorgt, beugte sich vor und schaute ihn aus leuchtend himmelblauen Augen an. *Diese Augen passen sehr gut zu ihr,* dachte er für einen Augenblick … dann ließ er den Gedanken wieder fallen, zumal das Geräusch klirrenden Metalls ihn ablenkte und darauf aufmerksam machte, dass nun auch die anderen sein Erwachen bemerkt hatten.

„Ist er wieder unter den Lebenden?", grollte Lord Senturus' Stimme. „Wollen sehen, wie lange das so bleibt …"

Die schlanke Elfe kam sofort auf die Beine und stellte sich dem Paladin in den Weg. „Er hat gerade erst die Augen geöffnet! Gebt ihm Zeit, zu sich zu kommen und wenigstens etwas zu essen, bevor Ihr ihn befragt!"

„Ich werde ihm seine Grundrechte nicht verweigern, Mylady, aber er wird die Fragen *während* des Essens beantworten und nicht erst danach."

Rhonin hatte sich gerade weit genug aufgerichtet und auf die Ellbogen gestützt, um Duncans drohendes Gesicht erkennen zu können. Ihm war klar, dass der Ritter der Silbernen Hand ihn für einen Verräter, vielleicht sogar Mörder halten musste. Der geschwächte Magier erinnerte sich an den unglücklichen Wachmann, der zu Tode gestürzt war, und es war möglich, dass es nicht bei diesem einen Opfer geblieben war. Zweifellos hatte irgendjemand Rhonins Anwesenheit auf der Mauer gemeldet und zusammen mit den Vorurteilen, die der heilige Orden ohnehin gegen ihn hegte, hatte dies genügt, die falschen Schlussfolgerungen zu ziehen.

Er wollte nicht gegen sie kämpfen. In seiner Verfassung würden ihm bestenfalls ein, zwei einfache Formeln über die Zunge kommen ... Dennoch, wenn sie danach trachteten, ihn für das zu bestrafen, was bei dem Wachturm geschehen war, würde er sich verteidigen *müssen*.

„Ich werde antworten, so gut ich kann", erwiderte der Rhonin, Vereesas Hilfe ablehnend, als er sich mühsam hochrappelte. „Aber, vollkommen richtig, nur mit etwas zu essen und zu trinken."

Die normalerweise fad schmeckenden Vorräte der Ritter mundeten Rhonin in seinem Zustand gleich vom ersten Bissen an wie Delikatessen. Selbst das schale Wasser aus einer der Trinkflaschen schmeckte süßer als Wein. Rhonin erkannte plötzlich, dass sich sein Körper anfühlte, als habe er mindestens eine Woche gehungert. Er aß mit Genuss, mit Hingabe und wenig Rücksicht auf gute Manieren. Einige der Ritter beobachteten ihn belustigt, andere, vor allem Duncan, voller Abscheu.

Gerade als Hunger und Durst nachzulassen begannen, fing die Befragung an. Lord Senturus setzte sich mit Augen, in denen bereits das Urteil über den Zauberer feststand, vor ihn hin und grollte: „Die Zeit Eures Geständnisses ist gekommen, Rhonin Redhair! Ihr habt Euch den Bauch voll geschlagen, jetzt erleichtert Eure Seele von der Bürde der Sünde. Berichtet uns von Eurer Missetat oben auf dem Burgfried ..."

Vereesa stand neben dem sich erholenden Magier, ihre Hand

ruhte auf dem Griff ihres Schwertes. Ihre Rolle als seine Verteidigerin vor diesem improvisierten Gerichtshof war klar, und sie fühlte sich dazu nicht allein, wie Rhonin denken mochte, aufgrund ihres Eides verpflichtet. Nach ihrer beider Erfahrung mit dem Drachen vermochte sie ihn sicherlich besser einzuschätzen als diese Ritter-Trampel.

„Ich werde Euch erzählen, was ich weiß – was aber auch heißt, dass es nicht sonderlich viel ist, Mylord. Ich stand oben auf der Mauer beim Wachturm, aber ich trage keine Schuld an der Zerstörung. Ich hörte eine Explosion, die Mauer wankte und einer Eurer Soldaten hatte das Pech, über den Rand zu stürzen, ein Ereignis, für das ich mein ehrliches Beileid aussprechen möchte …"

Duncan hatte noch nicht seinen Helm aufgesetzt und fuhr sich nun mit der Hand durch das ergraute und licht gewordene Haar. Er sah aus, als ringe er in beachtlichem Kampfe um die Kontrolle über seine Gefühle. „In Eurer Geschichte klaffen bereits jetzt Risse, so tief wie der Abgrund Eures Herzens, Zauberer, und Ihr habt kaum erst begonnen zu reden! Es gibt Zeugen, welche trotz Eurer Bemühungen noch am Leben sind, und die Euch Magie wirken sahen, kurz bevor die Verwüstung einsetze. Eure Lügen fällen das Urteil über Euch!"

„O nein, *Ihr* verurteilt mich, so wie Ihr alle meiner Art für unsere bloße Existenz verurteilt", gab Rhonin ruhig zurück. Er nahm einen weiteren Bissen des harten Brotes und fügte dann hinzu: „Ja, Mylord, ich wirkte einen Zauber, aber nur einen, der die Zwiesprache über weite Entfernungen ermöglicht. Ich wollte einen meiner Ältesten um Rat fragen, wie ich meine Mission, die von den höchsten Autoritäten der Allianz abgesegnet wurde, fortfahren soll … Die ehrenwerte Waldläuferin hier wird Euch dies sicher bestätigen."

Als sich die Blicke des Ritters auf Vereesa richteten, sagte sie: „Seine Worte entsprechen der Wahrheit, Duncan. Ich sehe auch keinen Grund, weshalb er einen solchen Schaden hätte anrichten sollen ..." Sie hob eine Hand, als der ältere Krieger zum Widerspruch ansetzte, zweifellos, um erneut darzulegen, dass sich alle Zauberer bereits in dem Augenblick, da sie ihre Künste aufnahmen, in verdammte Seelen verwandelten. „... und ich werde gegen jeden Mann im Zweikampf antreten, Euch eingeschlossen, wenn sich dies als notwendig erweisen sollte, um seine Rechte und seine Freiheit wiederherzustellen." Lord Senturus wirkte verstimmt ob des Gedankens, der Elfe im Kampf begegnen zu müssen. Er blickte Rhonin an und nickte schließlich langsam. „Nun denn. Ihr habt eine standhafte Verteidigerin, Zauberer, und auf ihr Wort und Gewissen will ich annehmen, dass Ihr nicht verantwortlich seid für das, was geschah." Doch kaum hatte er die Worte gesprochen, stieß der Paladin einen Finger in Richtung des Magiers. „Aber ich möchte mehr über Eure Eindrücke in jenem Moment des Anschlags hören und, falls Ihr es aus Euren Erinnerungen herauspressen könnt, wie es dazu kam, dass Ihr hier in unsere Mitte fallen konntet, wie ein Blatt von einem hohen Baum ..."

Rhonin seufzte, sich dessen bewusst, dass er um diese Geschichte nicht herumkommen würde. „Wie Ihr wünscht. Ich versuche, Euch alles zu berichten, was ich weiß." Es war nicht viel mehr, als das, was er schon preisgegeben hatte. Einmal mehr erzählte ihnen der erschöpfte Magier vom Erklimmen der Mauer, von seinem Entschluss, seinen Mentor um Rat zu befragen – und der plötzlichen Explosion, die das Gemäuer erschüttert hatte.

„Ihr seid Euch dessen sicher, was Ihr gehört zu haben meint?", fragte ihn Duncan Senturus umgehend.

„Ja. Auch wenn ich es nicht über jeden Zweifel erhaben beweisen kann, hörte es sich an wie eine gezündete Sprengladung."

Die Explosion bedeutete nicht, dass die Goblins dafür verantwortlich waren, andererseits hatten Jahre des Krieges solche Schlussfolgerungen selbst im Kopf des Zauberers verwurzelt. Niemand hatte Goblins in diesem Teil von Lordaeron gemeldet, doch Vereesa hatte einen Vorschlag. „Duncan, vielleicht brachte der Drache, der uns zuvor verfolgt hat, ein oder zwei Goblins mit sich. Sie sind klein, geschickt und sicherlich dazu imstande, sich für wenigstens ein, zwei Tage zu verstecken. Das würde manches erklären."

„Das würde es in der Tat", pflichtete er widerstrebend bei. „Und wenn dem tatsächlich so ist, müssen wir doppelt wachsam sein. Goblins kennen keinen anderen Zeitvertreib, als Unruhestifterei und Zerstörung. Sie werden mit Sicherheit erneut zuschlagen."

Rhonin fuhr mit seinem Bericht fort und erzählte, wie er als Nächstes in die zweifelhafte Sicherheit des Turmes geflohen war, nur um diesen um sich herum zusammenstürzen zu sehen. An dieser Stelle hielt er inne, überzeugt, dass Senturus seine nächsten Worte im besten Fall als fragwürdig bewerten würde.

„Und dann packte mich ... irgendetwas ... Mylord. Ich weiß nicht, was es war, aber es hob mich auf, als sei ich ein Spielzeug, und trug mich fort von der Vernichtung. Unglücklicherweise ließ mir der eiserne Griff kaum Luft zum Atmen, und als ich erneut meine Augen aufschlug ...", der Zauberer blickte zu Vereesa, „... sah ich ihr Gesicht über mir." Duncan wartete auf mehr, aber als sich abzeichnete, dass dieses Warten vergeblich war, schlug er mit einer Hand auf sein gepanzertes Knie und brüllte: „Und das ist alles? Das soll alles sein, was Ihr wisst?"

„Das ist alles."

„Bei dem Geiste von Alonsus Faol!", schnappte der Paladin, den Namen des Erzbischofs bemühend, dessen Vermächtnis durch seinen Schüler Uther Lightbringer zur Gründung des heiligen Ordens geführt hatte. „Ihr habt uns nichts erzählt, absolut *nichts* von Wert! Wenn ich nur für einen Moment gedacht habe ..." Eine leichte Bewegung Vereesas ließ ihn einhalten. „Aber ich habe mein Wort gegeben und das von anderen angenommen. Ich werde mich meiner vorherigen Entscheidung beugen." Er erhob sich, eindeutig nicht länger an der Gesellschaft des Zauberers interessiert. „Ich werde eine weitere Entscheidung hier und jetzt treffen. Wir befinden uns bereits auf dem Weg nach Hasic. Ich sehe keinen Grund, weshalb wir nicht so schnell wie möglich dorthin reiten und Euch auf Euer Schiff befördern sollten. Mögen sie sich dort mit Eurer Situation arrangieren, wie es ihnen beliebt. Wir brechen in einer Stunde auf. Seid bereit, Zauberer!"

Damit wandte sich Lord Duncan Senturus ab und marschierte von dannen. Seine treu ergebenen Ritter folgten ihm auf den Fuß. Rhonin blieb allein zurück – abgesehen von der Waldläuferin, die sich vor ihm niederließ. Ruhig schaute sie ihn an. „Fühlt Ihr Euch stark genug, um zu reiten?"

„Abgesehen von der Erschöpfung und ein paar Kratzern, scheine ich noch ganz zu sein, Elfe." Rhonin erkannte, dass die Worte schärfer geklungen hatten als beabsichtigt. „Es tut mir Leid. Ja, ich denke, ich werde reiten können – und was immer nötig ist, um rechtzeitig zum Hafen zu gelangen."

Sie erhob sich wieder. „Ich werde die Tiere vorbereiten. Duncan hat ein zusätzliches Pferd mitgebracht, für den Fall, dass wir Euch finden. Ich sorge dafür, dass es bereit steht, wenn Ihr soweit seid."

Als sich die Waldläuferin abwandte, verspürte der müde Zauberer eine ungewöhnliche Gefühlsaufwallung. „Danke, Vereesa Windrunner."

Vereesa blickte über die Schulter. „Mich um die Pferde zu kümmern, ist Teil meiner Pflichten als Eure Führerin."

„Ich meinte Euren Beistand während all dem hier, das leicht in eine Inquisition hätte umschlagen können."

„*Dies* war ebenso Teil meiner Pflichten. Ich leistete gegenüber meinen Herren den Schwur, Euch lebend an Euer Ziel zu bringen." Entgegen ihren strengen Worten zuckten ihre Mundwinkel flüchtig in Andeutung eines Lächelns. „Macht Euch besser fertig, Meister Rhonin. Das wird kein Spaziergang. Wir haben viel Zeit aufzuholen."

Dann überließ sie ihn sich selbst. Rhonin starrte in das erlöschende Lagerfeuer und dachte an all die Dinge, die geschehen waren. Vereesa konnte nicht wissen, wie nah sie der Wahrheit mit ihrer Bemerkung gekommen war. Die Reise nach Hasic würde kein einfacher Ritt werden, und das nicht nur aus Zeitgründen.

Er war nicht völlig ehrlich zu ihnen gewesen, nicht einmal zu der Elfe. Rhonin hatte zwar nichts in seiner Geschichte ausgelassen, jedoch seine eigenen Schlussfolgerungen dazu verschwiegen. Hinsichtlich der Paladine empfand er keine Reue, aber Vereesas Hingabe, mit der sie ihre Aufgabe erfüllte und für seine Sicherheit Sorge trug, weckte in ihm das schlechte Gewissen.

Rhonin wusste nicht, wer die Sprengladung gelegt hatte. Vermutlich Goblins. Eigentlich war es ihm auch gleichgültig. Was ihm nicht gleichgültig war, hatte er unterlassen zu erwähnen. Denn als er davon erzählte, wie er in dem einstürzenden Turm von etwas gepackt worden war, hatte er verschwiegen, dass es sich wie eine riesige Hand angefühlt hatte. Nun, sie hätten ihm vermutlich ohnehin keinen Glauben geschenkt, oder, was Senturus anging, dies gar als Beweis für seinen Umgang mit Dämonen gewertet.

Eine riesige Hand *hatte* Ronin gerettet, aber es war mit Sicherheit keine menschliche gewesen. Selbst der kurze Moment ihrer Wahrnehmung hatte ausgereicht, um die schuppige

Haut und die übermannsgroßen, tückisch gebogenen Klauen zu erkennen.

Ein *Drache* hatte den Zauberer vor dem sicheren Tod bewahrt ... und Rhonin hatte nicht die geringste Ahnung, warum.

SECHS

„Also, wo ist er? Ich kann meine Zeit nicht mit dem Herumspazieren in diesen Hallen der Dekadenz verschwenden!"

Zum, wie es schien, tausendsten Mal zählte König Terenas lautlos bis zehn, bevor er auf Genn Greymanes letzten Ausbruch antwortete. „Lord Prestor wird in Kürze eintreffen, Genn. Ihr wisst, dass er uns in dieser Angelegenheit alle zusammenbringen will." „Ich weiß nichts dergleichen", grollte der hünenhafte Mann in der schwarzgrauen Rüstung. Genn Greymane erinnerte den König an nichts Geringeres als einen Bären, der gelernt hatte, Kleidung zu tragen, wenn auch etwas derbe. Er schien akut gefährdet, aus seinem Rüstzeug hervorzuplatzen, und wenn der Herrscher von Gilneas einen weiteren Krug des guten Ales hinunterschüttete oder eine weitere der reichhaltigen Lordaeroner Pasteten zu sich nahm, die Terenas' Koch zubereitet hatte, würde sicherlich genau das auch passieren.

Trotz Greymanes bärenhaftem Erscheinungsbild und seiner arroganten, unverblümten Art, unterschätzte der König den Krieger aus dem Süden nicht. Greymanes politische Winkelzüge waren legendär, gerade auch der jüngste. Wie er es fertig gebracht hatte, Gilneas eine Stimme in einer Angelegenheit zu verleihen, die das entfernte Königreich nicht einmal betraf, beeindruckte Terenas nach wie vor.

„Ebenso könntet ihr versuchen, dem Wind vorzuschreiben, dass er nicht mehr heulen soll", erklang eine kultiviertere

Stimme vom entgegengesetzten Ende der großen Halle. „Ihr hättet damit sicher mehr Erfolg, als wenn ihr versuchen würdet, *diese Kreatur* auch nur für einen Augenblick zum Schweigen zu bringen!"

Sie alle hatten sich geeinigt, in der kaiserlichen Halle zusammenzukommen, einem Ort, an dem in vergangenen Zeiten die bedeutendsten Verträge von ganz Lordaeron ausgehandelt und unterzeichnet worden waren. Mit ihrer reichen Geschichte und dem altertümlichen und dennoch ehrwürdigen Zierrat verlieh die Halle jedweder hier stattfindenden Besprechung eine enorme Bedeutung ... und mit Sicherheit war die Alterac-Frage von existenzieller Bedeutung für die Allianz.

„Wenn Euch der Ton meiner Stimme nicht zusagt, Lordadmiral", schnarrte Greymane, „kann guter Stahl jederzeit dafür sorgen, dass Ihr Euch weder sie noch irgendetwas anderes jemals wieder anhören müsst."

Lordadmiral Daelin Proudmoore erhob sich in einer fließenden, lange eingeübten Bewegung. Der hagere, wettergegerbte Seemann griff nach seinem Schwert, das für gewöhnlich an der Seite seiner grünen Flottenuniform herabhing, aber die Scheide klapperte nur leer. Ebenso die von Genn Greymane. Die eine Sache, auf die man sich widerstrebend bereits zu Beginn geeinigt hatte, war, dass keines der Staatsoberhäupter eine Waffe zu den Besprechungen mitbringen würde. Sie hatten sogar zugestimmt – selbst *Genn Greymane* – von ausgewählten Wachen der Ritter der Silbernen Hand durchsucht zu werden, der einzigen Verbindung, der sie alle trauten, ungeachtet ihres Treueids gegenüber Terenas.

Natürlich war es Prestors Verdienst, dass die unglaubliche Versammlung bis zu diesem Stadium gediehen war. Die Monarchen der großen Reiche fanden nur selten zusammen. Normalerweise verkehrten sie untereinander durch Boten und Diplomaten oder gelegentlichen Staatsbesuchen. Nur der erstaunliche Prestor hatte Terenas' unsichere Verbündete überreden können, ihren Stab und ihre Leibgarden vor der Tür zu belassen und die Dinge von Angesicht zu Angesicht zu klären.

Wenn der junge Adlige doch endlich auch selbst erschienen wäre ...

„Mylords! Gentlemen!" Verzweifelt um Unterstützung ringend, blickte der König zu der ernsten Gestalt am Fenster, eine Gestalt in Leder und Pelz, die der milden Witterung dieser Region Hohn sprach. Ein wild wuchernder Bart und eine Hakennase waren alles, was Terenas vom schroffen Gesicht Thoras Trollbanes ausmachen konnte, aber er wusste, dass, auch wenn dieser ein großes Interesse an der Aussicht vorgaukelte, der Lord von Stromgarde sich jedes Wort und jeden Tonfall seiner Gegenspieler verinnerlicht hatte. Dass er nichts unternahm, um Terenas beizustehen, erinnerte diesen an die Kluft, die sich zwischen ihnen seit Beginn dieser verzwickten Geschichte aufgetan hatte.

Verdammt sei Lord Perenolde!, dachte der König von Lordaeron. *Wenn er uns nur nicht zu all dem gezwungen hätte!*

Obwohl Ritter des heiligen Ordens bereit standen, um einzuschreiten, falls einer der Monarchen tatsächlich handgreiflich werden sollte, war es weniger die physische Gewalt, die Terenas fürchtete, als vielmehr das Ende aller Hoffnung auf einen Fortbestand der Allianz zwischen den menschlichen Königreichen. Er hatte nicht einen Moment lang das Gefühl, dass die Bedrohung durch die Orks für immer gebannt sei. Die Menschen mussten in dieser gefahrvollen Zeit zusammenstehen. Er wünschte sich, Anduin Lothar, Lordregent der Flüchtlinge des verlorenen Reiches von Azeroth, wäre bei ihnen gewesen, doch dies war nicht möglich und ohne Lothar blieb nur noch ...

„Mylords! Kommt, kommt! Dies ist sicher kein angemessenes Verhalten für uns."

„Prestor!", keuchte Terenas. „Seid gepriesen!"

Die anderen wandten sich um, als die hoch gewachsene, tadellose Gestalt die große Halle betrat. *Der Eindruck, den der Mann auf die Ältesten macht, ist erstaunlich*, dachte der König. *Er spaziert herein, und jeder Streit endet. Grimmige Rivalen legen ihre Schwerter beiseite und sprechen vom Frieden!*

Ja, er war eindeutig die richtige Wahl, um Perenolde zu ersetzen.

Terenas beobachtete, wie sein Freund durch den Raum schritt, jeden der Monarchen begrüßte und dabei alle so behandelte, als wären sie beste Freunde. Vielleicht waren sie dies tatsächlich, denn Prestor schien keinerlei Hochmut in sich zu tragen. Gleichgültig, ob er mit dem rauen Thoras oder dem intriganten Greymane sprach, Prestor wusste stets, wie er mit ihnen umzugehen hatte. Die Einzigen, die ihn niemals vollständig hatten akzeptieren können, waren die Zauberer von Dalaran, doch andererseits: Es waren Zauberer.

„Vergebt meine Verspätung", setzte der junge Aristokrat an. „Ich bin einfach losgeritten, habe die Landschaft genossen und dabei schlicht unterschätzt, wie viel Zeit es mich kosten würde, umzukehren."

„Es ist schon gut", erwiderte Thoras Trollbane freundlich.

Ein weiteres Beispiel für Prestors beinahe magische Wirkung. Denn wenngleich er ein Freund und Verbündeter war, dem jeder Respekt gebührte, sprach Thoras Trollbane sonst nie freundlich zu jemandem, ohne dass man ihm dabei die Anstrengung ansah. Er neigte zu kurzen, klaren Sätzen, um dann in Schweigen zu verfallen. Dieses Schweigen war nicht als Affront gedacht, wie Terenas nach und nach gelernt hatte. Es war vielmehr so, dass Thoras sich bei längeren Gesprächen schlicht unwohl fühlte. Als Mann, der im kalten, gebirgigen Stromgarde verwurzelt war, zog er Taten allemal Worten vor.

Weshalb der König von Lordaeron umso glücklicher war, dass Prestor endlich eingetroffen war.

Prestor suchte den Blick jedes Anwesenden für einen Moment, bevor er sagte: „Wie schön es ist, Euch alle wiederzusehen. Ich hoffe, dass wir diesmal alle Meinungsverschiedenheiten aus der Welt schaffen können, sodass wir in Zukunft als gute Freunde und Waffengefährten aufeinander treffen …"

Greymane nickte fast enthusiastisch. Proudmoore trug eine zufriedene Miene zur Schau, als wäre die Ankunft des Adligen die Antwort auf alle seine Gebete. Terenas sagte nichts und erlaubte seinem talentierten Freund, die Kontrolle über dieses Treffen zu übernehmen. Je mehr sich die anderen auf Prestor konzentrierten, desto einfacher würde es für den König sein, mit seinem Vorschlag Gehör zu finden.

Sie versammelten sich um den geschmackvoll dekorierten Elfenbeintisch, den Terenas' Großvater nach den erfolgreichen Grenzverhandlungen mit den Elfen von Quel'Thalas von seinen nördlichen Vasallen als Geschenk erhalten hatte. Wie immer legte der König beide Hände fest auf die Tischplatte, als könnte er so die Weisheit seiner Vorgänger daraus ziehen. Über den Tisch hinweg traf sich für einen Moment Prestors Blick mit dem seinen. Unter den starken, dunklen Augen entspannte sich der Monarch. Prestor würde jeden Disput zu handhaben wissen.

Und so begannen die Gespräche, zunächst mit formellen Eröffnungsreden, denen alsbald hitzigere und unverblümtere Worte folgten. Doch unter Prestors Moderation kam es niemals zu Ausschreitungen oder gar zur Androhung roher Gewalt. Zwar musste er mehr als einmal den einen oder anderen der Teilnehmer beiseite nehmen und ins Zwiegespräch mit ihm gehen, doch jedes Mal endeten diese vertraulichen Runden mit einem Lächeln auf Prestors falkenhaften Zügen und einem beachtlichen Fortschritt, was die Festigung der Allianz anging.

Als sich die Versammlung dem Ende näherte, suchte Terenas selbst solch einen kurzen, diskreten Austausch. Während Greymane, Thoras und Lordadmiral Proudmoore vom feinsten Brandy des Königs tranken, begaben sich Prestor und der Monarch zu einem der Fenster, von denen aus man die Stadt überblicken konnte. Terenas mochte diesen Ausblick, denn von hier aus konnte er sehen, wie es um das Wohl seines Volkes bestellt war. Selbst jetzt, während dieser bedeutungsvollen Zusammenkunft, gingen seine Untertanen ihrem Tagwerk nach und lebten ihr Leben, wie sie es gewohnt waren. Ihr Vertrauen in ihn stärkte seinen erschöpften Geist und er wusste, dass sie die Entscheidung verstehen würden, die er an diesem Tag zu treffen gedachte.

„Ich weiß nicht, wie Ihr es zustande gebracht habt, mein Junge", flüsterte er. „Ihr habt den anderen die Augen für die Wahrheit geöffnet, für das Notwendige. Sie sitzen tatsächlich in dieser Halle und verhalten sich nicht nur untereinander zivilisiert, sondern auch mir gegenüber! Dabei musste ich eigentlich befürchten, Genn und Thoras wollten mir an den Kragen gehen."

„Ich tat einfach, was in meinen Möglichkeiten liegt, um sie zu beschwichtigen, Mylord, doch habt Dank für Eure freundlichen Worte."

Terenas schüttelte den Kopf. „Freundliche Worte? Wohl kaum! Prestor, mein Freund, Ihr allein habt die Allianz davor bewahrt, in Stücke zu brechen. Was habt Ihr ihnen allen erzählt?"

Ein verschwörerischer Ausdruck huschte über die gut geschnittenen Züge des Mannes. Er beugte sich dem Monarchen entgegen, den Blick tief in den von Terenas gesenkt. „Ein bisschen dies, ein bisschen das. Dem Admiral das Versprechen der weiteren Unabhängigkeit der Meere gegeben, selbst wenn dies bedeuten sollte, eine Armee auszusenden, um die Kontrolle über Gilneas zu übernehmen. Für Greymane ein paar künftige Seekolonien nahe der Küste von Alterac. Und Thoras Trollbane glaubt, dass er die östliche Hälfte dieses Landes erhält ... all dies, *nachdem* ich der rechtmäßige Herrscher geworden bin."

Einen Augenblick starrte ihn der König nur sprachlos an, nicht sicher, ob er richtig gehört hatte. Er starrte in Prestors hypnotische Augen und wartete auf die Pointe dieses üblen Scherzes. Als sie jedoch nicht kam, platzte es schließlich mit leiser Stimme aus ihm heraus: „Habt Ihr den Verstand verloren, mein Junge? Selbst im Scherz über solche Dinge zu sprechen ist im höchsten Grade ungehörig und ..."

„... und Ihr werdet Euch an nichts davon mehr erinnern, versteht Ihr?" Lord Prestor beugte sich vor und seine Augen hielten Terenas Blick unerbittlich fest. „Genauso wie niemand von denen dort sich an das erinnern wird, was ich ihnen versprach. Alles, an was du dich entsinnen kannst, meine aufgetakelte kleine Marionette, ist, dass ich dir einen politischen Vorteil garantiert habe, der zu seiner vollen Entfaltung meine Bestätigung als Herrscher von Alterac erfordert. *Hast du das verstanden?"*

Terenas konnte an nichts anderes mehr denken. Prestor musste der neue Monarch des zerrütteten Reiches werden. Dies war für die Sicherheit von Lordaeron und den Erhalt der Allianz unabdingbar.

„Ich sehe, dass dies der Fall ist. Gut. Jetzt wirst du zurückgehen und, sobald diese Konferenz sich dem Ende neigt, deinen mutigen Vorstoß wagen. Greymane ist bereits unterrichtet. Er wird am vehementesten widersprechen, doch in ein paar Tagen wird er zustimmen. Proudmoore wird sich deiner Führung anschließen, und nachdem er sich ein bisschen darüber beklagt hat, wird auch Thoras Trollbane meinen Aufstieg gutheißen."

Etwas meldete sich in den Erinnerungen des Königs, ein Gedanke, den er zu artikulieren für nötig erachtete. „Kein … kein Herrscher kann gewählt werden, ohne … ohne das Einverständnis von Dalaran und den Kirin Tor …" Er rang darum, den Gedanken zu Ende zu führen. „Auch sie sind Mitglieder der Allianz …" „Aber wer kann einem Zauberer trauen?", erinnerte ihn Prestor. „Wer kann ihre Ziele ergründen? Deshalb hielt ich sie von Anfang an aus dieser Angelegenheit heraus. Zauberern ist nicht zu trauen … und irgendwann wird man sich um sie kümmern müssen."

„Um sie kümmern … Ihr habt völlig Recht."

Prestors Lächeln wurde breiter und enthüllte, so schien es, weit mehr Zähne, als es normal gewesen wäre. „Das habe ich immer." Er legte seinen Arm kameradschaftlich um Terenas. „Jetzt ist es Zeit, dass wir zu den anderen zurückkehren. Du bist sehr zufrieden mit den Fortschritten. In wenigen Minuten wirst du deinen Vorschlag einbringen … und von da an wird alles seinen Gang nehmen."

„Ja …"

Die schlanke Gestalt dirigierte den König zurück zu den anderen Monarchen, und noch während dies geschah, widmete sich Terenas bereits wieder den anstehenden Verhandlungen. Prestors furchtbare Enthüllungen lagen nun tief im Unterbewusstsein des Königs begraben, dort, wohin der schwarzgekleidete Adlige sie verbannt hatte.

„Mundet Euch der Brandy, meine Freunde?", wandte sich Terenas an die anderen. Nachdem sie genickt hatten, lächelte er und sagte: „Eine Kiste wird jeden von Euch auf seinem Rückweg begleiten, als Dank für Euren Besuch."

„Eine wunderbare Geste der Freundschaft, was meint Ihr?", drängte Prestor Terenas' Gegenüber.

Sie nickten, und Proudmoore prostete dem Monarchen von Lordaeron sogar zu.

Terenas faltete die Hände. „Und dank unserem jungen Ratsmitglied hier, glaube ich, dass wir uns alle in einer Verbundenheit trennen, die noch größer ist als jemals zuvor."

„Noch haben wir keinen Vertrag geschlossen", erinnerte ihn Genn Greymane. „Wir haben uns noch nicht einmal auf unser Handeln in der gegenwärtigen Lage geeinigt."

Terenas blinzelte. Der perfekte Einstieg. Warum seinen grandiosen Vorschlag länger hinauszögern?

„Was das betrifft, meine Freunde", sagte der König, nahm Lord Prestor am Arm und führte ihn zum Kopf der Tafel, „bin ich der Ansicht, dass ich eine Lösung gefunden habe, die uns allen zusagen müsste …"

König Terenas von Lordaeron lächelte seinem jungen Schützling kurz zu, der nicht die geringste Ahnung von der großen Ehre haben konnte, die er ihm zuteil werden sollte. Ja, er war der perfekte Mann für diese Rolle. Mit Prestor an der Spitze von Alterac, würde die Zukunft der Allianz gesichert sein.

Und dann konnten sie beginnen, sich um diese verräterischen Zauberer in Dalaran zu kümmern.

„Das ist nicht in Ordnung!", brach es aus dem schwergewichtigen Magier hervor. „Sie hatten keinen Grund, uns außen vor zu belassen!"

„Nein, den hatten sie nicht", gab die ältere Frau zurück. „Aber sie haben es getan."

Die Magier, die bereits früher in der Halle der Luft zusammengekommen waren, hatten sich erneut dort eingefunden, diesmal jedoch nur zu fünft. Der eine, den Rhonin als Krasus kannte, hatte seinen Platz innerhalb des magischen Kreises nicht eingenommen, doch die Übrigen waren zu sehr über die Ereignisse in der äußeren Welt besorgt, um sein Erscheinen abzuwarten. Die Könige der Normalsterblichen hatten sich hinter verschlossenen Türen getroffen, um eine gewichtige Angelegenheit ohne den lenkenden Einfluss der Kirin Tor zu besprechen. Auch wenn die meisten, die dem Rat angehörten, König Terenas und die anderen Monarchen respektierten, verstörte es sie doch, dass der Herrscher von Lordaeron eine solch beispiellose Versammlung einberufen hatte. Bei vorausgegangenen Treffen war stets ein Angehöriger des Inneren Rates der Kirin Tor mit anwesend gewesen. Dies war nur rechtens, nahm doch Dalaran immer einen ersten Rang unter den Streitkräften der Allianz ein.

Die Zeiten schienen sich zu ändern.

„Das Alterac-Dilemma hätte schon vor langer Zeit gelöst werden können", bemerkte der Elfenmagier. „Wir hätten auf den Anteil an den Entwicklungen bestehen sollen, der uns zusteht."

„Und damit einen weiteren Zwischenfall provozieren sollen?", dröhnte die Stimme des Bärtigen mit aller Schärfe. „Ist Euch entgangen, wie sehr sich die anderen Reiche in letzter Zeit von uns zurückgezogen haben? Es scheint fast so, als fürchteten sie uns, seit die Orks nach Grim Batol getrieben wurden!"

„Lächerlich! Die Normalsterblichen standen der Magie stets misstrauisch gegenüber, aber niemand stellt unsere Loyalität in der Sache in Zweifel!"

Die ältere Frau schüttelte den Kopf. „Wann war dies je von Bedeutung für jene, die unsere Kräfte fürchten? Jetzt, da die Ork-Horde zerschlagen wurde, beginnt das Volk zu erkennen, dass wir nicht sind wie es – dass wir ihm überlegen sind in jeglicher Hinsicht …"

„Eine gefährliche Art zu denken, selbst für uns", erklang die ruhige Stimme von Krasus. Der gesichtslose Zauberer stand urplötzlich an seinem vorbestimmten Platz.

„Ihr seid gerade noch rechtzeitig eingetroffen!" Der bärtige

Zauberer wandte sich dem Neuankömmling zu. „Habt Ihr etwas herausfinden können?"

„Sehr wenig. Das Treffen war nicht abgeschirmt ... doch alles, was wir in Erfahrung bringen konnten, waren oberflächliche Gedanken. Diese enthüllten uns nichts, was wir nicht ohnehin schon wussten. Ich musste schließlich auf andere Methoden zurückgreifen, um wenigstens einen gewissen Erfolg zu erzielen."

Die jüngere Frau wagte es einzuwerfen: „Haben sie eine Entscheidung getroffen?"

Krasus zögerte, dann hob er seine behandschuhte Hand. „Seht selbst ..."

Im Zentrum der Halle, unmittelbar über dem in den Boden eingelassenen Symbol, erschien eine hoch gewachsene, menschliche Gestalt. Sie wirkte vollkommen real, fast realer als die anwesenden Zauberer. Von majestätischer Haltung, gekleidet in ein elegantes dunkles Gewand und mit markanten, gut aussehenden Zügen, ließ sie die Sechs einen Moment verstummen.

„Wer ist das?", fragte dieselbe Frau.

Krasus überblickte die anderen Angehörigen seiner Zunft, bevor er antwortete: „Hoch lebe der neue Herrscher von Alterac, *König Prestor der Erste*."

„Was?"

„Das ist unerhört!"

„Das können sie nicht ohne uns entscheiden – oder?"

„Wer ist dieser Prestor?"

Rhonins Gönner zuckte mit den Schultern. „Ein kleiner Adliger aus dem Norden, besitzlos, ohne Rückhalt. Es scheint allerdings, als habe er sich nicht nur bei Terenas eingeschmeichelt, sondern auch beim Rest, Genn Greymane eingeschlossen."

„Aber ihn gleich zum *König* machen?", schnappte der bärtige Zauberer.

„Oberflächlich betrachtet, nicht die schlechteste Wahl. Es macht Alterac einmal mehr zu einem unabhängigen Königreich. Die anderen Monarchen respektieren ihn, wie ich hörte. Es scheint, als habe er allein die Allianz vor dem Auseinanderbrechen bewahrt."

„Also, was haltet Ihr von ihm?", drängte die ältere Frau.

Krasus ging darauf ein. „Er scheint obendrein ein Mann ohne Vergangenheit zu sein. Vielleicht ist das der Grund, weshalb wir von der Konferenz ausgeschlossen wurden. Das Seltsamste aber ist, er stellt eine Art *Vakuum* dar, was Magie anbelangt."

Die anderen verfielen in Gemurmel ob dieser verstörenden Neuigkeiten. Dann erkundigte sich der Elfenzauberer, ebenso verwirrt wie der Rest: „Was meint Ihr mit Eurer letzten Bemerkung?"

„Ich meine, dass jedweder Versuch, mittels Magie mehr über ihn zu erfahren, zu *nichts* führt. Zu absolut *nichts*. Es ist, als sei Lord Prestor gar nicht existent ... und doch ist er es. Was ich von ihm halte? Nun, ich denke, ich fürchte ihn."

Aus dem Mund des ältesten der versammelten Zauberer, wogen diese Worte besonders schwer. Einige Zeit rasten die Wolken über ihren Köpfen dahin, die Stürme tobten, und der Tag wurde zur Nacht, doch die Herren der Kirin Tor standen nur schweigend da; ein jeder verarbeitete das Gehörte auf andere Weise.

Der jugendliche Magier brach als Erster die Stille. „Dann ist er ein Zauberer, nicht wahr?"

„Das erscheint am schlüssigsten", erwiderte Krasus mit einem leichten Neigen des Kopfes, um seine Zustimmung zu unterstreichen.

„Ein mächtiger Zauberer", murmelte der Elf.

„Ebenso schlüssig."

„Wenn dem so ist", fuhr der Elfenmagier fort, „um wen handelt es sich? Um einen von uns? Ist er ein Renegat? Mit Sicherheit wäre uns ein Zauberer seiner Fähigkeiten bekannt geworden!"

Die jüngere Frau beugte sich dem Abbild Prestors entgegen. „Sein Gesicht ist mir fremd."

„Das ist kaum überraschend", gab ihr älteres Gegenüber scharf zurück, „könnte doch schon jeder von uns tausend Masken überstreifen ..."

Ein Blitz durchzuckte Krasus. Er schenkte ihm keine Beachtung. „Eine formelle Ernennung wird in zwei Wochen stattfinden. Einen Monat später wird Lord Prestor, so keiner der anderen Monarchen seine Meinung ändert, zum König gekrönt."

„Wir sollten Protest einlegen."

„Das ist ein Anfang. Dennoch, unsere vordringlichste Aufgabe, so denke ich, ist die Suche nach der Wahrheit über diesen Lord Prestor, die allumfassende Suche, um seine Vergangenheit zu enthüllen, seine wahren Absichten. Bis dahin können wir es nicht wagen, ihn öffentlich herauszufordern, denn er wird, abgesehen von uns, zweifelsohne den Rückhalt jedes einzelnen Mitglieds der Allianz haben."

Die ältere Frau nickte. „Und selbst wir können uns nicht gegen die vereinte Macht der anderen Königreiche stellen, sollten sie unsere Einmischung als zu störend auffassen."

„Genau so ist es."

Mit einer knappen Handbewegung ließ Krasus die Darstellung Prestors verschwinden, doch die Erscheinung des jungen Adligen hatte sich bereits ins Bewusstsein eines jeden der Kirin Tor eingebrannt. Schweigend stimmten sie alle darin überein, dass sie vor einem Problem standen, das schwierig zu lösen sein würde.

„Ich muss Euch erneut verlassen", sagte Krasus. „Ich schlage vor, Ihr alle folgt meinem Beispiel und denkt über diese schreckliche Angelegenheit gründlich nach. Geht jeder Spur nach und sei sie noch so vage und unwahrscheinlich, doch tut es rasch. Wenn der Thron von Alterac von diesem personifizierten Rätsel bestiegen wird, so nehme ich an, wird die Allianz nicht mehr lange bestehen, ganz gleich, wie einig sich ihre Fürsten gegenwärtig geben." Er holte tief Luft. „Und ich fürchte, Dalaran wird ebenso fallen wie alles andere, wenn dies geschieht." „Wegen dieses einzelnen Mannes?", stieß der bärtige Zauberer hervor.

„Wegen ihm, ja."

Und während die anderen über seine Worte nachdachten, verschwand Krasus …

… um in seinem Sanktuarium zu erscheinen, noch immer aufgewühlt von dem Sachverhalt, den er entdeckt hatte. Schuldgefühle plagten ihn, denn Krasus war nicht ganz aufrichtig zu seinen Gesprächspartnern gewesen. Er wusste weit mehr über diesen mysteriösen Lord Prestor, oder ahnte es zumindest, als er die anderen hatte wissen lassen. Er wünschte, er hätte ihnen alles erzählen können, doch sie hätten vermutlich nur seine geistige Gesundheit in Frage gestellt, und selbst wenn sie ihm geglaubt *hätten*, so wäre auf diese Weise zu viel über ihn selbst und seine Methoden enthüllt worden.

Zu diesem undankbaren Zeitpunkt konnte er sich dies nicht leisten.

Mögen sie handeln, wie ich es von ihnen erhoffe.

Allein in seinem dunklen Sanktuarium, wagte Krasus schließlich, seine Robe zurückzuschlagen. Ein einzelnes, schwaches Licht ohne erkennbare Quelle war die einzige Beleuchtung der Kammer, und in seinem sanften Schein stand ein stattlicher, ergrauender Mann mit knochigen Zügen, die ans Leichenhafte grenzten. Schwarze, glitzernde Augen zeugten von einem Alter und einer Müdigkeit, die über das hinausgingen, was sich auf seinem Gesicht niedergeschlagen hatte.

Drei lange Narben zogen sich Seite an Seite die rechte Wange hinab; Narben, die trotz ihres Alters noch immer unterschwelligen Schmerz verursachten.

Der Zauberer hob seine Linke; sie war behandschuht. Oberhalb der Handfläche erschien plötzlich eine bläuliche Kugel. Krasus fuhr mit seiner Rechten über die Kugel, und sofort begannen sich Bilder darin zu formen. Er lehnte sich zurück, um diese Szenen zu studieren. Hinter ihm brachte sich ein hochlehniger Steinsitz in Position.

Einmal mehr observierte Krasus den Palast von König Terenas. Das königliche Bauwerk hatte den Monarchen des Reiches über viele Generationen als Heim gedient. Doppeltürme, die sich über mehrere Stockwerke erhoben, flankierten das Hauptgebäude, einen grauen, prachtvollen Bau, der allein schon einer kleinen Festung glich. Die Banner von Lordaeron flatterten gut sichtbar nicht nur auf den Türmen, sondern auch über dem mächtigen Eingangstor. Soldaten im Gewande der königlichen Garde hielten Wache außerhalb des Tores, im Inneren waren einige Mitglieder der Ritter der Silbernen Hand postiert. Unter normalen Umständen wären die Paladine nicht Teil der Palastverteidigung gewesen, aber solange die Besucher von königlichem Geblüt noch einige kleinere Angelegenheiten zu besprechen hatten, wurden diese vertrauenswürdigen Krieger eindeutig gebraucht.

Erneut fuhr der Zauberer mit seiner freien Hand über die Kugel. Links von der Palastansicht tauchte ein Bild des Innenbereichs auf. Mit einem gezielten Blick verbesserte der Zauberer die Sicht auf den Saal.

Terenas und sein junger Schützling. Obwohl die Zusammenkunft beendet war und die anderen Herrscher unmittelbar vor der Abreise standen, harrte Lord Prestor also weiterhin beim König aus. Krasus verspürte eine starke Verlockung, den Geist des schwarzgekleideten Aristokraten zu durchforschen, doch er besann sich eines Besseren. Sollten die anderen dieses vermutlich unmögliche Unterfangen in Angriff nehmen. Jemand wie Prestor erwartete zweifellos einen derartigen Übergriff und würde prompt darauf reagieren. Noch wollte Krasus seine Rolle in diesem Spiel nicht leichtfertig enthüllen.

Wenn er es auch nicht wagte, in die Gedanken des Mannes vorzudringen, so konnte er doch wenigstens seine Vergangenheit genauer unter die Lupe nehmen ... und wo ließ es sich besser beginnen als auf jenem Schloss, in dem der Flüchtling unter dem Schutze des Königs residierte? Krasus vollführte über der Kugel eine Geste, und ein neues Bild erschien. Es zeigte jenes andere Gebäude so, als blicke man aus weiter Ferne darauf. Der Zauberer betrachtete es für einen Augenblick, ohne etwas von Belang zu erspähen, und schickte dann seine magische Sonde näher.

Als sich die Sonde der hohen Mauer näherte, die das Gebäude umgab, versperrte ihm ein Zauber, weit schwächer als er es erwartet hätte, den Zugang. Krasus umging dem Spruch mit Leichtigkeit, ohne ihn dabei auszulösen. Nun lag das Äußere des Schlosses unmittelbar vor ihm, ein düsterer Ort, trotz seiner eleganten Fassade. Prestor bevorzugte ganz offensichtlich ein ordentliches Haus, aber nicht unbedingt ein heimeliges. Was den Magier kaum überraschte.

Eine rasche Überprüfung brachte einen weiteren Verteidigungsspruch zum Vorschein, diesmal etwas ausgeklügelter, doch nach wie vor nichts, was Krasus nicht hätte umgehen können. Mit einer geschickten Handbewegung glitt die knochige Gestalt einmal mehr an Prestors Machwerk vorbei. Nur noch ein Moment, und Krasus befand sich im Innern, wo er endlich ...

Die Kugel wurde schwarz.

Die Schwärze breitete sich über ihre Grenzen hinaus aus.

Die Schwärze *griff* nach dem Zauberer.

Krasus stemmte sich von seinem Sitz. Tentakel aus purer Finsternis umschlangen die Stelle, wo er eben noch gesessen hatte, und strömten darüber hinweg, wie sie es auch mit dem Magier getan hätten. Als Krasus auf die Beine kam, sah er, wie sich die Tentakel zurückzogen – von dem Sitz war keine Spur zurückgeblieben.

Weitere Tentakel quollen aus dem Ding hervor, das einmal seine magische Kugel gewesen war. Der Magier stolperte rückwärts – einer der wenigen Momente seines Lebens, in denen er vorübergehend zu überrascht war, um zu handeln. Dann jedoch sammelte sich Krasus und begann Worte zu murmeln, die seit mehreren Lebensaltern keine lebende Seele mehr vernommen hatte; Worte, die er selbst nie ausgesprochen, nur mit Faszination erlernt hatte.

Eine Wolke materialisierte vor ihm, eine Wolke, die sich wie ein Gespinst verdichtete. Sofort schwebte sie auf die suchenden Tentakel zu und traf sie in der Luft.

Die ersten Tentakel, die die nachgiebige Wolke berührten, verschrumpelten und wurden zu Asche, die verwehte, noch bevor sie den Boden erreichte. Krasus atmete erleichtert aus – nur um gleich darauf voller Grauen zu beobachten, wie das zweite Bündel Tentakel seinen Gegenzauber umfing.

„Das kann nicht sein …", murmelte er mit weit aufgerissenen Augen. *„Das kann nicht sein!"*

Wie es die ersten Tentakel schon mit dem Steinsitz gemacht hatten, zogen die schwarzen Extremitäten nun auch die Wolke in sich hinein, absorbierten, nein, *verschlangen* sie.

Krasus hatte begriffen, womit er es zu tun hatte. Nur der *Unstillbare Hunger*, ein verbotener Spruch, war in der Lage, solches zu tun. Der Magier hatte seinen Einsatz bis zu diesem Moment nie persönlich erlebt, aber jeder, der die Künste ähnlich lange wie er studierte, hätte die Gegenwart dieses bösartigen Zaubers erkannt. Dennoch hatte sich irgendetwas verändert, denn der Gegenzauber, den er ausgewählt hatte, hätte der Richtige sein müssen, um genau dieser Bedrohung ein Ende zu setzen, und für einen Augenblick hatte es ja auch den Anschein gehabt ...

... doch dann hatte sich eine unheimliche Veränderung vollzogen, eine *Verschiebung* in der Essenz des dunklen Zaubers. Nun näherte sich ihm das zweite Bündel Tentakel, und Krasus wusste zunächst nicht, wie er es davon abhalten sollte, ihn zum nächsten Gang seines Mahls zu degradieren.

Er zog in Betracht, aus der Kammer zu fliehen, aber er wusste, dass die Monstrosität ihn weiter verfolgen würde, ganz gleich, wo auf der Welt sich Krasus vor ihr zu verbergen suchte. Das war ein Teil der Besonderheit des *Unstillbaren Hungers*: Seine gnadenlose Jagd erschöpfte und zermürbte das Opfer, bis es sich schließlich in sein Schicksal ergab.

Nein, Krasus musste den Zauber hier und jetzt stoppen.

Eine einzige Formel blieb noch, die vielleicht funktionieren mochte. Sie würde ihn auslaugen, für Tage völlig handlungsunfähig machen, aber sie besaß die Kraft, Krasus vor dieser grauenhaften Bedrohung zu retten.

Aber ebenso gut konnte sie ihn umbringen – genau wie Lord Prestors Falle.

Er warf sich zur Seite, als einer der Tentakel vorschnellte. Es blieb keine Zeit mehr, die Gefahren gegeneinander aufzuwiegen. Krasus hatte nur noch Sekunden, um den Zauber zu wirken. Bereits jetzt versuchte der *Hunger,* ihm den Weg zu verstellen, ihn vollständig einzukreisen.

Die Worte, die der alte Magier wisperte, hätten für Normalsterbliche wie die Sprache von Lordaeron geklungen, nur *rückwärts* gesprochen und mit der Betonung auf den falschen Silben. Krasus sprach jedes Wort mit besonderer Vorsicht aus, denn er wusste, dass auch nur der geringste aus seiner Notlage resultierende Flüchtigkeitsfehler seine sofortige Vernichtung bedeutet hätte. Er stieß seine linke Hand der zugreifenden Finsternis entgegen und versuchte, das genaue Zentrum des sich ausbreitenden Schreckens zu fokussieren.

Die Schatten bewegten sich schneller, als er es für möglich gehalten hätte. Als ihm die letzten Worte über die Lippen rannen, packte ihn der *Hunger*. Ein einzelner, dünner Tentakel wand sich um zwei Finger seiner ausgestreckten Hand. Zuerst empfand Krasus keinen Schmerz, doch die Finger verschwanden einfach vor seinen Augen und hinterließen offene, blutende Wunden.

Er spie gerade die letzte Silbe aus, als der Schmerz unvermittelt durch seinen Körper brandete.

Eine Sonne explodierte inmitten seines kleinen Sanktuariums.

Die Tentakel schmolzen dahin wie Eis auf offener Glut. Ein Licht, so gleißend, dass es Krasus selbst durch die fest verschlossenen Augen hindurch blendete, erfüllte jeden Winkel und jeden Spalt. Der Zauberer keuchte und fiel zu Boden, wobei er seine verstümmelte Hand fest umklammert hielt.

Ein fauchendes Geräusch drang an seine Ohren und brachte seinen ohnehin erhöhten Puls zum Rasen. Hitze, unglaubliche Hitze, verbrannte seine Haut. Krasus ertappte sich selbst beim Stoßgebet, mit dem er um ein schnelles Ende flehte.

Das Fauchen wurde zu einem Brüllen, das mehr und mehr an Gewalt gewann, fast als breche ein Vulkan inmitten der Kammer aus. Krasus versuchte etwas zu erkennen, aber das Licht war noch immer zu überwältigend. Er zog sich in Embryostellung zusammen und erwartete das Unvermeidliche.

Doch dann ... verlosch das Licht einfach und stürzte die Kammer in schweigende Finsternis.

Der Zaubermeister war zunächst unfähig, sich zu bewegen. Wäre der *Hunger* in diesem Moment über ihn gekommen, so hätte dieser ihn ohne mühelos besiegt. Für einige Minuten lag er einfach nur da und versuchte, wieder zu Sinnen zu kommen und, als ihm dies gelungen war, dem Blutstrom aus seiner furchtbaren Wunde Einhalt zu gebieten.

Krasus bewegte seine gesunde Hand über die versehrte und schloss die blutenden Stümpfe. Er würde nicht imstande sein, den erlittenen Schaden zu beheben. Nichts, was von schwarzer Magie berührt worden war, konnte je wieder geheilt werden.

Schließlich wagte er es, seine Augen zu öffnen. Selbst der unbeleuchtete Raum kam ihm anfangs viel zu hell vor, doch das war eine Täuschung, und nach und nach passten sich seine Augen den wahren Verhältnissen an. Krasus erkannte ein paar schattenhafte Umrisse – Möbelstücke, nahm er an –, sonst nichts.

„*Licht*", murmelte der völlig entkräftete Zauberer.

Eine kleine, smaragdgrüne Kugel tauchte nahe der Decke auf und verbreitete schwachen Schimmer in der Kammer. Krasus begutachtete seine Umgebung. Tatsächlich handelte es sich bei den Umrissen, die er wahrgenommen hatte, um die verbliebenen Reste der Einrichtung. Nur der Sitz war vollständig verschwunden, und auch was den *Hunger* betraf, so war er offenbar restlos ausgelöscht worden. Der Preis war hoch gewesen, aber Krasus hatte gesiegt.

Oder vielleicht auch nicht.

Die Katastrophe hatte sich innerhalb nur weniger Sekunden abgespielt, und geblieben war ihm nichts, nicht das Geringste, wofür sich das Opfer, das er erbracht hatte, gelohnt hätte. Sein Versuch, Lord Prestors Schloss auszuspähen, hatte in einer Niederlage geendet.

Und doch … und doch …

Krasus zog sich auf die Beine und erschuf einen neuen Sitz, dem alten gleich wie ein Zwilling. Keuchend fiel er hinein. Nach einem kurzen Blick auf seine zerstörte Hand, der ihn davon überzeugte, dass die Blutung tatsächlich gestoppt war, rief der Zauberer einen blauen Kristall herbei, um noch einmal einen Blick auf die Behausung des „Nobelmannes" werfen zu können. Ein furchtbarer Gedanke war ihm soeben gekommen, einer, den er nach allem, was geschehen war, nun mit einem kurzen, risikolosen Blick bestätigen zu können glaubte.

Da! Die Spuren der Magie waren unverkennbar. Krasus folgte ihnen, begutachtete ihre Verstrickungen. Er musste vorsichtig sein, um nicht das Böse, dem er gerade entronnen war, erneut zu wecken.

Dann bekam er seinen gesuchten Beweis. Die Kunstfertigkeit, mit welcher der *Unstillbare Hunger* gewirkt worden war, und die Komplexität, durch die sich seine Essenz verändert hatte, um Krasus' erste Gegenwehr zu vereiteln – deutete beides auf ein Wissen und ein Geschick hin, das sogar das der Kirin Tor übertraf, der fähigsten Magier, die Menschen und sogar Elfen aufzubieten hatten.

Doch es gab noch eine andere Rasse, deren Umgang mit der Magie begann, noch bevor sich die Elfen damit befassten.

„Ich weiß jetzt, wer du bist ...!", keuchte Krasus und beschwor ein Bild von Prestors stolzer Gestalt herauf. „Ich weiß jetzt, wer du bist, trotz der Maske, die du gewählt hast." Er hustete und rang nach Atem. Die Tortur hatte Krasus ausgelaugt, doch die Erkenntnis, mit wessen Macht er auf vielfältige Weise konfrontiert worden war, traf ihn schwerer als jeder Zauber es vermocht hätte. „Ich habe dich erkannt ...*Deathwing!*"

SIEBEN

Duncan brachte sein Pferd zum Stehen. „Irgend etwas stimmt hier nicht."

Rhonins eigene Einschätzung ging in die selbe Richtung, und unter Berücksichtigung der Ereignisse in der Festung, begann er sich zu fragen, ob das, was sie gerade beobachteten, etwas mit seiner Mission zu tun hatte.

In der Ferne lag Hasic, aber ein stilles, schweigendes Hasic. Der Zauberer hörte nicht das kleinste Zeichen von Geschäftigkeit. Ein Hafen wie dieser hätte von Leben wimmeln und erfüllt sein sollen von einem Lärm, laut genug, um bis zu ihnen vorzudringen.

Und doch war, abgesehen von ein paar Vögeln, nicht das geringste Lebenszeichen ausmachen.

„Uns hat keine Kunde von Schwierigkeiten erreicht", wandte sich der Hauptmann der Paladine an Vereesa. „Wäre dies der Fall gewesen, hätten wir unverzüglich einen Trupp hierher entsandt."

„Vielleicht sind wir nur ein wenig nervös nach dieser Reise." Doch selbst die Waldläuferin sprach in einem leisen, wachsamen Tonfall.

Sie verharrten so lange, dass Rhonin die Dinge schließlich selbst in die Hand nahm. Zur Überraschung der anderen trieb er sein Reittier vorwärts, wild entschlossen, Hasic nötigenfalls auch allein zu betreten.

Vereesa folgte ihm rasch, und Lord Senturus schloss sich ihr an – natürlich. Rhonin unterdrückte jeden Anflug von Belustigung, als der Ritter der Silbernen Hand sich vordrängte, um die Führung zu übernehmen. Eine Weile würde er mit Duncan Senturus' Arroganz und Wichtigtuerei noch leben können. Auf die eine oder andere Weise würde er dann jedoch im Hafen die unerwünschte Gesellschaft aufkündigen.

Das hieß ... falls der Hafen noch existierte.

Selbst ihre Pferde spürten die widernatürliche Stille und wurden zunehmend unruhiger. Zwischendurch musste Rhonin sein Tier regelrecht anspornen, damit es überhaupt weiter ging. Keiner der Ritter, und das war bedenklich genug, kommentierte die Probleme des Zauberers mit dummen Witzen.

Als sie sich dem Ziel weiter näherten, empfingen sie zu ihrer aller Erleichterung endlich schwache Lebenszeichen aus Richtung des Hafens. Ein Hämmern. Ein paar erhobene Stimmen. Das Rattern von Fuhrwerken ... Nicht viel, aber immerhin ein Beleg dafür, dass Hasic sich nicht in eine Geisterstadt verwandelt hatte.

Dennoch näherten sie sich vorsichtig und im Bewusstsein, dass irgendetwas nicht in Ordnung war. Vereesa und die Ritter hatten ihre Hand am Schwertgriff, während Rhonin im Geiste sein Repertoire an Zaubersprüchen durchging. Niemand wusste, was sie erwartete, aber sie alle waren überzeugt, es sehr bald zu erfahren.

Und gerade, als sie in Sichtweite des Stadttores kamen, bemerkte Rhonin drei Unheil verkündende Schemen, die in den Himmel aufstiegen.

Das Pferd des Zauberers scheute. Vereesa griff Rhonin in die Zügel und brachte das Tier unter Kontrolle. Einige der Ritter setzten an, ihre Schwerter zu ziehen, doch Duncan bedeutete ihnen sofort, ihre Waffen stecken zu lassen.

Wenige Augenblicke später sank das Trio riesiger Greife vor

der Gruppe herab; zwei ließen sich in den Wipfeln der größten Bäume nieder, der dritte landete unmittelbar vor ihnen.

„Wen zieht es da nach Hasic?", verlangte sein Reiter zu wissen, ein bronzehäutiger, bärtiger Krieger, der, obgleich er dem Magier kaum bis zur Schulter reichte, durchaus imstande schien, nicht nur diesen hochzustemmen, sondern dessen Pferd noch dazu.

Sogleich ritt Duncan vor. „Seid gegrüßt, Greifenreiter! Ich bin Duncan Senturus vom Orden der Ritter der Silbernen Hand, und ich geleite diese Reisegruppe zum Hafen. Wird Hasic von etwas heimgesucht, wenn Ihr mir die Frage erlaubt?"

Der Zwerg gab ein raues Lachen von sich. Er hatte nichts von der untersetzten Statur seiner erdverbundeneren Verwandten. Er ähnelte im Ganzen mehr einem Barbarenkrieger, den ein Drache gepackt und auf halbe Größe zusammengestaucht hatte. Er hatte Schultern, die breiter waren, als die des stärksten Ritters, und seine Muskeln spielten sozusagen von selbst. Eine wilde Haarpracht umrahmte flatternd sein hartgesottenes, kantiges Gesicht.

„Von zwei Drachen, ja. Hasic ist von ihnen heimgesucht worden. Sie kamen vor drei Tagen und zerstörten oder verbrannten alles, was sie erreichen konnten. Wäre meine Staffel nicht an genau diesem Morgen eingetroffen, würde von Eurem wertvollen Hafen nichts mehr existieren, Mensch! Sie hatten kaum begonnen, als wir sie in die Lüfte zurück zwangen! Es war ein glorreicher Kampf, aber wir verloren Glodin …" Die Zwerge schlugen sich mit der Faust aufs Herz. „Möge sein Geist wacker kämpfen bis in die Ewigkeit!"

„Wir sahen einen Drachen", mischte sich Rhonin ein, da er fürchtete, dass das Trio in eine der epischen Klagelitaneien verfallen würde, für die Zwerge berüchtigt waren. „Der Zeitpunkt würde passen. Ein Drache mit einem Ork als Lenker. Drei von Euch kamen und griffen ihn an …"

Der Anführer der Reiter hatte ihn mit finsteren Blicken bedacht, kaum dass er den Mund öffnete, doch als er den anderen Kampf erwähnte, hellte sich die Miene des Zwerges auf, und das breite Lächeln kehrte auf sein Gesicht zurück. „Aye, das waren wir auch, Mensch. Verfolgten das feige Reptil und holten es vom Himmel! Es war auch ein guter und gefährlicher Kampf. Molok da oben ...", er zeigte auf einen dicken Zwerg mit Glatzenansatz in der Baumkrone zu Rhonins Linken, „... verlor seine prächtige Axt, aber immerhin hat er noch seinen Hammer, was, Molok?"

„Würde eher meinen Bart abscheren als meinen Hammer verlieren, Falstad!"

„Aye, 's iss der Hammer, der bei Frauen den größten Eindruck macht, richtig?", gab Falstad mit leichtem Lachen zurück. Der Zwerg schien Vereesa erst jetzt zu bemerken. Seine braunen Augen strahlten. „Und was haben wir hier für eine holde Elfendame!" Noch immer auf dem Greif sitzend, machte er den unbeholfenen Versuch einer Verbeugung. „Falstad Dragonreaver, zu Euren Diensten, Elfendame!"

Spät fiel Rhonin ein, dass die Elfen von Quel'Thalas das einzige andere Volk waren, dem die wilden Zwerge der Aeries wirklich trauten. Allerdings schien das nicht der einzige Grund zu sein, weshalb Falstad nun seine ganze Aufmerksamkeit Vereesa zuwandte; genau wie Senturus fand der Greifenreiter sie offensichtlich überaus anziehend.

„Ich grüße Euch, Falstad", antwortete die Waldläuferin mit dem Silberhaar ruhig. „Und meinen Glückwunsch zu Eurem großen Sieg. Zwei Drachen sind eine beeindruckende Leistung für eine einzige Flugstaffel."

„Die reine Routine für meine Leute, nichts Besonderes." Er lehnte sich so weit es ging nach vorne. „Aber wir wurden in dieser Gegend schon eine Weile nicht mehr mit der Gegenwart von jemandem Eures Geblüts geehrt, vor allem nicht mit solch einer schönen Lady wie Euch! Wie kann Euch ein armer, kleiner Krieger wie ich am besten dienen?"

Rhonin sträubten sich die Nackenhaare. Der Tonfall des Zwerges bot dort, wo sich seine Worte noch zurückhielten, durchaus mehr als nur höfliche Unterstützung an. Solche Dinge hätten den Zauberer normalerweise nicht berühren sollen, und doch taten sie es in diesem Augenblick.

Vielleicht fühlte Duncan Senturus das Gleiche, denn er antwortete, bevor ihm jemand zuvorkommen konnte: „Wir schätzen Euer Hilfsangebot, aber wir werden es kaum in Anspruch nehmen müssen. Es gilt nur, das Schiff zu erreichen, das den Zauberer erwartet, sodass er sich fort von unseren Gestaden begeben kann."

Die Wortwahl des Paladins klang, als wäre Rhonin aus Lordaeron verbannt worden, weshalb der Magier mit mühsam unterdrücktem Zorn hinzufügte: „Ich befinde mich auf einer Mission in Diensten der Allianz."

Falstad schien unbeeindruckt. „Wir haben keinen Grund, Euch davon abzuhalten, Hasic zu betreten und nach Eurem Schiff zu suchen, Mensch, aber Ihr werdet feststellen, dass nach dem Angriff der Drachen nicht allzu viele übrig geblieben sind. Auch das Eure ist vermutlich Treibgut des Meeres geworden!"

Dieser Gedanke war auch schon Rhonin gekommen, doch erst, es nun aus dem Mund des Zwerges zu hören, ließ seine Zuversicht merklich sinken. Doch er konnte und wollte nicht schon in einem so frühen Stadium seiner Reise aufgeben. „Ich muss es herausfinden."

„Dann werden wir Euch nicht länger aufhalten." Falstad trieb sein Reittier vorwärts, warf Vereesa einen letzten ausgiebigen Blick zu und grinste. „War mir eindeutig ein Vergnügen, meine wunderschöne Elfendame!"

Die Waldläuferin nickte ihm zu, und der Zwerg und sein

Reittier erhoben sich in die Lüfte. Die mächtigen Flügel erzeugten einen Wind, der Staub in die Augen der Reisegesellschaft peitschte, und die plötzliche Nähe des Greifen beim Verlassen des Bodens veranlasste selbst die erfahrensten Pferde, einen Schritt zurückzuweichen. Die anderen Zwerge schlossen sich Falstad an, und die drei Greife schraubten sich rasch hinauf in den Himmel. Rhonin beobachtete, wie sich die schnell schemenhaft werdenden Gestalten Richtung Hasic drehten und dann mit unglaublicher Geschwindigkeit davonflogen.

Duncan spuckte feine Sandkörnchen aus; seinem Gesichtsausdruck nach zu urteilen, hatte er keine wesentlich höhere Meinung über Zwerge wie über Zauberer. „Lasst uns weiterreiten. Das Glück mag noch immer auf unserer Seite sein."

Ohne ein weiteres Wort rückten sie auf den Hafen zu. Es dauerte nicht lange, und sie konnten sehen, dass Hasic sogar noch stärker in Mitleidenschaft gezogen worden war, als Falstad es angedeutet hatte. Die ersten Gebäude, an denen sie vorbeikamen, waren noch mehr oder weniger intakt, doch mit jedem Augenblick, der verstrich, nahmen die sichtbaren Schäden zu. Die Getreidefelder um die Stadt waren niedergebrannt, die Behausungen der Landbesitzer lagen in Trümmern. Stabilere Häuser aus Stein hatten die Verwüstung weit besser überstanden, doch hier und da gab es welche, die vollständig dem Erdboden gleich gemacht waren, als hätten sich die Drachen diese Stellen zur Zerstörung regelrecht herausgepickt.

Der Gestank von Verbranntem drang an die sensiblen Sinne des Zauberers. Nicht alles, was die beiden Leviathane eingeäschert hatten, war aus Holz gemacht gewesen.

Wie viele der Bewohner Hasics mochten bei dieser Wahnsinnstat umgekommen sein? Auf der einen Seite konnte Rhonin durchaus auch die Verzweiflung der Orks verstehen, die mittlerweile wohl begriffen hatten, dass ihre Aussichten, diesen Krieg noch für sich zu entscheiden, gegen Null tendierten – auf der anderen Seite *schrien* Taten wie diese regelrecht nach Vergeltung.

Seltsamerweise schienen einige Bereiche um den eigentlichen Hafen völlig unangetastet geblieben zu sein, obwohl Rhonin erwartet hätte, gerade hier die schlimmsten Bedingungen vorzufinden. Doch abgesehen von einer gewissen Verdrießlichkeit unter den Arbeitern, die ihnen begegneten, hätte man den Eindruck gewinnen können, Hasic sei niemals angegriffen worden.

„Vielleicht hat es das Schiff doch heil überstanden", raunte er Vereesa zu.

„Ich denke nicht", gab sie ebenso leise zurück, „nicht, wenn das dort drüben etwas zu bedeuten hat."

Er folgte ihrem Blick zum Hafenbecken hinüber. Der Zauberer kniff die Augen zusammen, als könnte er so das Bild, das sich ihm bot, besser begreifen.

„Der Mast eines Schiffes, Zauberkünstler", klärte ihn Duncan in barschem Ton auf. „Der Rest der Galeone und ihre tapfere Mannschaft ruhen zweifellos *unter* der Wasseroberfläche."

Rhonin schluckte den Fluch hinunter, der ihm auf der Zunge lag. Beim Überblicken des Hafens fielen ihm nun die Unmengen Holz und andere Materialien auf, die auf dem Wasser trieben – Treibgut von mehr als einem Dutzend Schiffen, wie der Magier annahm. Nun verstand er, weshalb der Hafen selbst fast unbeschadet davongekommen war: Die Orks mussten ihre Reittiere zuerst gegen die Schiffe der Allianz geführt haben, um ihnen jegliche Fluchtmöglichkeit zu verbauen. Das erklärte zwar nicht, warum die Randgebiete von Hasic schlimmere Schäden als das Zentrum erlitten hatten, doch vielleicht war ein Großteil dieser Verwüstungen erst nach dem Eintreffen der Greifenreiter angerichtet worden. Es wäre nicht das erste Mal, dass sich eine Siedlung zwischen den Fronten eines tobenden Kampfes wiederfand und den Preis dafür zahlen musste.

Dennoch wären die Verheerungen sicherlich um einiges schlimmer ausgefallen, wenn die Zwerge nicht vorbeigekommen wären. Die Orks hätten den Hafen komplett mit Hilfe ihrer Drachen abgefackelt und versucht, jedes dort befindliche Lebewesen zu massakrieren.

Diese Spekulationen brachten Rhonin allerdings, was sein eigentliches Problem betraf, nicht weiter, denn offenbar existierte das Schiff, das ihn nach Khaz Modan hatte bringen sollen, nicht mehr.

„Euer Weg endet hier, Zauberer", erklärte Lord Senturus. „Ihr habt versagt."

„Es gibt sicherlich noch intakte Schiffe. Und ich habe Geld, um für die Überfahrt zu bezahlen ..."

„Und wer hier würde für Euer Silber nach Khaz Modan segeln? Diese armen Teufel haben genügend Heimsuchungen überstanden. Glaubt Ihr ernsthaft, einer von ihnen würde sich freiwillig in ein Land begeben, das von den gleichen Orks kontrolliert wird, die dies hier zu verantworten haben?"

„Ich kann nur versuchen, es herauszufinden. Ich danke Euch für Eure Zeit, Mylord, und wünsche Euch für die Zukunft alles Gute." Sich der Elfe zuwendend, fügte Rhonin hinzu: „Und Euch ebenso, Wald- ... Vereesa. Ihr seid eine Zierde Eurer Zunft."

Sie sah ihn überrascht an. „Ich verlasse Euch noch nicht."

„Aber Eure Aufgabe ..."

„... ist noch nicht beendet. Ich kann Euch hier nicht guten Gewissens ohne Weg und Ziel zurücklassen. Wenn Ihr noch immer eine Passage nach Khaz Modan sucht, werde ich tun, was ich kann, um Euch dabei zu helfen ... Rhonin."

Jäh richtete sich Duncan in seinem Sattel auf. „Selbstverständlich können auch wir die Dinge nicht einfach so belassen, wie sie sind! Bei unserer Ehre, wenn Ihr der Ansicht seid, dass diese Aufgabe eine Fortsetzung wert ist, so werden ich und meine Männer ebenso tun, was in unserer Macht steht, um Euch ein Transportmittel zu beschaffen!"

Vereesas Entscheidung, noch eine Weile bei ihm zu bleiben, hatte Rhonin erfreut, auf die Ritter der Silbernen Hand hingegen hätte er liebend gern verzichtet. „Ich danke Euch, Mylord, aber hier sind viele in Not. Wäre es nicht das Beste, wenn Euer Orden den guten Menschen von Hasic bei der Behebung der Schäden unter die Arme greifen würde?"

Einen Atemzug lang dachte er tatsächlich, es sei ihm gelungen, sich auf diese Weise des Kriegers zu entledigen, aber nach reiflicher Überlegung erklärte Duncan: „Eure Worte haben einiges für sich, Zauberer, dennoch glaube ich, dass wir es einrichten können, sowohl Eurer Mission als auch Hasic mit unserer Anwesenheit zu dienen. Meine Männer werden den Bürgern zur Seite stehen, während ich mich persönlich dafür einsetze, ein Gefährt für Euch aufzutreiben! Damit wäre diese Angelegenheit dann vortrefflich geregelt, oder?"

Niedergeschlagen antwortete Rhonin mit einem einfachen Nicken. Vereesa an seiner Seite reagierte mit mehr Würde. „Eure Unterstützung wird ohne Zweifel von unschätzbarem Wert sein, Duncan. Habt Dank."

Nachdem der Anführer der Paladine die anderen Ritter los geschickt hatte, besprachen er, Rhonin und die Waldläuferin in aller Kürze die beste Vorgehensweise für ihre Suche. Sie kamen überein, dass sie getrennt voneinander ein größeres Gebiet abdecken konnten. Zum Nachtmahl wollten sie sich wieder treffen, um die gewonnenen Erkenntnisse auszutauschen. Lord Senturus hegte offen Zweifel, dass ihnen Erfolg beschieden sein würde, aber sein Pflichtgefühl gegenüber Lordaeron und der Allianz – und möglicherweise auch seine Schwärmerei für Vereesa – bewegten ihn dennoch dazu, dass er seinen Teil beitragen wollte.

Rhonin durchkämmte auf der Suche nach einem intakten Schiff den nördlichen Hafenbereich. Es zeigte sich jedoch, dass die Drachen gründlich gewesen waren, und als der Tag zur Neige ging, hatte er nichts gefunden, wovon es zu berichten gelohnt hätte. Langsam kam er an den Punkt, an dem er nicht mehr wusste, was ihm mehr Sorgen bereitete – die Unfähigkeit, ein passables Schiff zu finden, oder aber die Aussicht, dass es der ach-so-grandiose Lordpaladin sein könnte, der die einzig verbliebene Lösung für Rhonins Misere aufs Tablett bringen würde.

Es gab ja durchaus Wege für Zauberer, um auch solch gewaltige Entfernungen zu überbrücken – doch nur vergleichbar Mächtige wie der berühmt-berüchtigte Medivh hatten diese Pfade je selbstbewusst und ihrer sicher beschritten. Auch wenn Rhonin den Zauber erfolgreich zu wirken vermochte, riskierte er dabei nicht nur eine Entdeckung durch irgendeinen Ork-Magier, sondern wegen der Magieströmungen in der Region, in der das Dunkle Portal lag, auch unvorhersehbare Abweichungen vom angepeilten Zielort. Und Rhonin war nicht versessen darauf, beispielsweise über einem aktiven Vulkan zu materialisieren.

Doch wie sonst sollte er die Reise unter den gegebenen Umständen noch bewältigen?

Während er nach Antworten rang, schritt ringsum Hasics Wiederaufbau voran. Frauen und Kinder sammelten, was sie an Trümmerteilen im Hafen schwimmend fanden, nahmen mit sich, was sonst noch von Nutzen zu sein schien, und schichteten den Rest an der Kaimauer auf, damit er später entsorgt werden konnte. Eine Sondertruppe der Stadtwache wanderte die Küste entlang und suchte sie nach angetriebenen Leichen der Seeleute ab, die mit ihren Schiffen untergegangen waren. Der dunkel gekleidete, düster dreinblickende Magier, der zwischen ihnen wandelte, erweckte überall Aufsehen, und einige Eltern zogen ihre Kinder fest an sich, sobald er in ihrer Nähe auftauchte.

Hier und da entdeckte Rhonin offenen Vorwurf in den Gesichtern, als sei *er,* auf welche Weise auch immer, für den schrecklichen Anschlag verantwortlich. Selbst unter diesen traurigen Bedingungen vermochte das einfache Volk seine Vorurteile und Ängste nicht zu unterdrücken.

Über Rhonin flog ein Greifenpaar vorbei. Die Zwerge hielten unentwegt Ausschau nach neuen möglichen Angreifern, auch wenn Rhonin bezweifelte, dass diese Gegend in absehbarer Zeit wieder mit Drachenüberfällen zu rechnen hatte – der Jüngste hatte den Orks zu hohe Verluste eingebracht. Falstad und seine Gefährten hätten dem Hafen mehr geholfen, wenn sie gelandet und den Leuten zur Hand gegangen wären. Doch der müde Zauberer vermutete, dass die Zwerge – ohnehin nicht die umgänglichsten im Bündnis Lordaerons – es vorzogen, „über den Dingen zu stehen". Bei einem triftigen Grund würden sie Hasic wohl sogar eher ganz verlassen, als dass sie …

Einen triftigen Grund?

„Natürlich …!", murmelte Rhonin, während er beobachtete, wie die beiden Kreaturen und ihre Reiter südwestlich seines Standortes niedergingen.

Wer, wenn nicht die Zwerge, würde an seinem Angebot Gefallen finden können? Wer sonst wäre verrückt genug gewesen, es in Betracht zu ziehen …?

Ungeachtet des Eindrucks, den er dabei hinterlassen mochte, rannte Rhonin der Stelle entgegen, an der die Drachenreiter gelandet waren.

Voller Abscheu verließ Vereesa den südlichsten Bereich der Docks. Sie war nicht nur erfolglos geblieben, nein, von allen menschlichen Siedlungen, die sie je besucht hatte, war Hasic der mit Abstand übelste Fleck. Das hatte weniger mit der Katastrophe zu tun. Hasic *stank* einfach. Die meisten Menschen besaßen einen eher stümperhaften Geruchssinn – die hier lebenden Bürger jedoch verfügten eindeutig über gar keinen.

Die Waldläuferin wäre am liebsten zu ihrem Volk zurückgekehrt, um eine wichtigere Aufgabe übertragen zu bekommen, doch bis sie sich nicht sicher sein durfte, dass sie alles für Rhonin getan hatte, was in ihrer Macht stand, konnte sie guten Gewissens nicht abreisen. Es schien keine Möglichkeit zu geben, die dem Zauberer seine Weiterreise erlaubt hätte, die Fortsetzung seiner Mission, von der sie mittlerweile überzeugt war, dass sie weit mehr beinhaltete als schlichte Spionage. Rhonin wirkte viel zu entschlossen; für eine relativ unwichtige Angelegenheit hätte er sich niemals so stark engagiert. Nein, sie war sicher, dass ihn noch ein anderes Motiv antrieb.

Wenn sie nur herausgefunden hätte, um welches es sich dabei handelte ...

Die Zeit des Nachtmahls näherte sich. Ohne eine Spur von Hoffnung, bewegte sich die Waldläuferin landeinwärts und folgte, trotz des mitunter schier unerträglichen Gestanks, dem kürzesten Weg dorthin. Hasic unterhielt auch Landstraßen zu seinen Nachbarn, vor allem in die größeren Reiche von Hillsbrad und Southshore. Obwohl es mehr als eine Woche dauern würde, eines der beiden Länder zu erreichen, blieb ihnen unter Umständen keine andere Wahl.

„Ah ... meine schöne Elfendame!"

Sie blickte erst in die falsche Richtung, weil sie meinte, einer der Menschen hätte sie angesprochen. Doch dann erinnerte sich Vereesa, schon einmal so angesprochen worden zu sein. Die Waldläuferin wandte sich nach rechts und ließ ihren Blick zu Boden wandern ... nur um dort Falstad in all seiner mickrigen Pracht stehen zu sehen. Die Augen des verwegenen Zwerges strahlten, und der Mund war zu einem breiten, wissenden Grinsen verzogen. Er schleppte einen Sack auf dem Rücken und hatte seinen mächtigen Hammer geschultert. Das Gewicht sowohl des einen, als auch des anderen hätte die meisten Elfen oder Menschen kapitulieren und darunter zusammenbrechen lassen, aber Falstad meisterte beides mit der Leichtigkeit, die seinesgleichen angeboren war.

„Herr Falstad. Ich grüße Euch."

„Bitte! Für meine Freunde bin ich einfach Falstad! Ich bin Herr von nichts – abgesehen von meinem eigenen, wundersamen Schicksal natürlich!"

„Und ich bin einfach Vereesa für meine Freunde ..." Obwohl der Zwerg eine ziemlich hohe Meinung von sich selbst zu haben schien, machte es etwas in seiner Art schwer, ihn nicht zu mögen – allerdings dann doch auch nicht so sehr, wie es sich Falstad wahrscheinlich gewünscht hätte. Er gab sich keine Mühe, sein Interesse an ihr zu verbergen und erlaubte seinen Augen sogar dann und wann in die Gegend unterhalb ihres Gesichts abzuwandern.

Die Waldläuferin entschied, dass sie diese Sache besser gleich klärte. „... die meine Freunde genau so lange bleiben, wie sie mich mit dem Respekt behandeln, den ich ihnen im Gegenzug erweise."

Der Blick der dunklen Augen zuckte zurück in unverfänglichere Regionen. Doch ansonsten gab sich Falstad unschuldig, als hätte er den Hintersinn ihrer Worte nicht verstanden. „Wie geht es mit Euren Bestrebungen voran, den Zauberer aufs Wasser zu bringen, meine Elfendame? Wenn ich raten darf: schlecht, sehr schlecht ..."

„Ihr habt Recht. Es scheint, als seien die einzigen Schiffe, die nicht zerstört wurden, gleich wieder in See gestochen, um ruhigere Gestade anzulaufen. Hasic verdient die Bezeichnung Hafen momentan nicht mehr."

„Traurig, traurig. Wir sollten dies bei einer guten Flasche Branntwein näher erörtern! Was meint Ihr?"

Vereesa unterdrückte angesichts solch unerschütterlicher Hartnäckigkeit ein Schmunzeln. „Ein anderes Mal vielleicht. Ich habe noch immer eine Aufgabe zu erfüllen, und Ihr …", Vereesa deutete auf den Sack, „… scheint auch eine zu haben."

„Dieser kleine Beutel?" Er hievte den schweren Sack mit Leichtigkeit nach vorn. „Nur ein paar Vorräte, gerade genug, bis wir diese Menschenstätte wieder verlassen. Ich muss sie lediglich Molok geben, und schon könnten Ihr und ich uns auf den Weg machen, um …"

Die Waldläuferin schluckte die war immer noch freundliche, wenn auch diesmal unverblümtere Ablehnung herunter, die ihr auf der Zunge lag, herunter, denn der unweit entfernt aufklingende, zornige Schrei eines Greifen – gefolgt von lauter werdenden, streitenden Stimmen – versetzte sie und Falstad in Alarmbereitschaft. Ohne ein weiteres Wort wandte sich der Zwerg von ihr ab. Den Sack ließ er achtlos zu Boden fallen und packte stattdessen den Sturmhammer mit beiden Fäusten. Für jemanden seiner Statur bewegte er sich unglaublich behände, sodass er bereits die halbe Straße hinter sich gebracht hatte, bis Vereesa überhaupt los lief.

Sie zog ihre eigene Waffe und legte Tempo zu. Die Stimmen wurden lauter, gewannen an Schärfe, und die Waldläuferin hatte das ungute Gefühl, dass eine davon Rhonin gehörte.

Die Straße erweiterte sich rasch in eines der Schutt übersäten Areale, die nach der Zerstörung geblieben waren. Einige der Greifenreiter erwarteten hier ihren Anführer, und aus noch unerfindlichen Gründen war Rhonin offenbar auf die Idee gekommen, sich mit ihnen anzulegen. Zauberer waren schon häufig für verrückt erklärt worden, aber dieser hier zählte zweifelsfrei zu den Allerverrücktesten, wenn er meinte, ungeschoren davonzukommen, wenn er es sich mit wilden Zwergen verscherzte.

Und tatsächlich hatte ihn einer bereits am Kragen gepackt und den Menschen gut einen Fuß über den Boden in die Luft gehoben.

„Ich sagte, lass uns in Ruhe, Elender! Wenn deine Ohren nicht funktionieren, kann ich sie dir genauso gut abreißen!"

„Molok!", rief Falstad. „Was hat der Zauberer getan, das dich so in Wut versetzt?"

Sein Opfer weiterhin gestemmt, wandte sich der andere Zwerg seinem Anführer zu. Er hätte Falstads Zwilling sein können, sah man von der Narbe über seiner Nase und den völlig humorlosen Gesichtszügen ab. „Der da folgte Tupan und den anderen erst zum Hauptlager und dann, als Tupan ihn weggeschickt hatte und abgeflogen war, hierher zu unserem Treffpunkt! Sagte ihm zweimal, er solle verschwinden, aber der Mensch scheint guten Willen nicht zu erkennen. Dachte, vielleicht sieht er klarer, wenn ich ihm zu einem luftigeren Standpunkt verhelfe, wo er über die Dinge nachdenken kann."

„Zauberer …!", knirschte der Anführer der Drachenstaffel. „Ihr habt mein aufrichtiges Mitgefühl, meine Elfendame."

„Sagt Eurem Gefährten, er soll ihn herunterlassen oder ich sehe mich gezwungen, ihm die Überlegenheit eines guten Elfenschwertes zu seinem Hammer zu demonstrieren."

Falstad wandte sich blinzelnd um. Er starrte die Waldläuferin an, als sähe er sie gerade zum ersten Mal. Sein Blick huschte kurz zu der schmalen, glänzenden Klinge, dann zurück zu den zusammengekniffenen, zu allem entschlossenen Augen.

„Ihr würdet das tun, nicht wahr? Ihr würdet diese Kreatur gegen jene verteidigen, die schon gute Freunde Eures Volkes waren, noch bevor die Menschen überhaupt auf der Bühne der Welt erschienen …"

„Sie muss mich nicht verteidigen", erklang Rhonins Stimme. Der baumelnde Magier wirkte eher ungehalten über seine Lage, als wirklich verängstigt. Vielleicht ahnte er nicht einmal, dass Molok ihm fast spielerisch das Rückgrat brechen konnte, wenn er es darauf anlegte. „Bis jetzt habe ich meine Gefühle unter Kontrolle gehalten, aber …"

Alles, was er von diesem Punkt an hätte sagen können, hätte nur geradewegs in einen unausweichlichen Kampf geführt. Vereesa reagierte rasch, unterbrach Rhonin mit einem Wink und stellte sich zwischen Falstad und Molok. „Das hier ist völlig unsinnig. Die Horde ist noch nicht einmal restlos besiegt, und schon gehen wir uns gegenseitig an die Kehlen. Sollten Verbündete so handeln? Befehlt Euren Kriegern, ihn freizugeben, Falstad, und wir werden sehen, ob sich dies alles nicht mit Vernunft klären lässt."

„Is' doch bloß ein Zauberer …", murmelte der Anführer der Greifenreiter, unterwies Molok aber nichtsdestotrotz mit einem Kopfnicken, Rhonin loszulassen.

Mit leichtem Widerstreben kam der Zwerg der Aufforderung nach. Danach strich Rhonin mit reservierten Gesichtsausdruck seinen Mantel glatt und ordnete die Haare. Vereesa betete, dass er weiterhin so gelassen bleiben würde.

„Was ist hier vorgefallen?", wollte sie von ihm wissen.

„Ich kam mit einem einfachen Ansinnen zu ihnen, das war alles. Dass sie so antworten würden, wie geschehen, beweist nur ihre barbarische …"

„Er wollte, dass wir ihn nach Khaz Modan fliegen!", schnappte Molok.

„Die Greifenreiter?" Vereesa konnte nicht anders, als Rhonins Unverfrorenheit, wenn nicht gar Tollkühnheit bewundern. Denn nichts anderes wäre es gewesen auf dem Rücken eines dieser Ungeheuer über das Meer zu fliegen – und nicht einmal als Lenker, sondern als jemand, der sich an einem Zwerg, statt an den Zügeln, festhalten musste!

Seine Mission musste Rhonin eindeutig mehr bedeuten, als er bisher zu erkennen gegeben hatte, sonst hätte er nicht versucht, Molok und die anderen zu einem solchen Unterfangen zu überreden. Kein Wunder, dass sie ihn für vollkommen irre hielten.

„Ich dachte, sie seien dazu in der Lage und kühn genug, es zu wagen ... aber offensichtlich war das ein Irrtum."

Das konnte Falstad nicht auf sich sitzen lassen. „Wenn in Euren Worten auch nur eine Andeutung liegen sollte, die darauf anspielt, wir seien Feiglinge, Mensch, dann übernehme ich persönlich, wovon ich Molok gerade abgehalten habe! Es gibt kein Volk, das tapferer, und keine Krieger, die stärker sind, als wir Zwerge der Aerie Peaks! Wir haben keine Angst vor den Orks oder den Drachen von Grim Batol; wir wollen nur nicht länger als irgend nötig die Anwesenheit von Euresgleichen *ertragen*!"

Vereesa erwartete zornige Widerrede von ihrem Schützling, doch Rhonin kniff nur die Lippen zusammen, als hätte er diese Antwort Falstads erwartet. Wenn die Waldläuferin über ihre eigenen Überlegungen und Bemerkungen hinsichtlich Zauberern Revue passieren ließ, wurde ihr klar, dass Rhonin den größten Teil seines Lebens mit derartigen Anfeindungen fertig werden musste.

„Ich befinde mich auf einer Mission für Lordaeron", erwiderte der Magier. „Das ist alles, was zählen sollte ... aber das scheint nicht der Fall zu sein." Er kehrte den Zwergen den Rücken zu und stapfte davon.

Aufgrund ihrer Mutmaßungen, Rhonins vermeintliche Spionagemission betreffend, fasste Vereesa, das Schwert noch immer fest in der Hand, einen raschen, nahezu verzweifelten Entschluss. „Wartet, Magier!"

Er hielt inne, offenbar überrascht von ihrem plötzlichen Ausbruch. Die Waldläuferin sprach jedoch nicht zu ihm, sondern richtete ihre Worte erneut an den Anführer der Greifenreiter. „Falstad, gibt es denn gar keine Hoffnung, dass Ihr uns so nah wie möglich an Grim Batol heranbringt? Ohne Euch, haben Rhonin und ich endgültig versagt!"

Das Mienenspiel des Zwerges zeigte Verwirrung. „Ich dachte, der Zauberer reist allein …"

Sie schenkte ihm einen um Verständnis bettelnden Blick, in der Hoffnung, dass Rhonin, der sie wachsam beäugte, dies nicht missverstehen würde. „Und wie wären wohl seine Aussichten, wenn er zum ersten Mal einer mächtigen Ork-Axt begegnete? Er könnte vielleicht ein oder zwei dieser Monster mit seinen Zaubersprüchen besiegen, aber sobald die nächsten ihn erreichen würden, wäre er ohne einen guten Schwertarm verloren."

Falstad sah, wie sie ihre Waffe schwang, und der Ausdruck von Verwirrung schwand. „Aye, und es ist ein guter Arm – mit oder ohne Schwert!" Der Zwerg schaute erst Rhonin an, dann seine Männer. Er zupfte an seinem langen Bart, und sein Blick kehrte zu Vereesa zurück. „Für ihn würde ich dies kaum in Erwägung ziehen, aber für Euch – und für die Allianz von Lordaeron natürlich – bin ich dazu mehr als bereit … Molok!"

„Falstad. Das kann nicht dein Ernst sein …"

Der Anführer der Zwerge schlenderte an die Seite seines Freundes und legte einen Arm kameradschaftlich um den bestürzten Molok. „Es geht um den Ausgang des Krieges, Bruder! Denk nur, womit du dich wirst brüsten können. Vielleicht können wir sogar den einen oder anderen Drachen auf dem

Weg erschlagen und unseren glorreichen Taten hinzufügen, hm?"

Nicht wirklich besänftigt, nickte Molok schließlich und murmelte: „Und ich nehme an, dass die Lady mit *dir* fliegen wird?"

„Da die Elfen unsere ältesten Verbündeten sind und ich der Anführer der Staffel, aye! Mein Rang fordert es, nicht wahr, Bruder?"

Diesmal nickte Molok nur stumm. Doch seine finstere Miene sagte alles.

„Wunderbar", rief Falstad. Er wandte sich erneut an Vereesa. „Und wieder einmal nahen die Zwerge der Aerie Peaks als Retter in höchster Not! Das schreit nach einem Umtrunk – noch einem Krug Ale ... oder nach zweien, hm?"

Die Mienen der anderen Zwerge, sogar Moloks, erhellten sich bei dieser Ankündigung. Die Waldläuferin sah, dass Rhonin es vorgezogen hätte, sich an dieser Stelle zu verabschieden, doch er unterließ es. Vereesa hatte ihm seinen Transport zur Küste von Khaz Modan, vielleicht sogar bis in die Nähe von Grim Batol, verschafft – insofern geziemte es sich nur für ihn, allen Beteiligten seine Dankbarkeit zu zeigen. Natürlich wären auch Falstad und seine Kameraden froh gewesen, von Rhonins Gegenwart erlöst zu werden, aber Vereesa war im Stillen dankbar, dass er sie nicht allein der Gesellschaft der Greifenreiter überließ.

„Wir schließen uns Euch mit Freuden an", erwiderte sie. „Ist es nicht so, Rhonin?"

„Auf jeden Fall." Die Begeisterung in seinen Worten ähnelte der eines Mannes, der gerade etwas Übelriechendes an seinem Schuh entdeckt hat.

„Hervorragend!" Falstad würdigte den Zauberer nicht einmal eines Blickes. Zu Vereesa sagte er: „Der *Seekeiler* steht noch und, und der Wirt ist uns ziemlich dankbar für unsere guten Dienste der Vergangenheit. Es sollte gelingen, noch ein paar weitere Fässer Ale zu schnorren … Kommt!"

Er hätte sicher darauf bestanden, sie persönlich zu begleiten, doch die Waldläuferin brachte sich geschickt aus seiner Reichweite. Falstad schien diese Kränkung nicht zu bemerken und war im Moment wohl eher an Ale, als an Elfen interessiert. Seine Männer zu sich winkend, führte er sie in Richtung ihrer Lieblingsschenke.

Rhonin schloss sich ihr an, doch als sie Anstalten machte, den Zwergen zu folgen, nahm er sie unvermittelt zur Seite; seine Miene war finster.

„Was habt Ihr Euch dabei gedacht?", zischte der Magier mit dem feuerroten Haar. „Nur *ich* gehe nach Khaz Modan!"

„Ihr hättet niemals Aussichten gehabt, dort hin zu gelangen, wenn ich nicht eingeflochten hätte, das ich Euch begleite. Ihr habt gesehen, wie sich die Zwerge davor verhielten …"

„Ihr wisst nicht, auf was Ihr Euch da einlasst, Vereesa!"

Sie brachte ihr Gesicht bis auf wenige Zentimeter an das seine heran. „Und was wäre das wohl? Mehr als eine einfache Erkundung von Grim Batol? Ihr plant etwas – oder nicht?"

Rhonin schien fast bereit, ihr darauf zu antworten, doch in diesem Moment rief jemand nach ihnen. Sie schauten beide hinter sich und sahen Duncan Senturus auf sie zukommen.

Der Elfe wurde bewusst, dass sie, als sie Falstad davon überzeugt hatte, Rhonin und sie über das Meer zu bringen, nicht mehr an den Paladin gedacht hatte. Und nun hatte sie das ungute Gefühl, dass er – soweit glaubte sie den Ritter zu kennen – darauf bestehen würde, sie ebenfalls zu begleiten.

Dieser Gedanke war dem Zauberer, dessen Ärger auf die Waldläuferin noch immer nicht verraucht war, offenbar noch nicht gekommen. „Wir sprechen darüber, wenn wir allein sind, Vereesa, aber wisset bereits dies: Wenn wir die Küste von Khaz Modan erreichen, werde ich – und *nur* ich – meine Mission dort erfüllen! Ihr aber werdet mit unserem guten Freund Falstad zurückkehren. Und solltet ihr versuchen, das Schicksal noch weiter herauszufordern ..."

Seine Augen glühten. Glühten *wortwörtlich*. Selbst die unerschütterliche Elfe konnte nicht anders, als davor zurückzuschrecken.

„... werde ich euch höchstpersönlich hierher zurückjagen!"

ACHT

Sie näherten sich Grim Batol.

Nekros wusste, dass dieser Tag hatte kommen müssen. Seit der furchtbaren Niederlage Doomhammers und der Hauptstreitmacht der Horde hatte er die Tage gezählt, die vergehen würden, bis die siegreichen Menschen und ihre Verbündeten auf die Überbleibsel des Ork-Reiches in Khaz Modan zu marschierten. Zwar hatte sich die Allianz von Lordaeron Meter um Meter mit Blut erkämpfen müssen, aber schließlich waren ihre Truppen durchgebrochen. Nekros konnte die Armeen, die sich entlang der Grenzen sammelten, regelrecht sehen.

Aber bevor die Heere zum endgültigen Schlag ausholten, versuchten sie, die Orks noch weiter zu schwächen. Wenn er den Worten Krylls trauen durfte, der in diesem Fall keinen Grund hatte, ihn zu belügen, dann war eine Verschwörung im Gange, um die Drachenkönigin entweder zu befreien oder zu töten. Der Goblin konnte nicht sagen, wie viele genau zu diesem Zweck ausgesandt worden waren, aber unter Berücksichtigung verstärkter militärischer Bewegungen im Nordwesten nahm Nekros an, dass eine Unternehmung von dieser Tragweite mindestens ein Regiment handverlesener Ritter und Waldläufer erforderte. Auch würden sicher Zauberer mobilisiert werden, mächtige Zauberer.

Der Ork hob seinen Talisman hoch. Nicht einmal die *Dämonenseele* würde es ihm ermöglichen, den Hort ausreichend zu verteidigen, und auch von seinem Häuptling würde er keine Unterstützung erhalten. Zuluhed bereitete seine Männer auf den erwarteten Angriff im Norden vor. Ein paar niedere Akoluthen beobachteten die südlichen und westlichen Grenzen, aber Nekros hatte ungefähr so viel Vertrauen in sie, wie in die geistige Gesundheit von Kryll. Nein, wie immer hing alles an dem verkrüppelten Ork und den Entscheidungen, die *er* treffen würde.

Er humpelte durch den Korridor, bis er zum Aufenthaltsraum der Drachenreiter gelangte. Es lebten nur noch wenige Veteranen, darunter einer, dem Nekros sein vollstes Vertrauen schenkte, und der noch immer in jeder Schlacht an vorderster Front ritt.

Die meisten der Krieger hockten um den Tisch in der Mitte des Raumes herum, dem Platz, wo sie Kämpfe diskutierten, aßen, tranken und mit Knochen würfelten. Dem Klappern nach zu urteilen, das aus der Mitte der versammelten Schar drang, wagte selbst jetzt einer ein kleines Spielchen. Die Reiter würden von der Unterbrechung nicht begeistert sein, aber Nekros hatte keine andere Wahl.

„Torgus! Wo ist Torgus?"

Einige der massigen Krieger schauten in seine Richtung, und ihr ungehaltenes Grunzen gab ihm zu verstehen, dass er für sein Eindringen besser einen triftigen Grund vorzuweisen hatte.

Nekros bleckte die Zähne und legte die mächtige Stirn in Falten. Trotz des Verlustes seines Beines war er zum Anführer bestimmt worden, und niemand, nicht einmal die Drachenreiter, durften ihn geringschätzig behandeln.

„Also? Einer von euch Kerlen kriegt jetzt das Maul auf, oder ich verfüttere eure Körperteile an die Drachenkönigin!"

„Hier, Nekros …" Eine große Gestalt erhob sich aus der Gruppe und schraubte sich in die Höhe, bis sie einen Kopf größer war als jeder andere anwesende Ork. Ein Antlitz, selbst nach Ork-Maßstäben hässlich, starrte Nekros entgegen. Ein Hauer war abgebrochen, und Narben zierten beide Seiten des quadratischen, bärenhaften Gesichts. Schultern, eineinhalbmal so breit wie die von Nekros endeten in muskulösen Armen, so dick wie dessen gutes Bein. „Ich bin hier …"

Torgus kam auf seinen Anführer zu, und die übrigen Reiter wichen ihm rasch und respektvoll aus. Torgus bewegte sich mit der kühnen Selbstsicherheit eines Ork-Kriegers, und dies mit vollem Recht, denn unter seiner Führung hatte sein Drache mehr Schaden angerichtet, mehr Greifenreiter in den Tod geschickt und den Streitkräften der Menschen mehr Truppenaufgebote abgerungen, als jeder seiner Artgenossen. Abzeichen und Orden von Doomhammer und Blackhand, ganz zu schweigen von denen verschiedener Clanführer wie Zuluhed, baumelten vom Axtgurt um seine Brust.

„Was willst du von mir, Alter? Noch eine Sieben, und ich hätte sie alle dran gehabt! Hoffentlich ist es wichtig, weshalb du mich störst …!"

„Es geht um das, wofür du ausgebildet wurdest!", schnappte Nekros, entschlossen sich selbst von diesem Krieger-Ungetüm nicht einschüchtern zu lassen. „Es sei denn, du hast deine Kämpfe neuerdings nur noch an den Spieltisch verlegt!"

Einige der anderen Reiter begannen zu raunen, aber Torgus' Neugierde schien geweckt. „Ein Spezialauftrag? Etwas, das besser ist, als ein paar unbedeutende Menschenbauern abzufackeln?"

„Etwas, bei dem es um Soldaten geht – und vielleicht noch einen Zauberer oder zwei. Wäre das nach deinem Geschmack?"

Rote, grausame Augen verengten sich zu Schlitzen. „Erzähl mir mehr davon, Alter …!"

Endlich verfügte Rhonin über ein Transportmittel, um nach Khaz Modan zu gelangen. Das hätte ihn eigentlich froh stimmen sollen, aber der Preis dafür erschien dem Zauberer allzu hoch. Schlimm genug, dass er auf die Zwerge angewiesen sein würde, die ihn eindeutig ebenso wenig mochten wie er sie, aber Vereesas Ankündigung, ihn ebenfalls begleiten zu müssen – gleichwohl es sich zugegebenermaßen um eine notwendige Ausrede gehandelt hatte, um überhaupt Falstads Einwilligung zu erhalten –, hatte seine ursprüngliche Planung endgültig zunichte gemacht. Es war seine erklärte Absicht gewesen, die Fahrt nach Grim Batol allein anzutreten – ohne Begleiter und das Risiko, eine neuerliche Katastrophe heraufzubeschwören.

Weitere Tote.

Um dem Ganzen die Krone aufzusetzen, war ihm gerade eben auch noch zu Ohren gekommen, dass es Lord Duncan Senturus irgendwie geschafft gebracht hatte, den starrköpfigen Falstad davon zu überzeugen, ihn ebenfalls mitzunehmen.

„Das ist Irrsinn!", wiederholte Rhonin – er wusste nicht mehr, wie oft schon. „Es ist nicht nötig, dass noch andere mitreisen!"

Doch selbst während sich die Greifenreiter bereits darauf vorbereiteten, sie auf die andere Seite des Meeres zu fliegen, schenkte ihm niemand Gehör. Niemand *wollte* hören, was er einzuwenden hatte. Er argwöhnte sogar, dass, sollte er sich weiterhin beklagen, Rhonin schließlich der Einzige sein könnte, der *nicht* mitflog – so sinnlos dies auch erscheinen mochte. Falstad hatte ihm jedenfalls bereits Blicke zugeworfen, die sich in diese Richtung deuten ließen …

Duncan hatte sich zu seinen Männern begeben, Roland das Kommando übertragen und seine Anweisungen hinterlassen. Der bärtige Ritter händigte seinem jüngeren Stellvertreter etwas aus, das wie ein Medaillon aussah. Rhonin machte sich keine Gedanken darüber – die Ritter der Silbernen Hand schienen tausend Rituale für die kleinsten Anlässe zu pflegen –, doch Vereesa, die an seine Seite getreten war, erklärte ihm: „Duncan hat Roland das Siegel seines Kommandos übergeben. Wenn dem älteren Paladin etwas passiert, wird Roland dauerhaft seinen Platz in der Hierarchie einnehmen. Die Ritter der Silbernen Hand überlassen nichts dem Zufall."

Er wandte sich ihr zu, wollte eine Frage dazu stellen, doch sie war bereits gegangen. Ihr Verhältnis beschränkte sich seit seiner geflüsterten Drohung auf das Allernotwendigste. Rhonin fühlte sich in einer Zwickmühle, wollte er doch nicht, dass die Waldläuferin seinetwegen Schaden nahm. Nicht einmal Duncan Senturus wünschte er etwas wirklich Böses, auch wenn der Paladin wahrscheinlich weniger Probleme als Rhonin haben würde, im Landesinneren von Khaz Modan zu überleben.

„Zeit für den Aufbruch!", brüllte Falstad. „Die Sonne ist bereits aufgegangen, und selbst Großväter sind aufgestanden, um ihr Tagwerk anzugehen! Sind wir nun endlich soweit?"

„Von mir aus kann es losgehen", gab Duncan mit einer Gelassenheit zurück, die ihm in Fleisch und Blut übergegangen zu sein schien.

„Auch ich bin bereit", antwortete der Zauberer schnell. Seiner Nervosität zum Trotz, wollte er niemandem Anlass geben, ihm die Schuld für eine etwaige Verspätung zu geben. Wäre es nach ihm gegangen, hätten er und ein einzelner Greifenreiter sich noch bei Nacht auf den Weg gemacht. Falstad jedoch war der Ansicht gewesen, dass die Tiere nach den Anstrengungen des zurückliegenden Tages die Nacht zur Erholung brauchten – und was Falstad sagte, war Gesetz bei seinesgleichen.

„Dann lasst uns aufsitzen!" Der gut gelaunte Zwerg lächelte Vereesa an und streckte ihr die Hand entgegen. „Meine Elfendame …"

Gleichfalls lächelnd, schloss sie sich ihm an und nahm auf seinem Greifen Platz. Rhonin bemühte sich, unbeteiligt zu wirken, aber er hätte es lieber gesehen, wenn sie nicht mit Falstad, sondern mit einem x-beliebigen anderen Zwerg geflogen wäre. Eine entsprechende Bemerkung hätte ihn jedoch zum kompletten Narren gemacht. Und abgesehen davon, was ging es ihn an, wessen Gesellschaft die Waldläuferin vorzog?

„Beeilt Euch, Zauberer!", knurrte Molok. „Ich möchte diese Reise gewiss ebenso rasch hinter mich bringen wie Ihr!"

Duncan stieg in etwas leichterer Kleidung hinter einem der verbliebenen Reiter auf. Als Waffenbruder respektierten die Zwerge den Paladin, wertschätzten ihn sogar bis zu einem gewissen Grad. Sie wussten um die Tapferkeit des Heiligen Ordens in den zurückliegenden Schlachten, und vermutlich war dies auch der Grund gewesen, warum es Lord Senturus so verhältnismäßig leicht gefallen war, sie davon zu überzeugen, dass es unabdingbar war, ihn mitzunehmen.

„Haltet Euch gut fest!", wies Molok Rhonin an. „Oder Ihr endet schon spätestens auf halber Strecke als Futter für die Fische!"

Mit diesen Worten trieb der Zwerg den Greifen an, der ohne Zögern in die Lüfte stieg. Der Zauberer hielt sich so gut es ihm möglich war fest, während ihn das gewöhnungsbedürftige Gefühl übermannte, dass sein Herz in die Magengrube rutschte. Ein Mehr an Sicherheit erlangte er dadurch nicht gerade.

Rhonin war noch nie auf einem Greifen geritten, und während die mächtigen Flügel des Tieres auf und ab peitschten, entschied er sehr rasch, dass er, im Falle seines Überlebens, auch keine Lust auf eine Wiederholung haben würde. Mit jedem schweren Flügelschlag der Kreatur, die halb Vogel, halb Löwe war, schien sich das Innerste von Rhonins Magen nach außen zu stülpen. Hätte es eine Alternative gegeben, der Zauberer hätte sie mit Freuden gewählt.

Allerdings musste er zugeben, dass die Kreaturen eine unglaubliche Geschwindigkeit erreichten. Innerhalb von Minuten hatte die Gruppe nicht nur Hasic, sondern die gesamte Küste aus den Augen verloren. Sicherlich konnten nicht einmal Drachen mit ihnen mithalten, obwohl das Rennen knapp ausgefallen wäre. Rhonin rief sich ins Gedächtnis, wie drei der kleineren Greife um den Kopf des roten Leviathan geschwirrt waren. Ein gefährliches Kunststück, das sich wahrscheinlich nur wenige Lebewesen zutrauten.

Weit unten herrschte schwere See. Wellen schwollen zu beängstigender Höhe an, um sich ebenso rasch wieder in tiefe Täler abzusenken. Der Wind umbrauste Rhonin, und der feine Wassernebel zwang ihn, seine Mantelkapuze tiefer ins Gesicht zu ziehen, um wenigstens teilweise vor der aufgewirbelten Nässe geschützt zu sein. Molok schienen die tobenden Elemente nicht zu stören; genau genommen erweckte er sogar den Anschein, sich daran zu erfreuen.

„Wie ... wie lange glaubt Ihr, brauchen wir bis Khaz Modan?"

Der Zwerg zuckte mit den Schultern. „Ein paar Stunden, Mensch. Kann es nicht besser schätzen."

Seine düsteren Gedanken für sich behaltend, kauerte sich der Zauberer zusammen und versuchte, die Unbilden des Fluges so gut wie möglich zu ignorieren. Der Gedanke an die Wasserwüste unter ihren Leibern beunruhigte ihn mehr, als er es gedacht hätte. Zwischen Hasic und der Küste von Khaz Modan bot das verheerte Inselkönigreich Tol Barad die einzige optische Abwechslung im ewigen Einerlei der Wellen. Falstad hatte bereits erklärt, dass die Gruppe dort nicht landen würde. Gleich zu Beginn des Krieges von den Orks überrannt, hatte kein Leben, höher als Unkraut oder Insekten, den blutigen Sieg der Horde überstanden. Noch immer ging der Hauch des Todes von der Insel aus, so durchdringend, dass es nicht einmal Rhonin in den Sinn kam, die Entscheidung des Zwerges anfechten zu wollen.

Weiter und weiter flogen sie. Gelegentlich riskierte Rhonin einen Blick auf seine Begleiter. Duncan trat den zürnenden Elementen noch immer mit unerschütterlichem Gleichmut entgegen; die Gischt, die sein bärtiges Gesicht drangsalierte, schien ihm nicht einmal bewusst zu werden. Aber wenigstens Vereesa zeigte eine Reaktion auf diese völlig irrsinnige Art zu reisen. Wie der Magier, hielt auch sie ihren Kopf die meiste Zeit weit nach unten geneigt, und ihr langes Silberhaar lag unter der Kapuze ihres Reisemantels verborgen. Sie kauerte dicht hinter Falstad, der, zumindest kam es Rhonin so vor, ihr Unbehagen zu genießen schien.

Schließlich beruhigte sich sein Magen auf ein erträgliches Maß. Rhonin schielte nach der Sonne und berechnete, dass sie nun schon an die fünf Stunden oder mehr in der Luft sein mussten. Bei der Geschwindigkeit, mit der die Greifen entlang des Himmels zogen, hatten sie bestimmt schon die Hälfte des Weges hinter sich gebracht.

Schließlich brach er das Schweigen und erkundigte sich bei Molok danach.

„Hälfte des Weges?" Der Zwerg lachte. „Zwei weitere Stunden, und ich denke, wir werden die Westausläufer von Khaz Modan in der Ferne aufragen sehen! Hälfte des Weges? *Ha!*"

Diese Neuigkeit und die plötzliche gute Laune des Zwerges entlockten Rhonin ein Lächeln. Er hatte also schon fast drei Viertel der Reise überstanden ... Nur noch etwas mehr als zwei Stunden, und er würde wieder festen Boden unter den Füßen haben. Wenigstens einmal hatte er ein Ziel erreicht, ohne von einem unliebsamen Zwischenfall aufgehalten zu werden ...

„Findet Ihr einen Platz zum Landen, sobald wir dort sind?"

„Jede Menge Plätze finden wir für Euch, Zauberer, nur keine Bange. Wir werden Euch bald genug los sein! Hoffe nur, es fängt nicht vorher an zu regnen."

Rhonin beäugte die Wolken, die im Laufe der letzten halben Stunde aufgezogen waren, misstrauisch. Möglicherweise handelte es sich um Regenwolken, aber er nahm an, dass das Wetter noch solange halten würde, bis die Gruppe ihr Ziel erreicht hatte. Alles, worum er sich jetzt noch Sorgen machen musste, war das Ausfindigmachen des günstigsten Weges nach Grim Batol, sobald die anderen sich auf den Heimflug nach Lordaeron begeben hatten.

Rhonin wusste nur zu gut, wie die anderen auf seinen dreisten Plan reagiert hätten, wäre er ihnen bekannt geworden. Erneut dachte er an die Geister, die ihn verfolgten, an die Schatten der Vergangenheit. Sie waren seine wahren Gefährten auf dieser wahnsinnigen Reise, die Furien, die ihn vorantrieben. Sie würden ihn auf seiner Mission entweder siegen oder sterben sehen.

Sterben ... Nicht zum ersten Mal seit dem Tod seiner früheren Gefährten fragte er sich, ob dies nicht vielleicht die beste Lösung für alle gewesen wäre. Vielleicht hätte er seine Schuld auf diese Weise wenigstens vor sich selbst sühnen können, wenn schon nicht vor den Spukgestalten in seinem Kopf.

Aber zuerst musste er Grim Batol erreichen.

„Da, Zauberer, schaut!"

Er schrak zusammen und wurde sich erst jetzt bewusst, dass er irgendwann in den letzten Minuten eingedöst war. Rhonin spähte über Moloks Schulter in die Richtung, die ihm der Zwerg wies. Durch den Tränenfilm konnte der Zauberer zunächst nichts erkennen. Doch nachdem sich sein Blick geklärt hatte, entdeckte er zwei dunkle Flecken am Horizont. Zwei bewegungslose Flecken. „Ist das Land?"

„Aye, Zauberer! Die ersten Vorläufer von Khaz Modan."

So nah! Neuer Lebensmut, fast ein Hochgefühl stieg in Rhonin auf, als er begriff, dass es ihm gelungen war, den Rest des Fluges regelrecht zu verschlafen.

Khaz Modan! Gleichgültig, wie gefährlich die Reise von nun an werden würde, er hatte es immerhin bis hierher geschafft. Bei der Geschwindigkeit der Greifen würde es nur noch kurze Zeit dauern, bis sie auf festem Boden niedergingen ...

Zwei neue Flecken zogen seine Aufmerksamkeit auf sich, zwei Flecken in der Luft, die sich *bewegten* und dabei größer wurden, als kämen sie der Gruppe entgegen!

„Was ist das? Was kommt da auf uns zu?"

Molok beugte sich blinzelnd nach vorn. „Bei den zerklüfteten Eisbergen von Northeron ... Drachen! Zwei davon!"

Drachen ...

„Rote?"

„Kümmert Euch die Farbe des Himmels, Zauberer? Ein Drache ist ein Drache, bei meinem Bart, und die da kommen verflucht rasch auf uns zu!"

Ein Blick zu den anderen Greifenreitern zeigte Rhonin, dass dort die Drachen auch entdeckt worden waren. Die Zwerge begannen sofort auf Falstads Befehl, ihre Formation zu ändern und fächerten auseinander, um jeder für sich ein eigenes, schwieriger angreifbares Ziel zu bieten.

Rhonin bemerkte, dass Falstad selbst sich zurückfallen ließ, vermutlich, weil Vereesa mit ihm ritt. Auf der anderen Seite schoss der Greif, auf dem Duncan Senturus saß, nach vorn und ließ den Rest der Gruppe regelrecht hinter sich zurück.

Die Drachen schienen ebenfalls eine Strategie zu verfolgen. Der Größere von beiden stieg auf und scherte dann zur Seite aus. Rhonin erkannte sofort, dass die beiden Leviathane beabsichtigten, die Greife in die Zange zu nehmen.

Im Näherkommen fügten sich die gewaltigen Schemen auf den Rücken der Drachen zu den grobschlächtigsten Orks zusammen, die Rhonin jemals erblickt hatte.

Der Ork, der den größeren der beiden Leviathane steuerte, schien der Anführer zu sein. Er verständigte sich wild gestikulierend mit dem anderen Ork, dessen Tier schließlich in die entgegengesetzte Richtung abdrehte.

„Fähige Reiter!", rief Molok mit für Rhonins Geschmack viel zu viel Eifer. „Vor allem der Eine zu unserer Rechten … Das wird ein glorreicher Kampf!"

Und einer, in dessen Verlauf Rhonin durchaus sein Leben verlieren konnte, und das ausgerechnet jetzt, da es den Anschein gehabt hatte, als könnte er seine Mission endlich allein und ungestört fortsetzen. „Wir können nicht gegen sie kämpfen. Wir müssen zur Küste!"

Er hörte Molok voller Unmut grunzen: „Mein Platz ist in der Schlacht, Zauberer!"

„Meine Mission hat Vorrang!"

Einen Augenblick befürchtete er, der Zwerg würde ihn einfach abwerfen. Dann jedoch nickte Molok mehr als widerstrebend und rief: „Ich werde tun, was ich kann, Zauberer. Wenn sich eine Lücke zeigt, werden wir es zur Küste versuchen. Ich setze Euch ab und das war's dann zwischen uns beiden!"

„Einverstanden."

Sie verloren keine weiteren Worte, denn in diesem Moment prallten die gegnerischen Parteien aufeinander.

Die flinkeren, weit agileren Greife jagten um die Drachen herum und brachten sie damit aus der Fassung. Jene Tiere hingegen, die mit einem für sie ungewohnt hohen Gewicht belastet waren, konnten bei weitem nicht so gewagte Manöver ausführen wie sonst. Eine mächtige Pranke mit messerscharfen Klauen erwischte deshalb um ein Haar Falstad und Vereesa, und auch Duncan und sein Zwergenbegleiter wurden nur knapp von einer Schwinge eines Drachens verfehlt und einen Kopf kürzer gemacht. Doch sie rückten dem Leviathan unbeeindruckt weiter zu Leibe.

Molok zog seinen Sturmhammer, schwenkte ihn in der Luft und brüllte dazu wie jemand, dem soeben der Haarschopf in Brand gesteckt worden war. Rhonin hoffte, dass der Zwerg im Eifer des Gefechts sein Versprechen nicht vergessen würde.

Der zweite Drache stieß herab und spähte sich unglücklicherweise ausgerechnet Falstad und Vereesa als Ziel aus. Falstad spornte seinen Greif an, doch mit der Elfe als zusätzliche Bürde vermochten die Flügel des Greifen einfach nicht schneller zu schlagen. Der riesige Ork feuerte seinen Drachen derweil mit immer mordlustigerem Gebrüll und wahnsinnigen Schwüngen seiner monströsen Streitaxt an.

Rhonin biss die Zähne zusammen. Er konnte nicht einfach zusehen, wie die beiden Gefährten ins Verderben gerissen wurden, vor allem die Waldläuferin.

„Molok! Da – der Größere, greift ihn an! Wir müssen ihnen beistehen!"

Obwohl er dem Befehl mit sichtlicher Begeisterung Folge leistete, konnte es sich der narbenübersäte Zwerg nicht verkneifen, Rhonin an seine frühere Absicht zu erinnern. „Was ist nun mit Eurer so unglaublich wichtigen Mission?"

„Tut es einfach!"

Ein breites Grinsen breitete sich über Moloks Gesicht. Er stieß einen Schrei aus, der dem Magier durch Mark und Bein ging, dann lenkte er den Greifen auf den Drachen zu.

Im Rücken des Zwergenkriegers bereitete Rhonin einen Zauber vor. Ihnen blieben nur noch Sekunden, bis der rote Leviathan Vereesa erreichte.

Falstad riss sein Reittier mit einem jähen Ruck herum und überraschte damit den Drachenreiter. Das mächtige Wesen stob vorbei, unfähig sich der Wendigkeit seines kleineren Gegners anzugleichen.

„Festhalten, Zauberer!"

Moloks Greif stürzte fast senkrecht nach unten. Rhonin bekämpfte die in ihm aufsteigenden Urängste und kramte die letzten Reste des beabsichtigten Spruches aus seinem Gedächtnis. Wenn er jetzt noch genügend Atem fand, um ihn auch zu wirken …

Molok stieß einen Kriegsschrei aus, der die Aufmerksamkeit des Orks auf sie lenkte. Mit gerunzelter Stirn schnellte die groteske Gestalt herum, um sich dem neu aufgetauchten Gegner zu stellen.

Sturmhammer krachte gegen Streitaxt.

Ein Funkenschauer ließ den Zauberer fast den Halt verlieren. Der Greif kreischte vor Überraschung und Schmerz. Molok kippte beinahe aus seinem Sattel.

Ihr Reittier handelte selbständig und stieg höher in den Himmel, fast bis in die dichter werdenden Wolken hinein. Molok setzte sich wieder zurecht. „Beim Adlerhorst! Habt Ihr das gesehen? Wenige Waffen oder ihre Benutzer können gegen einen Sturmhammer bestehen! Das gibt eine interessante Auseinandersetzung …"

„Lasst mich zuerst etwas versuchen."

Die Miene des Zwerges verdüsterte sich. „Magie? Wo blieben da Ehre und Tapferkeit?"

„Wie könnt Ihr den Ork bekämpfen, wenn Euch der Drache nicht mehr an sich heranlässt? Das erste Mal hatten wir pures Glück!"

„Also gut. Solange Ihr mich damit nicht um meinen Kampf bringt."

Rhonin wollte keine Versprechungen machen, vor allem deshalb nicht, weil er sich insgeheim erhoffte, genau dies zu bewirken. Er fasste den Drachen ins Auge, der ihnen hart auf den Fersen war, und murmelte Worte der Macht. Erst im letzten Moment vor Vollendung des Spruchs richtete der Zauberer seinen Blick hinauf zu den Wolken.

Ein einzelner Blitzschlag fuhr daraus herab und traf den sie verfolgenden Giganten.

Er erwischte den Drachen voll, doch das Ergebnis entsprach nicht ganz dem, was sich Rhonin erhofft hatte. Der Körper der Kreatur glomm von Flügelspitze zu Flügelspitze auf, und die Bestie stieß einen wütenden Schrei aus – aber sie fiel nicht vom Himmel. Genau genommen reagierte sogar der Ork, der ohne Zweifel beträchtlichen Schaden genommen hatte, nicht viel spektakulärer, als dass er in seinem Sattel nach vorne fiel.

Unzufrieden musste sich der Zauberer damit trösten, dass er die Ork-Kreatur zumindest betäubt hatte. Und im Augenblick befanden sich weder er noch Vereesa in unmittelbarer Gefahr. Der Drache war voll und ganz damit beschäftigt, sich in der Luft zu halten.

Rhonin legte eine Hand auf Moloks Schulter. „Zur Küste! Rasch jetzt!"

„Seid Ihr noch ganz klar in Eurem Schädel, Zauberer? Was ist mit dem Kampf, zum dem Ihr mich eben noch ..."

„Sofort!"

Widerwillig und wahrscheinlich auch nur, um seine leidige Fracht endlich loszuwerden, weniger, weil er dem Magier echte Befehlsgewalt zugestand, riss Molok seinen Greif erneut herum und schlug einen anderen Kurs ein.

Indes forschte der besorgte Magier nach Vereesas Verbleib. Er konnte weder sie noch Falstad entdecken. Rhonin überlegte, ob er seinen Befehl ein weiteres Mal widerrufen sollte, aber er wusste, dass er Khaz Modan *unbedingt* erreichen musste. Gewiss würden die Zwerge mit den beiden Herausforderungen fertig werden.

Ganz sicher würden sie das schaffen!

Moloks Greif hatte bereits begonnen, sie vom Kampfgebiet zu entfernen. Rhonin haderte weiterhin mit sich selbst, ob er nicht zur Umkehr verpflichtet war.

Ein mächtiger Schatten fiel über sie.

Beide Reiter blickten bestürzt nach oben.

Der zweite Drache hatte sich ihnen genähert, während sie auf anderes konzentriert gewesen waren ...

Der Greif versuchte, sich im Sturzflug außer Reichweite zu bringen. Das treue Tier schaffte es beinahe, doch dann fuhren scharfe Klauen durch seinen rechten Flügel. Das löwenartige Geschöpf brüllte vor Schmerz und versuchte verzweifelt, sich in der Luft zu halten. Rhonin erblickte über sich das weit geöffnete Maul des Drachen. Das Untier beabsichtigte, sie in einem Stück zu verschlingen!

Da rauschte hinter dem Drachen ein zweiter Greif heran – Duncan und sein Zwergengefährte. Der Paladin hielt sich in abenteuerlicher Pose im Sattel und schien bemüht zu sein, den Zwerg zu etwas zu überreden. Rhonin hatte keine Ahnung, was der Ritter beabsichtigte, aber er wusste, dass der Drache ihn und Molok erwischen würde, noch bevor er einen passenden Zauber über die Lippen brachte.

Duncan Senturus sprang.

„Götter und Dämonen!", schrie Molok. Zum ersten Mal zeigte sich der tollkühne Zwerg von dem an Wahnsinn grenzenden Mut eines anderen Lebewesens beeindruckt.

Erst verspätet begriff Rhonin, was der Paladin versuchen wollte. Mit einem Sprung, der jeden anderen ins Verderben gestürzt hätte, landete der kampferprobte Ritter mit unglaublicher Zielgenauigkeit im Nacken des Drachen. Er packte den dicken Hals und hatte sich bereits zurecht gesetzt, als die Bestie und ihr Ork-Lenker endlich begriffen, was passiert war.

Der Ork hob seine Axt und versuchte, Lord Senturus mit einem fürchterlichen Hieb in den Rücken niederzustrecken, verfehlte ihn jedoch knapp. Duncan streifte ihn mit einem Blick, schien den Barbaren aber ansonsten nicht länger zu beachten. Den unbeholfenen Versuchen des Drachen, der nach ihm schnappte, ausweichend, rutschte er weiter nach vorne.

„Er muss völlig irre sein!", keuchte Rhonin.

„Nein, Zauberer – er ist nur ... ein *Krieger*."

Rhonin vermochte den ehrfürchtigen Tonfall des Zwerges nicht nachzuvollziehen, bis er sah, wie Duncan, der die Beine und einen seiner Arme fest um den Hals des Reptils geschlungen hatte, seine schimmernde Klinge zog. Der Ork folgte dem Paladin langsam kriechend und ein mordlustiges Glitzern in den geröteten Augen.

„Wir müssen etwas tun. Ich muss näher heran", seufzte Rhonin.

„Zu spät, Mensch! Manche Heldenlieder sind einfach vorherbestimmt ..."

Der Drache versuchte nicht, Duncan abzuschütteln, wahrscheinlich um zu verhindern, dass auch seinem Lenker Gefahr drohte. Der Ork bewegte sich mit mehr Sicherheit als der Ritter und kam rasch in Reichweite seiner gewaltigen Schlachtaxt.

Duncan hatte beinahe den Kopfansatz der Bestie erreicht und holte mit seinem Langschwert aus, um es, daran gab es keinen Zweifel, dort hinein zu stoßen, wo der Schädel mit dem Rückgrat verbunden war.

Der Ork kam ihm mit seinem Hieb zuvor.

Die Axt grub sich in Lord Senturus Rücken und fraß sich durch das dünnere Kettenhemd, das der Mann für die Reise ausgewählt hatte. Duncan gab keinen Laut von sich, aber er fiel vorwärts und verlor beinahe sein Schwert. Im letzten Moment konnte er seinen Halt wahren und schaffte es doch noch, die Schwertspitze auf die anvisierte Stelle zu setzen. seine Kraft begann allerdings sichtlich zu schwinden.

Abermals hob der Ork seine Axt.

Rhonin initiierte den ersten Zauber, der ihm in den Sinn kam.

Ein Lichtblitz, hell wie die Sonne, explodierte vor den Augen des Orks, der mit einem überraschten Brüllen zurückzuckte und dabei sowohl seine Waffe als auch den Halt verlor. Der Krieger versuchte verzweifelt, sich irgendwo festzuklammern. Dies misslang ihm aber, und so glitt er schreiend vom Hals des Drachen in die Tiefe.

Der Zauberer wandte seine Aufmerksamkeit sofort wieder dem Paladin zu, der, wie es Rhonin schien, den Blick mit einer Mischung aus Dankbarkeit und Respekt erwiderte. Auf seinem Rücken breitete sich ein tiefroter Fleck aus. Dennoch gelang es Duncan, sich aufzurichten und die Klinge seines Schwertes hoch zu erheben.

Der Drache erkannte, dass es keinen Grund mehr gab, sich Zurückhaltung aufzuerlegen, und tauchte nach unten.

Lord Senturus rammte die Klinge tief in das nachgiebige Fleisch zwischen Hals und Kopf und bohrte sie bis zur Hälfte in den Leviathan hinein.

Das rote Ungeheuer zuckte unkontrolliert. Flüssigkeit schoss aus der Wunde heraus, so heiß, dass sie den Paladin verbrühte. Er rutschte rückwärts und verlor den Halt.

„Hin zu ihm, verdammt und zugenäht!", befahl Rhonin dem Zwerg. „Hin zu ihm!"

Der Zwerg gehorchte, doch Rhonin wusste, dass sie Duncan niemals rechtzeitig erreichen würden. In Flugrichtung sah er einen weiteren Greifen heranjagen: Falstad und Vereesa. So überladen sein Reittier auch jetzt schon sein mochte, hoffte der Anführer der Staffel offenbar dennoch, den Paladin retten zu können.

Für einen Augenblick schien es tatsächlich, als würde es ihnen gelingen. Falstads Greif näherte sich dem schwankenden

Krieger. Duncan hob den Blick, richtete ihn erst auf Rhonin, dann auf Falstad und Vereesa, schüttelte den Kopf ... und stürzte vornüber von dem sich aufbäumenden Drachen.

„*Neeeeiiiin!*" Rhonin streckte den Arm nach der fernen Gestalt aus. Insgeheim wusste er, dass Lord Senturus bereits tot war, dass nur eine *Leiche* der See entgegenfiel, doch der Anblick spülte alle unguten Erinnerungen an seine zurückliegenden, fehlgeschlagenen Mission wieder an die Oberfläche. Seine Albträume hatten ihn eingeholt – erneut hatte er einen Begleiter verloren, und es spielte keine Rolle, dass sich Duncan selbst angeboten hatte, die Reise mitzumachen.

„Pass auf!"

Moloks Warnung riss ihn aus der Erstarrung. Er blickte auf und sah den Drachen, der im Todeskampf die Luftmassen durchwühlte. Die riesigen Flügel schlugen nach allen Seiten, bewegten sich völlig willkürlich. Falstad brachte sein Tier nur knapp außer Reichweite einer der Schwingen, und zu spät erkannte Rhonin, dass er und Molok ähnliches Glück schwerlich haben würden.

„Hoch mit dir, du verdammtes Vieh!", brüllte Molok. „Hoch mit ..."

Der Flügel traf sie mit voller Wucht und riss den Magier aus seinem Sattel. Der Schrei des Zwerges mischte sich mit dem Kreischen des Greifen. In seiner Betäubung bekam Rhonin kaum mit, dass er, zumindest für einen kurzen Moment lang, in die Luft geschleudert wurde. Doch der Auftrieb währte nicht lange, die Schwerkraft setzte sich durch, und der entkräftete Magier begann, immer schneller werdend, zu fallen ...

Er musste einen Zauber wirken. *Irgendeinen* Zauber. Doch so sehr er sich auch bemühte, ihm fielen nicht einmal die Anfangsworte eines Spruches ein, und ein Teil von ihm schien sich bereits damit abgefunden zu haben, diesmal sterben zu müssen.

Dunkelheit von einer völlig widernatürlichen Art umfing ihn. Rhonin glaubte, das Bewusstsein zu verlieren. Doch mit der Dunkelheit kam eine dröhnende Stimme, die eine ganz spezielle Saite in seiner Erinnerung zum Klingen brachte.

„Ich habe dich sicher, mein Kleiner, nun schon zum zweiten Male. Hab keine Furcht – hab keine Furcht."

Und dann schloss sich eine Reptilienpranke um ihn – so gewaltig, dass Rhonin sich darin fast verlor ...

NEUN

„Duncan!"

„Es ist zu spät, meine Elfendame!", rief Falstad. „Euer Mann ist bereits tot – doch was für eine glorreiche Erinnerung hinterlässt er!"

Vereesa überhörte die fälschliche Annahme, dass sie Lord Senturus näher gestanden habe, als dies tatsächlich der Fall war. Alles, was für sie zählte, war, dass gerade ein tapferer Mann, den sie viel zu kurz gekannt hatte, umgekommen war. Wie Falstad, hatte natürlich auch sie sofort erkannt, dass es sich nur noch um Duncans Hülle gehandelt hatte, die in die Tiefe gestürzt war – dennoch wurzelte ihr Entsetzen über seinen tragischen Tod tief. Einzig das Wissen, dass Duncan das nahezu Unmögliche vollbracht hatte, linderte es ein wenig.

Dem Drachen war eine folgenschwere Verletzung zugefügt worden, die ihn sich wie wahnsinnig hin und her werfen ließ. Im Sterben versuchte der Leviathan, die tödliche Klinge aus seinem Hals zu schütteln, doch erlahmten seine Bemühungen zusehends. Es war nur eine Frage der Zeit, bis der Gigant sich seinem Bezwinger anschließen und in das nasse Grab folgen würde.

Doch selbst im Todeskampf blieb der Drache eine Bedrohung. Eine seiner Schwingen traf fast den Zwerg und Vereesa. Falstad lenkte den Greif nach unten, um den Zuckungen des Leviathans zu entgehen. Angstvoll klammerte sich Vereesa an dem Zwerg fest; Zeit, sich weiter mit Duncans Schicksal zu befassen, fand sie nicht.

Auch der zweite Drache bedrohte nach wie vor den Greifen. Falstad zog sein Reittier wieder nach oben und stieg über das andere Ungeheuer hinaus, um dessen furchtbaren Klauen zu entrinnen. Ein anderer Reiter entging den zuschnappenden Kiefern des Leviathans nur knapp.

Sie durften hier nicht länger ausharren. Der Ork, der das zweite Untier lenkte, verfügte über eine offensichtlich weitreichende Erfahrung im Luftkampf gegen Greife. Früher oder später würde er einen der Zwerge erwischen. Vereesa wollte nicht noch mehr Todesopfer. „Falstad, wir müssen weg von hier!"

„Ich würde Euch diesen Gefallen gern tun, meine Elfendame, aber das schuppige Untier und sein Lenker scheinen anderes im Sinn zu haben!"

Tatsächlich schien der Drache sich mittlerweile ausschließlich auf Vereesa und deren Gefährten zu konzentrieren, höchstwahrscheinlich auf Geheiß des Orks. Ihm mochte Vereesa auf dem Greifen aufgefallen sein, und offenbar hielt er sie für wichtig.

Die Anwesenheit von gleich zwei roten Giganten warf für die Waldläuferin eine Reihe von Fragen auf. Stand ihr Auftauchen in direktem Zusammenhang mit Rhonins Mission? Sie bezweifelte es, da er ihrer Meinung nach in diesem Fall viel offensichtlicher das vorrangige Angriffsziel hätte sein müssen …

Wo war der Zauberer überhaupt? Während Falstad seinen Greif zu höherer Geschwindigkeit antrieb und der Drache dennoch zu ihnen aufholte, schaute sich die Elfe um, fand aber keine Spur von Rhonin. Beunruhigt intensivierte sie ihre Suche. Aber Vereesa vermochte weder den Magier noch den Greifen entdecken, auf dem er geritten war.

„Falstad, Rhonin ist verschwunden …!"

„Eine Sorge, der Ihr Euch später widmen solltet. Im Augenblick wäre es wichtiger, dass Ihr Euch gut festhaltet!"

Sie folgte seinem Ratschlag … und zwar gerade noch rechtzeitig, denn urplötzlich beschrieb der Greif eine derart enge Kurve, dass Vereesa möglicherweise abgeworfen worden wäre, hätte sie auch nur einen Moment länger gezögert.

Mörderische Klauen wischten dort, wo der Zwerg und sie sich eben noch aufgehalten hatten, durch die Luft. Der Drache brüllte enttäuscht auf und nahm die Verfolgung auf.

„Macht Euch klar zum Gefecht, meine Elfendame! Es scheint, als bliebe uns keine andere Wahl …"

Während Falstad seinen Sturmhammer losschnallte, bedauerte Vereesa einmal mehr den Verlust ihres Bogens. Zwar besaß sie noch ihr Schwert, war aber nicht gewillt, Duncans Beispiel zu folgen und sich selbst zu opfern, um den Drachen zu bezwingen. Außerdem musste sie herausfinden, was aus Rhonin geworden war, dem ihr Hauptaugenmerk galt.

Der Ork hatte seine lange Streitaxt gezogen und wirbelte sie nun, unverständliche Kampfschreie ausstoßend, über seinem Kopf herum. Falstad antwortete mit einem kehligen Brüllen und schien seine vorherige Sorge um Vereesa abgelegt zu haben. Die Freude auf den bevorstehenden Kampf überwog eindeutig.

Außerstande, sonst etwas Sinnvolles zu tun, klammerte sich die Waldläuferin nur noch fester und hoffte, dass der Zwerg sein Ziel nicht verfehlen würde.

Eine gigantische Gestalt, schwarz wie die Nacht, fiel zwischen die beiden Gegner und griff den roten Drachen an, wobei sie das Ungeheuer und seinen Lenker völlig überraschte.

„Was, im Namen von …?!", war alles, was Falstad herausbrachte.

Die Elfe war sprachlos.

Schwarze Schwingen, doppelt so groß wie die des Roten, füllten ihr Sichtfeld aus, und das metallische Glitzern blendete Vereesa. Ein mächtiges Gebrüll erschütterte den Himmel wie Donnergrollen und trieb die Greife auseinander.

Ein Drache von unglaublichen Ausmaßen schnappte nach dem um einiges kleineren Roten. Dunkle, schmale Augen blickten voller Verachtung auf den nicht halb so imposanten Leviathan. Der Drache des Orks erwiderte zwar das Gebrüll, zeigte aber keinerlei Begeisterung über den neuen Gegner.

„Ich schätze, das war's dann für uns, meine Elfendame! Das ist niemand anderes, als der Dunkle persönlich!"

Der schwarze Goliath breitete seine Schwingen weit aus, und das Geräusch, das aus seinem Rachen drang, erinnerte Vereesa an raues, höhnisches Gelächter. Erneut erhaschte sie einen Blick auf den riesigen Körper des Neuankömmlings, der von *Metallplatten* bedeckt war – einer Art Rüstung!

Die Hornschuppen eines Drachen bot bereits einen natürlichen, schwer durchdringbaren Schutz; welche Panzerung sollte eine solche Kreatur da noch zusätzliche schützen?

Vereesa gab sich die Antwort selbst: *Adamantium*. Es war noch härter als die ohnehin schon nahezu undurchdringliche Echsenhaut, und nur ein einziger der Großen Drachen hatte sich jemals der Tortur unterzogen, sich damit zu rüsten ...

„Deathwing", flüsterte die Elfe. „*Deathwing!*"

Unter den Elfen erzählte man sich seit uralter Zeit, dass es fünf Große Drachen gab, fünf Leviathane, welche die geheimen und natürlichen Kräfte verkörperten. Manche sagten, dass Alexstrasza, die Rote, die Essenz des Lebens an sich darstellte. Von den übrigen war wenig bekannt, denn bereits vor der Geburt der Menschen hatten die Drachen in Abgeschiedenheit gelebt. Die Elfen hatten ihren Einfluss gespürt, hatten sogar von Zeit zu Zeit Umgang mit ihnen gepflegt, doch nie hatte eine dieser Kreaturen ihre heiligsten Geheimnisse enthüllt.

Aber es gab unter den Drachen einen, der überall von sich reden machte, der nicht müde wurde, die Welt daran zu erinnern, dass *seinesgleichen* dazu bestimmt gewesen waren, die Welt zu beherrschen. Obwohl er ursprünglich einen anderen Namen getragen hatte, war er als *Deathwing* berühmt-berüchtigt geworden, und in diesem Wort drückte sich seine ganze Verachtung aus, die er für das „niedere Leben" um sich herum empfand.

Selbst die Ältesten aus Vereesas Volk vermochten nicht zu sagen, welches eigentliche Motiv den nachtschwarzen Gesellen antrieb, die von Elfen, Zwergen und Menschen errichtete Welt zu bekriegen.

Die Elfen hatten einen anderen Namen für ihn, den sie nur flüsternd und in der fast vergessenen Alten Sprache weitergaben: *Xaxas*. Eine knappes Wort mit vielfältiger Bedeutung. Es umschrieb das Böse an sich, Chaos und heillosen Zorn. Deathwing oder Xaxas war die Verkörperung urtümlicher Naturgewalt, wie man sie sonst nur bei Vulkanausbrüchen und gewaltigen Erdbeben erlebte.

Wenn Alexstrasza die Essenz des Lebens, die die Welt zusammen hielt, personifizierte, dann stellte Deathwing deren Gegenpol dar, die zerstörerischen Kräfte, die alles zu töten und zu vernichten trachteten.

Ungeachtet dessen, schwebte er nun vor ihnen und schien sie vor einem seiner eigenen Artgenossen retten zu wollen ...

... was er selbst natürlich kaum auf diese Weise gesehen hätte. Für ihn war es nur ein rot geschuppter *Feind*, und Rot war die Farbe seiner größten Rivalin. Deathwing hasste alle andersfarbigen Drachen, versuchte sie, wo immer er sie antraf, umzubringen. Und solche von Alexstraszas Art, verachtete er am meisten.

„Ein unglaublicher Anblick, hm?" murmelte Falstad, ausnahmsweise einmal in gedämpftem Ton. „Aber ich hielt das Untier für tot ..."

Dem konnte sich die Waldläuferin nur anschließen. Die Kirin Tor hatten ein Bündnis der fähigsten menschlichen Zauberer und ihrer elfischen Gegenstücke erwirkt, um dem schwarzen Zorn, wie sie es bezeichneten, endlich Einhalt zu gebieten. Und tatsächlich hatte ihn nicht einmal die absonderliche Metallrüstung, zu der er von den verrückten Goblins überredet worden war, vor der magischen Attacke der vereinten Magier schützen können. Er war gefallen, gefallen …

… um jetzt triumphal zurückzukehren?

Urplötzlich schien der Krieg gegen die Orks zur Nebensache zu verkommen. Was waren selbst sämtliche Überbleibsel der Horde in Khaz Modan, verglichen mit diesem bösartigen Einzelgänger?

Der kleinere Drache, augenscheinlich auch ein männliches Exemplar seiner Gattung, schnappte wütend nach Deathwing. Dabei kam er dem schwarzen Ungeheuer nahe genug, dass es diesem möglich gewesen wäre, ihm einen Schlag mit seiner linken Vorderpranke zu versetzen – was er aus irgendeinem Grunde jedoch nicht tat. Deathwing hielt seine Klaue geschlossen und nah am Körper, peitschte stattdessen seinen Schwanz gegen den Kontrahenten und schmetterte den Roten damit zurück.

Entlang von Deathwings Kehle und seinem Rumpf wurde während der abrupten Bewegung unter den sich verschiebenden Metallplatten etwas sichtbar, das an ein weitverzweigtes Adernetz erinnerte, gefüllt mit flüssigem Feuer. Die Legende besagte, dass man bei der Berührung einer dieser Feueradern tatsächlich Gefahr lief, zu verbrennen. Manche vertraten die Ansicht, eine säurehaltige Absonderung des Drachen sei dafür verantwortlich, doch war in anderen Geschichten die Rede von tatsächlichem flüssigem Feuer, das in Deathwing zirkulierte und jedem zum Verhängnis werden konnte.

In jedem Fall bedeutete es, wenn es zum Tragen kam, den Tod.

„Der Ork ist entweder unglaublich tapfer, ein kompletter Narr oder er hat die Kontrolle über sein Tier verloren!" Falstad schüttelte den Kopf. „Selbst ich würde einen solchen Kampf meiden, wenn es irgend möglich wäre!"

Die anderen Greife näherten sich. Ihren Blick von den kämpfenden Drachen lösend, widmete sich Vereesa den Neuankömmlingen, fand aber keine Spur von Molok oder Rhonin. Genau genommen umfasste ihre kleine Gruppe nur noch sie und vier Zwerge.

„Wo ist der Zauberer?", rief sie den anderen zu. „Wo?"

„Molok ist tot", erstattete einer Falstad Bericht. „Sein Reittier treibt in der See."

Im Verhältnis zu ihrer kleinwüchsigen Statur, war die Muskulatur der Zwerge immens ausgeprägt, was ihre Körper schwer machte; es hielt sie nicht lange an der Wasseroberfläche.

So entschieden Falstad und die anderen, dass die Entdeckung des toten Greifen bereits ein hinreichender Beweis für den Tod des Kriegers sei.

Zumindest Rhonin aber war ein Mensch, was die Wahrscheinlichkeit erhöhte, dass er, ob nun tot oder lebendig, eine Weile auf dem Wasser treiben würde. Vereesa klammerte sich an diese schwache Hoffnung. „Und der Zauberer? Habt Ihr den Zauberer gesehen?"

„Ich denke, es ist eindeutig, meine Elfendame", gab Falstad mit einem Blick zu ihr zurück.

Sie presste die Lippen zusammen, wusste, dass er vermutlich Recht hatte. Bei dem Zwischenfall in der Festung hatte es wenigstens offene Fragen gegeben. Hier jedoch schien die Angelegenheit klar und endgültig. Offenbar hatte selbst Rhonins Magie ihn hier oben nicht zu schützen vermocht, und ein

Sturz aus dieser Höhe auf die Wasseroberfläche kam einem Aufschlag auf nacktem Fels sehr nahe ...

Vereesa konnte nicht widerstehen und richtete den Blick nach unten, wo der Drachenkadaver, halb versunken, im Meer trieb. Das Schicksal musste Rhonin und Molok durch eine der wilden Zuckungen des Untiers in dessen Todeskampf ereilt haben. Sie hoffte nur, dass das Ende für beide schnell gekommen war.

„Was sollen wir tun, Falstad?", rief einer der Zwerge.

Ihr Anführer rieb sich das Kinn. „Deathwing ist keines Kriegers Freund. Er wird zweifellos auch uns jagen, sobald er mit dem Biest fertig ist. Es wäre Irrsinn, ihm entgegentreten zu wollen, denn es würde hundert Sturmhämmer erfordern, um ihm auch nur eine Beule zuzufügen. Am besten wir kehren zurück und verbreiten die Nachricht, was wir gesehen haben."

Die anderen Zwerge schienen dem zuzustimmen, Vereesa selbst aber spürte, dass sie allem Offensichtlichen zum Trotz noch nicht aufgeben konnte. „Falstad, Rhonin ist ein Zauberer! Er ist vermutlich tot, aber *wenn* er noch lebt – wenn er noch dort unten treibt –, braucht er unsere Hilfe!"

„Ihr seid eine Närrin, verzeiht mir die Worte, meine Elfendame. Niemand könnte so einen Sturz überleben, nicht einmal ein Zauberer."

„Bitte! Fliegt nur eine Runde über der Wasseroberfläche. Danach können wir umkehren." Auch wenn sie nicht fündig wurden, so war doch wenigstens ihre Pflicht gegenüber dem Magier und der gescheiterten Mission erfüllt. Daran allerdings, dass ihre Schuldgefühle sehr viel länger anhalten würden, konnte auch das nichts ändern.

Falstad runzelte die Stirn. Die Blicke seiner Krieger verrieten, dass sie es für Wahnsinn hielten, noch länger in Deathwings Nähe zu verweilen.

„Nun gut", brummte er dennoch. „Aber nur um Euretwillen,

nur um Euch einen Gefallen zu tun!" Dann wandte er sich an seine Krieger: „Ihr kehrt schon ohne uns um! Wir werden euch bald folgen, doch sollten wir es aus irgendeinem Grunde nicht schaffen, verbreitet auf jeden Fall die Nachricht von der Rückkehr des Dunklen! Und jetzt ab mit euch!"

Während also die anderen Zwerge mit ihre Tieren auf Westkurs gingen, lenkte Falstad sein eigenes tiefer. Die Wasseroberfläche kam näher, und über ihnen schwoll das wütende Gebrüll der beiden Kontrahenten an.

Deathwing und der Rote gerieten immer heftiger aneinander. Ihre Schreie wurden lauter, heiserer. Beide Untiere hatten ihre Klauen ausgestreckt, und ihre Schwänze zuckten in wilder Raserei. Deathwings rotglühende Streifen verliehen ihm ein Furcht einflößendes, beinahe übernatürliches Erscheinungsbild, als wäre in ihm einer der sagenumwobenen Dämonen wiedergekehrt.

„Das Vorgeplänkel ist vorbei", erklärte Vereesas Gefährte. „Sie werden kämpfen. Ich frage mich, was wohl der Ork über all das denken mag …"

Vereesa machte sich keine Gedanken über den Ork. Erneut richtete sie ihr Augenmerk auf die Suche nach Rhonin. Während der Greif nur wenige Meter über dem Wasser dahinglitt, durchforschte sie das fragliche Gebiet nach dem Zauberer. Es musste doch irgendwo eine Spur von ihm geben!

Unweit von ihrer Position konnte die verzweifelte Waldläuferin die verdrehte Gestalt des verendeten Reittiers ausmachen. Ob tot oder lebendig, der Zauberer musste irgendwo hier stecken – es sei denn, er hatte es tatsächlich geschafft, sich aus der Gefahrenzone herauszuzaubern.

Falstad grunzte, um seiner Ansicht Ausdruck zu verschaffen, dass sie hier doch nur ihre Zeit verschwendeten. „Es ist sinnlos."

„Lasst es uns noch ein klein wenig länger versuchen!"

Erneut lenkten wilde Schreie ihre Blicke himmelwärts. Der Kampf begann ernst zu werden. Der rote Drache versuchte Deathwing zu umkreisen, der aber war ein zu gewaltiges Hindernis. Schon die Membranschwingen stellten Hindernisse dar, an denen der kleinere Drache nicht vorbei kam. Er versuchte, Feuer nach ihnen zu speien, doch Deathwing wich mit einem Flügelschlag aus – wenngleich auch das Feuer kaum mehr erreicht hätte, als ihn leicht anzusengen.

Beim Feuerspeien ließ Deathwings Gegner seine Deckung offen. Der schwarze Gigant hätte mit Leichtigkeit den ihm zugewandten Flügel des roten Ungetüms angreifen können – doch auch jetzt blieb die linke Vorderpranke geschlossen an die Brust gelegt. Stattdessen schlug er mit seinem Schwanz nach dem roten Drachen und trieb ihn damit erneut zurück.

Deathwing sah nicht verwundet aus, weshalb hielt er sich also zurück?

„Das war's! Wir suchen nicht weiter", rief Falstad. „Euer Zauberer liegt auf dem Grund des Meeres, tut mir leid, das sagen zu müssen. Wir verschwinden, bevor wir sein Schicksal teilen."

Die Elfe achtete zunächst gar nicht auf ihn. Sie beobachtete den schwarzen Drachen und versuchte, aus dessen merkwürdiger Taktik schlau zu werden. Deathwing benutzte den Schwanz, die Flügel und andere Körperteile, eigentlich alles – außer der linken Vorderpranke. Hin und wieder bewegte er sie deutlich, wie um zu beweisen, dass sie kerngesund war, aber stets zog er sie auch wieder in die Deckung seines Körpers zurück.

„Warum?", murmelte sie. „Warum tut er das?"

Falstad glaubte, sie meine ihn. „Weil wir hier nichts mehr gewinnen können, außer den Tod – und auch wenn Falstad den Tod nicht fürchtet, möchte er ihm doch nach seinen Regeln begegnen und nicht nach denen dieser gepanzerten Scheußlichkeit!"

In diesem Moment bekam Deathwing den Gegner mit einer seiner Pranken zu fassen. Die breiten Schwingen umschlossen den um einiges kleineren roten Drachen, und der lange Schwanz umschlang dessen untere Extremitäten. Mit seinen verbleibenden drei Pranken zog der schwarze Leviathan eine Reihe blutiger Striemen über den Körper seines Feindes, bis hin zum Halsansatz.

„Hoch, verdammt noch mal!", befahl Falstad seinem erlahmenden Greif. „Du hast noch ein bisschen durchzuhalten, bevor du dich ausruhen darfst. Bring uns erst hier raus!"

Während das Tier so schnell wie möglich himmelwärts strebte, beobachtete Vereesa, wie Deathwing die Brust seines Gegners mit einer Reihe weiterer tiefer Wunden durchpflügte. Die Lebenssäfte des roten Drachen begannen auf die unter ihm liegende See zu regnen.

Mit letzter Anstrengung gelang es dem kleineren Ungetüm, sich doch noch einmal zu befreien. Schwankend zog es sich von Deathwing zurück, zögerte und erweckte den Eindruck, als lenke etwas anderes seine Aufmerksamkeit auf sich.

Zu Vereesas Überraschung wandte sich der rote Drachen unvermittelt um und floh überstürzt in Richtung Khaz Modan.

Der Kampf hatte kaum länger als eine Minute gedauert, vielleicht zwei, doch in dieser kurzen Zeitspanne hatte Deathwing seinen Feind bereits am Rande der Niederlage gehabt.

Ebenso erstaunlich wie die Flucht war, dass der riesenhafte Schwarze nicht die Verfolgung aufnahm. Stattdessen schielte er zu der Pranke, die er gegen die Brust gedrückt hielt, als begutachte er etwas, das er in der geballten Faust versteckt hielt.

Etwas oder ...*jemanden*?

Was hatte Rhonin Duncan und ihr doch gleich über seine erstaunliche Rettung aus dem einstürzenden Turm erzählt? *Ich weiß nicht, was es war, aber es hob mich auf, als sei ich ein Spielzeug und trug mich hinfort.* Welche andere Kreatur als ein Drache von Deathwings Größe hätte so leicht einen ausgewachsenen Mann packen und davontragen können, als sei er ein Spielzeug? Nur der Umstand, dass von solch einem unglaublichen Vorkommnis noch niemals zuvor berichtet worden war, hatte die Waldläuferin davon abgehalten, das Offensichtliche zu erkennen.

Ein *Drache* hatte den Zauberer in Sicherheit gebracht!

Aber konnte wirklich Deathwing dieser Drache sein?

Plötzlich nahm der schwarze Leviathan Kurs auf Khaz Modan, leicht abweichend von der Richtung, in die sein roter Widerpart geflohen war. Als er sich entfernte, nahm Vereesa zur Kenntnis, dass er nach wie vor die eine Pranke geschlossen hielt, als täte er, was in seiner Macht stand, um wertvolle Fracht zu schützen.

„Falstad – wir müssen ihm folgen!"

Der Zwerg warf ihr einen Blick zu, als habe sie ihn soeben aufgefordert, direkt in den Rachen des Ungetüms zu steuern. „Ich bin einer der tapfersten Krieger, meine Elfendame, aber Euer Vorschlag grenzt an Wahnsinn."

„Deathwing hat Rhonin! Rhonin ist der Grund, weswegen der Drachen seine eine Vorderpranke nicht benutzte!"

„Dann ist der Zauberer so gut wie tot, denn wofür sonst könnte er dem Dunklen dienen, wenn nicht als kleine Zwischenmahlzeit?"

„Wenn das der Fall wäre, hätte Deathwing ihn längst gefressen. Nein ... Er braucht Rhonin für etwas, auch wenn ich nicht einmal ahne, wofür!"

Falstad schnitt eine Grimasse. „Ihr verlangt viel. Der Greif ist erschöpft und muss bald landen."

„Ich bitte Euch! Nur so weit, wie Ihr es noch schafft! Ich kann ihn doch so nicht zurücklassen. Ich habe einen Eid geschworen."

„Kein Eid würde Euch dies abverlangen", murmelte der

Greifenreiter – bevor er sein Reittier auf Khaz Modan zu lenkte. Der Greif gab unwillige Laute von sich, gehorchte aber.

Vereesa erwiderte nichts mehr. Sie wusste, dass Falstad Recht hatte. Und doch konnte sie aus Gründen, die ihr nicht ganz klar waren, Rhonin selbst jetzt nicht seinem scheinbar so offensichtlichen Schicksal überlassen.

Statt zu versuchen, sich über ihre Gründe klar zu werden, dachte Vereesa lieber über Deathwing nach, dessen Silhouette immer kleiner wurde.

Er musste Rhonin in seiner Gewalt haben. Nur so ergab alles einen Sinn.

Doch was konnte Deathwing, der alles andersgeartete Leben hasste und der die Vernichtung von Ork, Elf, Zwerg und Mensch anstrebte, von dem Magier wollen?

Sie erinnerte sich an Duncan Senturus' Meinung über Magier, eine, die er nicht nur mit den anderen Mitgliedern der Ritter der Silbernen Hand teilte, sondern mit dem Großteil des Volkes. Eine *verdammte Seele* hatte Duncan ihn genannt. Einen, der sich ebenso gut dem Bösen wie dem Guten zuwenden konnte. Einen, der möglicherweise sogar … einen *Pakt* mit der bösartigsten aller Kreaturen eingehen würde.

War der Paladin damit der Wahrheit näher gekommen, als er es selbst für möglich gehalten hätte? Stand Vereesa im Begriff, einen Mann zu retten, der in Wirklichkeit seine Seele längst an Deathwing verkauft hatte?

„Was will er von Euch, Rhonin?", murmelte sie. „Was will er von Euch?"

Krasus taten noch immer die Knochen weh, und gelegentlich schoss eine wahre Welle des Schmerzes durch seinen Körper, doch er hatte sich wenigstens so weit zu heilen vermocht, um sich den anstehenden Problemen widmen zu können. Allerdings wagte er es nicht, den anderen Ratsangehörigen reinen

Wein über das einzuschenken, was geschehen war. Obwohl es sie durchaus etwas angegangen wäre. Zum gegenwärtigen Zeitpunkt aber musste das Wissen um Deathwings menschliche Tarngestalt sein Geheimnis vor den anderen Kirin Tor bleiben, denn der Erfolg von Krasus' sonstigen Plänen konnte davon abhängen.

Der Drache strebte nach der Krone von Alterac!

Auf den ersten Blick eine absurde, nicht realisierbare Vorstellung; doch wie Krasus den schwarzen Drachen kannte, hatte Deathwing einen Plan ausgeklügelt, der noch darüber hinausging. Mochte *Lord Prestor* sich dem Anschein nach auch noch so sehr um Frieden unter den Mitgliedern der Allianz bemühen, *Deathwing* selbst verlangte es nur nach Blut und Chaos ... was bedeutete, dass der Friede, der durch Prestors Thronbesteigung erreicht werden würde, nur der erste Schritt hin zu einer zukünftig noch größeren Zerstrittenheit bedeutete. Ja, so war es tatsächlich: Der Friede von heute würde den Krieg von morgen besiegeln!

Wenn er dies alles auch unter den Kirin Tor nicht zur Sprache bringen durfte, so gab es doch andere, an die sich Krasus wenden konnte. Er war von ihnen wieder und wieder abgewiesen worden, aber vielleicht würden sie ihm dieses eine Mal zuhören. Vielleicht hatte sein Fehler ihre Schergen sogar bereits auf seine Fährte gesetzt. Vielleicht würden sie ihm zuhören, wenn er das Grauen in ihre innerste Sphäre brachte. Ja, dann wenigstens mochten sie ihm Gehör schenken.

In der Mitte seines dunklen Sanktuariums stehend und die Kapuze so weit ins Gesicht gezogen, dass dieses völlig darunter verschwand, sprach Krasus die Worte, die ihn zu denen tragen würden, deren Hilfe er am meisten brauchte. Die schwach beleuchtete Kammer verschwamm, verging ...

... und mit einem Mal befand sich der Magier in einer Höhle aus Eis und Schnee.

Krasus blickte sich um. Der Anblick überwältigte ihn trotz früherer Besuche vor langer, langer Zeit. Er wusste, in wessen Reich er sich begeben hatte, und er wusste, dass von allen, um deren Hilfe er ersuchen wollte, der hier Ansässige den größten Anstoß an seinem derart unverschämten Eindringen nehmen würde. Selbst Deathwing respektierte den Herren dieser eisigen Höhle. Nur wenige drangen je in dieses Sanktuarium im Herzen der Kälte vor, dem unwirtlichen Northrend, und noch wenigere verließen es je wieder lebendig. Riesige Dorne, fast wie aus purem Kristall geschliffen, hingen von der eisigen Decke, manche von ihnen von der zwei- oder gar dreifachen Größe des Zauberers. Andere, mehr nach schlichtem Gestein aussehende Formationen ragten aus dem dicken Schnee empor, der nicht nur den Großteil des Bodens bedeckte, sondern auch die Wände. Aus einem Durchgang fiel Licht in die Kammer, in der Krasus stand, und erzeugte glitzernde Trugbilder. Ein leichter Wind hatte, wie auch immer, seinen Weg aus dem kalten, öden Land oberhalb des verwunschenen Ortes hier hinab ins Innere gefunden, und mit jedem Hinwegstreichen über die eisigen Dorne brachte er sie in allen Farben des Regenbogens zum Leuchten.

Doch im Schatten der Schönheit dieses winterlichen Wunders lagen grausigere Spuren verborgen. Unter der bezaubernden Decke aus Schnee konnte Krasus erstarrte Formen ausmachen, die Schlimmstes erahnen ließen, gelegentlich sogar die Umrisse einzelner Körperteile. Er wusste, dass vieles von den großen Tieren stammte, die in diesen Landen lebten, ein paar jedoch, insbesondere eine Kontur, die eine im grässlichen Todeskampf verkrampfte Hand nachzeichnete, zeugten von dem Schicksal derer, die es gewagt hatten, unbefugt hier einzudringen.

Weitere Hinweise auf das Schicksal der Eindringlinge waren in den umstehenden Eismonumenten zu erkennen; den Kern einiger bildeten die gefrorenen Leichen uneingeladener Besucher aus längst vergangenen Tagen.

Krasus sah, dass Eistrolle zu den häufigsten Opfern zählten – barbarische Kolosse mit fahler Haut und mehr als dem zweifachen Körperumfang ihrer südlichen Artgenossen. Urteilte man nach ihren qualverzerrten Gesichtern, waren sie keines leichten Todes gestorben.

Weiter hinten bemerkte der Magier zwei der wilden Tiermenschen, die als Wendigos bekannt waren. Auch sie waren im Tod eingefroren worden, doch während die Trolle dem Grauen über ihren schrecklichen Tod Ausdruck verliehen, stellten die Wendigos Masken der Wut zur Schau – als könnten sie es noch immer nicht fassen, in eine solche Lage geraten zu sein.

Krasus durchquerte die eisige Kammer und ließ den Blick über weitere Stücke dieser grausigen Ausstellung schweifen. Er entdeckte einen Elf und zwei Orks, die seit seinem letzten Besuch hinzugefügt worden waren, Anzeichen dafür, dass der Krieg selbst in diese abgeschiedene Heimstatt vorgedrungen war. Einer der Orks sah aus, als sei er gefrostet worden, ohne sich überhaupt des Schicksals bewusst geworden zu sein, das ihn ereilt hatte.

Und hinter den Orks fand Krasus eine Leiche, die selbst ihn entsetzte. Auf den ersten Blick schien es sich nur um eine riesige Schlange zu handeln, was in einer solchen Hölle aus Eis bereits ungewöhnlich genug gewesen wäre, doch darüber hinaus ging der gewundene, zylindrische Körper am Kopfende plötzlich in einen nahezu menschlichen Rumpf über – immerhin ein menschlicher Rumpf, der von dünnen Schuppen bedeckt war ...

Zwei Arme reckten sich dem Zauberer wie eine Einladung entgegen, das grauenvolle Schicksal mit der Kreatur zu teilen. Ein scheinbar elfisches Gesicht hieß den Besucher willkommen, doch es besaß eine flachere Nase, nur einen Schlitz von einem Mund und Zähne, die so scharf wie die eines Drachen waren. Dunkle pupillenlose Augen glänzten wutentbrannt. In der Dunkelheit und mit der unteren Hälfte seiner Gestalt im Verborgenen liegend, hätte man das Geschöpf als Mensch oder sogar Elf missdeuten können. Krasus aber wusste, was es tatsächlich war – oder vielmehr gewesen war. Der Name formte sich ohne sein Zutun auf der Zunge des Zauberers, als würde das bösartige, vereiste Opfer vor ihm danach verlangen.

„Na ...", setzte Krasus an.

„Ihr ssseid nichtsss, nichtsss, nichtsss, wenn nicht unverfroren ...", unterbrach ihn eine wispernde Stimme, die der Wind heranzutragen schien.

Der gesichtslose Zauberer drehte sich um und sah einen Teil des Eises an einer Wand herausbrechen – und sich in etwas entfernt Menschenähnliches verwandeln. Doch die Beine waren zu dünn und knickten in unmöglichen Winkeln ab, und der Körper erinnerte eher an den eines Insektes. Auch der Kopf war nur die oberflächliche Wiedergabe eines menschlichen, denn obwohl es Augen, Nase und Mund in dem Gesicht gab, wirkte es, als habe ein Künstler eine Schneeskulptur begonnen und die Idee dann wieder verworfen, kaum dass die ersten Züge erkennbar geworden waren.

Ein schimmernder Mantel umgab die bizarre Gestalt, kapuzenlos, aber mit einem Kragen, der auf der Rückseite in mächtigen Dornen endete.

„Malygos ...", murmelte Krasus. „Wie geht es Euch?"

„Gut, gut, gut, solange meine Ruhe nicht gessstört wird."

„Ich wäre nicht hier, hätte ich eine andere Wahl gehabt."

„Esss gibt immer eine andere Wahl – Ihr könntet gehen, gehen, gehen! Ich wäre *allein*!"

Der Zauberer ließ sich nicht vom Herren der Höhle einschüchtern. „Und habt Ihr vergessen, weshalb Ihr so ruhig, so ungestört, an diesem Ort lebt, Malygos? Habt Ihr es so rasch vergessen? Es ist doch kaum ein paar Jahrhunderte her, seit ..."

Die eisige Kreatur ging am Rande der Höhle entlang und richtete etwas, das man als seine Augen bezeichnen konnte, auf den Besucher. „Ich vergesse nichts, nichts, nichts!", wehte der raue Wind heran. „Am wenigsten die Tage der Dunkelheit ..."

Krasus drehte sich langsam um die eigene Achse, Malygos stets im Blick behaltend. Zwar gab es keinen vernünftigen Grund, weshalb er mit einem Angriff hätte rechnen sollen, doch einer der Ältesten derer, die noch lebten, hatte durchblicken lassen, dass Malygos mittlerweile mehr als nur ein bisschen verrückt sein könnte.

Die dürren Beine waren ideal für Schnee und Eis, die Krallen an ihrem Ende gruben sich tief ein. Krasus fühlte sich an die Stöcke erinnert, die Völker in kälteren Gegenden benutzten, um sich auf ihren Skiern abzustoßen.

Malygos hatte nicht immer so ausgesehen, und nicht einmal jetzt war er an diese Form gebunden. Er verwendete die momentane Gestalt aber, weil er sie in seinem Unterbewusstsein dem Körper, in dem er geboren worden war, vorzog.

„Dann erinnert Ihr Euch also, was derjenige, der sich selbst den Namen Deathwing gab, Euch und den Euren antat."

Das sonderbare Gesicht zuckte, die Klauen zogen sich zusammen. Etwas wie ein Schlangenzischeln entfuhr Malygos.

„Ich erinnere mich ..."

Die Höhle schien mit einem Mal zu schrumpfen. Krasus blieb, wo er war, denn er wusste, dass es sein Todesurteil sein konnte, wenn er in Malygos Welt der Qual ein Zeichen von Schwäche zeigte.

„Ich *erinnere* mich!"

Die eisigen Dornen zitterten und erzeugten zunächst ein Geräusch, das an den Klang winziger Glöckchen erinnerte, dann aber rasch zu einem ohrenbetäubenden Klirren anschwoll. Malygos stapfte auf den Zauberer zu, sein Mund ein langer, verbitterter Strich. Die Augenhöhlen unter den fahlen Nachbildungen von Brauen vertieften sich.

Schnee und Eis breiteten sich aus, wuchsen in die Höhe und begannen die Kammer mehr und mehr zu füllen. Um Krasus herum wurde ein Teil des Schnees aufgewirbelt, erhob sich und wurde zu einem gespenstischen Giganten von mythischen Ausmaßen, einem Eisdrachen – einem *Geisterdrachen*.

„Ich erinnere mich an das Versprechen", zischte die groteske Gestalt. „Ich erinnere mich an das Bündnis, das wir eingingen. Niemals einander töten! Die Welt behüten bis in alle Ewigkeit!"

Der Zauberer nickte, wenngleich nicht einmal Malygos' Blick die Grenzen seiner Kapuze überwinden konnte. „Bis es zum Verrat kam."

Der Schneedrache breitete die Schwingen aus. Er war nicht real, nur ein Trugbild, das die Gefühle des Herrn der Höhle widerspiegelte. Die mächtigen Kiefer öffneten und schlossen sich, als spreche diese gespenstische Marionette.

„Bis zum Verrat, bis zum Verrat, bis zum Verrat ..." Ein Schwall aus Eis explodierte aus dem Schneedrachen, Eis, so hart und tödlich, dass es sich in die felsigen Wände bohrte. *„Bis Deathwing kam!"*

Krasus hielt eine Hand außerhalb von Malygos' Sichtfeld, nur für den Fall, dass er sie in den nächsten Augenblicken für einen raschen Zauberspruch benötigte.

Doch die monströse Kreatur behielt die Kontrolle über sich. Sie schüttelte den Kopf – der Schneedrache wiederholte die Geste – und fügte in vernünftigerem Tonfall hinzu: „Doch der Tag des Drachen war beinahe vorüber und niemand von uns, niemand von uns, *niemand von uns* glaubte, etwas von ihm fürchten zu müssen. Er war nur ein Bestandteil der Welt, ihre niederträchtigste und verdorbenste Spiegelung. Von allen Tagen war seiner am machtvollsten gekommen und wieder vergangen!"

Krasus sprang zurück, als der Boden vor ihm erbebte. Zuerst dachte er, Malygos hätte ihn in einem Moment der Unachtsamkeit zu überrumpeln versucht, doch der Boden bäumte sich lediglich auf und formte einen weiteren Drachen, diesmal aus Erde und Stein.

„Es geschehe um der *Zukunft* willen, sagte er", fuhr Malygos fort. „Wenn es auf der Welt nur noch Menschen, Elfen und Zwerge gäbe, um über sie zu wachen, sagte er! Lasst alle Gruppen, alle Schwärme, all die *Großen Drachen* – die *Kräfte* – zusammenkommen, um das elende Kleinod wiederzuerschaffen, neu zu formen – und danach sollten wir den Schlüssel in der Hand halten, um die Welt für immer, selbst nachdem der letzte von uns dahingeschieden wäre, beschützen zu können!" Er blickte zu den beiden Trugbildern auf, die er geschaffen hatte. „Und ich, ich, ich … ich, Malygos, stand an seiner Seite und überzeugte den Rest!"

Die zwei Drachen umkreisten einander, durchdrangen einander, verschlangen einander – wieder und wieder. Krasus riss den Blick von ihnen los und ermahnte sich, dass sein Gegenüber zwar Deathwing über alle Maßen hassen mochte, dies jedoch nicht bedeutete, dass Malygos ihm helfen würde … oder ihm auch nur erlauben würde, diese Eishöhle wieder zu verlassen.

„Und so", unterbrach der gesichtslose Zauberer ihn, „erfüllte *es* alle Drachen, insbesondere die *Kräfte*. Sie verbanden sich, in gewisser Weise, mit ihm …"

„Lieferten sich auf ewig seiner Gnade aus!"

Krasus nickte. „Stellten auf ewig sicher, dass es der einzige Gegenstand sein würde, der Macht über sie hatte, wenngleich sie dies damals noch nicht verstanden." Er hielt eine behandschuhte Hand empor und erschuf eine eigene Illusion, ein Trugbild des Kleinods, von dem sie beide sprachen. „Ihr erinnert Euch, wie täuschend es wirkte? Ihr erinnert Euch, was für ein schlicht aussehendes *Ding* es war?"

Mit dem Erscheinen des Bildes keuchte Malygos auf und duckte sich. Die Zwillingsdrachen fielen in sich zusammen, und Schnee und Fels verstreuten sich nach überall hin, ohne den Zauberer oder den Herrn der Höhle auch nur zu berühren. Das Getöse hallte in den leeren Gängen wider und drang sicherlich selbst bis in die weite, leere Einöde über ihnen.

„Nehmt es weg, nehmt es weg, nehmt es weg!", verlangte Malygos beinahe wehleidig. Klauenhände versuchten, die undeutlich erkennbaren Augen zu bedecken. „Zeigt es mir nicht länger!"

Aber Krasus ließ sich nicht aufhalten. „Seht es an, mein Freund! Seht auf den Untergang der ältesten aller Rassen! Seht Euch an, was in aller Welt bekannt wurde unter dem Namen *Dämonenseele!*"

Die schlichte, schimmernde Scheibe drehte sich über der Handfläche des Magiers. Eine goldene Trophäe, die so harmlos wirkte, dass sie in den Besitz vieler gelangt war, im Laufe der Zeit, ohne dass auch nur einer ihrer Besitzer eine Vorstellung von der Macht gehabt hatte, die ihr innewohnte. Es war nur ein Trugbild, das hier beschworen wurde, doch selbst dieses erzeugte noch solche Furcht im Herzen Malygos', dass es ihn mehr als eine Minute kostete, ehe er seinen Blick darauf richten konnte.

„Geschmiedet aus der innersten Magie jedes Drachen, geschaffen, um die Dämonen der Brennenden Legion zuerst zu bekämpfen und dann deren eigenen magischen Kräfte darin zu bannen!" Der verhüllte Magier trat auf Malygos zu. „Und missbraucht von Deathwing, um damit alle anderen Drachen zu verraten, kaum dass die Schlacht geschlagen war! Missbraucht von ihm gegen seine engsten Verbündeten ...!"

„Beendet dies! Die *Dämonenseele* ist verloren, verloren, *verloren*, und der Dunkle ist tot, vernichtet von menschlichen und elfischen Zauberern!"

„*Ist* er das?" Über die Reste der beiden Trugbilder steigend, gab Krasus das Bild des Artefakts auf und brachte stattdessen ein anderes hervor: einen Menschen, einen Mann, gekleidet ganz in Schwarz. Ein selbstbewusster junger Adliger mit Augen, die weit älter waren, als seine Erscheinung es ahnen ließ.

Lord Prestor.

„Dieser Mann, dieser ‚Sterbliche', wird der nächste König von Alterac – Alterac im Herzen der Allianz von Lordaeron, Malygos. Kommt Euch nichts an ihm bekannt vor? Gerade Euch?"

Die eisige Kreatur kam näher und blickte auf das kreisende Bild des falschen Edelmannes. Malygos begutachtete Prestor sorgfältig, bedächtig ... und mit zunehmendem Entsetzen.

„Das ist kein Mann!"

„Sagt es, Malygos. Sagt, was Ihr seht."

Die unmenschlichen Augen richteten sich auf Krasus. „Das wisst Ihr *sehr gut selbst* – es ist *Deathwing*!" Eine tierhaftes Zischeln entfuhr dem grotesken Geschöpf, das einst selbst die majestätische Gestalt eines Drachen besessen hatte. „*Deathwing ...*"

„Deathwing, genau", erwiderte Krasus in nahezu gefühllosem Tonfall. „Deathwing, der zweimal für tot und besiegt gehalten wurde. Deathwing, der die *Dämonenseele* einsetzte und damit jede Hoffnung auf die Rückkehr eines Zeitalters der Drachen zunichte machte. Deathwing ... der nun versucht, die jüngeren Völker zu verführen, auf dass sie seiner verräterischen Zunge folgen."

„Er wird sie gegeneinander in den Krieg führen ..."

„Ja, Malygos. Er wird sie gegeneinander in den Krieg führen, bis nur noch wenige leben – und diese wird Deathwing dann selbst zur Strecke bringen. Ihr wisst, was für eine Welt sich Deathwing erträumt. Eine, in der nur noch er und seine auserwählten Gefolgsleute existieren. Deathwings *gesäubertes* Reich ... in dem nicht einmal mehr Platz für Drachen ist, die nicht von *seiner* Art sind."

„Neeeiiinn ...!"

Malygos Gestalt breitete sich plötzlich nach allen Richtungen aus, und seine Haut nahm reptilischen Charakter an. Auch die Farbe dieser Haut änderte sich von eisigem Weiß zu einem dunkleren, frostigen Silberblau. Seine Glieder wurden dicker, und sein Gesicht wuchs zu drachenhafter Länge. Doch Malygos vollendete die Verwandlung nicht, sondern hielt an einem Punkt inne, der eine grauenhafte Karikatur erschuf, ein Zwischending aus Drache und Insekt – ein Albtraumgeschöpf.

„Ich verbündete mich mit ihm, und zum Dank wurde meine Sippe zugrunde gerichtet. Ich bin der letzte meiner Art. Die *Dämonenseele* nahm mir meine *Kinder*, meine *Gefährten*. Ich selbst konnte nur weiterleben in der Gewissheit, dass jener, der uns verriet, umkam und die verfluchte Scheibe für immer ausgelöscht wurde ..."

„So ging es uns allen, Malygos."

„Aber er lebt! ER LEBT!"

Der jähe Wutausbruch des Drachen ließ die Höhle erzittern. Eisspeere fuhren in den verschneiten Boden und erzeugten weitere Beben, die Krasus ins Stolpern brachten.

„Ja, er lebt, Malygos, er lebt trotz Eurer großen Opfer ..."

Der grotesk verformte Leviathan studierte ihn eingehend. „Ich verlor viel ... zu viel. Doch Ihr, der Ihr Euch Krasus nennt und einst selbst die Gestalt eines Drachen hattet, Ihr habt ebenso alles verloren."

Bilder seiner geliebten Königin huschten durch Krasus' Gedächtnis. Bilder aus den Tagen mit Alexstrasza ... Er war ihr zweiter Gemahl gewesen – doch, was seine Loyalität und Liebe anging, so hatte er stets den ersten Rang bei ihr eingenommen.

Der Zauberer schüttelte den Kopf und verdrängte die schmerzhaften Erinnerungen. Die Sehnsucht, wieder durch die Lüfte zu streifen, musste unterdrückt bleiben. Bis sich die Dinge änderten, hatte er seine menschliche Gestalt zu wahren, musste er Krasus bleiben – nicht der rote Drache *Korialstrasz*.

„Ja ... auch ich verlor viel", erwiderte Krasus schließlich, als er sich wieder gefasst hatte. „Aber ich hoffe, etwas zurückzugewinnen ... etwas für uns alle."

„Wie?"

„Ich werde Alexstrasza befreien."

Malygos verfiel in ein irrsinniges Gelächter. Er brüllte laut und lange, weit länger, als es schlichter Wahnsinn erklärt hätte. Er lachte voller Hohn über die Hoffnung und die Bestrebungen des Zauberers.

„*Das* wäre natürlich ein Triumph für Euch – vorausgesetzt Ihr könntet das Unmögliche bewerkstelligen! Doch was habe ich davon? Was bietet ihr *mir*, Winzling?"

„Ihr wisst, für welche Kraft sie steht? Dann wisst Ihr auch, was sie für Euch tun könnte."

Das Lachen verstummte. Malygos zögerte, wollte eindeutig nicht daran glauben und tat es dennoch in seiner Verzweiflung. „Sie könnte nicht ... oder *könnte* sie ...?"

„Ich glaube, es wäre möglich. Ich bin von der Existenz dieser Möglichkeit jedenfalls soweit überzeugt, dass ich glaube, es wäre einen Versuch für Euch wert. Davon abgesehen, welche Zukunft erwartet Euch sonst?"

Die drachenhaften Züge wurden ausgeprägter, und Malygos

wuchs zu atemberaubender Größe, bis er Krasus um das Fünf-, Zehn-, nein, Zwanzigfache überragte. Nahezu alle Spuren des grausigen Mischwesens, als das er Krasus zuvor erschienen war, verschwanden. Ein Drache thronte vor dem Besucher, ein Drache, wie er seit den Tagen, die noch vor dem ersten Auftauchen der Menschen lagen, nicht mehr gesehen worden war.

Mit der Rückkehr zu seiner Ursprungsgestalt schienen aber auch einige der Bedenken Malygos' zurückzukehren, denn er stellte die eine Frage, die Krasus sowohl befürchtet, als auch erwartet hatte: „Die Orks ... Wie kann es sein, dass die Orks sie gefangen halten? Das habe ich mich immer wieder gefragt, gefragt, gefragt ..."

„Ihr wisst, dass es nur einen einzigen Weg gibt, sie als Gefangene zu halten, mein Freund."

Der Drache zog seinen silbern glänzenden Kopf zurück und fauchte. „Die *Dämonenseele*? Diese unwürdigen Kreaturen besitzen die *Dämonenseele*? Hast du mir deshalb diese jämmerliche Kopie gezeigt?"

„Ja, Malygos, sie haben die *Dämonenseele,* und obwohl ich nicht annehme, dass sie sich völlig bewusst sind, was sich in ihrem Besitz befindet, so wissen sie doch genug, um Alexstrasza damit im Zaum zu halten ... doch das ist nicht einmal das Schlimmste."

„Nicht das Schlimmste?"

Krasus wusste, dass er den alten Leviathan fast so weit zur Vernunft gebracht hatte, dass dieser bereit war, bei der Rettung der Drachenkönigin Hilfe zu leisten. Doch was er Malygos als nächstes zu erzählen hatte, mochte all diese Fortschritte wieder zunichte machen. Aber es führte kein Weg daran vorbei: Der Drache, der sich als einer der Zauberer der Kirin Tor getarnt hatte, musste – nicht zuletzt um seiner geliebten Königin willen – seinem potentiellen Verbündeten die Wahrheit sagen. „Ich glaube, dass Deathwing mittlerweile weiß, was ich vorhabe ... und er wird sich durch nichts aufhalten lassen, bis beide, die verfluchte Scheibe *und* Alexstrazsa, *sein* sind."

ZEHN

Zum zweiten Mal in den letzten paar Tagen erwachte Rhonin unter Bäumen. Diesmal jedoch begrüßte ihn, sehr zu seiner Enttäuschung, nicht Vereesa. Stattdessen erwachte er unter einem dämmernden Abendhimmel und in völliger Stille. Keine Vögel waren im Geäst zu hören, keine Tiere bewegten sich durch das Dickicht.

Eine düstere Vorahnung überkam den Zauberer. Vorsichtig hob er den Kopf und blickte sich um. Rhonin sah nicht viel mehr als Bäume und Buschwerk. Auf jeden Fall keinen Drachen, insbesondere keinen von der Größe und Heimtücke eines ...

„Ah, du bist endlich erwacht ..."

Deathwing?

Rhonin schaute nach links – eine Richtung, die er eigentlich bereits überprüft hatte – und beobachtete voller Unbehagen, wie sich ein Teil der länger werdenden Schatten um ihn herum bewegte und zu einer verhüllten Gestalt zusammenfügte, zu jemandem, den er kannte.

„Krasus?", murmelte er, doch einen Moment später war ihm klar, dass dies nicht sein gesichtsloser Gönner sein konnte. Was sich vor ihm bewegte, trug die Schatten mit Stolz, lebte als Teil von ihnen.

Nein, sein erster Eindruck hatte ihn nicht getäuscht. *Deathwing.* Der Umriss mochte menschlich *aussehen*, aber dahinter konnte, sofern es Drachen möglich war andere Gestalt anzunehmen, nur das schwarze Ungeheuer höchstpersönlich stecken.

Ein Gesicht erschien unter der Kapuze – ein gutaussehender Mann mit dunklen, falkenhaften Zügen. Das Gesicht eines Edlen ... zumindest vordergründig. „Geht es dir gut?"

„Dank Euch."

Die Winkel des schmalen Munds zogen sich in der Andeutung eines Lächelns leicht nach oben. „Du weißt also, wer ich bin, Mensch?"

„Ihr seid ... Ihr seid Deathwing, der Zerstörer."

Die Schatten um die Gestalt herum gerieten in Bewegung, verblassten ein wenig. Das Gesicht, das beinahe als das eines Menschen, beinahe als das eines Elfen durchgegangen wäre, gewann an Kontur. Die Mundwinkel zogen sich etwas weiter in die Höhe. „Einer meiner zahllosen Titel, Magier, und so passend oder unpassend wie jeder andere." Er legte den Kopf schief. „Ich wusste, dass du eine gute Wahl bist. Du scheinst nicht einmal überrascht, dass ich dir auf diese Weise erscheine."

„Eure Stimme ist die selbe. Ich könnte sie nie vergessen."

„Dann bist du scharfsinniger als die meisten, mein sterblicher Freund. Es gibt einige, die würden mich selbst dann nicht erkennen, wenn ich mich vor ihren Augen verwandelte." Die Gestalt feixte. „Wenn du einen Beweis wünschst, könnte ich ihn jetzt erbringen ..."

„Habt Dank – aber, nein." Die letzten Reste des Tages begannen hinter Rhonins unheilvollem Retter zu verblassen. Er fragte sich, wie lange er ohne Bewusstsein gewesen war – und wohin ihn Deathwing gebracht hatte. Am meisten jedoch beschäftigte ihn die Frage, wieso er noch am Leben war.

„Was wollt Ihr von mir?"

„Ich will nichts von dir, Zauberer Rhonin. Vielmehr wünsche ich, dir bei deiner Aufgabe zu helfen."

„Meiner Aufgabe?" Niemand außer Krasus und dem Inneren Rat wusste von seiner Mission, und Rhonin hatte sich bereits zu fragen begonnen, ob überhaupt alle Mitglieder der Kirin Tor eingeweiht waren. Zaubermeister konnten sehr geheimnisvoll sein und ihre eigenen geheimen Pläne über alles andere stellen. Ganz gewiss aber hätte das Wesen in seiner momentanen Gesellschaft nichts darüber wissen dürfen.

„O ja, Rhonin, deine Aufgabe." Deathwings Lächeln wuchs plötzlich in eine Breite, die nichts Menschliches mehr an sich hatte, und die Zähne, die dieses Lächeln enthüllte, waren scharf und spitz. „Die große Drachenkönigin zu befreien, die wunderbare Alexstrasza!"

Unsicher, wie der Leviathan vom Inhalt seines Auftrags hatte erfahren können, aber nicht im geringsten zweifelnd, dass Deathwing der Letzte war, der ihn kennen sollte, handelte Rhonin instinktiv. Deathwing verachtete alles Leben, und das schloss auch Drachen ein, die nicht von seiner eigenen Art waren. Es gab keine Geschichte aus vergangenen Tagen, die Sympathien zwischen dem riesigen Untier und der roten Königin auch nur angedeutet hätte.

Der Zauber, den der misstrauische Magier warnungslos schleuderte, hatte ihm im Krieg gute Dienste geleistet. Er hatte das Leben aus einem angreifenden Ork, an dessen fleischigen Händen bereits das Blut von sechs Rittern und einem befreundeten Zauberer geklebt hatte, gequetscht, und in abgeschwächter Form hatte er einen der Ork-Schamanen in Schach gehalten, während Rhonin zum letzten Schlag ausholte.

Mit Drachen hatte Rhonin indes keine Erfahrung. Doch die Schriftrollen hatten darauf bestanden, dass der Spruch seinen Zweck in jedem Falle erfüllte, vor allem wenn es um das Bannen der uralten Giganten ging.

Ringe aus Gold bildeten sich um Deathwing ...

... und die schattenhafte Gestalt spazierte einfach durch sie hindurch!

„Nun, war das *wirklich* notwendig?" Ein Arm hob sich aus der Robe. Deathwing zielte.

Ein Felsbrocken neben Rhonin begann zu brodeln, dann schmolz er direkt vor seinen Augen. Der verflüssigte Stein sickerte in jeden erreichbaren Spalt und verschwand spurlos, und dies alles geschah binnen weniger Sekunden.

„Das hätte ich auch mit dir anstellen können, Zauberer, wäre es meine Absicht gewesen. Zweimal bist du durch mich dem Tod entronnen, soll er das dritte Mal sein Recht erhalten?"

Klugerweise schüttelte Rhonin den Kopf.

„So nimmst du also doch noch Vernunft an." Deathwing trat näher und wurde mit jedem Schritt stofflicher. Er zielte erneut, diesmal auf die andere Stelle. „Trink. Du wirst es äußerst erfrischend finden."

Rhonin blickte hinab und entdeckte einen im Gras liegenden Weinschlauch. Obwohl dieser vor wenigen Sekunden noch nicht da gewesen war, zögerte er nicht, ihn aufzuheben und von seinem Inhalt zu kosten. Nicht nur sein mittlerweile immens gewordener Durst verlangte danach, der Drache hätte darüber hinaus eine Weigerung als einen weiteren Akt der Auflehnung verstehen können. In seiner gegenwärtigen Lage blieb Rhonin nichts anderes übrig, als sich ihm zu fügen ... und zu hoffen.

Sein schwarzgewandeter Gefährte bewegte sich erneut und wurde kurzzeitig zu einem fast konturlosen Schemen. Dass Deathwing – ganz zu schweigen von jedem *anderen* Drachen – in der Lage war, menschliche Form anzunehmen, beunruhigte den Zauberer. Wer vermochte schon zu sagen, was eine solche Kreatur imstande war, unter Rhonins Volk anzurichten? Und konnte sich Rhonin überhaupt sicher sein, dass Deathwing nicht bereits auf genau diesem Weg seine Intrigen gestrickt *hatte*?

Doch wenn dem so gewesen wäre, warum enthüllte er dann ein Geheimnis von solcher Dimension gegenüber Rhonin? Es machte nur Sinn, wenn er beabsichtigte, den Magier irgendwann zum Schweigen zu bringen …

„Du weißt so wenig über uns."

Rhonins Augen weiteten sich. Beinhalteten Deathwings Kräfte die Fähigkeit, die Gedanken anderer zu lesen?

Der Drache ließ sich zur Linken des Menschen nieder und erweckte dabei den Anschein, auf einem Stuhl oder massiven Felsen zu sitzen, den Rhonin unter der weiten Robe nicht sehen konnte. Starre Augen unter einem nachtschwarzen, spitz zulaufenden Haaransatz trafen und bezwangen Rhonins eigenen Blick.

Als der Zauberer zur Seite sah, wiederholte Deathwing seinen letzten Satz. „Du weißt so wenig über uns."

„Es … es gibt nicht viele Berichte über Drachen. Die meisten Menschen, die sich bemühten, sie zu erforschen, wurden verspeist."

So schwach sein Versuch, Humor zu beweisen, dem Zauberer auch selbst vorkommen mochte, so erheiterte er doch Deathwing, wie sich unschwer erkennen ließ. Der Drache lachte. Lachte laut auf. Lachte über etwas, das unter anderen Umständen eine an Wahnsinn grenzende Frechheit dargestellt hätte.

„Ich hatte vergessen, wie unterhaltsam deinesgleichen sein kann, mein kleiner Freund! Wie amüsant!" Das zu breite, zu zähnefletschende Lächeln kehrte in all seinem unheilvollen Glanz zurück. „Ja, in deinen Worten mag ein Körnchen Wahrheit liegen."

Nicht länger damit zufrieden, einfach vor der bedrohlichen Gestalt auf dem Boden zu liegen, setzte sich Rhonin auf. Er hätte sich vielleicht sogar gestellt, doch ein einfacher Blick von Deathwing schien ihn zu warnen. Zum jetzigen Zeitpunkt schien dies noch keine besonders schlaue Idee zu sein.

„Was wollt Ihr von mir?", fragte Rhonin erneut. „Was bin ich für Euch?"

„Du bist Mittel zum Zweck, eine Möglichkeit, ein lange unerreichbares Ziel nun doch zu erreichen – ein verzweifelter Akt einer verzweifelten Kreatur …"

Zunächst verstand Rhonin nicht. Dann entdeckte er die Niedergeschlagenheit in den Zügen des Drachen. „Ihr seid …*verzweifelt?*"

Deathwing erhob sich wieder und breitete die Arme aus, fast als beabsichtigte er, davonzufliegen. „Was siehst du, Mensch?"

„Eine Gestalt in schattenhaftem Schwarz. Den Drachen Deathwing in einer Maske."

„Die offensichtliche Antwort – aber siehst du nicht *mehr*, mein kleiner Freund? Siehst du nicht die treuen Scharen von meinesgleichen? Siehst du nicht die vielen schwarzen Drachen – oder auch die roten, die einst den Himmel beherrschten, lange vor der Geburt von Mensch oder Elf?"

Unsicher darüber, was ihm Deathwing vermitteln wollte, schüttelte Rhonin nur den Kopf. Von einer Sache jedoch war er mittlerweile überzeugt: Der Verstand war kein ständiger Gast im Bewusstsein dieses Geschöpfes.

„Du siehst sie nicht", begann der Drache, und seine Gestalt nahm reptilienhafte Züge an. Die Augen wurden schmaler, die Zähne länger und schärfer. Selbst der verhüllte Körper wuchs, und es schien, als versuchten Schwingen durch die Robe hindurch zu brechen. Deathwing wurde erneut mehr Schatten denn Fleisch, ein magisches Wesen inmitten seiner Verwandlung gefangen.

„Du siehst sie nicht …", begann er erneut und schloss kurz die Augen. Die Flügel, die Augen, die Zähne – alles kehrte wieder zu seiner vorherigen Form zurück. Deathwing gewann an Substanz und Menschlichkeit, letzteres jedoch war nur

Täuschung, nur Maske. „Kannst sie nicht sehen, weil … sie nicht länger *existieren*."

Er setzte sich. Dann streckte er eine Hand aus, die Innenfläche nach oben gerichtet. Darüber tauchten unversehens Bilder auf: Winzige drachenartige Gestalten schwebten über einer Welt voll grüner Pracht. Die Drachen flatterten in allen Farben des Regenbogens umher. Eine Stimmung überbordender Freude erfüllte die Luft und berührte selbst Rhonin.

„Die Welt war unser, und wir sorgten gut für sie. Die Magie war unser, und wir hüteten sie mit Bedacht. Das Leben war unser … und wir genossen es unbeschwert."

Etwas Neues erschien über der Handfläche. Es dauerte ein paar Sekunden, bis der aufmerksame Magier die winzigen Gestalten als Elfen identifizierte, doch es waren keine solchen wie Vereesa. Diese Elfen waren schön auf ihre eigene Art, aber es war eine kalte, hochmütige Schönheit, eine, die ihn vom Gefühl her abstieß.

„Doch andere kamen, geringere Lebensformen, die nur winzige Lebensspannen besaßen. Allzu unbesonnen stürzten sie sich auf etwas, das, wie wir wussten, viel zu große Gefahren in sich barg." Deathwings Stimme wurde beinahe so kalt wie die Schönheit der Nachtelfen. „Und in ihrer Torheit brachten sie die *Dämonen* zu uns."

Ohne darüber nachzudenken, lehnte sich Rhonin vor. Jeder Zauberer studierte die Legenden der Dämonenhorde, die von manchen die *Brennende Legion* genannt wurde. Doch falls solche monströsen Geschöpfe tatsächlich einmal existiert hatten, so hatten sie keine greifbaren Spuren hinterlassen. Die meisten, die behaupteten, ihnen begegnet zu sein, waren Wesen von höchst fragwürdigem Geisteszustand gewesen.

Als der Zauberer mehr als nur einen flüchtigen Blick auf einen der Dämonen zu erhaschen versuchte, schloss Deathwing jäh seine Hand, und die Bilder versiegten.

„Wären die Drachen nicht gewesen, würde diese Welt nicht länger bestehen. Selbst tausend Ork-Horden halten dem Vergleich mit dem nicht stand, dem *wir* uns stellen mussten, dem *wir* uns opferten! In dieser Zeit kämpften wir gemeinsam. Unser Blut vermischte sich auf dem Schlachtfeld, als wir die Dämonen aus unserer Welt vertrieben ..." Die dunkle Gestalt schloss für einen Moment die Augen. „... und im Verlauf dieser Ereignisse verloren wir die Kontrolle über genau das, was wir zu bewahren suchten. Unser Zeitalter endete. Erst die Elfen, dann die Zwerge und schließlich die Menschen beanspruchten nach und nach die Zukunft für sich. Unsere Zahl schwand und, schlimmer noch, wir bekämpften uns fortan gegenseitig. *Schlachteten* einander ab."

So weit war Rhonin im Bilde. *Jeder* wusste von der Feindseligkeit zwischen den fünf bestehenden Drachenschwärmen, insbesondere zwischen den schwarzen und den roten. Die Ursprünge dieser Feindseligkeit lagen unter dem Staub der Zeit begraben, doch vielleicht würde dem Zauberer jetzt die furchtbare Wahrheit offenbart werden.

„Doch warum gegeneinander kämpfen, nachdem gemeinsam so große Opfer gebracht wurden?", fragte er.

„Falsche Vorstellungen, falsch gewählte Worte zur falschen Zeit ... Es gab so viele Gründe, dass du sie nicht einmal dann verstehen würdest, wenn ich die Zeit hätte, sie dir alle darzulegen." Deathwing seufzte. „Jedenfalls sind wir aufgrund dessen heute auf so wenige dezimiert." Sein Blick veränderte sich, gewann erneut an Schärfe und schien sich in Rhonins Augen zu bohren. „Aber das gehört der Vergangenheit an. Ich werde wieder gut machen, was damals geschehen musste ... was ich damals tun musste, Mensch. Ich werde dir helfen, die Drachenkönigin *Alexstrasza* zu befreien."

Rhonin unterdrückte die erste Antwort, die ihm auf der Zunge lag. Trotz seiner umgänglichen Art und trotz der von ihm gewählten Gestalt, saß doch noch immer der schrecklichste aller Drachen vor ihm. Mochte Deathwing auch Freundschaft und Kameradschaft anbieten, ein falsches Wort konnte genügen, um Rhonin nach wie vor ein grausiges Ende zu bescheren.

„Aber ...", er versuchte seine Worte mit Bedacht zu wählen, „... Ihr und sie seid – Feinde."

„Wegen der selben dummen Missverständnisse, die deine und meine Art so lange dazu trieben, einander zu bekämpfen. Es wurden Fehler gemacht, Mensch, aber ich werde sie richtig stellen." Die Augen zogen den Zauberer zu sich heran, fast *in* sich hinein. „Alexstrasza und ich sollten keine Feinde sein."

Dem musste Rhonin zustimmen. „Natürlich nicht."

„Einst waren wir die stärksten Verbündeten, die engsten Freunde, und dies könnte wieder der Fall sein, bist du nicht auch meiner Meinung?"

Der Magier sah nichts mehr als diese funkelnden Augen. „Das ... bin ich."

„Und du selbst befindest dich auf einer Mission mit dem Ziel, sie zu erretten."

Tief in Rhonin regte sich etwas, und plötzlich fühlte er sich unwohl unter Deathwings Blicken. „Wie habt Ihr ... wie habt Ihr das herausgefunden?"

„Das ist unwichtig, oder nicht?" Die Augen des Drachen fingen den Menschen erneut ein.

Rhonins Unbehagen verblasste. Alles schwand unter Deathwings durchdringendem Starren. „Ja, ich denke schon."

„Auf dich allein gestellt, wirst du versagen. Daran gibt es keinen Zweifel. Jetzt allerdings, mit meiner Hilfe, kannst du das Unmögliche erreichen, mein Freund. Du *wirst* die Drachenkönigin retten!"

Mit diesen Worten streckte Deathwing eine Hand aus, in der ein kleines silbernes Medaillon lag. Rhonins Finger streckten sich ihm wie von selbst entgegen. Er nahm das Medaillon und zog es zu sich heran. Dann betrachtete er es. In den Rand waren Runen eingeritzt, und in der Mitte befand sich ein schwarzer Kristall. Von einigen Runen kannte Rhonin die Bedeutung, andere hatte er nie in seinem Leben gesehen, konnte aber ihre Kraft spüren.

„Du *wirst* imstande sein, Alexstrasza zu retten, meine kleine willige Marionette." Das ohnehin zu breite Grinsen erreichte jetzt seine maximale Ausdehnung. „Denn hiermit werde ich stets bei dir sein, um dich zu leiten und auf deinem ganzen Weg zu *begleiten* …"

Wie konnte man nur einen Drachen verlieren?

Diese Frage hatten sie sich wieder und wieder gestellt, doch weder Vereesa noch ihr Gefährte hatten eine zufriedenstellende Antwort darauf gefunden. Schlimmer noch, die Nacht begann über Khaz Modan hereinzubrechen, und der längst erschöpfte Greif würde mit Sicherheit nicht mehr viel weiter fliegen können.

Deathwing war fast die ganze Reise in Sichtweite gewesen, wenn auch meist in großer Ferne. Selbst Falstads Augen, die bei weitem nicht so scharf wie die der Elfe waren, hatten die schwere Gestalt auf ihrem Flug ins Landesinnere auszumachen vermocht. Nur wenn Deathwing von Zeit zu Zeit durch Wolkenfelder geflogen war, hatten sie ihn kurzzeitig verloren, aber nie länger als für ein, zwei Atemzüge.

Bis vor einer Stunde.

Das riesenhafte Untier war mit seiner Last in eine Wolke eingedrungen – wie in schon so viele zuvor. Falstad hatte den Greif die Richtung beibehalten lassen, und beide, Vereesa und der Zwerg, hatten auf der anderen Seite nach dem Leviathan Ausschau gehalten. Die Wolke lag hinter ihnen – die nächste tauchte erst einige Meilen weiter südlich auf –, und die Waldläuferin und ihr Gefährte überblickten sie beinahe in ihrer Gesamtheit. Es war unmöglich, Deathwing zu übersehen, sobald er aus ihr hervor kam.

Aber kein Drache tauchte auf.

Sie hatten geschaut und ausgeharrt, und als sie nicht länger warten konnten, hatte Falstad sein Tier auf die Wolke zu getrieben, selbst auf das eindeutige Risiko hin, dass Deathwing sich in ihr verbarg. Der Dunkle war jedoch nirgends zu entdecken gewesen. Der größte und schrecklichste der Drachen schien sich in Luft aufgelöst zu haben.

„Das bringt nichts, meine Elfendame", rief der Greifenreiter schließlich. „Wir müssen landen. Weder wir noch mein armes Reittier können die Sache ohne Pause fortsetzen."

Sie musste ihm zustimmen, auch wenn ein Teil von ihr noch immer die Jagd fortsetzen wollte. „In Ordnung." Sie betrachtete die unter ihnen liegende Landschaft. Küste und Wälder waren längst durch eine felsigere, ungastlichere Gegend abgelöst worden, die sich, wie die Waldläuferin wusste, schließlich zum Felsmassiv von Grim Batol auftürmen würde. Es gab noch immer bewaldete Flecken, doch insgesamt war kaum Deckung zu finden. Sie würde sich in den Hügeln verstecken müssen, um vor den Blicken der drachenreitenden Orks geschützt zu sein. „Was ist mit der Stelle dort drüben?"

Falstad folgte ihrem ausgestreckten Finger. „Diese zerklüfteten Hügel, die wie meine Großmutter aussehen, mit Bart und allem Pipapo? Aye, das ist eine gute Wahl. Dort werden wir landen!"

Der ausgelaugte Greif folgte dankbar dem Befehl zum Sinkflug. Falstad lenkte ihn zunächst zu der größten Hügel-Ansammlung und dann auf etwas zu, das wie ein kleines Tal aussah. Vereesa klammerte sich fest, als das Tier landete und hielt nach möglichen Bedrohungen Ausschau. So tief in Khaz Modan hatten die Orks wahrscheinlich Außenposten errichtet.

„Dem Himmel sei Dank!", brummte der Zwerg beim Absteigen. „So sehr ich die Weite des Himmels liebe – war es eindeutig zu lang, um ganz gleich auf was auch immer sitzen zu müssen." Er kraulte die Haarmähne des Greifen. „Aber du bist ein gutes Tier und hast dir dein Wasser und Futter verdient."

„Ich habe einen Bach in der Nähe gesehen", meinte Vereesa. „Vielleicht gibt es dort auch Fische."

„Dann wird er sie finden, wenn er Lust danach verspürt." Falstad nahm das Zaumzeug und die übrige Ausrüstung von seinem Greifen ab. „Und er wird sie ganz alleine finden." Er klopfte dem Greif auf das Hinterteil, und das Tier sprang in die Luft, nun, da es von seiner Last befreit war, plötzlich wieder sehr viel schwungvoller.

„Ist das klug?"

„Meine hochverehrte Elfendame, Fisch ist im allgemeinen keine sehr sättigende Mahlzeit für einen wie ihn. Am Besten lässt man ihn auf eigene Faust nach etwas Angemessenem jagen. Er wird zurückkommen, sobald er seinen Hunger gestillt hat, und sollte ihn jemand sehen ... nun, selbst in Khaz Modan gibt es noch hie und da ein paar wilde Greife." Auf ihren nicht sonderlich beruhigten Blick hin, fügte Falstad hinzu: „Er wird nur kurz unterwegs sein. Gerade lange genug, um uns die Zeit zu geben, auch für uns ein Mahl zuzubereiten."

Sie hatten Vorräte dabei, die der Zwerg sofort aufteilte. Da es einen Bach in der Nähe gab, stillten sie ihren Durst am restlichen Inhalt ihrer Wasserbeutel. Ein Feuer, so tief in orkkontrolliertem Gebiet, stand außer Diskussion, doch es schien keine kalte Nacht zu werden.

Wie vorhergesagt, kehrte der Greif bald darauf mit gut gefülltem Magen zurück. Das Tier ließ sich neben Falstad nieder, der, während er fertig aß, eine Hand sanft auf den Kopf des Geschöpfes legte.

„Ich habe zwar aus der Luft nichts gesehen", sagte er schließlich, „doch wir haben keine Garantie, dass keine Orks in der Nähe sind."

„Sollen wir uns mit dem Wachehalten abwechseln?"

„Das ist wohl das Beste. Soll ich die erste Schicht übernehmen oder wollt Ihr …?"

Zu aufgewühlt, um Schlaf zu finden, machte Vereesa den Anfang. Falstad hatte nichts einzuwenden und legte sich, ungerührt von den Verhältnissen, sofort hin, um binnen Sekunden einzuschlummern. Vereesa beneidete den Zwerg um dieses Talent und wünschte sich, es auch zu besitzen.

Die Nacht kam ihr, verglichen mit den Nächten in den Wäldern ihrer Kindheit, zu ruhig vor, doch sie rief sich ins Gedächtnis, dass dieses felsige Land bereits seit vielen Jahren von den Orks geplündert wurde. Sicher, es gab noch eine Tierwelt – wie der volle Magen des Greifen bewies –, doch die meisten Geschöpfe in Khaz Modan waren weit vorsichtiger als die daheim in Quel'Thalas. Sowohl die Orks, als auch ihre Drachen waren ständig auf Jagd nach Frischfleisch.

Vereinzelte funkelten ein paar Sterne am Himmel, doch ohne die herausragende Nachtsichtigkeit ihres Volkes wäre Vereesa fast blind gewesen. Sie fragte sich, wie es Rhonin wohl in dieser Dunkelheit ergehen mochte – falls er noch lebte. Streifte er auch durch die Ödnis zwischen hier und Grim Batol, oder hatte ihn Deathwing noch weit über diesen Ort hinaus getragen, vielleicht in ein Land, das der Waldläuferin völlig unbekannt war?

Sie weigerte sich zu glauben, dass er sich mit dem Dunklen verbündet haben könnte, doch wenn dem nicht so war, was wollte Deathwing dann von ihm? Oder war es möglich, dass sie Falstad zur wilden Drachenjagd angestiftet hatte, obwohl gar nicht Rhonin die wertvolle Fracht gewesen war, die der gepanzerte Leviathan transportiert hatte?

So viele Fragen und so wenige Antworten. Niedergeschlagen entfernte sich die Waldläuferin ein wenig von dem Zwerg und seinem Reittier, um einen Blick auf die umgebenden Hügel und Bäume zu wagen. Selbst mit ihrem überlegenen Sehvermögen gesegnet, ähnelte das meiste nur schwarzen Formen, was dazu beitrug, dass sie ihre Umgebung noch bedrückender und bedrohlicher empfand, obwohl der nächste Ork meilenweit entfernt sein mochte.

Das Schwert weiterhin in der Scheide, wagte sich Vereesa weiter voran. Sie erreichte zwei knorrige Bäume, in denen noch Leben steckte, wenn auch nicht mehr viel. Beide nacheinander berührend, konnte die Elfe die Schwäche fühlen, die Bereitschaft zu sterben. Sie konnte auch einen Teil ihrer Geschichte spüren, die weit über den Schrecken der Horde hinausreichte. Einst war Khaz Modan ein gesundes Land gewesen, das sich, wie Vereesa wusste, die Hügelzwerge und andere zur Heimat auserkoren hatten. Die Zwerge jedoch waren unter dem gnadenlosen Ansturm der Orks geflohen, nicht ohne zu schwören, eines Tages zurückkehren zu wollen.

Die Bäume hatten nicht fliehen können.

Die Elfe spürte, dass für die Hügelzwerge bald der Tag der Rückkehr kommen würde, doch dann würde es für diese Bäume und viele andere vermutlich zu spät sein. Khaz Modan war ein Land, das viele, viele Jahre brauchen würde, um sich zu erholen – falls das überhaupt möglich war.

„Seid tapfer", wisperte sie den beiden zu. „Ein neuer Frühling wird kommen, das verspreche ich euch." In der Sprache der Bäume und der aller Pflanzen, stand der Frühling nicht nur für eine Jahreszeit, sondern auch für die Hoffnung schlechthin, für die Erneuerung des Lebens.

Als die Elfe zurücktrat, wirkten beide Bäume etwas aufrechter, etwas größer. Die Auswirkung ihrer Worte auf sie ließ Vereesa lächeln. Die größeren Pflanzen verfügten über Möglichkeiten zum gemeinsamen Austausch, die sich selbst der Kenntnis der Elfen entzogen. Vielleicht würden sie die erhaltene Aufmunterung weitergeben. Vielleicht würden einige von ihnen doch überleben. Sie konnte es nur hoffen.

Ihre kurze Verbindung zu den Bäumen nahm ihr einen Teil der Last vom Herzen und von ihrem Geist. Die felsigen Hügel fühlten sich nicht länger nur unheilverkündend an. Die Schritte der Elfe waren nun leichter, und sie war zuversichtlich, dass sich die Dinge doch noch zum Besseren wenden würden, auch was Rhonin anging.

Das Ende ihrer Wache rückte schneller näher, als sie es gedacht hätte. Vereesa überlegte, ob sie Falstad länger ruhen lassen sollte – sein Schnarchen ließ auf einen gesunden Tiefschlaf schließen –, doch sie wusste auch, dass sie nur eine Belastung sein würde, wenn ihr Mangel an eigener Erholung später ihre Kampfkraft beeinträchtigte. Mit einigem Widerstreben begab sich die Elfe deshalb zu ihrem Gefährten zurück …

… und hielt inne, als das fast unhörbare Geräusch eines zerbrechenden, trockenen Astes sie davor warnte, dass sich ihr irgendetwas oder irgendjemand näherte.

Um den Überraschungsvorteil nicht aus der Hand zu geben, verzichtete sie darauf, Falstad zu wecken, und spazierte stattdessen schnurstracks an dem schlummernden Zwerg und seinem Reittier vorbei. Sie benahm sich, als sei sie von der dunklen Landschaft im Hintergrund fasziniert, und während sie schritt, hörte sie weitere leichte Bewegungen, aus der selben Richtung wie zuvor. Vielleicht nur ein harmloser Eindringling? Möglich, aber es konnte auch etwas anderes dahinterstecken. Das Geräusch konnte darauf *abzielen*, Vereesas Aufmerksamkeit in genau diese Richtung zu lenken, um die Entdeckung von Gegnern zu verhindern, die sich sonst wo still verbargen.

Erneut war ein verhaltenes Geräusch zu vernehmen ... gefolgt von jähem, wildem Kreischen und dem Lärm, den ein mächtiger Körper, der unweit hervorsprang, verursachte.

Vereesa hielt ihre Waffe bereits in der Hand, als sie erkannte, dass es sich um Falstads Greif handelte, der aufgeschreckt worden war, und um kein monströses Ungeheuer aus dem Wald. Genau wie sie auch, hatte das Tier ein schwaches Geräusch gehört, doch im Gegensatz zu der Elfe hatte der Greif es nicht nötig, seine Verhaltensweise vorher jedes Mal sorgsam abzuwägen. Er folgte einfach dem feinen Instinkt seiner Art.

„Was ist denn los?", knurrte Falstad und kam, für einen Zwerg bemerkenswert mühelos, auf die Beine. Er hatte bereits seinen Sturmhammer gezogen und war kampfbereit.

„Irgendetwas steckt zwischen diesen alten Bäumen. Irgendetwas, auf das sich Euer Greif gestürzt hat."

„Nun, ich hoffe, er frisst es nicht auf, bevor wir wissen, was es ist!"

In der Dunkelheit konnte Vereesa die schattenhafte Gestalt des Greifen ausmachen, aber nicht die einer eventuellen Beute. Die Waldläuferin hörte jedoch deutlich einen weiteren Schrei, der den geflügelten Geschöpfes übertönte. Er klang fast jämmerlich.

„Nein! Nein! Weg! Runter von mir! Ich bin kein Leckerbissen, den du dir einfach schnappen kannst!"

Vereesa und Falstad eilten auf die zunehmend verzweifelter klingenden Rufe zu. Wen immer der Greif in die Ecke getrieben hatte, er stellte kaum noch eine Bedrohung dar. Die Stimme erinnerte die Elfe an jemanden, aber sie konnte nicht sagen, an wen.

„Zurück!", befahl Falstad schließlich seinem Reittier. „Zurück, sage ich! Gehorche!"

Die Kreatur, halb Vogel, halb Löwe, schien zunächst nicht

geneigt, auf ihn zu hören und war offenbar der Auffassung, dass sie, was sie gefangen hatte, auch behalten dürfe – zumindest aber, dass die Beute nicht vertrauenswürdig genug sei, um freigelassen zu werden. Aus der Dunkelheit, genau unterhalb des schnabelbewehrten Kopfes, ertönte ein Wimmern. Ein eindeutig *menschliches* Gejammer.

Konnte es sein, dass ein Kind hier draußen, mitten in Khaz Modan, mutterseelenallein herumstreifte? Sicher nicht. Die Orks hatten dieses Gebiet seit Jahren fest in ihrer Hand. Wo hätte ein solches Kind herkommen sollen?

„Bitte, o bitte, o bitte! Rettet den unbedeutenden armen Kerl vor diesem Monster ...*Pfui!* Was für einen Atem es hat!"

Die Elfe erstarrte. Kein Kind sprach auf solche Weise.

„Zurück, verdammt!" Falstad versetzte seinem Reittier einen kräftigen Schlag aufs Hinterteil. Das Tier schlug einmal mit den Flügeln, stieß ein kehliges Kreischen aus und ließ dann schließlich von seiner Beute ab.

Eine kleine, drahtige Gestalt sprang auf und machte sich sofort daran, in die entgegengesetzte Richtung zu flüchten. Doch die Waldläuferin bewegte sich noch schneller, sprang vor und packte den ungebetenen Besucher an – wie Vereesa verwundert feststellte – einem seiner langen Ohren.

„Autsch! Bitte nicht weh tun! Bitte nicht weh tun!"

„Was haben wir denn da?", murmelte der Greifenreiter, der zu ihnen trat. „Ich habe noch nie etwas so kläglich quieken hören. Stellt es ruhig, oder *ich* werde es tun. Es wird jeden Ork im Umkreis aufschrecken!"

„Du hast gehört, was er gesagt hat", drohte die Elfe der sich windenden Gestalt. „Sei endlich still!"

Ihr unerwünschter Gast verstummte.

Falstad griff in seinen Beutel. „Ich habe hier etwas, das uns helfen mag, Licht in diese Angelegenheit zu bringen, meine Elfendame – auch wenn ich der Ansicht bin, dass ich bereits weiß, was für eine Art von Strauchdieb wir erwischt haben."

Er zog einen kleinen Gegenstand hervor, den er, nachdem er seinen Hammer zur Seite gelegt hatte, zwischen den kräftigen Handflächen rieb. Unter der Behandlung begann der Gegenstand schwach zu leuchten. Nach einigen Augenblicken nahm das Leuchten zu und enthüllte schließlich einen Kristall.

„Ein Geschenk von einem toten Kameraden", erklärte Falstad. Er richtete den glühenden Kristall auf ihren Gefangenen. „Nun lasst uns sehen, ob ich Recht hatte ... aye, genau wie ich es mir *dachte*!"

Auch Vereesa sah ihre Ahnung bestätigt. Sie und der Zwerg hatten keineswegs ein Menschenkind, sondern eines der unzuverlässigsten Geschöpfe auf Erden eingefangen: einen Goblin.

„Hast wohl hier herumspioniert, hm?" grollte der Begleiter der Waldläuferin. „Vielleicht sollten wir dich hier und jetzt einfach aufspießen und vorbei wäre die Sache!"

„Nein, nein, bitte! Der Unwürdige ist kein Spion! Kein Ork-Freund bin ich! Habe nur Befehlen gehorcht!"

„Was hast du denn hier draußen zu schaffen?"

„Verstecken! Verstecken! Sah einen Drachen wie die Nacht! Drachen versuchen, Goblins zu fressen, wisst Ihr?" Die hässliche grüne Kreatur erklärte es, als sollte es tatsächlich jedem klar sein.

Ein Drachen wie die Nacht? „Einen schwarzen Drachen, meinst du?" Vereesa zog den Goblin näher zu sich heran. „Du hast ihn gesehen? Wann?"

„Nicht lang her! Kurz vor der Dunkelheit!"

„Im Himmel oder auf dem Boden?"

„Boden! Er ..."

Falstad blickte sie an. „Ihr könnt dem Wort eines Goblins nicht trauen, meine Elfendame. Sie wissen gar nicht, was der Unterschied zwischen Wahrheit und Lüge ist."

„Ich werde ihm dennoch glauben – wenn er mir eine Frage beantworten kann. Goblin, war dieser Drache allein oder, wenn nicht, *wer* war bei ihm?"

„Will nicht über goblinfressende Drachen sprechen!", begann er, doch ein Antippen mit Vereesas Klinge ließ die Worte regelrecht aus ihm heraussprudeln. „Nicht allein, nicht allein! War jemand bei ihm. Vielleicht zum Fressen, aber erst zum Sprechen! Hörte nicht zu. Wollte nur fort. Mag keine Drachen und mag keine Zauberer …"

„Zauberer?", platzten beide, die Elfe und Falstad, gleichzeitig heraus. Vereesa versuchte, ihre aufkeimende Hoffnung unter Kontrolle zu halten. „Sah er gesund aus, dieser Zauberer? Unverletzt?"

„Ja …"

„Beschreibe ihn."

Der Goblin wand sich und strampelte mit seinen mageren kleinen Armen und Beinen. Doch Vereesa ließ sich von den spindeldürr aussehenden Gliedmaßen nicht täuschen. Goblins konnten sich in todbringende Kämpfer verwandeln, die eine Kraft und Gerissenheit an den Tag legten, mit der sie ihr mickriges Erscheinungsbild Lügen straften.

„Rotbehaart und arrogant. Groß und in dunkles Blau gekleidet. Weiß keinen Namen. Hörte keinen Namen."

Nicht unbedingt eine genaue Beschreibung, aber in jedem Fall ausreichend. Wie viele hoch gewachsene, rothaarige Zauberer, in ein dunkelblaues Gewand gekleidet, mochte es hier wohl geben, vor allem in der Gesellschaft von Deathwing?

„Das klingt nach unserem Freund", erwiderte Falstad mit einem Grunzen. „Es scheint, als solltet Ihr Recht behalten."

„Wir müssen ihm nach."

„Bei Dunkelheit? Erstens, meine Elfendame, habt Ihr noch kein bisschen geschlafen, und zweitens, selbst wenn uns die

Dunkelheit Schutz und Deckung verheißt, erschwert sie auch immens jede Orientierung – selbst wenn es gilt, etwas so Gewaltiges wie einen Drachen zu finden!"

Auch wenn sie die Jagd am liebsten sofort wieder aufgenommen hätte, sah Vereesa doch ein, dass die Einwände des Zwergs Sinn machten. Aber bis zum Morgen warten? Ihnen würde wertvolle Zeit verloren gehen …

„Ich brauche nur ein paar Stunden, Falstad. Gewährt mir diese, danach können wir uns wieder auf den Weg machen."

„Es wird noch immer dunkel sein … und, nur für den Fall, dass Ihr es vergessen habt: So groß er auch sein mag, Deathwing ist schwarz wie … wie die Nacht!"

„Aber wir müssen doch gar nicht mehr nach ihm suchen." Sie lächelte. „Wir wissen doch schon, wo er gelandet ist … oder wenigstens einer von uns hier weiß dies."

Beide blickten den Goblin an, der sich sichtlich wünschte, ganz woanders zu sein.

„Woher wissen wir, ob wir ihm trauen können? Es ist bei weitem keine Mär, dass diese kleinen grünen Diebe notorische Lügner sind."

Die Waldläuferin hielt die scharfe Spitze ihres Schwertes an die Kehle des Goblins. „Weil er zwei Möglichkeiten hat: Entweder zeigt er uns, wo Deathwing und Rhonin gelandet sind, oder ich verarbeite ihn zu Drachenfutter."

Falstad grinste. „Ihr glaubt, dass Deathwing einen wie ihn verdauen könnte?"

Ihr kurz geratener Gefangener zitterte, und seine unruhigen gelben, pupillenlosen Augen weiteten sich in blankem Entsetzen. Ungeachtet der Schwertspitze begann der Goblin wild auf und ab zu hüpfen. „Zeige es Euch mit Freuden! Wirklich mit Freuden! Angst vor Drachen völlig vergangen! Werde Euch führen und zu Eurem Freunde bringen!"

„Schön ruhig, ja?" Die Waldläuferin packte die tückische

Kreatur noch etwas härter an. „Oder muss ich dir die Zunge herausschneiden?"

„Verzeiht, verzeiht, verzeiht ...", bettelte ihr neuer Begleiter und beruhigte sich langsam. „Tut dem Elenden kein Leid an, bitte ..."

„*Pah*! Das ist vielleicht ein trauriges Exemplar von einem Goblin, das wir hier aufgegabelt haben."

„So lange er uns den Weg zeigt."

„Armer Kerl wird Euch gut dienen, Herrin! Gut, gut!"

Vereesa dachte nach. „Wir müssen ihn zunächst fesseln ..."

„Ich schnüre ihn auf mein Reittier. Das sollte den stinkenden Nager unter Kontrolle halten."

Auf diesen letzten Vorschlag hin wirkte der Goblin noch geschlagener als zuvor, und die silberhaarige Waldläuferin empfand beinahe so etwas wie Mitleid für das smaragdgrüne Geschöpf. „In Ordnung, aber sorge dafür, dass der Greif ihm nichts antut."

„So lange er sich zu benehmen weiß ..." Falstad sah den Gefangenen an.

„Trauriges Exemplar wird sich benehmen, ganz, ganz ehrlich und wahrhaftig ...!"

Dadurch, dass sie die Klinge von seinem Hals löste, versuchte Vereesa den Goblin ein wenig zu beruhigen. Vielleicht konnte sie mit Höflichkeit mehr aus dem unglückseligen Wesen herausholen als mit ständiger Bedrohung. „Führe uns, wohin wir möchten, und wir werden dich frei lassen, bevor Gefahr besteht, dass dich der Drache frisst. Du hast mein Wort darauf." Sie hielt inne. „Hast du einen Namen, Goblin?"

„Ja, Herrin, ja!" Der überdimensionale Kopf tanzte auf und nieder. „Mein Name ist *Kryll*, Herrin, *Kryll*!"

„Nun, Kryll, tu was ich sage, und alles wird gut werden. Hast du das verstanden?"

Der Goblin sprang aufgeregt hin und her. „O ja, ja, ich verstehe gut, Herrin. Und ich versichere Euch, der Elende wird Euch genau dorthin bringen, wohin Ihr wollt!" Er schenkte ihr ein irres Grinsen. „Das verspreche ich Euch ..."

ELF

Nekros berührte die *Dämonenseele* und versuchte, damit seinen nächsten Zug in entscheidender Weise zu beeinflussen. Der Ork-Kommandant hatte den größten Teil der Nacht keinen Schlaf gefunden. Der Umstand, dass Torgus von seiner Mission nicht zurückgekehrt war, zehrte an den Nerven des älteren Kriegers. Hatte er versagt? Waren beide Drachen umgekommen? Wenn ja, welche Art von Streitkräften hatten die Menschen da entsandt, um Alexstrasza zu retten? Eine Armee von Greifenreitern mit Zauberern im Schlepptau? Sicherlich konnte nicht einmal die Allianz solch ein Kontingent entbehren, nicht unter Berücksichtigung des Krieges im Norden und der internen Streitereien …

Er hatte versucht, Zuluhed mit seinen Sorgen zu erreichen, doch der Schamane hatte nicht auf sein magisches Sendschreiben geantwortet. Der Ork wusste, was das bedeutete: Die Dinge standen anderorts dermaßen schlecht, dass Zuluhed keine Zeit erübrigen konnte für das, was sich höchstwahrscheinlich nur als eine aus der Luft gegriffene Befürchtung seines Untergebenen erweisen würde. Der Schamane erwartete von Nekros, dass er wie jeder gute Ork-Krieger handelte, mit Entschlossenheit und Selbstvertrauen … was den verkrüppelten Offizier genau zum Ausgangspunkt seiner Überlegungen zurückbrachte.

Die *Dämonenseele* ließ ihn über große Macht gebieten, aber Nekros wusste, dass er nicht einmal einen Bruchteil ihres wahren Potentials verstand. Genau genommen ließ den Ork sein Grad an Unwissenheit daran zweifeln, ob er es überhaupt wagen durfte, das Artefakt zu mehr einzusetzen, als er es bisher getan hatte. Zuluhed wusste bis heute nicht, was er seinem Untergebenen da anvertraut hatte. Dem Wenigen zufolge, das Nekros im Zuge seiner eigenen Studien herausgefunden hatte, barg die *Dämonenseele* solch unglaubliche Kraft in sich, dass sie, mit Klugheit eingesetzt, wahrscheinlich imstande gewesen wäre, die gesamten Streitkräfte der Allianz zu vernichten, die, wie der Ork-Offizier wusste, in den nördlichen Regionen von Khaz Modan aufmarschierten.

Der Haken war nur, dass die Scheibe bei fahrlässigem Gebrauch ebenso gut ganz Grim Batol vernichten konnte.

„Gib mir eine scharfe Axt und zwei gesunde Beine, und ich würde dich mit Freuden in den nächsten Vulkan schleudern!", murmelte er zu dem goldenen Artefakt.

In diesem Moment polterte ein lädiert aussehender Krieger in sein Quartier und ignorierte den plötzlich ungehaltenen Blick seines Kommandanten. „Torgus kehrt zurück."

Endlich einmal gute Neuigkeiten! Der Kommandant atmete erleichtert aus. Wenn Torgus zurückkehrte, war zumindest eine Bedrohung gebannt. Nekros sprang regelrecht von seiner Bank auf. Hoffentlich hatte Torgus wenigstens einen Gefangenen machen können. Zuluhed würde dies erwarten. Ein wenig Folter, und der wimmernde Mensch würde ihnen ohne Zweifel alles erzählen, was sie über die drohende Invasion aus dem Norden wissen mussten. „Endlich. Wie lange wird es bis zu seiner Ankunft noch dauern?"

„Ein paar Minuten. Mehr nicht." Der andere Ork setzte eine besorgte Miene auf sein hässliches Gesicht, aber Nekros überging es, begierig darauf, den mächtigen Drachenreiter willkommen zu heißen. Wenigstens Torgus hatte ihn nicht im Stich gelassen.

Er legte die *Dämonenseele* beiseite und eilte so schnell er konnte zu der weitläufigen Höhle, in der die Drachenreiter für gewöhnlich landeten oder abflogen. Der Krieger, der die Nachricht überbracht hatte, folgte ihm seltsam schweigend. Nekros jedoch begrüßte dieses Schweigen in seiner momentanen Stimmung. Die einzige Stimme, die er hören wollte, war die von Torgus, wenn er ihm die Nachricht vom großen Sieg über die Fremden überbrachte.

Einige andere Orks, unter ihnen die meisten der noch lebenden Drachenreiter, erwarteten Torgus bereits am breiten Eingang der Höhle. Nekros runzelte die Stirn über diesen Mangel an Ordnung, doch er wusste, dass sie, genau wie er, sehnsüchtig auf die triumphale Ankunft ihres Helden warteten.

„Macht Platz! Macht Platz!" Er drängte sich durch die Reihen der Anwesenden und starrte hinaus in das fahle Licht kurz vor Sonnenaufgang. Zunächst konnte er keinen einzigen Drachen ausmachen. Der Wachposten, der die bevorstehende Ankunft verkündet hatte, musste mit den schärfsten Augen unter allen Orks gesegnet sein. Dann aber ... nach und nach ... entdeckte Nekros eine dunkle Gestalt in der Ferne, die an Größe gewann, während sie sich näherte.

Nur eine? Der Ork mit dem Holzbein grunzte. Ein weiterer schwerer Verlust, aber einer, mit dem er leben konnte, jetzt da die Bedrohung besiegt war. Nekros vermochte nicht zu sagen, welcher Drache da heimkehrte, aber wie die anderen, erwartete er, dass es sich um Torgus mit seinem Reittier handelte. Niemand war in der Lage, den größten Helden von Grim Batol zu bezwingen.

Und doch ... als die Umrisse deutlicher wurden, bemerkte Nekros, dass der Drache in üblem Zustand war, dass seine Flügel zerfetzt wirkten und sein Schwanz praktisch nutzlos herabhing. Blinzelnd erkannte er, dass der Leviathan zwar von einem Reiter gelenkt wurde, doch dieser Reiter saß halb zusammengesunken im Sattel, als sei er kaum noch bei Bewusstsein.

Ein unangenehmes Kribbeln kroch über den Rücken des Kommandanten.

„Zur Seite!", schrie er. „Zur Seite! Er wird viel Platz zum Landen brauchen!"

Tatsächlich erkannte Nekros, während er zurückwich, dass Torgus' Reittier vermutlich fast den ganzen Platz der weiten Kammer benötigen würde. Je näher der Drache kam, desto mehr wurden seine unberechenbaren Flugmanöver offenbar. Einen kurzen Moment lang dachte Nekros sogar, der Leviathan könnte gegen die Felswand prallen, so unsicher waren seine Bewegungen. Mit letzter Kraft, und vermutlich nur durch den Ansporn seines Lenkers, gelang es dem roten Ungeheuer in den Hort heimzukehren.

Mit einem Krachen landete der Drache zwischen ihnen.

Die Orks brüllten vor Überraschung und Bestürzung, als das verwundete Tier vorwärts rutschte, unfähig seine Trägheit auszugleichen. Ein Krieger wurde zur Seite geschleudert, als ein Flügel ihn streifte. Der Schwanz pendelte hin und her, schlug gegen die Wände und ließ Gesteinsbrocken von der Decke regnen. Nekros presste sich gegen eine Wand und biss die Zähne zusammen. Überall wirbelte Staub auf.

Plötzlich erfüllte Stille die Kammer, eine Stille, die dem verkrüppelten Offizier und denjenigen, die es geschafft hatten, dem Drachen aus dem Weg zu gehen, bewusst machte, dass es die riesenhafte Kreatur letztendlich nur noch bis zu ihrer Schlafstelle geschafft hatte, um dort ... zu sterben.

Anders jedoch ihr Reiter. Eine Gestalt erhob sich aus dem Staub, schwankend zwar, doch nach wie vor eine eindrucksvolle Erscheinung, die sich von dem riesigen Kadaver losband und seitlich herabglitt, um fast in die Knie zu gehen, als sie den Boden erreichte. Sie spuckte Blut und Dreck aus und blickte sich dann um, so gut sie es vermochte, suchte ... suchte ...

... und fand Nekros.

„Wir sind verloren!", keuchte der Tapferste und Stärkste der Drachenreiter. „Wir sind verloren, Nekros!"

Torgus' gewohnte Arroganz war durch etwas anderes ersetzt worden, etwas, das sein Kommandant mit einiger Verzögerung als tiefe Niedergeschlagenheit begriff. Torgus, der stets geschworen hatte, kämpfend unterzugehen, wirkte auf furchtbare Weise geschlagen.

Nein! Nicht er! Der ältere Ork humpelte so schnell er konnte zu seinem Helden hin, und seine Miene verfinsterte sich. „Schweig! Kein Wort mehr davon! Du bist eine Schande für die Clans! Du bist eine Schande für dich selbst!"

Torgus stützte sich so gut er es vermochte auf sein totes Reittier. „Schande? Ich bin keine Schande, Alter! Ich habe nur die Wahrheit gesprochen ... und die Wahrheit ist, dass es für uns keine Hoffnung mehr gibt! Nicht hier jedenfalls!"

Nekros packte den Reiter an den Schultern und schüttelte ihn ungeachtet der Tatsache, dass der andere Ork größer und schwerer als er selbst war. „Sprich! Was veranlasst dich zu diesen verräterischen Worten?"

„Schau mich an, Nekros. Schau dir meinen Drachen an. Weißt du, wer dafür verantwortlich ist? Weißt du, gegen *wen* wir kämpften?"

„Eine Armada von Greifen? Ein Heer von Zauberern?"

Blutspritzer bedeckten die einst so glänzenden Ehrenabzeichen, die noch immer an Torgus' Brust geheftet hingen. Der Drachenreiter versuchte zu lachen, wurde aber von einem Hustenanfall geschüttelt. Nekros wartete ungeduldig.

„Das wäre ... wäre ein ausgeglichenerer Kampf gewesen, wenn ich das sagen darf! Nein, wir sahen nur eine Handvoll Greife ... vielleicht Lockvögel. Es muss so sein! Es waren zu wenige, um eine schlagkräftige Streitmacht darzustellen ..."

„Vergiss es! Wer ist hierfür verantwortlich?"

„Wer?" Torgus blickte an seinem Kommandanten vorbei auf seine Kriegskameraden. „Der Tod selbst ... der Tod in Gestalt eines schwarzen Drachen!"

Bestürzung breitete sich unter den Orks aus. Selbst Nekros versteifte sich bei den Worten. „Deathwing?"

„Ja, und er kämpfte für die *Menschen*! Er kam aus den Wolken, just als ich einen der Greife herausforderte. Wir sind ihm nur knapp entkommen."

Es konnte nicht sein ... und doch ... es *musste* wahr sein. Torgus würde keine solch haarsträubende Lüge erfinden. Wenn er sagte, dass Deathwing dies angerichtet hatte – und die gerissenen Wunden, welche den riesigen Kadaver bedeckten, verliehen seinen Worten einiges an Glaubwürdigkeit –, dann *war* Deathwing der Verantwortliche für all dies.

„Erzähl mir mehr! Lass keine Einzelheit aus!"

Trotz seines Zustandes kam der Reiter der Aufforderung nach und berichtete, wie er und der andere Ork eine scheinbar unbedeutende Gruppe angegriffen hatten. Vielleicht ein Spähtrupp. Torgus hatte verschiedene Zwerge ausgemacht, eine Elfe und mindestens einen Zauberer. Schnelle Beute, zumindest hatten sie dies geglaubt, bis einer der menschlichen Krieger im Alleingang den zweiten Drachen besiegt hatte.

Doch selbst zu diesem Zeitpunkt hatte Torgus noch keine weitergehenden Schwierigkeiten erwartet. Der Zauberer hatte sich als nur vorübergehender Störfaktor erwiesen, denn er war im Verlauf des Kampfes plötzlich verschwunden, höchstwahrscheinlich in den Tod gestürzt. Torgus hatte sich der Gruppe genähert, um die Sache zu beenden.

In diesem Moment hatte Deathwing eingegriffen. Und er hatte leichtes Spiel mit Torgus' Drachen gehabt, der sich anfänglich sogar den Befehlen seine Lenkers widersetzt und den Kampf gegen alle Vernunft *gesucht* hatte. Selbst kein Feigling, hatte Torgus dennoch sehr wohl die Aussichtslosigkeit eines Kampfes gegen den gepanzerten Giganten erkannt. Wieder und wieder hatte er sein Reittier während des Kampfes angebrüllt, abzudrehen. Erst als die Verletzungen des roten Drachen zu massiv wurden, hatte es schließlich gehorcht und war geflohen.

Während er der Geschichte lauschte, nahmen Nekros' schlimmste Albträume Gestalt an. Der Goblin Kryll hatte mit seiner Warnung Recht behalten, dass die Allianz plante, die Drachenkönigin aus der Gefangenschaft der Orks zu befreien, doch der elende Winzling hatte es entweder nicht gewusst oder nicht für nötig erachtet, seinen Meister über die Kräfte in Kenntnis zu setzen, die für die Mission auf den Weg gebracht worden waren. Irgendwie hatten die Menschen das Undenkbare vollbracht – einen Pakt mit dem einzigen Geschöpf zu schließen, das beide Seiten sowohl achteten, als auch fürchteten.

„Deathwing ...", murmelte er.

Doch warum verschwendeten sie die Möglichkeiten des gepanzerten Leviathans für eine solche Mission? Sicherlich traf Torgus' Annahme zu, dass es sich bei der Gruppe, der er begegnet war, um Späher oder Lockvögel gehandelt hatte. Wahrscheinlich folgte ihnen eine weit größere Streitmacht auf dem Fuß.

Und plötzlich ergab für Nekros alles einen Sinn.

Er drehte sich zu den anderen Orks um und kämpfte um seine Fassung. „Die Invasion hat begonnen, aber sie betrifft nicht den Norden! Die Menschen und ihre Verbündeten marschieren zuerst gegen *uns*!"

Seine Krieger sahen einander voller Entsetzen an, denn sie wussten genau, dass sie es hier mit einer weit größeren Bedrohung zu tun hatten, als es sich irgendein Mitglied der Horde jemals hatte vorstellen können. Es war eine Sache, heldenhaft im Kampf zu sterben, und eine ganz andere, der sicheren Vernichtung ins Auge zu blicken.

Seine Schlussfolgerungen machten Sinn. Unerwartet von Westen her zuschlagen, den südlichen Teil von Khaz Modan erobern, die Drachenkönigin befreien oder abschlachten … Dadurch wäre den Resten der Horde im Norden, nahe Dum Algaz, ihre wichtigste Nachschubquelle genommen worden. Danach hätte man sich von Grim Batol aus langsam vorwärts bewegen können.

Eingekesselt zwischen den Angreifern aus dem Süden und denen, die sich von Dun Modr aus näherten, würden sich die letzten Hoffnungen des Ork-Volks zerschlagen und die Überlebenden in die bewachten, von den Menschen errichteten Reservate eingesperrt werden.

Zuluhed hatte ihm den Oberbefehl über alle Angelegenheiten übergeben, die den Berg und den darin gefangenen Drachen betrafen. Der Schamane hatte es nicht für nötig gehalten, auf Nekros' Nachfrage zu antworten. Er schien darauf zu vertrauen, dass dieser tat, was getan werden musste. Nun gut, Nekros würde ihn nicht enttäuschen.

„Torgus, lass dich zusammenflicken und schlaf ein wenig. Ich brauche dich später!"

„Nekros …"

„Gehorche!"

Die in Nekros' Augen schäumende Wut ließ selbst den Helden klein beigeben. Torgus nickte und machte sich, gestützt auf einen Kameraden, davon. Nekros richtete seine Aufmerksamkeit wieder auf die übrigen Orks. „Packt zusammen, was ihr benötigt, und ladet es auf die Wagen! Packt alle Eier in mit Heu ausgepolsterte Kisten … und haltet sie warm!" Seine Stimme stockte, als ginge im Geist eine Liste durch. „Seid darauf vorbereitet, alle Drachenjungen zu töten, die noch zu unbändig sind, um ausgebildet zu werden!"

Torgus blieb stehen. Er und die anderen Reiter starrten ihren Anführer mit unverhohlenem Grauen an. „Die Jungen *töten*? Aber wir brauchen ..."

„Wir brauchen alles, was *rasch transportiert* werden kann ... für den Fall, dass ..."

Der größere Ork blickte ihn an. „Für welchen Fall?"

„Für den Fall, dass ich es nicht schaffe, mit Deathwing fertig zu werden ..."

Sie stierten ihn an, als wäre ihm soeben ein zweiter Kopf gewachsen, oder als hätte er sich in einen Oger verwandelt.

„Mit Deathwing fertig werden?", knurrte einer der anderen Reiter.

Nekros suchte nach seinem Oberaufseher, jenem Ork, der ihm am häufigsten im Umgang mit der Drachenkönigin geholfen hatte. „Du! Komm mit mir! Wir müssen uns überlegen, wie wir die Mutter verlegen können!"

Torgus schien endlich zu verstehen, was vor sich ging. „Du hast vor, Grim Batol aufgeben! Du willst alles zur Front in den Norden schaffen!"

„Ja ..."

„Sie werden uns einfach folgen! Deathwing wird uns folgen!"

Der Ork mit dem Holzbein schnaubte. „Du hast deine Befehle ... oder bin ich auf einmal nur noch von jammernden Arbeitssklaven umgeben, statt von mächtigen Kriegern?"

Der Seitenhieb zeigte Wirkung. Torgus und die anderen strafften sich. Nekros mochte verkrüppelt sein, aber er hatte nach wie vor die Befehlsgewalt. Sie konnten nicht anders als gehorchen, ganz gleich, für wie verrückt sie sein Vorhaben einschätzten.

Er drängte sich an dem verwundeten Helden, drängte sich

an allen, die ihm im Weg standen, vorbei, während seine Gedanken sich überschlugen. Es war unbedingt notwendig, die Drachenkönigin ins Freie zu bekommen, und wenn es nur der Eingangsbereich dieser Höhle war. Damit wäre ihm bereits geholfen gewesen.

Er würde ebenso handeln, wie die Menschen gehandelt hatten. Den Köder auslegen ... Und sollte er versagen, mussten wenigstens die *Eier* Zuluhed erreichen. Selbst wenn nur *sie* überdauerten, war der Horde damit gedient. Sollte Nekros tatsächlich den Sieg erringen, und mochte es auch um den Preis seines Lebens sein, dann gab es für die Orks noch Hoffnung.

Eine kräftige Hand glitt zu dem Beutel, in dem die *Dämonenseele* lag. Nekros Skullcrusher hatte nach den Grenzen des mysteriösen Talismans gefragt – jetzt eröffnete sich ihm die Möglichkeit, sie selbst auszuloten.

Das schwache Licht der Morgendämmerung weckte Rhonin aus dem, wie ihm vorkam, tiefsten Schlaf, den er je erlebt hatte. Mühsam rappelte sich der Zauberer auf und blickte sich in dem Versuch, seine Umgebung zu erfassen, um. Ein Waldgebiet, nicht die Schänke, von der er geträumt hatte. Nicht die Schänke, in der er und Vereesa gesessen und sich unterhalten hatten über ...

Du bist wach, gut.

Die Worte tauchten ohne Vorwarnung in seinem Kopf auf und versetzten ihn beinahe in einen Schockzustand. Rhonin sprang auf die Füße und fuhr herum, ehe ihm endlich die Quelle bewusst wurde.

Er griff nach dem kleinen Medaillon, das ihm Deathwing in der Nacht zuvor ausgehändigt hatte und das nun an seinem Hals baumelte.

Ein schwaches Glühen ging von dem rauchschwarzen Kristall in seiner Mitte aus, und als Rhonin es anstarrte, kamen ihm die Ereignisse der letzten Nacht wieder ins Bewusstsein, auch das Versprechen, das der Leviathan ihm gegeben hatte. *Ich werde bei dir sein, um dich zu führen auf dem ganzen Weg,* hatte der Drache gesagt.

„Wo bist du?", fragte der Magier schließlich.

An einem anderen Ort, antwortete Deathwing. *Doch ich bin gleichzeitig bei dir.*

Der Gedanke ließ Rhonin schaudern, und er fragte sich, wieso er dem Angebot des Drachen zugestimmt hatte. Vermutlich, weil er nicht wirklich eine Wahl gehabt hatte.

„Was geschieht jetzt?"

Die Sonne geht auf. Mach dich auf den Weg.

Der Magier blickte argwöhnisch nach Osten, wo die Wälder von einer felsigen, ungastlichen Landschaft abgelöst wurden, die ihn, wie er von Landkarten her wusste, letztendlich nach Grim Batol führen würde und dort zu dem Berg, wo die Orks die Drachenkönigin gefangen hielten. Rhonin schätzte, dass ihm Deathwings Eingreifen mehrere Tagesreisen erspart hatte. Grim Batol konnte nur noch zwei, höchstens drei Tage entfernt sein, je nachdem, welches Marschtempo Rhonin vorlegte.

Er brach in die Richtung auf, in der er sein Ziel wähnte – doch nur, um augenblicklich von Deathwing gestoppt zu werden.

Das ist nicht der Weg, den du nehmen solltest.

„Warum nicht? Er führt direkt in die Berge."

Und in die Klauen der Orks, Mensch. Bist du solch ein Narr?

Rhonin spürte Zorn ob dieser Beleidigung in sich aufwallen, doch er hielt seine Antwort zurück. Stattdessen fragte er: „Wohin dann?"

Schau ...

Und im Geist des Menschen erschien ein Bild seiner momentanen Umgebung. Rhonin hatte kaum Zeit, den erstaunlichen Anblick zu verarbeiten, als bereits Bewegung in die Vision kam. Erst langsam, dann mit höherer und immer höherer Geschwindigkeit folgte sein Geist einem bestimmten Pfad, raste durch Wälder und tiefer in die felsige Landschaft hinein. Dort angekommen schlug er Haken und Sprünge, während es auf Schwindel erregende Art und Weise noch mehr beschleunigte. Felsen und Schluchten rauschten an ihm vorüber, Bäume verschwammen, während er sie passierte. In der Realität musste sich Rhonin am nächstbesten Baumstumpf festhalten, um von dem Geschehen in seinem Kopf nicht in die Knie gezwungen zu werden.

Die Hügel wurden höher, bedrohlicher und gingen schließlich in erste Bergausläufer über. Doch selbst hier verlangsamte die Fahrt nicht, bis sie sich plötzlich einem bestimmten Gipfel zuwandte, der den Zauberer trotz dessen Zögerns unwiderstehlich anzog.

Unterhalb der Bergspitze wurde Rhonins Blick so abrupt himmelwärts gerissen, dass er fast das Gleichgewicht verloren hätte. In seiner Vorstellung kletterte er den mächtigen Berg hinauf und nahm dabei, wie der Zauberer erkannte, sämtliche Felsvorsprünge und andere Halte in sich auf. Höher und höher ging es, bis er schließlich einen schmalen Höhleneingang erreichte …

… wo die Vision so unvermittelt endete, wie sie begonnen hatte, und einen aufgewühlten Rhonin zurückließ.

Das ist der Pfad, der einzige Pfad, der es dir erlauben wird, dein Ziel zu erreichen!

„Aber diese Route ist länger und führt durch gefährlichere Gegenden, als die, die ich nehmen wollte!" Dabei berücksichtigte er das schwierige Erklimmen der Felswand nicht einmal. Was einem Drachen als einfacher Weg erscheinen mochte, sah äußerst tückisch für einen Menschen aus, selbst wenn er mit der Gabe der Magie gesegnet war.

Du wirst Hilfe erhalten. Ich sagte nicht, dass du den ganzen Weg zu Fuß zurücklegen musst.

„Aber …"

Es wird Zeit, zu beginnen, beharrte die Stimme.

Rhonin setzte sich in Bewegung … Genau genommen begannen seine Beine ein Eigenleben zu entwickeln.

Dieser Zustand währte nur ein paar Sekunden, reichte aber völlig aus, um den Zauberer davon zu scheuchen. Als er die Kontrolle über sich zurückerlangte, wollte sich Rhonin nicht ein weiteres Mal ermahnen lassen, und so setzte er den eingeschlagenen Weg freiwillig fort. Deathwing hatte ihm eindrucksvoll demonstriert, wie stark die Verbindung zwischen ihnen war.

Der Drache sprach nicht wieder, aber Rhonin wusste, dass Deathwing irgendwo in seinem Hinterkopf lauerte. Bei aller Macht, die der schwarze Leviathan demonstriert hatte, schien er doch keine vollständige Kontrolle über Rhonin zu besitzen. Zumindest dessen Gedanken blieben seinem drakonischen Verbündeten dem Anschein nach verborgen. Ansonsten wäre Deathwing wohl genau in diesem Augenblick nicht sehr zufrieden mit dem Zauberer gewesen, denn dieser arbeitete bereits daran, eine Möglichkeit zu finden, sich vom Einfluss des Drachen zu befreien.

Seltsam, noch letzte Nacht war er mehr als bereit gewesen, das meiste von dem zu glauben, was ihm Deathwing erzählt hatte, selbst den Teil, der das Bedürfnis des Schwarzen betraf, Alexstrasza zu retten. Jetzt hingegen setzte sein gesunder Menschenverstand ein. Von allen Geschöpfen war Deathwing sicherlich dasjenige, das sich am wenigsten wünschte, seine größte Rivalin befreit zu sehen. Hatte er nicht den ganzen Krieg hindurch nach der Vernichtung ihrer Gattung gestrebt?

Doch Rhonin erinnerte sich, dass Deathwing auch diesen Punkt zum Ende ihrer Unterhaltung hin angesprochen hatte.

„Die Kinder von Alexstrasza wurden von Orks aufgezogen, Mensch. Sie wurden gegen alle anderen Geschöpfe abgerichtet. Ihre Freiheit könnte nicht ändern, wozu sie geworden sind. Sie würden weiterhin ihren Herren dienen. Ich töte sie, weil es keine andere Wahl gibt ... verstehst du das?"

Und zu jenem Zeitpunkt *hatte* Rhonin verstanden. Alles, was ihm der Drache letzte Nacht erzählt hatte, hatte so wahr geklungen. Doch bei Tage betrachtet, zweifelte der Zauberer an der Tiefe jener Wahrheiten. Deathwing mochte alles so gemeint haben, wie er es gesagt hatte, dies bedeutete jedoch nicht, dass es keine anderen, dunkleren Ursachen für sein Handeln gab.

Rhonin erwog, das Medaillon abzunehmen und einfach fortzuwerfen. Dies würde allerdings mit Sicherheit die Aufmerksamkeit seines unerwünschten Verbündeten auf sich ziehen, und es wäre ein Leichtes für Deathwing, ihn aufzuspüren. Der Drache hatte bereits bewiesen, wie schnell er sein konnte. Rhonin bezweifelte außerdem, dass der gepanzerte Gigant ihm noch als Freund begegnen würde, wenn er Deathwing zu einer Verfolgung zwang.

Im Augenblick konnte er nichts weiter tun, als dem vorgegebenen Pfad zu folgen. Rhonin fiel ein, dass er keine Vorräte bei sich hatte, nicht einmal einen Wasserschlauch, denn diese Dinge ruhten nun gemeinsam mit dem glücklosen Molok und dessen Greif auf dem Grund des Meeres. Deathwing hatte es offenbar nicht für nötig gehalten, den Zauberer mit irgendetwas auszustatten; die Nahrung und die Getränke, die ihm der Drache letzte Nacht gereicht hatte, schienen alles an Unterstützung zu sein, was Rhonin erwarten konnte.

Ununterbrochen marschierte Rhonin vorwärts. Deathwing wollte, dass er die Berge erreichte; so weit deckten sich seine

Ziele mit denen des Magiers. Irgendwie würde es Rhonin dorthin schaffen.

Während er sich durch das zunehmend tückischer werdende Terrain bewegte, konnte er nicht verhindern, dass seine Gedanken zu Vereesa zurückkehrten. Die Elfe hatte eine bewundernswerte Ausdauer bewiesen, doch mittlerweile war sie gewiss auf der Rückreise – wenn sie den Angriff überhaupt überlebt hatte. Bei dem Gedanken, dass die Waldläuferin umgekommen sein könnte, spürte Rhonin einen unerwarteten Kloß in seinem Hals. Er kam ins Straucheln, fing sich aber wieder. Nein, sie hatte ganz bestimmt überlebt, und der gesunden Elfenverstand hatte ihr geraten, nach Lordaeron und zu ihresgleichen zurückzukehren.

Ganz sicher ...

Rhonin hielt inne, denn plötzlich war er von dem dringenden Bedürfnis erfüllt, umzukehren. Er hegte den starken Verdacht, dass Vereesa *nicht* auf ihren gesunden Elfenverstand gehört, sondern vielmehr darauf bestanden hatte, ihre Mission fortzusetzen. Und vielleicht hatte sie sogar den schwer beeinflussbaren Falstad überzeugen können, sie nach Grim Batol zu fliegen. Wenn ihr nichts zugestoßen war, mochte Vereesa also immer noch an seiner Fährte kleben und langsam zu ihm aufholen.

Der Zauberer machte einen Schritt Richtung Westen, als ...

Mensch!

Rhonin schluckte einen Fluch hinunter, als Deathwings Stimme seinen Kopf erfüllte. Wie hatte der Drache so schnell aufmerksam werden können? Vermochte er die Gedanken des Magier etwa doch zu lesen?

Mensch ... Es ist Zeit, dass du dich ausruhst und isst.

„Was ... was meinst du?"

Du hast inne gehalten. Du hast dich nach Wasser und Nahrung umgeschaut, oder nicht?

„Ja." Er sah keinen Grund, dem Drachen die Wahrheit zu sagen.

Du bist nicht mehr weit davon entfernt. Wende dich erneut nach Osten und marschiere noch ein paar Minuten weiter. Ich werde dich leiten.

Rhonin hatte die Gelegenheit ungenutzt verstreichen lassen. Nun gehorchte er. Entlang des zerklüfteten Pfades erreichte er einen kleinen Flecken Grün mitten im Nirgendwo. Erstaunlich, wie sich selbst in den ungastlichsten Ecken von Khaz Modan das Leben behauptete. Schon für den Schatten, den er hier fand, war Rhonin seinem unerwünschten Verbündeten in diesem Augenblick dankbar.

In der Mitte des Hains wirst du finden, wonach es dich sehnt ...

Gewiss nicht *alles*, wonach es ihn sehnte, aber das konnte der Zauberer Deathwing nicht sagen. Trotzdem ging Rhonin schneller. Die Aussicht auf Nahrung und Wasser beschwingte ihn. Und ein paar Minuten Rast würden ihm sicher auch gut tun.

Die Bäume waren mit nur zwölf Fuß Höhe vergleichsweise klein gewachsen, boten aber ausreichend Schatten. Rhonin betrat den Hain und sah sich unverzüglich um. Sicher gab es hier einen Bach und vielleicht ein paar Früchte; was sonst konnte Deathwing ihm aus der Ferne anbieten?

Wie sich herausstellte, ein *Festessen*. Denn genau in der Mitte der bewaldeten Fläche erwartete Rhonin eine kleine Auswahl an Nahrung und Getränken, wie er sie hier nie und nimmer zu finden erhofft hätte. Gebratener Hase, frisches Brot, mundgerecht zerteilte Früchte und – er berührte das Trinkbehältnis voller Ehrfurcht – kühles Wasser.

Iss!, forderte ihn die Stimme des Drachen auf.

Rhonin gehorchte mit Vergnügen und stürzte sich auf das Überraschungsmahl. Der Hase war frisch zubereitet und vollendet gewürzt; dem Brot haftete noch der angenehme Ofengeruch an. Alle guten Manieren vergessend, trank er direkt aus dem Krug … und entdeckte, dass, obwohl der Behälter danach halbleer hätte sein sollen, er weiterhin randvoll blieb. Daraufhin stillte Rhonin seinen Durst ohne jede Zurückhaltung und im Bewusstsein, dass sich Deathwing um sein Wohlergehen kümmerte – solange der Zauberer nur bestrebt blieb, den Berg erreichte.

Auch mittels eigener Magie hätte er etwas beschwören können, doch das hätte ihn Kraft gekostet, die er vielleicht noch anderweitig brauchen würde. Davon abgesehen bezweifelte Rhonin, dass er in der Lage gewesen wäre, ein vergleichbar üppiges Mahl herbeizuzaubern, zumindest nicht ohne beträchtliche Anstrengung.

Früher als erhofft meldete sich Deathwing wieder. *Bist du gesättigt?*

„Ja … ja, das bin ich. Habt Dank."

Es wird Zeit, weiterzugehen. Du kennst den Weg.

Rhonin kannte den Weg. Genau genommen konnte er die gesamte Route, die ihm der Drache gezeigt hatte, vor seinem inneren Auge sehen. Deathwing hatte offenbar sichergehen wollen, dass seine Marionette nicht die falsche Richtung einschlug.

Da er ohnehin keine andere Wahl hatte, gehorchte der Zauberer. Er hielt nur noch so lange inne, um einen letzten Blick hinter sich zu werfen – gegen alle Vernunft hoffte er, in der Ferne einen vertrauten silbernen Haarschopf ausmachen zu können. Er war hin und her gerissen, denn gleichzeitig wünschte er sich, dass ihm weder Vereesa noch Falstad folgten. Duncan und Molok waren bereits im Zuge der Mission umgekommen, und zu viele andere Tode lasteten ebenfalls schon auf Rhonins Schultern.

Der Tag ging zur Neige. Als sich die Sonne dem Horizont

näherte, begann Rhonin die von Deathwing gewählte Route in Frage zu stellen. Er hatte nicht einen einzigen Wachposten zu Gesicht bekommen, geschweige denn dass er mit einem Ork konfrontiert worden wäre, über die Grim Batol mit Sicherheit noch immer verfügte. Genau genommen hatte er nicht mal einen einzelnen Drachen gesehen. Entweder patrouillierten sie nicht länger in den Lüften, oder der Zauberer bewegte sich bereits außerhalb ihres Wirkungskreises.

Die Sonne sank tiefer. Selbst ein zweites Mahl, wiederum von Deathwing herbeigezaubert, konnte Rhonin nicht froher stimmen. Als das letzte Tageslicht verging, blieb er stehen und versuchte, die sich vor ihm erstreckende Landschaft zu überblicken. Die einzigen Berge, die er ausmachen konnte, befanden sich immer noch viel zu weit entfernt. Es würde mehrere Tage dauern, ihre Ausläufer zu erreichen, ganz zu schweigen von der Gipfelregion, wo die Orks ihre Drachen hielten.

Nun, Deathwing hatte ihn bis zu diesem Punkt geführt, dann sollte er ihm auch erklären, wie er zu der Ansicht gelangt war, ein Mensch wie Rhonin könnte das angestrebte Ziel in absehbarer Zeit erreichen.

Er griff nach dem Medaillon, hielt den Blick jedoch weiterhin auf die fernen Berge gerichtet und sprach in die Luft: „Ich muss mit Euch reden."

Sprich!

Er hatte nicht wirklich geglaubt, dass diese Methode funktionieren würde. Bis jetzt war es stets der Drache gewesen, der den Kontakt hergestellt hatte, nicht umgekehrt. „Ihr sagtet, dieser Pfad würde mich zu den Bergen führen, doch wenn dem tatsächlich so ist, wird der Weg weit mehr Zeit in Anspruch nehmen, als ich mir leisten kann. Ich weiß nicht, wie Ihr glauben konntet, dass ich den Gipfel zu Fuß in angemessener Frist erreiche."

Wie ich bereits sagte, wirst du nicht die ganze Strecke auf derart primitive Weise zurücklegen müssen. Die Vision, die ich dir schickte, hatte nur den Zweck, dir einen sicheren Weg zu weisen und so zu helfen, nicht von selbigem abzukommen.

„Also *wie* soll ich den Gipfel erreichen?"

Geduld. Sie werden bald bei dir sein.

„Sie?"

Bleib, wo du bist. Das wird das Beste sein.

„Aber ..." Rhonin erkannte, dass Deathwing nicht länger bei ihm war. Erneut spielte der Zauberer mit dem Gedanken, sich das Medaillon vom Hals zu reißen und es zwischen die Felsen zu werfen – aber was hätte er davon gehabt? Rhonin musste so oder so den Hort der Orks erreichen.

Wen mochte Deathwing gemeint und angekündigt haben?

Plötzlich hörte er ein Geräusch; ein Geräusch, wie er es noch nie zuvor vernommen hatte. Sein erster Gedanke war, dass es ein Drache sein könnte, doch wenn das zutraf, handelte es sich um einen Drachen mit einer furchtbaren Magenverstimmung ...

Rhonin blickte in den dunkler werdenden Himmel und sah zunächst gar nichts. Dann weckte ein kurzer Lichtblitz seine Aufmerksamkeit, genau über ihm.

Rhonin fluchte, weil er befürchtete, dass Deathwing ihn in eine Falle gelockt hatte, um ihn den Orks auszuliefern. Wahrscheinlich stammte das Licht von irgendeiner Fackel oder einem Kristall in der Hand eines Drachenreiters.

Der Zauberer bereitete einen Spruch vor; kampflos würde er sich nicht ergeben, ganz gleich, wie sinnlos jeder Widerstand auch sein mochte.

Erneut blitzte das Licht auf, diesmal länger. Rhonin fand sich kurzzeitig angeleuchtet, was ein noch leichteres Ziel aus ihm machte für das, was in der Dunkelheit über ihm lauerte.

„Sagte dir doch, dass er sich hier herumtreibt!"

„Ich wusste es die ganze Zeit! Wollte nur sehen, ob *du* es auch wusstest!"

„Lügner! Ich wusste es, du nicht! Ich wusste es ganz allein!"

Der junge Magier verzog den Mund. Was für eine Sorte Drache stritt mit sich selbst in so geistloser Weise und noch dazu in diesem schrillen Tonfall?

„Pass auf die Lampe auf!", rief eine der Stimmen.

Der Lichtkegel sprang von Rhonin weg und zuckte aufwärts. Einen kurzen Moment erhellte der Strahl einen großen, ovalen Umriss – eine Stelle weit vorne an der sichtbar werdenden Konstruktion –, bevor er zum Heck huschte, wo der Zauberer eine rauchende, rülpsende Apparatur ausmachte, die einen Propeller am Ende des Ovals antrieb.

Ein Ballon!, erkannte Rhonin. *Ein Luftschiff!*

Er hatte bereits einmal eines dieser bemerkenswerten Fahrzeuge gesehen, zur Hochzeit des Krieges. Erstaunliche gasgefüllte Säcke von solch riesenhaften Ausmaßen, dass sie tatsächlich einen offenen Korb für zwei bis drei Fahrer anheben konnten. Im Krieg waren sie zur Auskundschaftung gegnerischer Truppen zu Lande, aber auch auf hoher See eingesetzt worden. Was Rhonin am meisten daran verblüffte, war nicht ihre schlichte Existenz, sondern dass sie von etwas anderem als Magie angetrieben wurden – von Öl und Wasser. Eine Maschine, die weder durch Magie erschaffen worden war, noch ihrer bedurfte, trieb den Ballon an; eine bemerkenswerte Apparatur, die den dazugehörigen Propeller ohne Einsatz von Manneskraft bewegte.

Das Licht kehrte zu Rhonin zurück und blieb diesmal an ihm haften. Die Lenker des fliegenden Ballons hatten ihn nun fest im Blick und offenbar nicht die Absicht, ihn wieder zu verlieren. Erst jetzt erinnerte sich der faszinierte Magier, welche Rasse sowohl die Genialität, als auch jenen Hauch von

Wahnsinn in sich vereinte, um ein derartiges Gefährt zu ersinnen.

Goblins – und Goblins dienten der Horde.

Er rannte auf die größeren Felsen zu und hoffte, sich wenigstens so lange verstecken zu können, bis er einen Zauber, der fliegenden Ballons angemessen war, aus dem Gedächtnis gekramt hatte, doch in diesem Augenblick hallte Deathwings vertraute Stimme durch seinen Kopf.

Bleib!

„Ich kann nicht. Da oben sind Goblins! Ich wurde von ihrem Luftschiff entdeckt. Sie werden die Orks alarmieren!"

Du wirst dich nicht vom Fleck weg bewegen!

Fortan weigerten sich Rhonins Beine, ihm weiterhin zu gehorchen. Sein Körper drehte sich um, dem phantastischen Ballon und seinen noch phantastischeren Piloten zu. Das Gefährt sank herab, bis es sich dicht über dem Kopf des unglückseligen Zauberers befand. Eine Strickleiter wurde über den Rand des Korbs geworfen und verfehlte Rhonin nur knapp.

Damit wäre dein Transportmittel also eingetroffen, eröffnete ihm Deathwing.

ZWÖLF

„Lord Prestors Krönung scheint fast unausweichlich", erstattete die schattenhafte Gestalt in der smaragdgrünen Kugel Krasus Bericht. „Er besitzt eine geradezu unglaubliche Überzeugungsgabe. Ihr habt Recht, er *muss* ein Zauberer sein."

Von der Mitte seines Sanktuariums aus blickte Krasus in die Kugel. „Es wird einiges an Beweisen erfordern, um die Monarchen zu überzeugen. Ihr Misstrauen gegenüber den Kirin Tor wächst von Tag zu Tag … und auch dahinter kann nur dieser Möchtegernkönig stecken."

Die ältere Sprecherin, ebenfalls Angehörige des Inneren Rats, nickte. „Wir haben begonnen, ihn zu überwachen. Die einzige Schwierigkeit ist, dass sich Prestor schwer lokalisieren lässt. Er scheint in der Lage zu sein, seinen Wohnsitz zu betreten und zu verlassen, wann immer er will, ohne dass wir es erfahren."

Krasus täuschte leichte Verblüffung vor. „Wie ist das möglich?"

„Wir wissen es nicht. Schlimmer noch, sein Schloss wird von ziemlich hässlichen Zaubersprüchen geschützt Wir hätten beinahe Drenden an eine dieser Überraschungen verloren."

Dass Drenden, der bärtige Magier mit der Baritonstimme, beinahe einer von einer von Deathwings Fallen den Garaus gemacht bekommen hätte, bestürzte Krasus für einen Augenblick. Trotz Drendens polternder Art, achtete der Drache die

Fähigkeiten des anderen Magiers. Drenden in einer Zeit wie dieser zu verlieren, konnte sich als folgenschwer erweisen.

„Wir müssen mit Bedacht fortfahren", drängte er. „Ich werde bald wieder mit Euch sprechen."

„Was plant Ihr, Krasus?"

„Einen Ausflug in die Vergangenheit des jungen Edelmannes."

„Ihr glaubt, dort werdet Ihr etwas Interessantes finden?"

Der vermummte Zauberer zuckte mit den Schultern. „Wir können nur darauf hoffen."

Er entließ ihr Bild und lehnte sich zurück, um nachzudenken. Krasus bedauerte, dass er die Ratsmitglieder in die Irre leiten musste, auch wenn es zu ihrem eigenen Besten war. Wenigstens würden ihre Einmischungen in Deathwings „weltliche" Angelegenheiten zur Folge haben, dass der Schwarze abgelenkt wurde. Das verschaffte Krasus etwas mehr Zeit. Er betete nur, dass sich niemand sonst so weit vorwagen würde, wie es Drenden getan hatte. Die Kirin Tor würden ihre ganze Stärke benötigen, falls sich die anderen Königreiche gegen sie wandten.

Sein eigener Ausflug zu Malygos hatte wenig zufriedenstellend geendet. Malygos hatte nur versprochen, über sein Anliegen nachzudenken. Krasus vermutete, dass der Große Drache glaubte, er könne sich um Deathwing kümmern, sobald ihm die rechte Zeit dafür gekommen schien. Der silberblaue Leviathan erkannte nicht, dass Zeit ein Luxus war, den sich keiner der Drachen im Moment leisten konnte. Wenn Deathwing nicht jetzt gestoppt werden konnte, würde es vielleicht nie gelingen.

Womit Krasus nur eine Wahl blieb, die ihm wenig behagte.

„Ich muss es tun …" Er musste die anderen Großen aufsuchen, die anderen *Kräfte*. Konnte er einen von ihnen überzeugen, mochte er auch von Malygos die versprochene Hilfe erhalten.

Dennoch, die Unterstützung der Träumenden zu erringen, war eine schwierige Sache. Krasus beste Erfolgsaussichten bestanden in einer Kontaktaufnahme mit dem Herren der Zeit – dessen Diener das Ansinnen des Zauberers jedoch bereits mehr als einmal abgewiesen hatten.

Aber was konnte er anderes tun, als es erneut zu versuchen?

Krasus erhob sich und eilte auf ein Regal zu, auf dem eine Menge Gegenstände seiner Profession in Phiolen und Flaschen angeordnet standen. Sein Blick huschte über Reihe um Reihe von Gläsern und glitt dabei über Substanzen und magische Artefakte, auf die andere Angehörige der Kirin Tor voller Neid geschaut und sich vermutlich mehr als nur neugierig gefragt hätten, wie er in den Besitz der betreffenden Dinge gekommen war. Wenn sie jemals erkannten, wie lange er bereits in den Künsten bewandert war ...

Da! Eine kleine Flasche, die eine einzelne vertrocknete Pflanze enthielt, ließ ihn inne halten.

Die *Ewigkeitsrose*. Nur an einem einzigen Platz auf der ganzen Welt war sie zu finden. Krasus hatte sie persönlich gepflückt, um sie seiner Herrin, seiner Liebe, zu schenken. Krasus hatte sie geschützt, als die Orks den Hort stürmten und, zu seiner völligen Verblüffung, sie und die anderen in die Gefangenschaft verschleppten.

Die *Ewigkeitsrose*. Fünf Blütenblätter von auffällig unterschiedlicher Farbgebung, die ein goldenes Rund in der Mitte umgaben. Als Krasus den Deckel der Flasche anhob, wurde ihm ein schwacher Duft entgegengetragen, der ihn unvermittelt an seine Jugendtage erinnerte. Mit einigem Zögern griff er hinein, nahm die verwelkte Blüte in die Hand ...

... und staunte, als in dem Moment, da seine schlanken Finger sie berührten, sie plötzlich zu ihrem legendären Glanz zurückfand.

Feuerrot. Smaragdgrün. Schneesilber. Tiefseeblau. Mitternachtsschwarz. Jedes Blütenblatt erstrahlte in einer Schönheit, wie sie nur Künstler erträumen konnten. Kein anderer Gegenstand konnte ihre natürliche Schönheit übertreffen, keine andere Blume hatte einen so wundervollen Duft.

Krasus hielt für einen Moment den Atem an, bevor er die wunderbare Blüte *zerquetschte*.

Er ließ die Teile in seine andere Hand fallen. Ein Kribbeln breitete sich bis zu den Fingern hin aus, aber der Drachenmagier beachtete es nicht. Er hielt die Überreste hoch über seinen Kopf und murmelte Worte der Macht – dann warf er das, was von der sagenumwobenen Rose übrig war, auf den Boden.

Doch als die zerdrückten Blüten den Stein berührten, verwandelten sie sich plötzlich in Sand, Sand, der sich über den ganzen Kammerboden ausbreitete, die Kammer selbst füllte, über sie *hinwegspülte*, alles bedeckte, alles zerfraß ...

... und Krasus unvermittelt in der Mitte einer endlosen, wirbelnden Wüste stehen ließ.

Solch eine Wüste jedoch hatte noch kein Sterblicher – oder Krasus – je erblickt. So weit das Auge reichte, lagen Reste von Gemäuern, zerbrochene und geschliffene Statuen sowie verrostete Waffen verstreut, und sogar – der Magier stand wie erstarrt davor – die halbvergrabenen Knochen eines riesenhaften Untiers, das zu Lebzeiten selbst Drachen zu *Zwergen* hätte verblassen lassen. Es gab auch Bauten, und obgleich man zunächst annehmen mochte, sie und all die Relikte um sie herum wären allesamt Teil ein und derselben Hochzivilisation, enthüllte ein zweiter Blick, dass kein Gebäude wirklich zum anderen gehörte. Ein schwankender Turm, wie er von den Menschen in Lordaeron hätte errichtet sein können, überschattete ein gewölbtes Bauwerk, das eindeutig den Zwergen zuzuordnen war. Etwas weiter entfernt zeugte ein Bogentempel mit eingestürztem Dach von Azeroths verlorenem Königreich. In

Krasus' Nähe stand eine eher düstere Heimstatt, die Unterkunft irgendeines Ork-Häuptlings.

Ein Schiff, groß genug für gut ein Dutzend Männer, stand auf einer Düne, die hintere Hälfte unter Sand begraben. Rüstungen aus der Regierungszeit des ersten Königs von Stromgard bedeckten eine andere, kleinere Düne. Die gebeugte Statue eines Elfen-Priesters schien für die Rüstungen und das Schiff letzte Gebete zu sprechen.

Ein eindrucksvolles, unheimliches Bild, das selbst Krasus inne halten ließ. Tatsächlich ähnelte die Szenerie um den Zauberer herum der makabren Antiquitätensammlung einer mächtigen Gottheit ... was gar nicht so weit an der Wahrheit vorbeiging.

Keines der Artefakte gehörte in dieses Reich, genau genommen hatte kein Volk, keine Zivilisation hier jemals das Licht der Welt erblickt. All die Wunder, die sich vor dem Zauberer offenbarten, waren äußerst akribisch und über einen Zeitraum von zahllosen Jahrhunderten von überall auf der Welt hier zusammengetragen worden. Krasus traute kaum seinen Augen, denn allein das Ausmaß des Unterfangens brachte seine Vorstellungskraft ins Wanken. So viele unglaublich massiv, so viele unglaublich zerbrechlich Relikte räumlich zu versetzen ...

Doch ungeachtet all dessen, ungeachtet der Sensation, die sich seinen Augen bot, erwachte leichte Ungeduld in Krasus, während er wartete. Und wartete. Und immer länger wartete, ohne das geringste Zeichen dafür, dass irgendjemand seine Anwesenheit zur Kenntnis genommen hatte.

Seine Geduld, bereits durch die Ereignisse der vergangenen Wochen strapaziert, gelangte schließlich an ihr Ende.

Er richtete seinen Blick auf die steinernen Züge einer mächtigen Statue, halb Mensch, halb Stier, deren linker Arm nach vorne stieß, als fordere sie den Besucher auf, wieder zu gehen, und rief aus: „Ich weiß, dass Ihr hier seid, Nozdormu! Ich weiß es! Ich muss mit Euch sprechen!"

In dem Augenblick, da der Drachenmagier verstummte, kam Wind auf, wirbelte Sand durch die Luft und nahm ihm die Sicht. Krasus hielt dem ausgewachsenen Sandsturm stand, der unvermittelt über ihn hinwegfegte. Der Wind heulte so laut, dass der Magier sich die Ohren zuhalten musste. Der Sturm schien entschlossen, ihn hochzuheben und fortzuschleudern, doch der Zauberer kämpfte dagegen an und setzte sowohl Magie, als auch seine Körperkraft ein, um an Ort und Stelle zu bleiben. Er würde nicht weichen, nicht bevor er gesprochen hatte!

Schließlich schien der Sandsturm zu erkennen, dass er ihn nicht abschrecken konnte. Er entfernte sich von ihm und richtete seine Wucht nun gegen eine nicht weit entfernte Düne. Ein Staubtrichter stieg auf, und ragte bald höher und höher in den Himmel.

Der Trichter nahm Gestalt an ... die Gestalt eines Drachen. Groß wie Malygos, bewegte und streckte die sandige Schöpfung ihre graubraunen Schwingen. Der Sand fuhr fort, die Ausmaße des Drachens zu vergrößern, doch es war ein Sand, der scheinbar mit Goldstaub vermischt war, denn mehr und mehr glitzerte der Leviathan, der sich vor Krasus formte, im gleißenden Licht der Wüstensonne.

Der Wind verebbte, dennoch verlor der drachenartige Gigant nicht ein einziges Sand- oder Goldkorn. Die Schwingen schlugen kräftig, und der Hals reckte sich empor. Augenlider öffneten sich und enthüllten funkelnde Edelsteine von der Farbe der Sonne.

„*Korialstraszzzz ...!*", spie der sandige Drache hervor. „Du wagssst es, meine Ruhe zu stören? Du wagssst es, meinen *Frieden* zu stören?"

„Ich wage es, weil ich es muss, o großer Herr der Zeit!"

„Titel werden meinen Zorn nicht besssänftigen ... Es wäre das Beste, wenn du gehst ..." Die Edelsteine loderten hell auf. „... wenn du *jetzt* gehst!"

„Nein! Nicht, bevor ich zu Euch über eine Gefahr sprechen konnte, die alle Drachen betrifft! Alle Lebewesen!"

Nozdormu schnaubte. Eine Wolke aus Sand hüllte Krasus ein, doch seine Magie schützte ihn. Man konnte nie sicher sein, welcher Zauber im Reich von Nozdormu jedem noch so kleinen Sandkorn innewohnte. Ein wenig Sand mochte bereits ausreichen, um die Geschichte eines Drachen namens Korialstrasz umzugestalten. Krasus würde einfach aufhören zu existieren, und nicht einmal seine geliebte Herrin würde sich mehr an ihn erinnern.

„Drachen, sagst du? Wasss geht dich das an? Ich sehe nur einen Drachen hier und das issst sicherlich nicht der sterbliche Zauberer Krasusss – nicht mehr! Fort mit dir! Ich will zu meiner Sammlung zurückkehren! Du hast bereits zu viel meiner kossstbaren Zeit verschwendet!" Eine Schwinge strich behutsam über die Statue des Stiermannes. „Ssso viel zu sammeln, ssso viel zu ordnen ..."

Es machte Krasus plötzlich wütend, dass sein Gegenüber, einer der Größten der fünf *Kräfte*, durch den die Zeit selbst strömte, dass dieser Drache sich nicht darum scherte, was in Gegenwart oder Zukunft geschah. Nur seine wertvolle Sammlung aus der Vergangenheit der Welt bedeutete dem Leviathan etwas.

Er sandte seine Diener aus, um zusammenzutragen, was immer sie finden konnten – nur, damit ihr Herr sich mit dem umgeben konnte, was einst gewesen war – und um das zu ignorieren, was war oder sein würde.

Nur, damit er auf seine ganz eigene Weise das Ende ihrer Art übergehen konnte, genau wie es auch Malygos tat.

„Nozdormu!", schrie Krasus und forderte damit erneut die

Aufmerksamkeit des glitzernden Sanddrachens ein. „Deathwing lebt!"

Zu seinem Entsetzen nahm Nozdormu diese schreckliche Nachricht ohne besondere Regung auf. Der goldbraune Gigant schnaubte erneut und schickte der kleineren Gestalt eine zweite Sandwolke entgegen. „Ja ...*und*?"

Betroffen platzte es aus Krasus heraus: „Ihr ... wisst es bereits?"

„Eine Frage, die nicht einmal eine Antwort wert issst. Nun, wenn es nichts anderes gibt, womit du mich belästigen willst, issst die Zeit für deine Abreise gekommen." Der Drache hob den Kopf, und seine Juwelenaugen loderten auf.

„Wartet!" Auch noch den letzten Hauch von Würde aufgebend, schwenkte der Zauberer seine Arme hin und her. Zu seiner Erleichterung hielt Nozdormu inne, brach den Zauber ab, den er hatte anwenden wollen, um sich des lästigen Wurms zu entledigen. „Wenn Ihr wisst, dass der Dunkle lebt, wisst Ihr auch, was er beabsichtigt! Wie könnt Ihr das übergehen?"

„Weil, wie alle Dinge, Deathwing mit der Zeit vergehen wird ... selbst er wird schließlich einmal ein Teil ... meiner Sammlung ..."

„Aber wenn Ihr Euch zusammenschließt ..."

„Du hatessst deine Zeit zu sprechen." Der glitzernde Sanddrachen erhob sich höher; Wüstensand wurde aufgewirbelt, der ihn an Größe und Gestalt noch zunehmen ließ. Von den Winden losgerissen, vereinten sich einige der kleineren Objekte aus Nozdormus bizarrer Sammlung mit dem Sand und wurden vorübergehend selbst ein Teil des Drachens. „Nun lass mich allein ..."

Die Winde umpeitschten Krasus – *nur* Krasus. So sehr er es auch versuchte, gelang es dem Drachenzauberer diesmal nicht, aufrecht stehen zu bleiben. Er stolperte nach hinten, wurde wieder und wieder von den grimmigen Windböen attackiert.

„Ich kam her um unser *aller* Willen!" gelang es ihm zu schreien.

„Du hättessst meine Ruhe nicht ssstören sollen. Du hättesst überhaupt nicht kommen sollen ..." Die funkelnden Edelsteine flammten neuerlich auf. „Das wäre wirklich das Bessste für uns alle gewesen ..."

Eine Säule aus Sand schoss aus dem Boden und umfing den hilflosen Zauberer. Krasus konnte nichts mehr sehen, und das Atmen wurde unmöglich. Er versuchte, einen Zauber zu wirken, um sich zu schützen, doch gegen die Macht einer der *Kräfte*, gegen den *Herren der Zeit*, erwiesen sich selbst seine beträchtlichen Fähigkeiten als nichtig.

Nach Luft ringend, gab Krasus schließlich auf. Sein Bewusstsein schwand, er sank zu Boden ...

... und sah voller Schrecken, wie die Blüten der *Ewigkeitsrose*, ohne das geringste zu bewirken, auf den Steinboden seines Sanktuariums fielen.

Der Zauber hätte wirken sollen! Krasus hätte ins Reich von Nozdormu, dem Herren der Jahrhunderte, gebrachte werden sollen. So wie Malygos die Magie selbst verkörperte, so stellte Nozdormu Zeit und Zeitlosigkeit dar. Als einer der Größten der fünf *Kräfte* hätte er einen machtvollen Verbündeten abgegeben, vor allem wenn sich Malygos plötzlich entscheiden sollte, erneut in den Wahnsinn abzudriften. Ohne Nozdormu schwanden Krasus' Aussichten auf Erfolg erheblich ...

Niederkniend sammelte der Magier die Blütenblätter ein und wiederholte den Zauber. Seine Bemühungen wurden Krasus nur mit furchtbaren Kopfschmerzen vergolten. Wie konnte das bloß sein? Er hatte alles richtig gemacht! Der Zauber hätte wirken müssen ... es sei denn, Nozdormu hatte irgendwie Wind von der Absicht des Magiers bekommen, bei ihm vorstellig werden zu wollen, und hätte einen Gegenzauber ausgesprochen, um Krasus davon abzuhalten, sein sandiges Reich zu betreten.

Krasus fluchte. Ohne die Möglichkeit, Nozdormu zu besuchen, gab es keine Hoffnung mehr, auch wenn sie ohnehin von Anfang an sehr gering gewesen sein mochte, den mächtigen Drachen für seine Pläne zu gewinnen. Damit blieb nur die Träumende übrig ... die Flüchtigste aller *Kräfte* und die Einzige, die er in seinem ganzen langen Leben noch niemals gesprochen hatte.

Krasus wusste nicht einmal, wie er sie erreichen konnte, denn es hatte mehr als einmal geheißen, dass Ysera nicht ganz von dieser Welt sei – dass für sie die Träume die Wirklichkeit darstellten.

Die Träume stellten die Wirklichkeit dar?

Ein verzweifelter Plan reifte in dem Zauberer, einer, der ihn, wäre er ihm von seinen Ratsfreunden vorgeschlagen worden, seine üblichen Umgangsformen hätte vergessen und laut auflachen lassen. Wie schlichtweg lächerlich! Wie schlichtweg hoffnungslos!

Doch letztlich war es ebenso wie mit Nozdormu: Welche Wahl blieb ihm schon?

Krasus wandte sich wieder seinen Tränken, Artefakten und Pülverchen zu und suchte nach einer schwarzen Phiole. Er fand sie rasch, obgleich er sie länger als ein Jahrhundert nicht angefasst hatte. Das letzte Mal, als er sie zur Anwendung brachte, hatte er sie gebraucht, um zu besiegen, was als unbesiegbar galt. Jetzt hingegen war er nur darauf aus, sich eine ihrer bösartigsten Eigenschaften zunutze zu machen, und er hoffte, dass er sich dabei nicht verschätzte.

Drei Tropfen auf der Spitze eines einzelnen Bolzens hatten Manta, den Giganten aus der Tiefe, vernichtet. Drei Tropfen hatten eine Kreatur niedergestreckt, die von der zehnfachen Größe und Stärke eines Drachen war. Wie Deathwing hatte man auch von Manta geglaubt, er sei von nichts und niemanden aufzuhalten.

Und jetzt beabsichtigte Krasus ein wenig von dem Gift selbst einzunehmen.

„Der tiefste Schlaf, die tiefsten Träume …", murmelte er zu sich selbst, während er die Phiole herunternahm. „Das ist der Ort, an dem sie sein wird, das ist der Ort, an dem sie sein *muss*."

Von einem anderen Regal nahm er eine Tasse und eine kleine Flasche reinen Wassers. Der Drachenmagier füllte die Tasse mit einem einzelnen Schluck und öffnete dann die Phiole. Mit größter Vorsicht näherte er das offene Fläschchen der Tasse.

Drei Tropfen, um den Manta in Sekunden umzubringen. Wie viele Tropfen würden Krasus zu der Tückischsten seiner Reisen verhelfen?

Schlaf und Tod … sie waren sich so ähnlich, ähnlicher als die meisten es begriffen. Gewiss würde er Ysera dort finden.

Der winzigste Tropfen, den er abzumessen vermochte, fiel lautlos ins Wasser hinein. Krasus verschloss die Phiole wieder, dann nahm er die Tasse.

„Eine Bank", murmelte er. „Am besten auf einer Bank …"

Sogleich entstand eine in seinem Rücken, eine gut gepolsterte Bank, auf der sich der König von Lordaeron mit Freuden zur Ruhe gelegt hätte. Auch Krasus beabsichtigte, gut auf ihr zu schlafen … vielleicht für immer.

Er setzte sich nieder und hob die Tasse an die Lippen. Doch bevor er sich überwinden konnte, den vielleicht letzten Schluck seines Lebens zu nehmen, brachte er einen Trinkspruch aus.

„Auf Euch, meine Alexstrasza, *für ewig* nur auf Euch!"

„In Ordnung, irgend jemand war hier", murmelte Vereesa und betrachtete den Boden. „Einer von ihnen war ein Mensch … bei dem anderen bin ich mir nicht sicher."

„Bitte erklärt mir mal, woran Ihr den Unterschied erkennt", drängte Falstad schielend. Er konnte eine Spur nicht von der anderen unterscheiden. Genau genommen konnte er nicht einmal die Hälfte von dem erkennen, was die Elfe sah.

„Schaut her. Ein Stiefelabdruck." Sie deutete auf einen kurvenförmigen Abdruck im Dreck. „Das sind Stiefel nach Menschenart, eng sitzend und unbequem."

„Wenn Ihr es sagt. Und der andere ... den anderen könnt Ihr nicht zuordnen?"

Die Waldläuferin richtete sich auf. „Nun, es sind eindeutig keine Hinweise auf einen Drachen zu entdecken, aber es gibt Spuren hier, die gar nichts mir Bekanntem entsprechen."

Sie wusste, dass Falstad auch hier nicht sah, was ihrem geschärften Blick ins Auge sprang. Der Zwerg tat jedoch sein Bestes, um die eigenartigen, streifenförmigen Abdrücke in der Erde zu inspizieren. „Ihr meint diese hier, meine Elfendame?"

Die Spuren schienen auf die Stellen, wo der Mensch – wahrscheinlich Rhonin – zu unterschiedlichen Zeiten gestanden hatte, zuzuführen. In Vereesas Augen sah es so aus, als hätte etwas über dem Boden Schwebendes etwas anderes hinter sich her geschleift.

„Das hier bringt uns keinen Schritt weiter, genau wie die Stelle, zu der uns dieser kleine grüne Unhold zuerst geführt hat!" Falstad packte Kryll am Kragen. Dem Goblin waren beide Hände auf den Rücken gebunden worden, und um seine Hüfte schlang sich ein Seil. Ein Seil, dessen anderes Ende am Hals des Greifen befestigt war. Und trotzdem waren weder Vereesa noch der Zwerg überzeugt, dass ihr unerwünschter Gefährte nicht versuchen würde zu entkommen. Besonders Falstad behielt Kryll sorgfältig im Auge. „Nun? Was jetzt? Ich habe den Eindruck, du führst uns im Kreise! Ich bezweifle, dass du den Zauberer überhaupt gesehen hast!"

„Hab ich, hab ich, doch, hab ich!" Kryll schenkte ihnen ein

breites Lächeln, möglicherweise in der Hoffnung, seine Häscher milde zu stimmen, doch das zähnefletschende Grinsen eines Goblins vermochte außerhalb seines Volkes kaum jemanden zu beeindrucken. „Hab ihn beschrieben, oder? Ihr wisst, dass ich ihn sah, nicht wahr?"

Vereesa bemerkte, dass der Greif etwas hinter einem Gebüsch witterte. Mit Hilfe ihres Schwertes schob sie das Laubwerk beiseite und brachte das fragliche Objekt zum Vorschein.

An der Spitze ihres Schwertes hing ein leerer Weinschlauch. Die Elfe hielt ihn sich unter die Nase. Ein wundervolles Bouquet stieg daraus hervor. Die Elfe schloss kurz ihre Augen.

Falstad verstand ihren Ausdruck falsch. „So übel? Dann muss es Zwergenbier sein!"

„Im Gegenteil, mir ist noch nie solch ein wundervolles Aroma begegnet, nicht einmal am Tisch meines Herren daheim in Quel'Thalas. Was immer für ein Wein diesen Schlauch füllte, er übertraf selbst die besten Tropfen in seinen Kellern noch um einiges!"

„Und das sollte meinem müden Geist *was* sagen ...?"

Vereesa ließ den Schlauch fallen und schüttelte den Kopf. „Ich weiß es nicht, aber irgendwie erscheint es mir, als bedeute dies, dass Rhonin hier gewesen sein *muss*, selbst wenn nur für kurze Zeit."

Ihr Gefährte warf ihr einen zweifelnden Blick zu. „Meine Elfendame, ist es möglich, dass Ihr Euch schlicht wünscht, dies wäre die Wahrheit?"

„Könnt ihr mir beantworten, wer sonst in dieser Gegend gewesen sein könnte, um einen Wein, der sogar Königen gerecht würde, zu trinken?"

„Aye! Der Dunkle – nachdem er Eurem Zauberer das Mark aus den Knochen gesaugt hat!"

Seine Worte jagten ihr einen kalten Schauer über den Rücken, doch sie blieb standhaft in ihrem Glauben. „Nein. Sollte

Deathwing Rhonin bis hierher gebracht haben, dann hatte er dafür einen anderen Grund als den, ihn zu verspeisen!"

„Mag wohl sein." Weiterhin den Goblin festhaltend, blickte Falstad hinauf in den dunkler werdenden Himmel. „Wenn wir vorhaben, vor Einbruch der Nacht noch wesentlich weiter zu kommen, sollten wir uns besser auf den Weg machen."

Vereesa hielt die Spitze ihrer Klinge gegen Krylls Kehle. „Wir müssen uns erst um den hier kümmern."

„Was gibt es da zu kümmern? Entweder nehmen wir ihn mit oder wir erweisen der Welt einen Gefallen und sorgen dafür, dass sie sich künftig um einen Goblin weniger zu sorgen hat!"

„Nein. Ich versprach, ihn freizulassen."

Der Zwerg runzelte die kantige Stirn. „Ich glaube nicht, dass das eine weise Entscheidung ist."

„Trotzdem habe ich ein Versprechen gegeben." Sie fasste ihn scharf ins Auge und baute darauf, dass Falstad – wenn er Elfen auch nur halb so gut verstand, wie dies aus eigenem Interesse sollte – die Sinnlosigkeit einer Fortsetzung dieses Streits einsehen würde.

Tatsächlich nickte der Greifenreiter – wenn auch mit einigem Widerstreben. „Aye, es sei wie Ihr sagt. Ihr habt ein Versprechen gegeben, und ich werde nicht derjenige sein, der Euch umzustimmen versucht." Halb in seinen Bart gemurmelt, fügte er hinzu. „Nicht, solange ich auch nur ein einziges Leben besitze ..."

Zufrieden durchtrennte Vereesa mit einem gekonnten Schnitt die Fesseln um Krylls Handgelenke, dann nahm sie das Seil von seiner Hüfte. Der Goblin hüpfte hemmungslos hin und her, schien überglücklich über seine Freilassung zu sein.

„Habt Dank, meine wohlwollende Herrin, habt Dank!"

Die Waldläuferin richtete erneut die Spitze ihres Schwertes auf die Kehle des Geschöpfs. „Bevor du jedoch verschwindest, noch ein paar letzte Fragen. Kennst du den Weg nach Grim Batol?"

Falstad nahm diese Frage nicht besonders gut auf. Mit zusammengezogenen Brauen murmelte er: „Was soll das werden?"

Sie überhörte die Frage geflissentlich. „Nun?"

Im Augenblick ihrer Fragestellung waren Krylls Augen groß geworden. Der Goblin wurde kreidebleich – oder zumindest nahm seine Haut einen helleren Grünton an. „Niemand geht nach Grim Batol, wohlwollende Herrin! Da sind Orks und auch Drachen! Drachen fressen Goblins!"

„Beantworte meine Frage."

Er schluckte, dann ruckte sein überdimensionaler Kopf auf und ab. „Ja, Herrin, ich kenne den Weg ... Glaubt Ihr, der Zauberer ist dort?"

„Das kann nicht Euer Ernst sein, Vereesa!", knurrte Falstad, so aufgebracht, dass er sie zum ersten Mal bei ihrem Namen nannte. „Wenn Rhonin in Grim Batol ist, dann ist er für uns verloren!"

„Vielleicht ... vielleicht nicht. Falstad, ich denke, dass er die ganze Zeit genau dort hin *wollte*, und nicht allein, um die Orks auszuspionieren. Ich denke, er hat andere Gründe ... auch wenn ich nicht zu sagen vermag, wie sie mit Deathwing zusammenhängen."

„Vielleicht hat er vor, die Drachenkönigin im Alleingang zu befreien!", gab der Greifenreiter mit höhnischem Schnauben zurück. „Er ist immerhin ein Magier, und wie jeder weiß, sind die alle *verrückt*!"

Eine vollkommen törichte Bemerkung – doch sie ließ Vereesa für einen Moment inne halten. „Nein ... das kann nicht sein."

Kryll schien unterdessen damit beschäftigt, über etwas ernsthaft nachzudenken, etwas, dass ihm nicht zu gefallen schien.

Mit unwillig verzogenem Gesicht murmelte er schließlich: „Die Herrin will nach Grim Batol gehen?"

Die Waldläuferin spielte mit dem Gedanken. Es ging weit über ihren Eid hinaus, aber sie musste einfach weitermachen. „Ja. Ja, ich denke, das will ich."

„Jetzt passt mal gut auf, meine …"

„Ihr müsst nicht mitkommen, wenn Ihr nicht wollt, Falstad. Ich danke Euch für Eure Hilfe bis hierher, aber ich kann jetzt auch alleine weitermachen."

Der Zwerg schüttelte nachdrücklich den Kopf. „Ich soll Euch alleine mit diesem fragwürdigen kleinen Burschen inmitten der Ork-Lande zurücklassen? Niemals, meine Elfendame! Falstad wird keine schöne Maid, wie gut sie das Kriegshandwerk auch verstehen mag, allein lassen. Wir gehen zusammen!"

In Wahrheit war sie ihm für seine Treue mehr als dankbar. „Dennoch mögt Ihr zu jedem Zeitpunkt immer noch umkehren, wenn es Euch danach verlangt – denkt bitte daran."

„Das werde ich nur, wenn Ihr dann auch mit mir kommt."

Sie blickte erneut Kryll an. „Nun? Kannst du mir den Weg beschreiben?"

„Kann ihn Euch nicht beschreiben, Herrin." Das Gesicht der spindeldürren Kreatur nahm einen zunehmend missmutigen Ausdruck an. „Am besten … am besten ich zeige ihn Euch stattdessen …"

Das überraschte sie. „Ich habe dir die Freiheit geschenkt, Kryll!"

„Wofür Euch dieser arme Kerl endlos dankbar ist, Herrin … aber nur ein einziger Weg nach Grim Batol bietet Sicherheit, und ohne mich …", er wagte einen ansatzweise selbstzufriedenen Blick, „… werden weder Elf noch Zwerg ihn finden."

„Wir haben mein Reittier, du kleiner Nager! Wir fliegen einfach über …"

„In einem Land voll Drachen?" Der Goblin kicherte mit einem Hauch von Irrsinn. „Am besten fliegt Ihr gleich in ihr Maul, und vorbei ist es ... Nein, um Grim Batol zu betreten – wenn es das ist, was die Herrin wirklich wünscht – müsst Ihr mir folgen."

Falstad wollte davon nichts hören und erhob umgehend Einspruch, doch Vereesa sah keine andere Möglichkeit als die zu tun, was der Goblin vorgeschlagen hatte. Kryll hatte sie bis jetzt nicht hintergangen, und obwohl sie ihm natürlich nicht vollständig vertraute, war sie sich sicher, dass sie es bemerken würde, wenn er sie zu täuschen versuchte. Abgesehen davon wollte der Goblin offenkundig nichts mit Grim Batol zu tun haben, denn weshalb sonst hätte er sich dort herumgetrieben, wo sie ihn gefunden hatten? Alle anderen seiner Art, die den Orks dienten, hielten sich innerhalb der Bergfeste auf und streunten nicht durch die gefährliche Wildnis von Khaz Modan.

Und wenn er sie doch zu Rhonin führen konnte ...

Nachdem sie sich selbst von der Richtigkeit ihrer Wahl überzeugt hatte, wandte sich Vereesa dem Zwerg zu. „Ich werde mit ihm gehen, Falstad. Es ist die beste – wahrscheinlich auch die einzige – Möglichkeit, die mir zur Verfügung steht."

Falstads breite Schultern sanken ein, und er seufzte. „Was ich jetzt sage, widerspricht jeder Vernunft, aber, aye, ich werde Euch begleiten – und sei es auch nur, um ein Auge auf den da zu halten, sodass ich ihm seinen verräterischen Kopf abschlagen kann, sollte ich Recht behalten!"

„Kryll, müssen wir die ganze Strecke zu Fuß zurücklegen?"

Die missgestaltete kleine Person überlegte für einen Augenblick und erwiderte dann: „Nein. Können eine Weile mit dem Greifen reisen." Er schenkte ihr ein Lächeln voller Zähne. „Muss nur aufpassen, wann Biest landen sollte!"

Ungeachtet seiner offensichtlichen Bedenken begab sich

Falstad zu dem Greifen. „Sag uns nur, wo wir hin müssen, du kleiner Nager. Je schneller wir dort sind, desto schneller kannst du dich trollen ..."

Das Gewicht des Goblins erhöhte die Last des kräftigen Tieres kaum, und bald darauf war der Greif unterwegs. Falstad saß natürlich vorne, um sein Reittier besser lenken zu können. Kryll hockte hinter ihm, und Vereesa bildete den Abschluss. Die Elfe hatte ihr Schwert zurück in die Scheide geschoben und einen Dolch gezückt, nur für den Fall, dass ihr nicht sonderlich vertrauenswürdiger Begleiter irgend etwas versuchen würde.

Doch auch wenn die Richtungsangaben des Goblins nicht immer die eindeutigsten waren, fand Vereesa kein Anzeichen für ein falsches Spiel. Er lotste sie dicht über den Boden und zeigte ihnen Wege abseits von Gebieten, die keinerlei Deckung boten. Die Berge von Grim Batol kamen näher. Vereesas Anspannung wuchs, je näher sie dem Ziel kamen, allerdings hatten sie noch immer kein Anzeichen von Rhonin oder dem schwarzen Drachen entdeckt. Sicherlich hätten die Orks so nahe bei ihrer Bergfeste einen Leviathan von solch gewaltigen Ausmaßen gesichtet.

Und als reichte es aus, an Drachen zu *denken*, um sie heraufzuschwören, deutet Falstad plötzlich Richtung Osten, wo sich eine mächtige Gestalt in den Himmel schwang.

„Groß!", rief er. „Groß und rot wie frisches Blut! Ein Späher von Grim Batol!"

Kryll handelte sofort. „Hier rein!" Der Goblin deutete auf eine Schlucht. „Viele Plätze zum Verstecken, selbst für einen Greifen!"

In Ermangelung einer besseren Idee gehorchte der Zwerg und lenkte sein Reittier abwärts. Die Drachengestalt wurde größer und größer, doch Vereesa erkannte, dass das rote Ungeheuer sich mehr in nördliche Richtung bewegte, möglicherweise geradewegs zur nördlichen Grenze von Khaz Modan, wo die letzten Streitkräfte der Horde verzweifelt versuchten, die Allianz aufzuhalten. Das ließ sie über die Lage dort grübeln. Hatten die Menschen endlich mit ihrem Vormarsch begonnen? Befand sich vielleicht auch die Allianz gerade in diesem Moment schon auf halbem Weg nach Grim Batol?

Selbst wenn dem so war, würden daraus für die Waldläuferin und den Zwerg kaum Vorteile erwachsen. Die näher kommende Allianz konnte ihnen höchstens insofern dienlich sein, als dass sie die Aufmerksamkeit der Orks auf sich zog.

Der Greif landete in der Schlucht und tauchte mit dem ihm eigenen Gespür in die Schatten ein. Er war kein Feigling, wusste aber, wann der rechte Zeitpunkt war, einem Kampf aus dem Weg zu gehen.

Vereesa und die anderen sprangen ab, um sich eigene Verstecke zu suchen. Kryll presste sich gegen eine der Felswände, und sein Gesichtsausdruck zeugte von blankem Entsetzen. In der Waldläuferin erwachte tatsächlich Mitleid mit ihm.

Sie warteten einige Minuten, doch der Drache flog nicht über sie hinweg. Nach einer, wie es schien, viel zu langen Zeitspanne entschied sich die ungeduldige Waldläuferin, selbst nachzusehen, ob das Untier seine Richtung geändert hatte. Sie suchte nach festem Halt und begann nach oben zu klettern.

Der Himmel war in Dämmerschein getaucht, und die Elfe entdeckte nichts, nicht einmal einen verschwommenen Flecken. Vereesa vermutete, dass sie die Schlucht längst wieder hätten verlassen können, wenn sie schon etwas früher einen Blick riskiert hätten.

„Nichts zu erkennen?", wisperte Falstad, der neben ihr erschien. Für einen Zwerg erwies er sich als erstaunlich geschickt im Erklettern von Steilwänden.

„Die Luft ist rein, zumindest soweit ich es überblicken kann."

„Gut! Im Gegensatz zu meinen Hügelverwandten kann ich mich nämlich für Löcher im Boden nur schwer erwärmen!" Er machte sich wieder auf den Weg nach unten. „Alles in Ordnung, Kryll! Die Gefahr ist vorbei! Du kannst wieder hervorgekrochen kommen …"

Als seine Stimme abbrach, wurde Vereesa aufmerksam. „Was ist?"

„Diese verfluchte Ausgeburt eines Froschs ist verschwunden!" Falstad rutschte das letzte Stück, das ihn vom Boden trennte, hinunter. „Hat sich aufgelöst wie ein Spuk!"

Die Waldläuferin sprang vorsichtig nach unten und unterstützte Falstad bei seiner Suche in der unmittelbaren Umgebung. Es gab keine Spur von Kryll, obwohl sie eigentlich hätten imstande sein müssen, den flüchtenden Goblin nach jeder Richtung hin auszumachen. Selbst der Greif wirkte verwirrt, als wäre es auch ihm rätselhaft, wie sich die spindeldürre Kreatur unbemerkt davongemacht haben sollte.

„Wie konnte er so einfach verschwinden?"

„Ich wünschte, ich wüsste es, meine Elfendame! Ein sauberes Kunststückchen!"

„Kann Euer Greif ihn sich schnappen?"

„Warum lassen wir ihn nicht einfach ziehen? Wir sind ohne ihn besser dran!"

„Weil ich …"

Der Boden unter ihren Füßen gab plötzlich nach und brach ein. Die Stiefel der Elfe sanken binnen Sekunden ein. In dem Glauben, dass sie in Schlamm getreten war, versuchte sie, sich zu befreien. Dabei sank Vereesa jedoch nur noch tiefer ein, und zwar mit Besorgnis erregender Geschwindigkeit. Es fühlte sich beinahe so an, als wurde sie hinab *gezogen*.

„Was im Namen des Adlerhorsts …?" Auch Falstad war ein-

gesunken, doch im Fall des Zwergs bedeutete dies, dass er unvermittelt bis zu den Knien im Erdreich steckte. Wie die Waldläuferin versuchte auch er, sich herauszuwinden, scheiterte aber ebenso kläglich.

Vereesa griff nach dem nächstbesten Felsen und versuchte, sich daran festzuhalten. Einen Augenblick schien es ihr zu gelinge; sie konnte ihre Sinkgeschwindigkeit verlangsamen. Doch dann schien etwas Kräftiges nach ihren Fußgelenken zu fassen und sie mit solcher Gewalt nach unten zu ziehen, dass die Waldläuferin den vorübergehenden Halt aufgeben musste.

Über ihren Köpfen hörten sie ein furchtsames Kreischen. Im Gegensatz zu Vereesa und dem Zwerg war es dem Greifen gelungen, noch rechtzeitig aufzusteigen, bevor auch er vom Sog erfasst wurde. Das Tier flatterte über Falstads Kopf und versuchte, wie es schien, seinen Herren zu packen. Als es jedoch tiefer sank, schossen ihm jedoch plötzlich Säulen aus Dreck entgegen und versuchten, wie Vereesa mit Grauen erkannte, nach dem Reittier zu *greifen*. Nur mit knapper Not vermochte das geflügelte Tier entkommen, wurde aber gezwungen, hoch in die Lüfte zu steigen, wo es den beiden um ihr Leben kämpfenden Kriegern keine Hilfe mehr leisten konnte.

Daraufhin hatte Vereesa nicht mehr die geringste Idee, wie sie dem drohenden Verhängnis noch entkommen sollten. Die Erde reichte ihr bereits bis zur Hüfte, und der Gedanke, lebendig begraben zu werden, machte selbst die Elfe nervös – im Gegensatz zu Falstad schien ihre eigene Lage jedoch erst halb so dramatisch zu sein. Der kleinere Wuchs des Zwergen bedeutete für ihn, dass er bereits Schwierigkeiten hatte, seinen Kopf über dem Erdreich zu halten. So sehr es der Greifenreiter auch versuchte, nicht einmal seine unglaubliche Stärke konnte ihm in dieser Situation helfen. Er grub verzweifelt in der nachgiebigen Erde und warf Hände voller Dreck zur Seite, aber all dies half nicht im geringsten.

Verzweifelt streckte die Waldläuferin ihre Hand aus. „Falstad! Meine Hand! Versucht sie zu ergreifen!"

Er versuchte es. Sie versuchten es beide. Doch die Entfernung zwischen ihnen war zu groß geworden. Mit wachsendem Grauen sah Vereesa zu, wie ihr kämpfender Gefährte unaufhaltsam in die Erde gezogen wurde.

„Mein …", war alles, was er noch sagen konnte, dann war er verschwunden.

Mittlerweile bis zur Brust versunken, erstarrte sie für einen Augenblick und blickte auf den kleinen Erdhügel, der alles darstellte, was von dem Zwerg übrig geblieben war. Die Stelle zitterte nicht einmal. Kein letztes Hervorbrechen einer Hand, kein wildes Strampeln in der Tiefe.

„Falstad …", murmelte sie.

Ein erneuter Zug an ihren Fußgelenken zerrte sie tiefer. Genau wie der Zwerg griff Vereesa nach der sie umgebenden Erde, grub tiefe Furchen mit ihren Fingern, ohne einen erkennbaren Erfolg zu erzielen. Ihre Schultern versanken. Sie reckte den Kopf so weit sie konnte. Von dem Greif war nichts zu sehen, doch eine andere Gestalt, allzu bekannt, lugte aus einer schmalen Spalte, die der Elfe entgangen war. Selbst im schwindenden Licht konnte sie Krylls zähnefletschendes Grinsen sehen.

„Vergebt mir, meine Herrin, aber der Dunkle besteht darauf, dass sich niemand einmischt, und daher übertrug er mir die Aufgabe, für Euren Tod zu sorgen! Ein niederes Stück Arbeit und eines, das einem klugen Kopf wie mir unwürdig ist, aber mein Meister hat bedauerlicherweise ziemlich große Zähne und äußerst scharfe Klauen. Ich konnte es ihm unmöglich abschlagen, nicht wahr?" Sein Grinsen wuchs in die Breite. „Ich hoffe, Ihr versteht das …"

„Sei verdammt …!"

Der Boden verschlang sie. Erde füllte den Mund der Elfe und kroch selbst, wie es schien, in ihre nach Luft ringenden Lungen.

Sie verlor das Bewusstsein.

DREIZEHN

Das Luftschiff der Goblins schwebte durch die Wolken. Nun, da es sich seinem Bestimmungsort näherte, wurde es überraschend leise. Am Bug des Schiffs hielt Rhonin ein waches Auge auf die beiden Gestalten, die ihn seinem Ziel entgegenführten. Die Goblins huschten hin und her, justierten die Messgeräte und murrten leise vor sich hin. Wie ein solch verrücktes Volk solch ein Wunder konstruieren konnte, war ihm schleierhaft. Jeden Augenblick, so schien es, lief das Luftschiff Gefahr, sich selbst zu zerstören, doch jedes Mal gelang es den Goblins gerade noch, dies abzuwenden.

Deathwing hatte nicht mehr mit Rhonin gesprochen, seit er ihn an Bord geführt hatte. Doch der Zauberer hatte sich nicht widersetzt, weil ihm klar war, dass er eigentlich keine Wahl hatte. Dennoch war er nur zögernd an Bord des Schiffes geklettert und hatte sich seither mehr als einmal gefragt, was geschehen würde, wenn es plötzlich einfach abstürzte.

Die Goblins hießen Voyd und Nullyn, und sie hatten das Schiff selbst gebaut. Sie waren sehr gute Erfinder, sagten sie, und hatten ihre Dienste dem Wunderbaren Deathwing angeboten. Natürlich sagten sie Letzteres mit einem kleinen bisschen Sarkasmus in der Stimme. Sarkasmus und Angst.

„Wo bringt ihr mich hin?", fragte Rhonin. Diese Frage veranlasste die beiden Piloten, ihn anzusehen, als hätte er den Verstand verloren. „Nach Grim Batol natürlich!", schnauzte der eine, der doppelt so viele Zähne wie jeder andere Goblin zu haben schien, der Rhonin je über den Weg gelaufen war.

„Nach Grim Batol!"

Das war dem Zauberer natürlich klar, aber er wollte wissen, wo genau sie ihn abzusetzen gedachten. Er traute ihnen zu, dass sie ihn inmitten einer Ork-Siedlung hinauswarfen. Doch bevor Rhonin noch einmal nachfragen konnte, mussten die Goblins einen neuerlichen Notfall angehen – ein Strahl heißen Dampfes entwich aus dem Haupttank. Das Luftschiff der beiden benutzte Öl und Wasser, um die Maschinen anzutreiben, und wenn nicht eines davon für kritische Momente sorgte, dann war es das andere. Die Folge war eine ziemlich schlaflose Nacht, sogar für jemanden wie Rhonin.

Die Wolken, die sie durchflogen, waren so dick geworden, dass der Magier durch einen dichten Nebel zu reisen schien. Hätte er nicht gewusst, in welcher Höhe sie flogen, Rhonin hätte schwören können, sie wären auf offener See und nicht in der Luft. Tatsächlich hatten beide Arten des Reisens einiges gemeinsam, sogar die Gefahr, an Felsen zu zerschellen. Mehr als einmal hatte Rhonin beobachtet, wie zu beiden Seiten des winzigen Schiffes plötzlich Berge sichtbar wurden, und einige Male waren sie gefährlich nahe daran vorbei geschrammt. Doch während er stets mit dem Schlimmsten rechnete, führten die Goblins ihre Arbeit ungerührt weiter – manchmal machten sie sogar ein Nickerchen –, ohne diesen Beinahe-Katastrophen Aufmerksamkeit zu zollen.

Der Tag war schon lange angebrochen, doch die starke Bewölkung wob tiefe Schatten über das Land. Voyd schien eine Art magnetischen Kompass zu benutzen, um den Kurs zu halten, doch als Rhonin ihn sich einmal näher anschaute, hatte er verblüfft feststellen müssen, dass er dazu neigte, plötzlich und ohne ersichtlichen Grund die Anzeige zu ändern. Letztendlich war der Zauberer zu dem Schluss gelangt, dass sich die Goblins auf diesem Flug wohl eher auf pures Glück verließen.

Am Anfang hatte er versucht die Reisedauer zu schätzen. Aus irgendeinem Grund versicherten ihm die beiden jeden lediglich immer wieder, dass bis zur Ankunft noch einige Zeit verstreichen würde, obwohl Rhonin das Gefühl hatte, dass sie das Fort längst erreicht haben müssten. Langsam keimte in ihm der Verdacht, dass das Luftschiff eine Schleife flog, entweder durch den defekten Kompass bedingt, oder weil die Goblins düstere Pläne verfolgten.

Obwohl er sich auf seine Aufgabe hätte konzentrieren sollen, musste Rhonin immer öfter an Vereesa denken. Wenn sie am Leben war, würde sie ihm folgen. Er kannte sie gut genug. Dieses Wissen bestürzte ihn ebenso, wie es ihn froh machte. Aber wie sollte die Elfe etwas über die Existenz des Luftschiffs herausfinden? Möglicherweise durchwanderte sie ganz Khaz Modan auf der Suche nach ihm, oder, schlimmer noch, sie zog die richtigen Schlüsse und machte sich direkt auf nach Grim Batol …!

Seine Hand umklammerte das Geländer. „Nein", flüsterte er. „Nein … das würde sie nicht tun … Das *kann* sie nicht tun!"

Duncans Geist ließ ihm schon keine Ruhe, genau wie die Seelen der Männer, denen seine letzte Mission zum Schicksal geworden war. Sogar Molok stand da bei den Toten, der wilde Zwerg, und glühte vor Verachtung. Rhonin konnte schon Vereesa und sogar Falstad in den Rängen der Leichen sehen, die mit toten Augen zu wissen verlangten, warum der Zauberer lebte, sie aber geopfert worden waren.

Es war eine Frage, die Rhonin sich selbst schon oft gestellt hatte.

„Mensch?"

Als er aufsah, erblickte er Nullyn, den gedrungeneren der

beiden Goblins, der nur eine Armlänge entfernt stand. „Was ist?"

„Zeit, sich auf das Aussteigen vorzubereiten." Der Goblin grinste ihn fröhlich an.

„Wir sind da?" Rhonin kehrte aus seinen düsteren Gedanken zurück und spähte in den Nebel. Er sah nur noch mehr Nebel, auch unterhalb des Luftschiffs. „Ich vermag nichts zu erkennen."

Hinter Nullyn stand Voyd, ebenfalls fröhlich grinsend, und warf das lose Ende einer Strickleiter über Bord. Das Klatschen des Seiles gegen die Schiffswand war das einzige Geräusch, das Rhonin hören konnte. Das Ende der Leiter hatte keinen Boden berührt, soviel stand fest.

„Wir sind da. Dies ist der korrekte Ort, das schwören wir, Meister Zauberer!" Voyd wies zur Reling. „Seht selbst!"

Rhonin lugte ... vorsichtig ... hinab. Es war absolut möglich, dass die Goblins ihre vereinten Kräfte dafür einsetzen wollten, Rhonin über Bord zu werfen, ganz gleich was Deathwing ihnen aufgetragen hatte. „Ich sehe nichts."

Nullyn nickte entschuldigend. „Das liegt an den Wolken, Meister Zauberer! Sie verbergen Eurem menschlichen Auge, was darunter liegt! Wir Goblins können viel besser sehen. Unter uns ist ein sehr sicherer, sehr breiter Sims. Klettert die Leiter hinunter, und wir werden Euch ganz sanft absetzen, Ihr werdet sehen!"

Der Magier zögerte. Er wünschte sich nichts mehr, als das Luftschiff und dessen Crew hinter sich zu lassen, aber dem Goblin ohne weiteres zu glauben, dass dort unten Land war ...

Ohne Warnung schoss plötzlich Rhonins linke Hand vor und packte den überraschten Nullyn. Die Finger des Magiers schlossen sich um die Kehle des Goblins und drückten hart zu, obwohl Rhonin selbst eigentlich versuchte, die Hand wieder zurückzuziehen.

Der Widerspruch löste sich auf, als eine Stimme, die nicht seine eigene, aber ihm höchst vertraut war, zischte: *„Ich habe Befehl gegeben, dass keine Tricksss gespielt werden, und kein Verrat geübt wird, Wurm!"*

„G-Gnade, großer und m-mächtiger M-Meister!", krächzte Nullyn. „Nur ein Spaß! Nur ein Sp…" Mehr konnte er nicht sagen, denn Rhonins Griff hatte sich verstärkt.

Mit aller Anstrengung senkte der hilflose Zauberer seinen Blick nach unten. Er sah, dass der schwarze Stein in seinem Medaillon schwach glühte. Wieder benutzte es Deathwing, um die Kontrolle über seinen menschlichen „Verbündeten" zu erlangen.

„*Spaß?*", brachten Rhonins Lippen hervor. *„Du magst Spielchen dieser Art? Dann habe ich eines für dich, das du spielen kannst, Wurm …!"*

Ohne große Anstrengung zog der Arm des Menschen den sich wehrenden Nullyn zur Reling. Voyd quiekte und rannte in Richtung des Motors. Rhonin kämpfte gegen Deathwings Kontrolle über seinen Körper, denn er war sicher, dass der schwarze Leviathan vorhatte, Nullyn ins Verderben zu stürzen. Der Magier mochte den Goblin zwar nicht sonderlich, wollte jedoch nicht dessen Blut an den Händen kleben haben – auch wenn diese momentan durch den Drachen gelenkt wurden.

„Deathwing!", schnappte er, überrascht, dass er seine Lippen überhaupt bewegen konnte. „Deathwing! Tu das nicht!"

Hättest du es lieber, wenn du in ihre kleine Falle getappt wärst, Mensch?, klang die Stimme in seinem Kopf. *Der Fall wäre ziemlich unangenehm verlaufen für jemanden, der nicht fliegen kann.*

„Solch ein Narr bin ich nicht! Ich hatte nicht vor, auf das Wort eines Goblins hin über Bord zu springen! Du hättest mich doch gar nicht gerettet, wenn du glauben würdest, dass ich so dämlich bin!"

Das mag wahr sein.

„Und ich bin keineswegs völlig hilflos." Rhonin hob seine andere Hand, die Deathwing anscheinend nicht benötigte. Mit ein paar gemurmelten Worten entfachte der Zauberer eine Flamme an seinem Zeigefinger, die er auf das ohnehin schon angstverzerrte Gesicht von Nullyn richtete.

„Es gibt andere Wege, einem Goblin eine Lektion in Sachen Vertrauen zu erteilen."

Kaum fähig zu atmen und unfähig zu fliehen, riss Nullyn die Augen weit auf. Gleichzeitig versuchte das dürre Geschöpf, den Kopf zu schütteln.

„Bin gut! Wollte nur ä-ärgern! Hab nicht bös gemeint!"

„Also werdet ihr mich zu einem anständigen Platz bringen, einverstanden? Zu einem, der Deathwing und mir genehm ist?"

Nullyn konnte zur Bestätigung nur quieken.

„Diese Flamme kann ich vergrößern." Das magische Feuer wuchs zur doppelten Höhe an. „Genug, um die Wand des Luftschiffes von unten anzuzünden, oder vielleicht das Öl zu entzünden …"

„K-Keine Tricks mehr! K-Keine Tricks mehr! Ich versprech's!"

„Siehst du?", wandte sich der rothaarige Magier an seinen unsichtbaren Begleiter. „Es ist nicht nötig, ihn über Bord zu werfen. Außerdem hast du vielleicht noch Verwendung für ihn."

Zur Antwort gab Rhonins Hand den Goblin frei, und dieser stürzte mit einem lauten Poltern zu Boden. Für einige Sekunden lag er einfach da und rang verzweifelt um Atem.

Es ist deine Entscheidung … Zauberer.

Der Mensch nickte, sah Voyd an, der immer noch in der Nähe des Motors kauerte, und rief laut: „Was ist? Bring uns zum Berg!"

Voyd gehorchte augenblicklich. Hektisch bearbeitete er die Instrumente und legte Hebel um. Nullyn erholte sich langsam und kehrte zu seinem Partner zurück. Der geschlagene Goblin mied jeden Blickkontakt mit Rhonin.

Der Zauberer löschte die Flamme und blickte über die Reling. Endlich konnte er eine Formation ausmachen und hoffte, dass es die Gipfel von Grim Batol waren. Wenn Deathwings frühere Worte und die Vision, die er ihm geschickt hatte, immer noch von Bestand waren, wollte der Drache ihn in Gipfelnähe absetzen lassen, vorzugsweise in der Nähe eines Spalts, der ins Innere führte. Sicher wussten das auch die Goblins, und daran würde er ersehen können, ob sie ihn immer noch betrügen wollte oder aus dem Geschehen gelernt hatten.

Rhonin betete, dass Deathwing sich nicht zu einer erneuten Machtdemonstration veranlasst fühlen musste. Er bezweifelte, dass der Drache die Goblins ein weiteres Mal verschonen würde.

Sie begannen sich einem Gipfel zu nähern, der Rhonin vage bekannt vorkam, obwohl er noch nie in Grim Batol gewesen war. Mit wachsendem Eifer beugte er sich vor, um besser sehen zu können. Dies musste der Berg aus der Vision sein. Er suchte nach verräterischen Zeichen – einen vertrauten Vorsprung oder einen Spalt.

Dort! Es war genau der gleiche schmale Höhlenmund wie auf der verworrenen Reise, die nur sein Geist ausgeführt hatte. Gerade groß genug, um einen Mann aufrecht gehend passieren zu lassen, vorausgesetzt, er schaffte es, vorher mehrere hundert Fuß schiere Steilwand zu erklimmen.

Rhonin konnte es kaum noch erwarten, die bösartigen Goblins und ihre unmögliche Flugmaschine loszuwerden. Die Strickleiter baumelte immer noch lose und bereit, benutzt zu werden. Der misstrauische Zauberer wartete, bis Voyd und sein Kumpan ihr Schiff nahe genug herangeführt hatten.

Was auch immer er zu früheren Gelegenheiten über die Beherrschbarkeit des Schiffes gedacht haben mochte, nun musste er zugeben, dass die Goblins es geradezu bewundernswert sicher manövrierten.

Die Leiter schlug leicht gegen die Felswand links von der Höhle. „Kannst du es in dieser Position ruhig halten?", rief er Nullyn zu.

Ein Nicken war alles, was er dem verängstigten Piloten abzuringen vermochte, aber mehr brauchte er auch nicht. Keine Tricks mehr – er war sicher, sie würden es beherzigen. Selbst wenn sie nicht ihn fürchteten, den Zorn Deathwings wollten sie gewiss nicht noch einmal heraufbeschwören.

Rhonin atmete tief durch und kletterte über die Reling. Die Leiter wackelte bedrohlich hin und her, und mehr als einmal wurde er gegen die Felswand geschleudert. Der Zauberer ignorierte die Schmerzen jedoch und stieg so schnell er konnte bis zur untersten Sprosse hinab.

Der schmale Vorsprung der Höhle war fast direkt unter ihm, aber obwohl die Goblins das Luftschiff so gut ausgerichtet hatten, wie sie es nur konnten, trieb der starke Bergwind ihn immer wieder davon. Dreimal versuchte er Fuß zu fassen; dreimal blies der Wind ihn von der Höhle weg, und er schwebte über dem Abgrund.

Es kam sogar noch schlimmer. Als der Wind stärker wurde, begann das Luftschiff hin und her zu schwingen, und manchmal zog es ihn ein paar kritische Zentimeter zur Seite. Von oben ertönten die aufgeregten Stimmen der Goblins. Ihre Worte konnte der Magier jedoch nicht verstehen.

Er würde springen müssen. Unter diesen Bedingungen wäre ein Zauber zu riskant gewesen. Rhonin musste sich auf seine körperliche Geschicklichkeit verlassen – was ihm nicht wirklich gefiel.

Das Luftschiff drehte sich ohne Vorwarnung, und er schlug

hart gegen die Felswand. Rhonin keuchte und konnte sich kaum noch festhalten. Er musste die Leiter verlassen, bevor ein weiterer Aufprall dafür sorgte, dass er das Bewusstsein verlor und als Folge in die Tiefe stürzte.

Der Zauberer berechnete den Abstand zum Vorsprung. Die Leiter schwang gefährlich hin und her. Rhonin wartete, bis die Leiter das nächste Mal in Richtung der Höhle schwang – und sprang.

Mit einem schmerzerfüllten Keuchen prallte er auf den Boden. Seine Füße verloren den Halt. Auf den Knien kroch der Zauberer vorwärts und schaffte es endlich, sich stöhnend hochzuziehen. Als er wieder atmen konnte, drehte er sich auf den Rücken.

Voyd und Nullyn hatten anscheinend gerade erst gemerkt, dass sie ihren unerwünschten Passagier endlich los waren. Das Luftschiff zog langsam ab, die Strickleiter baumelte immer noch herab.

Plötzlich schoss Rhonins Hand nach oben. Der Zeigefinger wies auf das Vehikel.

Er öffnete seinen Mund, um zu schreien, weil er wusste, was geschehen würde. *„Neiiin!"*

Die gleichen Worte, die er zum Entzünden seiner Flamme benutzt hatte, brachen erneut aus seinem Mund hervor, aber dieses Mal war es nicht der Zauberer, der sie sprach.

Ein Strom puren Feuers, größer als alles, was der junge Zauberer je beschworen hatte, schoss hervor – direkt auf das Schiff und die ahnungslosen Goblins zu.

Die Flammen umschlossen das Schiff. Rhonin hörte Schreie.

Das Luftschiff explodierte, als das Feuer den Öltank erreichte.

Als ein paar verkohlte Überreste aus dem Himmel fielen, sank auch endlich Rhonins Arm herab.

Tief Atem holend, presste Rhonin hervor: „Das ... hättest du nicht tun dürfen!"

Der Wind wird die Geräusche der Explosion übertünchen, antwortete eine kalte Stimme. *Und die Wrackteile fallen in ein tiefes, selten benutztes Tal. Außerdem sind die Orks daran gewöhnt, dass sich Goblins während ihrer Experimente selbst in die Luft jagen. Du brauchst nicht zu fürchten, entdeckt zu werden ... mein Freund.*

Rhonin war die eigene Sicherheit augenblicklich völlig egal, ihm ging es um das Leben der beiden Goblins, das Deathwing ausgelöscht hatte.

Den Tod im Kampf zu finden, war eine Sache, Bestrafungen, wie der Drache sie gerade durchgeführt hatte, eine völlig andere.

Du tätest besser daran, dich tiefer in die Höhle zu begeben, fuhr der Drache fort. *Die hier draußen tobenden Elemente bekommen dir nicht.*

Rhonin war keineswegs besänftigt, dennoch gehorchte er. Er hatte kein Verlangen danach, von dem immer mehr auffrischenden Wind über die Kante geweht zu werden. Und letztlich hatte der Drache ihn an sein Ziel gebracht, das er – dessen konnte er sicher sein – aus eigener Kraft kaum erreicht hätte. Tief im Inneren hatte der junge Magier die ganze Zeit über geglaubt, sterben zu müssen. Nun hatte er vielleicht doch noch eine Chance ...

In diesem Moment ertönte ein gewaltiges Brüllen, das Rhonin sofort einem jungen, kräftigen Drachen zuordnete.

Drachen und Orks. Beides erwartete ihn in der Tiefe des Berges – ihn, einen einzelnen Magier.

Das rief Rhonin auch ins Bewusstsein zurück, dass er immer noch sterben konnte, genau wie er es die ganze Zeit befürchtet hatte ...

Dieser Mensch war stark. Stärker als erwartet.

Einmal mehr in die Maske von Lord Prestor gehüllt, dachte Deathwing über die Spielfigur nach, die er auf das Brett gestellt hatte. Sich des Zauberers zu bemächtigen, den die Kirin Tor auf diese eigentlich absurde Mission geschickt hatten, schien das einfachste der Welt gewesen zu sein. Er würde ihre Narretei in einen Triumph verwandeln – aber es würde *sein* Triumph sein. Rhonin würde das für ihn bewerkstelligen, aber nicht auf die Weise, die der Sterbliche erwartete …

Doch der Zauberer brachte mehr Widerstandskraft auf, als Deathwing es für möglich gehalten hätte. Dieser Mensch hier besaß einen starken Willen. Es war gut, dass er im Zuge der Ereignisse umkommen würde; ein zu starker Wille brachte starke Zauberer hervor – wie Medivh. Nur einen Namen unter den Menschen hatte der schwarze Leviathan je respektiert, und das war der von Medivh. Er war verrückt gewesen wie ein Goblin – und genauso unberechenbar. Darüber hinaus hatte er eine unglaubliche Kraft besessen. Nicht einmal Deathwing hätte sich freiwillig mit ihm gemessen.

Aber Medivh war tot – und der ebenholzfarbene Leviathan nahm an, dass dies die Wahrheit war, trotz anders lautender Gerüchte, die kürzlich aufgetaucht waren. Kein anderer Zauberer konnte sich an Stärke mit dem Verrückten messen – und keiner würde es je schaffen, sich zu vergleichbarer Stärke zu entwickeln, wenn es nach Deathwing ging.

Doch wenn Rhonin ihm schon nicht blindlings gehorchte – wie die Könige des Bündnisses es taten –, dann folgte er Deathwings Weisungen dennoch, weil er wusste, dass der Drache ihn auf Schritt und Tritt beobachtete. Er hatte an den beiden bedeutungslosen Goblins ein Exempel statuiert. Vielleicht hatten sie ihren Passagier nur erschrecken wollen, aber Deathwing erlaubte keine Abweichungen von seinen Befehlen. Er hatte Kryll ausdrücklich angewiesen, dass er ein Paar aussuchen sollte, das seinen Auftrag ohne Unfug ausführte. Sobald der oberste Goblin die Angelegenheit, mit der er persönlich betraut worden war, erledigt hatte, würde Deathwing mit ihm über seine Wahl sprechen müssen, und dann würde der schwarze Drachen nicht sehr wohlwollend mit seinem Diener verfahren ...

„Du selbst versagst besser nicht, kleine Kröte", fauchte er. „Oder deine Brüder auf dem Luftschiff können sich glücklich für das schätzen, was ihnen widerfuhr – verglichen mit dem, was dich erwartet!"

Dann ließ er jeden Gedanken an den Goblin fallen. Lord Prestor hatte eine wichtige Verabredung mit König Terenas; es ging um Prinzessin Calia.

Deathwing war in die prächtigste Robe gekleidet, die sich ein Adliger in diesem Land nur leisten konnte und bewunderte sich in einem der hohen Spiegel seines Schlosses. Ja, hier stand ein zukünftiger König. Besäßen Menschen auch nur einen Bruchteil der Würde und Kraft, die ihm eigen war, hätte der Drache vielleicht sogar daran gedacht sie zu schonen. Wie auch immer, was hier seinen Blick erwiderte, versinnbildlichte für Deathwing eine Perfektion, die Menschen niemals erreichen würden. Er tat ihnen einen Gefallen, wenn er ihr elendes Dasein beendete.

„Sssehr bald", flüsterte er sich ein eigenes Versprechen zu, „sssehr bald."

Seine Kutsche brachte ihn bis an den Palast heran, wo die Wachen salutierten und ihm Einlass gewährten. Ein Diener wartete in der Eingangshalle auf Deathwing und entschuldigte sich dafür, dass der König nicht persönlich anwesend war, um ihn zu begrüßen. In seiner Rolle als junger Adliger, der nur den Frieden für alle anstrebte, gab der Drache vor, davon unbekümmert zu sein und ließ sich lächelnd zum Gemach geleiten, in dem ihn Terenas auf ihn zu warten bat. Er war nicht überrascht, dass der König es nicht geschafft hatte, pünktlich vorstellig zu werden, immerhin musste er seiner jungen Tochter erklären, welche Zukunft er für sie vorgesehen hatte.

Nun, da aller Widerstand gegen seine Krönung aus dem Weg geräumt und die Thronbesteigung nur noch ein paar Tage entfernt war, glaubte Deathwing, dass dies ein krönender Abschluss für seine Pläne sein würde. Wie anders hätte er seine Macht noch weiter ausbauen können, als durch die Heirat mit der Tochter eines der mächtigsten Könige im Reich, wobei nicht jeder dieser Könige eine heiratsfähige Tochter sein eigen nannte ...

In der Tat gab es zurzeit nur Terenas und Daelin Proudmoore, die unverheiratete oder jugendliche Töchter besaßen. Jaina Proudmoore war jedoch viel zu jung und, soweit der Drache bis jetzt herausgefunden hatte, wahrscheinlich auch zu schwierig unter Kontrolle zu halten, sonst hätte er vielleicht auf sie gewartet. Nein, Terenas' Tochter würde ihm für sein Vorhaben genügen.

Calia würde erst in zwei Jahren heiraten können, aber das bedeutete dem alterslosen Drachen nichts. Bis dahin befanden sich die anderen seiner Art entweder unter seiner Knute, oder sie waren tot, und Deathwing würde eine politische Position eingenommen haben, mittels der er anfangen konnte, die Grundfesten des Bündnisses zu untergraben. Was die brutalen Orks von außen nicht erreicht hatten, würde ihm von innen gelingen.

Der Diener öffnete eine Tür. „Wenn Ihr hier warten wollt, Herr, ich bin sicher, seine Majestät wird bald bei Euch sein."

„Danke." In seine Gedanken vertieft, bemerkte Deathwing nicht, dass ihn andere erwarteten, als sich die Tür hinter ihm schloss.

Die beiden Gestalten waren in Umhänge und Kapuzen gehüllt und neigten ihre schattenhaften Köpfe kurz in seine Richtung.

„Wir grüßen Euch, Lord Prestor", grollte der Bärtige.

Deathwing verkniff sich ein Stirnrunzeln. Er hatte erwartet, sich mit den Kirin Tor auseinandersetzen zu müssen, aber nicht im Palast von König Terenas. Die Feindschaft, die er gegen sie unter den verschiedenen Regenten des Bündnisses geschürt hatte, hätte sie eigentlich davon abhalten müssen, ihm einen Besuch abzustatten.

„Ich grüße euch, Lord und Lady."

Die Magierin, alt für eine Frau ihrer Rasse, entgegnete: „Wir hatten gehofft, Euch früher zu treffen. Euer Ansehen erstreckt sich bereits in alle Königreiche des Bündnisses … besonders bis nach Dalaran."

Die Magie, die diese Zauberer beherrschten, verhüllte die meiste Zeit ihre Gesichter, und obwohl der Drache mit einer einzigen Tat ihre Schleier hätte zerreißen können, entschied er sich dagegen.

Er kannte dieses Paar schon, wenn auch nicht mit Namen. Der falsche Adlige hegte den Verdacht, dass dieser Magier für wenigstens einen der beiden Versuche der jüngsten Zeit, die Schutzzauber um sein Schloss zu durchbrechen, verantwortlich war. Wenn man die Stärke dieser Zauber berücksichtigte, war Deathwing ein wenig überrascht, dass der Mann noch am Leben war, geschweige denn sich ihm nun stellte.

„Und das Ansehen der Kirin Tor ist auch allen bekannt", antwortete er.

„Und wird jeden Tag bekannter … aber nicht so, wie wir es wünschten."

Sie spielte auf seine Taten an. Deathwing fand das nicht bedrohlich. Im Moment verdächtigten sie ihn, ein verbrecherischer Zauberer zu sein – mächtig, doch bei weitem nicht die Bedrohung, die er tatsächlich darstellte.

„Ich hatte erwartet, den König hier allein anzutreffen", sagte er, um die Unterhaltung zu seinem Vorteil zu nutzen. „Führt Dalaran Geschäfte mit Lordaeron?"

„Dalaran versucht sich über die Dinge zu informieren, die alle Königreiche des Bündnisses angehen", antwortete die Frau. „Etwas, das in letzter Zeit ein wenig schwieriger geworden ist, da wir über größere Treffen der Mitglieder nicht mehr informiert werden."

Deathwing ging ruhig zu dem Tisch, auf dem Terenas immer ein paar Flaschen von seinem besten Wein für wartende Gäste bereit hielt. Wein aus Lordaeron war das einzige, das Deathwing für exportwürdig hielt. Er goss einen Schluck in einen der juwelenbesetzten Trinkbecher. „Nun, ich habe mit König Terenas gesprochen und ihn gebeten, Euch um Unterstützung in der Alterac-Frage zu ersuchen, doch er besteht darauf, ohne Euch vorzugehen."

„Wir wissen, was dabei heraus gekommen ist", sagte der alte Mann verärgert. „Man muss Euch gratulieren, Lord Prestor."

Sie hatten ihm nicht ihre Namen genannt, und er ihnen nicht den seinen. Offensichtlich beobachteten sie ihn – soweit Deathwing ihnen das erlaubte, natürlich.

„Es war auch eine Überraschung für mich, das kann ich Euch sagen. Alles, was ich je beabsichtigte, war, das Bündnis nach König Perenoldes unseligem Verhalten vor dem Ende zu bewahren."

„Ja, das war eine schlimme Sache. Das hätte man von dem Mann nie gedacht. Ich kannte ihn, als er noch jünger war. Ein wenig schüchtern vielleicht, doch wirkte er nicht wie ein Verräter."

Da sprach die alte Frau: „Euer früheres Heimatland ist nicht sehr weit entfernt von Alterac, nicht wahr, Lord Prestor?"

Zum ersten Mal war Deathwing leicht verärgert. Dieses Spiel machte ihm keinen Spaß mehr. Wusste sie etwa …?

Bevor er antworteten konnte, öffnete sich die reichverzierte Tür auf der gegenüberliegenden Seite des Raumes, und König Terenas polterte mit unübersehbar schlechter Laune herein. Ein kleiner blonder Junge, der aussah wie ein Engel, folgte ihm und versuchte seine Aufmerksamkeit zu erlangen. Doch Terenas warf nur einen Blick auf die schattenhaften Zauberer, und sofort verstärkte sich sein Stirnrunzeln. Er drehte sich zu dem Kind um. „Lauf zurück zu deiner Schwester, Arthas, und versuche sie zu beruhigen. Ich komme zu dir, sobald ich kann, das verspreche ich."

Arthas nickte und verschwand dann mit einem letzten neugierigen Blick auf die Gäste seines Vaters wieder durch die Tür.

Terenas schloss die Tür hinter seinem Sohn, dann wirbelte er herum, um die Zauberer anzufahren: „Man sollte Euch darauf hingewiesen haben, dass ich heute keine Zeit für Euch habe! Falls Dalaran irgendwelche Forderungen stellt oder Wünsche hegt in Bezug auf meine Handhabung von Bündnis-Angelegenheiten, so sollen sie eine formale Aufforderung durch unseren Botschafter dort einreichen! Und nun, *guten Tag!*"

Die beiden gaben sich ungerührt. Deathwing hielt ein triumphierendes Lächeln zurück. Obwohl er sich auch um andere Dinge kümmern musste – wie beispielsweise um Rhonin –, übte er immer noch starken Einfluss auf den König aus.

Deathwing hoffte, die Zauberer würden sich Terenas' Rauswurf zu Herzen nehmen und wirklich gehen, denn er musste Rhonin unter Kontrolle behalten, und je eher sie fort waren, desto schneller konnte er sich wieder voll und ganz um ihren jüngeren Kollegen kümmern.

„Wir werden gehen, Euer Majestät", grollte der alte Zauberer. „Aber wir sind ermächtigt Euch zu sagen, dass der Rat hofft, Ihr werdet in dieser Sache noch Vernunft annehmen. Dalaran war immer ein standfester und loyaler Verbündeter."

„Wenn es Lust dazu hatte!"

Beide Magier ignorierten diesen harschen Satz des Königs. Die Frau drehte sich zu Deathwing um und sagte: „Lord Prestor, es war uns eine Ehre, Euch endlich kennen zu lernen. Ich denke, es wird nicht das letzte Mal gewesen sein."

„Wir werden sehen." Sie streckte ihm nicht die Hand entgegen, und auch er verzichtete auf Floskeln. Sie hatten ihn darauf hingewiesen, dass sie ihn auch weiterhin beobachten würden. Ohne Zweifel glaubten die Kirin Tor, ihn damit verunsichern zu können, doch der schwarze Drache fand ihre Drohgebärden lächerlich. Sollten sie doch ihre Zeit mit Kristallkugeln verschwenden oder versuchen, die Könige des Bündnisses umzustimmen. Alles, was sie erreichen würden, waren weitere Anfeindungen der Menschen – und das kam Deathwing gelegen.

Nach einer knappen Verbeugung verließen die beiden Magier das Gemach. Aus Respekt für den König verschwanden sie nicht einfach ins Nichts, wie sie es hätten tun können. Nein, sie würden warten, bis sie wieder in ihrer eigenen Botschaft waren, aus dem Blickfeld misstrauischer Augen. Selbst jetzt bewiesen die Kirin Tor Weitsicht, was diese Dinge anging.

Aber auch das würde nichts ändern.

Als die Zauberer endlich weg waren, begann König Terenas zu sprechen.

„Meine demütigste Entschuldigung für diese Szene, Prestor! Welch eine Dreistigkeit! Sie platzen hier herein, als ob Dalaran und nicht Lordaeron hier herrschte! Dieses Mal sind sie zu weit gegangen ..."

Als Deathwing eine Hand erhob, erstarrte er mitten im Satz. Nachdem sich der Drache mit einem kurzen Blick zu den Türen vergewissert hatte, dass ihn niemand bei der Verzauberung des Königs beobachtete, begab er sich an ein Fenster, von dem aus man den Palasthof und das dahinterliegende Königreich überblicken konnte. Deathwing wartete geduldig. Er beobachtete die Tore, durch die sämtliche Besucher des Palastes ein- und ausgehen mussten.

Die beiden Zauberer tauchten auf und gingen auf eines der Tore zu. Ihre Köpfe waren einander zugewandt, als wären sie in eine wichtige, aber sehr private Unterhaltung vertieft.

Der Drache berührte die teure Glasscheibe des Fensters mit seinem Zeigefinger und malte zwei Kreise darauf, Kreise, die tiefrot glühten. Er murmelte ein einziges Wort.

Das Glas in einem der Kreise bewegte und verzog sich. Es begann das Bild eines Mundes zu formen.

„... überhaupt nichts! Er hat keine Macht, Modera! Ich konnte nichts bei ihm spüren!"

In dem anderen Kreis formte sich ein zarter ausgebildeter Mund. „Vielleicht habt Ihr euch noch nicht genug erholt, Drenden. Immerhin, nach dem Schock, den Ihr erlitten habt ..."

„Den habe ich überwunden. Es ist weitaus mehr nötig, um mich umzubringen! Außerdem weiß ich, dass Ihr ihn auch überprüft habt. Habt *Ihr* etwas gespürt?"

Der weibliche Mund verzog sich. „Nein ... was bedeutet, dass er sehr mächtig ist – vielleicht sogar so stark wie Medivh."

„Er muss einen sehr wirkungsvollen Talisman benutzen. Niemand hat soviel Kraft, nicht einmal Krasus!"

Moderas' Ton änderte sich. „Wissen wir wirklich, wie machtvoll Krasus ist? Er ist älter als wir alle. Das hatte sicherlich etwas zu bedeuten."

„Es bedeutet, er ist vorsichtig ... aber er ist der Beste in unseren Reihen, auch wenn er nicht Oberhaupt des Rates ist."

„Er hatte die Möglichkeit, es zu werden – mehr als einmal."

Deathwing lehnte sich vor. Seine Neugier wurde immer stärker.

„Was hat er eigentlich vor? Warum tut er so geheimnisvoll?"

„Er sagt, er wolle mehr über Prestors Vergangenheit herausfinden, aber ich denke, da steckt noch mehr dahinter. Es ist typisch Krasus."

„Nun, ich hoffe, er findet bald etwas heraus, denn diese Situation ist ... was ist?"

„Ich spüre ein Kitzeln im Nacken. Und ich frage mich, ob ..."

Oben im Palast bewegte der Drache schnell seine Hand über die beiden Glasmünder. Die Platte glättete sich sofort, und die Münder verschwanden spurlos. Deathwing trat vom Fenster zurück.

Die Frau hatte seinen Zauber gespürt, aber sie würde nicht in der Lage sein, ihn auf ihn zurückzuführen. Er hatte keine Angst vor ihnen, auch wenn sie für Menschen erstaunlich begabt waren. Aber Deathwing hatte momentan auch kein Verlangen, sich mit den beiden auseinander zu setzen. Ein neues Element war ins Spiel gekommen, eines, das den Drachen zum ersten Mal ein wenig nachdenklich stimmte.

Er drehte sich zu Terenas um. Der König stand noch so wie Deathwing ihn hatte stehen lassen, mit geöffnetem Mund und ausgestreckter Hand.

Der Drachen schnipste mit den Fingern.

„... und das lasse ich mir nicht bieten! Am liebsten würde ich alle diplomatischen Beziehungen mit ihnen sofort beenden. Wer herrscht in Lordaeron? Nicht die Kirin Tor, was auch immer sie sich denken mögen!"

„Ja, das wäre wahrscheinlich ein weiser Entschluss, Eure Majestät, aber wartet noch ein Weilchen. Lasst sie ihren Protest einreichen, dann verschließt ihnen alle Türen. Ich bin sicher, die anderen Könige werden Eurem Beispiel folgen."

Terenas lächelte ihn müde an. „Ihr seid ein sehr geduldiger junger Mann, Prestor! Ich brülle hier herum, und Ihr akzeptiert es einfach. Aber wir sollten die Hochzeit besprechen! Es stimmt, bis dahin werden noch zwei Jahre vergehen, doch die Übergabe der Braut muss im Detail geplant werden." Er zuckte die Schultern. „So ist es am Königshof nun einmal."

Deathwing verbeugte sich leicht. „Das verstehe ich vollkommen, Euer Majestät."

Der König von Lordaeron begann, seinen zukünftigen Schwiegersohn zu informieren, welche Aufgaben er in den nächsten Monaten bei Hofe übernehmen sollte. Außer der Regentschaftsübernahme in Alterac, die nun anstand, sollte der junge Prestor bei jedem offiziellen Anlass anwesend sein, um die Bande zwischen ihm und Calia vor den Augen des Volkes und der anderen Monarchen stärken. Die Welt sollte sehen, dass diese Hochzeit der Anfang einer neuen Blüte des Bündnisses war.

„Und wenn wir erst einmal Khaz Modan und Grim Batol aus den Händen dieser höllischen Orks befreit haben, können wir die zeremonielle Rückgabe der Länder an die Hügel-Zwerge planen. Eine Zeremonie, die du leiten wirst, mein lieber Junge, denn du bist womöglich einer der wenigen, die dazu beigetragen haben, dass das Bündnis lange genug halten konnte, um den Sieg davonzutragen ..."

Deathwings Aufmerksamkeit ließ nach, und er hörte immer weniger Terenas' Geschwätz zu. Er wusste, was der alte Mann ihm zu sagen hatte, denn er hatte ihm all dies ja in den Kopf gesetzt. Lord Prestor, der Held, würde seine Belohnungen empfangen und langsam und methodisch damit beginnen, die niederen Rassen auszumerzen.

Was den Drachen im Moment mehr interessierte, war das Gespräch der beiden Zauberer, besonders ihre Bemerkung über diesen einen Kirin Tor, Krasus. Deathwings Interesse an ihm war geweckt. Er wusste, dass es frühere Versuche gegeben hatte, die Magie die sein Schloss schützte, zu überwinden, und dass einer dieser Versuche den *Endlosen Hunger* ausgelöst hatte, eine der ältesten und gründlichsten Fallen, die je ein Magier zum Einsatz gebracht hatte. Aber der Drache wusste auch, dass der *Hunger* in seiner Wirkung versagt hatte.

Krasus ... War dies der Name des Zauberers, dem es gelungen war, einen Zauber so alt und mächtig wie Deathwing selbst zu umgehen?

Ich werde mehr über dich herausfinden müssen, dachte der Drache, während er geistesabwesend zu Terenas Geschwätz nickte. *Ja, ich werde mehr über dich in Erfahrung bringen, viel, viel mehr ...*

VIERZEHN

Krasus schlief so tief, wie er selbst als Neugeborener nie geschlafen hatte. Er schlief einen Schlaf, der irgendwo zwischen Träumen und etwas anderem angesiedelt war, diesen ewigen Schlummer, aus dem selbst der mächtigste Eroberer nicht mehr erwachen konnte. Er schlief in dem Wissen, dass er mit jeder vergehenden Stunde dem süßen, ewigen Vergessen näher kam.

Und während er schlief, träumte der Drachenmagier.

Die ersten Visionen waren verschwommene, einfache Bilder aus dem Unterbewusstsein des Schlafenden. Allerdings folgten ihnen schon bald klarere und wesentlich heftigere Erscheinungen. Geflügelte Wesen, manche wie Drachen aussehend, andere völlig fremd, flogen umher und schienen in Panik auseinander zu gehen. Ein schwarz gekleideter Mann verspottete ihn aus einiger Entfernung. Ein Kind lief über einen sonnendurchfluteten Hügel … ein Kind, das sich plötzlich in etwas gekrümmtes, untotes Böses verwandelte.

Selbst in den Tiefen seines Schlummers beunruhigten die Bilder den Zauberer, und er drehte sich nervös. Als er das tat, stürzte er noch tiefer herab und betrat ein Reich aus reiner Dunkelheit, die ihn gleichzeitig erstickte und beruhigte.

Und in diesem Reich sprach eine leise, aber befehlende Stimme zu dem verzweifelten Drachenmagier.

Du würdest alles für sie geben, nicht wahr, Korialstrasz?

In seinem Sanktuarium bewegten sich Krasus' Lippen, als er antwortete: *Ich würde mich selbst opfern, um sie zu befreien.*

Armer loyaler Korialstrasz ... Eine Gestalt erschien in der Dunkelheit, ein Umriss, der mit jedem Atemzug des schlafenden Wesens erbebte. In seinen Träumen trieb Krasus dahin und versuchte nach dem Umriss zu greifen, aber dieser verschwand unter seinen zugreifenden Fingern.

In seiner Vorstellung war es Alexstrasza gewesen.

Du gleitest schneller und schneller der letzten Ruhe entgegen, Mutiger. Möchtest du mich um etwas bitten, bevor das geschieht?

Wieder bewegten sich seine Lippen. *Nur um deine Hilfe für sie ...*

Um nichts für dich selbst? Dein verwehendes Leben vielleicht? Wer den Mut hat, auf den Tod zu trinken, soll mit einem Kelch seines besten Weines belohnt werden!

Die Dunkelheit schien an ihm zu zerren. Krasus fiel das denken und Atmen schwer. Die Versuchung sich hin und her zu wälzen und die dargebotene, tröstende Decke des Vergessens entgegenzunehmen, wurde stärker.

Trotzdem zwang er sich zu einer Antwort. *Sie. Ich bitte nur für sie.*

Plötzlich fühlte er, wie er nach oben gezogen wurde zu einem Ort des Lichts und der Farben, wo er wieder atmen und denken konnte.

Bilder überfluteten ihn, Bilder, die nicht aus seinen eigenen, sondern aus den Träumen anderer stammten. Er sah die Wünsche und Sehnsüchte von Menschen, Zwergen, Elfen, sogar von Orks und Goblins. Er durchlitt ihre Albträume und genoss ihre süßen Gefühle. Die Bilder waren schier unendlich, doch sobald sie an ihm vorbei gezogen waren, stellte Krasus fest, dass er sich nicht mehr an sie erinnern konnte, so wie es ihm fast unmöglich war, sich seiner eigenen Träume zu entsinnen.

Inmitten dieser schwebenden Landschaft entstand eine weitere Vision. Während alle anderen wie Nebel verwehten, behielt diese ihre Form – mehr oder weniger – und wurde größer, bis sie weit über den kleinen Körper des Zauberers hinausragte.

Eine elegante, drachenhafte Gestalt, halb Wirklichkeit, halb Phantasie, spreizte ihre Flügel, als erwache sie gerade. Verwaschene Flecke in einem Grün, wie man es bei Anbruch der Nacht im Wald findet, bedeckten den Rumpf des Leviathan. Krasus sah auf, um dem Drachen in die Augen zu blicken, doch dieser hielt sie fest geschlossen, als schlafe er. Krasus zweifelte jedoch nicht daran, dass die Herrin der Träume ihn sehr wohl wahrnahm.

Ein solches Opfer verlange ich nicht von dir, Korialstrasz, denn du warst stets ein sehr interessanter Träumer ... Die Mundwinkel des Drachen zuckten leicht. *Ein sehr interessanter Träumer.*

Krasus suchte nach einem sicheren Halt, nach *irgendeinem* Halt, aber der Boden um ihn herum blieb diffus, erschien beinahe flüssig, so dass er zum Schweben gezwungen war, was ihm nicht gefiel. *Ich danke dir, Ysera.*

Stets höflich, stets diplomatisch, selbst zu meinen Begleitern, die deine Wünsche in meinem Namen mehr als einmal abgelehnt haben.

Sie haben den Ernst der Lage nicht ganz verstanden, antwortete er.

Du meinst, ich *habe ihn nicht verstanden.* Ysera ließ sich zurücktreiben. Ihr Hals und ihre Flügel waberten, als spiegelten sie sich in einem plötzlich unruhig gewordenen See. Ihre Augenlider blieben geschlossen, aber ihr Gesicht war trotzdem zweifelsfrei auf den Eindringling in ihr Reich gerichtet. *Es wird nicht einfach sein, deine geliebte Alexstrasza zu befreien und selbst ich kann nicht sagen, ob der Preis es wert ist. Wäre es nicht besser, die Welt ihren Weg gehen zu lassen? Wenn die Geberin des Lebens befreit werden sollte, würde es dann nicht ohnehin geschehen, auch ohne Einmischung?*

Ihre Apathie – die Apathie ihrer *drei* Teilaspekte, die er besucht hatte – ließ brennenden Ärger im Geist des Magiers erwachen. *Soll Deathwing wirklich am Ende des Weges stehen, den diese Welt geht? Genau das wird nämlich geschehen, wenn ihr euch alle nur zurücklehnt und träumt!*

Die Schwingen falteten sich zusammen. *Erwähne ihn nicht!*

Krasus verstärkte sein Drängen. *Warum nicht, Herrin der Träume? Beschert er dir etwa Albträume?*

Obwohl die Lider immer noch geschlossen waren, erkannte er die Angst in Yseras Augen. *Er ist jemand, dessen Träume ich nie wieder betreten werde. Er ist jemand, der schlafend noch schrecklicher ist als wach.*

Der belagerte Zauberer versuchte nicht, das Gehörte zu verstehen. Ihn interessierte nur, dass keine dieser großen Mächte den Mut zusammen nehmen wollte, um sich gegen das Kommende zu stellen. Auch wenn sie wegen der *Dämonenseele* nicht mehr waren, was sie einst gewesen waren, verfügten sie doch immer noch über einen gewaltigen Einfluss. Und es blieb nicht nachvollziehbar, dass alle drei zu glauben schienen, das Zeitalter der Drachen sei vorbei oder die Welt es nicht wert, sich aus dem selbst gewählten Schlummer zu erheben.

Ich weiß, dass ihr, du und die deinen, noch immer auf die jüngeren Völker achtet. Ich weiß, dass du die Träume der Menschen, Elfen und …

Bis zu einem gewissen Grad, Korialstrasz! Es gibt selbst Grenzen für meinen *Herrschaftsbereich.*

Aber heißt das nicht, dass du die Welt noch nicht gänzlich aufgegeben hast? Anders als Malygos und Mozdormu verbirgst du dich nicht hinter Wahnsinn oder den Relikten vergangener Zeiten. Gibt es nicht auch Träume, die die Zukunft weisen?

Ebenso wie solche über die Vergangenheit, daran solltest du dich erinnern!

Das verschwommene Bild einer menschlichen Frau, die einen Säugling in den Armen hielt, trieb vorbei. Ein kurzer Blick auf einen kleinen Jungen, der epische Schlachten gegen die Ungeheuer seiner Phantasie kämpfte, flackerte auf und verschwand. Krasus achtete einen Moment auf die verschiedenen Träume, die sich um ihn herum bildeten und wieder vergingen. Es gab viele dunkle, doch ebenso viele, die hell und freundlich waren. So war es schon immer gewesen. Ein Gleichgewicht.

In seinem Geist jedoch brachten die ständige Gefangenschaft seiner Königin und Deathwings Drang, die Welt den jüngeren Völkern zu entreißen, dieses Gleichgewicht zum Kippen. Es würde keine weiteren Träume, keine Hoffnungen mehr geben, wenn beide Situationen nicht geklärt wurden.

Mit oder ohne deine Hilfe werde ich weitermachen, Ysera. Ich muss es tun!

Du kannst dies gerne tun ... Die Traumgestalt des Drachen waberte.

Krasus wandte sich ab und ignorierte die verworrenen Bilder, die seine Bewegung hinterließ. *Dann schicke mich entweder zurück oder stoße mich in den Abgrund! Vielleicht wäre es besser, wenn ich das Schicksal der Welt – und das meiner Königin – nicht miterleben müsste!*

Er erwartete, dass Ysera ihn in die Arme des Vergessens schleudern würde, damit er nicht länger über das Thema Alexstrasza und die anderen, damit verbundenen Belange reden konnte. Stattdessen fühlte der Drachenmagier eine leichte, fast schon zärtliche Berührung an der Schulter.

Krasus drehte sich um und sah eine dünne, blasse Gestalt, die ihm schön, aber unwirklich erschien. Sie war in hellgrünen dünnen Stoff gehüllt, einen Schleier, der alles unterhalb ihres Gesichts verbarg. In mancherlei Hinsicht erinnerte sie ihn an seine Königin – und auch wieder nicht.

Die Augen der Frau waren geschlossen.

Armer, leidender Korialstrasz. Ihr Mund bewegte sich nicht, aber Krasus erkannte ihre Stimme. Yseras Stimme. Ein nachdenklicher Ausdruck lag auf ihrem blassen Gesicht. *Du würdest alles für sie tun.*

Er wusste nicht, weshalb sie sich die Mühe machte zu wiederholen, was sie beide wussten. Krasus wandte sich erneut von der Herrin der Träume ab und suchte nach einem Weg, um dieses unwirkliche Reich zu verlassen.

Geh noch nicht, Korialstrasz.

Und warum nicht?, fragte er, während er sich umdrehte.

Ysera starrte ihn an. Ihre Augen waren vollständig geöffnet. Krasus erstarrte, konnte nur in diese Augen blicken. Es waren die Augen von jedem, den er je gekannt, je geliebt hatte. Es waren Augen, die *ihn* kannten, die alles über ihn wussten. Sie waren blau, grün, rot, schwarz und golden – jede Farbe, die Augen haben konnten.

Es waren sogar seine eigenen.

Ich werde nachdenken über das, was du gesagt hast.

Er konnte ihr kaum glauben. *Du wirst …?*

Sie hob eine Hand und brachte ihn zum Schweigen. *Ich werde über deine Worte nachdenken. Nicht mehr und nicht weniger, für den Anfang jedenfalls.*

Und … und wenn du zu dem Schluss kommst, dass du mir zustimmst?

Dann werde ich versuchen Malygos und Nozdormu von dei-

nem Vorhaben zu überzeugen ... aber selbst dann kann ich nichts in ihrem Namen versprechen.

Das war mehr als Krasus bei Beginn der Unterhaltung gehabt hatte, sogar mehr, als er zu diesem Zeitpunkt erhofft hatte. Vielleicht würde nichts daraus werden, aber so konnte er wenigstens voller Hoffnung in die Schlacht ziehen.

Ich ... ich danke dir.

Ich habe noch nichts für dich getan ... habe nur deine Träume am Leben erhalten. Das kurze Lächeln, das über Yseras Lippen glitt, wirkte bedauernd.

Er wollte ihr erneut danken, doch Ysera schien plötzlich von ihm weg zu schweben. Krasus griff nach ihr, aber als er einen Schritt vortrat, schwebte sie nur schneller davon.

Dann begriff er, dass die Herrin der Träume sich nicht bewegt hatte – sondern er.

Schlaf wohl und gut, armer Korialstrasz, sagte ihre Stimme. Die schmale bleiche Gestalt waberte und löste sich auf. *Schlaf wohl, denn in der Schlacht, die du suchst, wirst du all deine Kraft und noch mehr benötigen!*

Er versuchte zu sprechen, aber selbst seine Traumstimme versagte. Dunkelheit fiel über den Drachenmagier, die wohltuende Dunkelheit des Schlafs.

Und unterschätze die nicht, die du für bloße Handlanger hältst ...

Die Bergfestung der Orks war nicht nur wesentlich größer als Rhonin vermutet hatte, sie war auch wesentlich verworrener. Tunnel, von denen er zunächst annahm, sie würden ihn seinem Ziel näher bringen, knickten in andere Richtungen ab und führten oft sogar bergauf anstatt bergab. Einige endeten, ohne dass es einen Grund dafür zu geben schien. Einer dieser Tunnel zwang ihn dazu, den Weg fast eine Stunde lang zurück zu gehen, was ihn nicht nur wertvolle Zeit, sondern auch dringend benötigte und bereits schwindende Kraft kostete.

Hinzu kam, dass Deathwing während der ganzen Zeit kein einziges Mal gesprochen hatte. Obwohl Rhonin dem schwarzen Drachen nicht traute, wusste er doch, dass Deathwing ihn zu dem gefangenen Leviathan geführt hätte.

Was mochte die Aufmerksamkeit des Dunklen von ihm abgelenkt haben?

In einem unbeleuchteten Gang setzte sich der erschöpfte Magier schließlich auf den Boden, um auszuruhen. Er trug einen Wasserschlauch bei sich, den ihm die glücklosen Goblins gegeben hatten, und daraus trank Rhonin jetzt ein paar Schlucke. Danach lehnte er sich zurück und hoffte, dass einige Minuten der Entspannung ihm dabei helfen würden, seine Gedanken zu ordnen und die vor ihm liegenden Gänge mit neuen Kräften zu durchqueren.

Konnte er sich wirklich vorstellen, die Drachenkönigin zu befreien? Die Selbstzweifel hatten sich während der Reise durch den Berg beständig gesteigert. War er nur hierher gekommen, um glorreich zugrunde zu gehen? Sein Tod würde diejenigen, die bereits vor ihm gestorben waren, nicht zurück bringen, und sie alle hatten selbst entschieden, ihn zu begleiten.

Aber warum hatte er selbst sich zu so einer irrsinnigen Mission hinreißen lassen? Wenn er zurückdachte, konnte sich Rhonin gut an das erste Mal erinnern, als das Thema aufkam. Nach dem katastrophalen Ausgang, der seiner letzten Mission beschieden war, hatte man ihm verboten, an den Aktivitäten der Kirin Tor teilzunehmen und so verbrachte der junge Magier seine Tage damit, zu viel nachzugrübeln, zu wenig zu essen und niemanden zu Gesicht zu bekommen. Die Bedingungen seiner Bewährung erlaubten es niemandem, ihn zu besuchen, was seine Überraschung noch gesteigert hatte, als

Krasus plötzlich vor ihm materialisiert war und seine Unterstützung angeboten hatte, sollte Rhonin bestrebt sein, in den Kreis der Zauberer zurückzukehren.

Rhonin hatte stets geglaubt, keines anderen Beistand zu benötigen, aber Krasus hatte ihn eines Besseren belehrt. Der Meistermagier hatte mit seinem jungen Kollegen lange über dessen verzweifelte Situation geredet, bis Rhonin ihn offen um Hilfe bat. Irgendwie waren sie auf Drachen zu sprechen gekommen und auf das Schicksal Alexstraszas, der roten Drachenkönigin, die von den Orks gefangen gehalten wurde und wilde Bestien zum Ruhm der Horde ausbrüten musste. Obwohl die Hauptstreitmacht der Orks längst vernichtet war, würden die Orks, so lange Alexstrasza noch ihre Gefangene war, in Khaz Modan weiter gegen die Allianz anrennen und dabei zahllose Unschuldige töten.

An diesem Punkt war Rhonin zum ersten Mal die Idee gekommen, den Drachen zu befreien. Es war eine so irrsinnige Idee, dass Rhonin geglaubt hatte, niemand außer ihm könne darauf gekommen sein. Damals war sie ihm dennoch sinnvoll erschienen: Beweisen wollte er sich oder bei einer Mission sterben, über die man bis in alle Ewigkeit unter seinen Brüdern sprechen würde!

Krasus war immens beeindruckt gewesen. Der ältere Magier hatte sehr viel Zeit mit ihm verbracht, erinnerte sich Rhonin, hatte die Details mit ihm ausgearbeitet und den rothaarigen Zauberer wieder und wieder ermuntert. Rhonin musste sich selbst gegenüber im nachhinein sogar einräumen, dass er die Idee, ohne den beständigen Zuspruch seines Mentors, wahrscheinlich wieder fallen gelassen hätte. In gewisser Weise schien die Mission sogar eher die von Krasus, als seine eigene geworden zu sein. Aber was konnte der Gesichtslose für einen Nutzen daraus ziehen, wenn er seinen Schüler in solche Gefahr schickte? Wenn Rhonin siegte, würde ein wenig Ruhm vielleicht dem zufallen, der als Erster an ihn geglaubt hatte, aber wenn er verlor ... Was hatte Krasus zu seiner Unterstützung bewogen?

Rhonin schüttelte den Kopf. Wenn er sich solche Fragen weiter stellte, würde er irgendwann glauben, dass sein Mentor die treibende Kraft hinter dieser Mission gewesen war, dass er seinen Einfluss genutzt hatte, um den jüngeren Zauber dazu zu *bringen*, die Reise in dieses feindliche Land anzutreten.

Lächerlich ...

Ein plötzliches Geräusch ließ Rhonin fast aufspringen, und er begriff, dass er über seinem Gedankengang eingeschlafen war. Der Zauberer presste sich gegen die Wand und wartete auf die Gestalt, die durch den dunklen Gang schlich. Die Orks mussten doch wissen, dass der Tunnel einfach endete. Waren sie hier, weil sie nach ihm suchten?

Dann verebbten die Geräusche, eine fast geflüsterte Unterhaltung, langsam wieder. Der Zauberer begriff, dass er der komplizierten Akustik des Höhlensystems zum Opfer gefallen war. Die Orks, die er gehört hatte, bewegten sich vermutlich auf einer ganz anderen Ebene.

Konnte er den Geräuschen vielleicht folgen? Mit wachsender Hoffnung ging Rhonin vorsichtig in die Richtung, aus der die Unterhaltung gehört zu haben glaubte. Selbst wenn sie nicht genau von dort gekommen war, würde ihn zumindest das Echo schließlich dorthin leiten, wohin er wollte.

Rhonin konnte nicht sagen, wie lange er geschlafen hatte, aber als er weiterging, nahm die Lautstärke der Geräusche stetig zu, so als wäre Grim Batol gerade erwacht. Die Orks schienen in plötzliche Aktivität verfallen zu sein, was den Magier vor ein Problem stellte, denn plötzlich drangen zu viele Geräusche aus zu vielen Richtungen zu ihm vor. Rhonin wollte nicht versehentlich in den Übungsraum für Krieger treten oder gar in ihren Speisesaal. Er wollte nur die Kammer finden, in der die Drachenkönigin gefangen gehalten wurde.

Dann übertönte jäh ein drachenhaftes, hohes Brüllen die Geräusche, das abrupt wieder abbrach. Rhonin hatte solche Schreie bereits gehört, jedoch nicht über sie nachgedacht. Jetzt schalt er sich einen Narren; würde man nicht alle Drachen im gleichen Bereich der Anlage unterbringen? Im schlimmsten Fall würde er in die Nähe *irgendeiner* Bestie geraten, wenn er den Schreien folgte und dann konnte er vielleicht den Weg zur Kammer der Königin von dort aus finden.

Eine Zeitlang bewegte er sich ohne große Probleme durch die Tunnel. Die meisten Orks schienen weit weg zu sein und an ein und dem selben Projekt zu arbeiten. Kurz fragte sich der Zauberer, ob sie sich vielleicht auf eine große Schlacht vorbereiteten. Sicherlich bedrängte die Allianz die Ork-Streitkräfte im Norden von Khaz Modan. Grim Batol musste die Brüder dort oben unterstützen, damit die Horde überhaupt noch eine Chance hatte, die Menschen und ihre Verbündeten zurückzuwerfen.

Wenn das zutraf, stellte die Aktivität einen Vorteil für Rhonin dar. Die Orks würden so nicht nur von anderen Dingen abgelenkt sein, es würden sich auch wesentlich weniger hier herumtreiben, als sonst üblich. Sicherlich würde sich jeder Reiter alsbald auf seinem dressierten Tier in die Lüfte schwingen und den Weg nach Norden einschlagen.

Zuversichtlicher beschleunigte Rhonin seine Schritte, wurde selbstsicherer ...

... nur um Sekunden später beinahe in die Arme zweier außergewöhnlich großer Ork-Krieger zu stolpern.

Zum Glück waren sie noch überraschter über die unerwartete Begegnung als er. Rhonin hob sofort seine linke Hand und murmelte einen Zauberspruch, den er sich eigentlich für widrigere Umstände hatte aufheben wollen.

Der Ork, der ihm am nächsten stand, verzog sein Gesicht mit den Fangzähnen zu einer wütenden Fratze und griff nach der Axt, die über seinen Rücken hing. Rhonins Spruch traf ihn mitten in die Brust und warf den kräftigen Krieger gegen die Felswand.

Als der Ork die Wand berührte, *verschmolz* er mit dem Fels. Die Umrisse seiner Gestalt mit dem wütend geöffneten Mund blieben für einen kurzen Moment zurück, dann wurden auch sie in die Wand gezogen, und es blieb keine Spur der Kreatur zurück.

„Drecksmensch!", brüllte der zweite Ork, die Axt in der Hand. Er schwang seine Klinge Rhonin entgegen und schmetterte Splitter aus dem Fels, als der Magier sich gerade noch rechtzeitig duckte. Der Ork stürmte nach vorn. Seine bullige, schmutzig grüne Gestalt füllte den engen Gang fast völlig aus. Eine Halskette aus getrockneten, runzeligen Fingern – menschliche, elfische und andere – baumelte vor Rhonins Augen. Zweifellos wollte sein Gegner auch die Finger des Magiers der Sammlung hinzufügen. Der Ork schlug erneut zu und teilte Rhonin beinahe in zwei Hälften.

Rhonin starrte erneut auf die Halskette. In seinem Geist entstand eine düstere Idee. Er zeigte auf die Kette und machte eine kurze Geste.

Sein Spruch ließ den Ork kurz inne halten, aber als der wilde Krieger kein sichtbares Resultat bemerkte, lachte er den erbärmlichen kleinen Menschen schadenfroh aus. „Komm. Bringen wir es hinter uns, Magier."

Doch als er seine Axt hob, veranlasste ihn ein schabendes Gefühl, auf seine Brust herabzublicken.

Die mehr als zwei Dutzend Finger an seiner Halskette hatten sich auf seine Kehle zu bewegt.

Er ließ die Axt fallen und versuchte sie wegzuziehen, aber sie hatten sich bereits tief eingegraben. Der Ork begann zu husten, als die Finger eine makabere Hand bildeten, eine Hand, die ihm Luft abschnitt.

Rhonin sprang aus dem Weg, als der Ork zu taumeln begann und versuchte die rächenden Finger abzureißen. Der Zauberer hatte den Spruch eigentlich nur zur Ablenkung eingesetzt, bis er sich etwas Endgültigeres überlegen konnte, aber die abgetrennten Finger schienen sich die Möglichkeit nicht entgehen lassen zu wollen. Rache? Selbst als Magier konnte Rhonin nicht glauben, dass die Seelen der Krieger, die von dem Ork erschlagen worden waren, die Finger zu dieser Leistung anspornten. Es musste die Macht des Spruchs selbst sein.

So musste es einfach sein ...

Die verzauberten Finger, gleichgültig, ob sie von rachedurstigen Geistern oder einfacher Magie angespornt wurden, verrichteten ihre schreckliche Arbeit mit scheinbarer Leichtigkeit. Blut strömte über die Brust des Orks, als Nägel sich in das weiche Fleisch seiner Kehle bohrten. Der monströse Krieger brach in die Knie; seine Blicke waren so verzweifelt, dass Rhonin seine Augen schließlich abwenden musste.

Einige Sekunden später hörte er, wie der Ork nach Luft schnappte – wenig später fiel ein schweres Gewicht auf den Tunnelboden.

Der hünenhafte Berserker lag in seinem Blut, die fremden Finger immer noch tief in den Hals gegraben. Rhonin wagte es, eines der abgetrennten Gliedmaßen zu berühren, spürte jedoch keine Bewegung, kein Leben. Die Finger hatten ihre Aufgabe erfüllt und waren nun in ihren ursprünglichen Zustand zurück verfallen, so wie der Spruch es beabsichtigt hatte.

Und doch ...

Rhonin eilte an der Leiche vorbei und verdrängte diese Gedanken. Es gab keinen Ort, an dem er den Körper hätte verbergen können, und er hatte auch keine Zeit darüber nachzudenken. Früher oder später würde jemand entdecken, was geschehen war, aber daran konnte der Zauberer nichts ändern. Rhonin musste sich voll und ganz auf die Drachenkönigin konzentrieren. Wenn es ihm gelang, sie zu befreien, brachte sie ihn vielleicht in Sicherheit. Darin, das wusste er, lag seine einzige Fluchtmöglichkeit.

Es gelang ihm, die nächsten Tunnel ohne Unterbrechungen zu durchqueren, aber dann bemerkte er einen hell erleuchteten Gang vor sich, aus dem lautes Stimmengewirr drang. Vorsichtiger bewegte sich Rhonin auf die Kreuzung zu und spähte um die Ecke.

Was er für einen Gang gehalten hatte, erwies sich als der Eingang zu einer riesigen Höhle, die sich rechter Hand erstreckte. Zahlreiche Orks beluden Wagen und spannten Zugtiere ein, als stünde eine lange Reise, von der sie vielleicht nie zurückkehren würden, kurz bevor.

Hatte er mit seiner Mutmaßung über eine Schlacht im Norden richtig gelegen? Wenn ja, wieso schienen sich dann aber *alle* Orks auf diese Reise zu begeben? Wieso nicht nur die Reiter und ihre Drachen? Mit diesen Wagen würden sie viel zu lange brauchen, um Dun Algaz zu erreichen.

Zwei Orks traten in sein Blickfeld. Sie trugen etwas sehr Schweres zwischen sich. Sicherlich hätten sie es am liebsten abgelegt, aber aus irgendeinem Grund wagten sie das nicht. Sie achteten sogar sehr sorgfältig auf ihre Last, wie Rhonin auffiel, fast als bestünde sie aus purem Gold.

Der Zauberer sah, dass niemand in seine Richtung blickte und trat vor, um mehr über diese Sache in Erfahrung zu bringen. Der Gegenstand war rund – nein, *oval* – und etwas rau, beinahe schon schuppig. Er erinnerte Rhonin irgendwie an ein …

… an ein Ei.

Ein *Drachenei*, um genau zu sein.

Sein Blick glitt rasch zu den anderen Wagen. Erst jetzt wurde ihm klar, dass sich auf vielen Eier in unterschiedlichen Entwicklungsstadien befanden. Er sah glatte, fast runde Eier und welche, die noch schorfiger als das erste waren und kurz vor dem Schlüpfen standen.

Wenn die Drachen so wichtig für die schwindenden Hoffnungen der Orks waren, warum riskierte man dann, eine so wertvolle Fracht auf eine Reise voller Unwägbarkeiten mitzunehmen?

Mensch!

Die Stimme in seinem Kopf ließ Rhonin beinahe aufschreien. Er presste sich gegen die Wand und schlüpfte zurück in den Tunnel. Erst als er sicher war, dass keiner der Orks ihn sehen konnte, griff er nach dem Medaillon um seinen Hals und betrachtete den schwarzen Kristall in der Mitte.

Er leuchtete schwach.

Mensch. Rhonin … Wo bist du?

Wusste es Deathwing nicht? „Ich bin mitten in der Ork-Festung", flüsterte er. „Ich habe nach der Kammer der Drachenkönigin gesucht."

Du hast jedoch etwas anderes gefunden. Ich habe ein wenig davon bemerkt. Was war es?

Aus irgendeinem Grund wollte Rhonin das Deathwing nicht beantworten. „Es waren nur Orks, die sich auf die Schlacht vorbereiten. Ich hätte beinahe ihren Übungsraum betreten, bevor ich sie bemerkte."

Auf seine Entgegnung hin folgte eine Pause. Sie war so lang, dass Rhonin schon glaubte, Deathwing habe die Verbindung abgebrochen. Dann sagte der Drache in einem sehr ruhigen Tonfall: *Ich möchte das sehen.*

„Es ist nichts …"

Bevor Rhonin noch etwas hinzufügen konnte, entglitt sein Körper plötzlich seiner Kontrolle und wandte sich wieder der Höhle und den vielen, vielen Orks zu. Der wütende Zauberer versuchte zu protestieren, aber dieses Mal verweigerte sich ihm sogar sein Mund.

Deathwing brachte ihn an den Ort, an dem er zuletzt gestanden hatte und zwang den Magier mit der rechten Hand das Medaillon anzuheben. Rhonin nahm an, dass Deathwing alles durch den schwarzen Kristall betrachtete.

Schlachtvorbereitungen ... Das war es also ... Sie bereiten sich wohl auf den Rückzug vor?

Er konnte auf die spöttische Antwort des Leviathans nichts erwidern, glaubte jedoch auch nicht, dass Deathwing an seinen Worten interessiert war. Der Drache zwang ihn ohne Deckung stehen zu bleiben, während das Medaillon alles übertrug.

So ist das also ... Du darfst jetzt in den Tunnel zurückkehren.

Sein Körper gehörte ihm plötzlich wieder, und Rhonin trat in den Tunnel, froh darüber, dass die Orks so in ihre Arbeit vertieft waren, dass keiner von ihnen aufgeschaut hatte. Er lehnte sich schwer atmend gegen die Wand und begriff, dass er sich vor einer Entdeckung weitaus mehr gefürchtet hatte, als er sich dies zuvor eingestanden hätte. Offenbar war er doch nicht so selbstmordgefährdet, wie er einmal angenommen hatte.

Du folgst dem falschen Pfad. Du musst zur letzten Kreuzung zurückkehren.

Deathwing kommentierte Rhonins versuchten Betrug nicht, was dem Zauberer mehr Bauchschmerzen bereitete, als wenn er es getan hätte. Sicherlich dachte auch Deathwing über den Grund für die Verlegung der Eier nach, außer er kannte ihn bereits. Gewiss aber hatte ihm niemand von hier Informationen darüber gegeben. Die Orks fürchteten und hassten den schwarzen Drachen ebenso so sehr – wenn nicht noch mehr – wie die gesamte Lordaeron-Allianz.

Trotz dieser Sorgen folgte er Deathwings Anweisungen unverzüglich und ging im Tunnel zurück, bis er die besagte Kreuzung erreichte. Rhonin hatte sie zuvor ignoriert, da er aufgrund ihrer Enge und der schlechten Beleuchtung nicht davon ausgegangen war, dass sie von Bedeutung war. Er war der Ansicht gewesen, dass die Orks wichtige Tunnel besser beleuchtet hätten.

„Hier lang?", fragte er.

Ja.

Es stimmte Rhonin nachdenklich, dass der Drache so viel über das Höhlensystem wusste. Bestimmt war Deathwing nicht durch die Tunnel gewandert, auch nicht in seiner menschlichen Gestalt. Hätte er es als Ork maskiert zu tun vermocht? Wahrscheinlich schon, doch auch das schien nicht die Antwort zu sein.

Der zweite Tunnel zu deiner Linken. Den wirst du als nächstes nehmen.

Deathwings Anweisungen kamen absolut präzise. Rhonin wartete auf einen einzigen Fehler, der bewies, dass der Drache zumindest teilweise nur riet, aber ein solcher Fehler blieb aus. Deathwing kannte sich in den Höhlen der Orks so gut aus wie die bestialischen Krieger selbst – wenn nicht sogar noch besser.

Endlich, nachdem der Zauberer Stunden in den Tunneln verbracht zu haben schien, befahl die Stimme plötzlich: *Stopp!*

Rhonin hielt an, obwohl er nicht wusste, was den Drachen zu dieser Reaktion veranlasst hatte.

Warte.

Momente später trugen die Wände des Tunnels Stimmen zu dem Magier.

„... wo du warst! Ich habe Fragen an dich, Fragen!"

„Bin untröstlich, mein großer Kommandant, untröstlich. Es ließ sich nicht ändern! Ich ..."

Die Stimmen verebbten, noch während Rhonin bemüht, mehr zu verstehen. Er wusste, dass eine zu einem Ork gehörte, anscheinend sogar zu dem, der die Festung befehligte. Aber der zweite Sprecher musste einem anderen Volk angehören. Den Goblins.

Deathwing benutzte die Goblins. Wusste er deshalb so viel über diese riesige Festung? Hatte einer der hiesigen Goblins auch dem Dunklen gedient?

Er wäre den beiden am liebsten gefolgt, um mehr von ihrer Unterhaltung zu verstehen, aber der Drache befahl ihm, seinen eigenen Weg fortzusetzen. Rhonin wusste, dass er gehorchen musste, wenn er nicht wollte, dass Deathwing ihn erneut „übernahm". So lange Rhonin noch die Kontrolle über seinen Körper hatte, konnte er sich zumindest einreden, eigene Entscheidungsgewalt zu besitzen.

Er durchquerte den Gang, durch den der Ork-Kommandant und der Goblin geschritten waren. Dann ging er durch einen tiefen Tunnel hinab in die tiefsten Bereiche des Bergs. War es nicht klar, dass er in der Nähe der Drachenkönigin sein musste? Tatsächlich hätte er beinahe geschworen, das Atmen eines Riesen zu hören, und da es keine echten Riesen in Grim Batol gab, blieben nur die Drachen.

Zwei Tunnel geradeaus und dann rechts. Folge dem Gang, bis du eine Öffnung auf der linken Seite siehst.

Danach schwieg Deathwing. Rhonin gehorchte den Anweisungen erneut und beschleunigte seine Schritte so weit wie möglich. Seine Nerven lagen blank. Wie lange musste er diesen Berg noch durchwandern?

Er wandte sich nach rechts, folgte dem nächsten Tunnel immer und immer weiter. Nach den einfachen Anweisungen des

Drachen hatte Rhonin erwartet, die erwähnte Öffnung in recht kurzer Zeit zu erreichen, aber auch nach gut einer halben Stunde fand er immer noch nichts, nicht einmal eine weitere Kreuzung. Zweimal schon hatte er Deathwing gefragt, ob er bald ankommen würde, aber sein unsichtbarer Lotse schwieg beharrlich.

Dann, gerade als der Zauberer daran dachte aufzugeben, bemerkte er ein Licht. Es war gedämpft, aber ganz eindeutig ein Licht ... auf der linken Seite des Gangs.

Mit neuer Hoffnung und ohne viel Lärm zu machen, eilte Rhonin so schnell er konnte darauf zu. Er hatte keine Ahnung, ob nicht vielleicht ein Dutzend Ork-Wachen die Königin umgaben. Er hatte Sprüche vorbereitet, hoffte jedoch, dass er sie für verzweifeltere Situationen aufheben konnte.

Halt!

Deathwings Stimme hallte durch seinen Kopf und sorgte dafür, dass Rhonin beinahe gegen die nächste Wand prallte. Er presste sich dagegen und war einen Moment lang überzeugt, von einem Ork entdeckt worden zu sein.

Aber von ihm selbst abgesehen, befand sich niemand im Gang.

„Warum habt Ihr gerufen?", fragte er das Medaillon.

Dein Ziel liegt vor dir ... aber der letzte Weg wird vielleicht nicht nur von Fleisch bewacht.

„Magie?" Er hatte bereits daran gedacht, aber der Drache hatte ihm nicht die Zeit gegeben, sorgfältig danach zu suchen.

Und Wächter, die aus Magie entstehen. Es gibt eine einfache Methode, um die Wahrheit zu entdecken. Halte das Medaillon hoch, wenn du auf den Eingang zugehst.

„Was ist mit Wachen aus Fleisch und Blut? Über die sollte ich mir auch ein paar Gedanken machen."

Er konnte die wachsende Präsenz des dunklen Herrschers spüren. *Du wirst alles beizeiten erfahren, Mensch ...*

Er war überzeugt, dass Deathwing von ihm erwartete, zu Alexstrasza vorzustoßen, deshalb hob er das Medaillon und bewegte sich langsam vorwärts.

Ich habe nur einfache Zaubersprüche bemerkt, einfach für einen wie mich, meine ich, informierte ihn der Drache im Weitergehen. *Ich werde mich um sie kümmern.*

Der schwarze Kristall leuchtete plötzlich auf, worauf der erschrockene Magier ihn beinahe fallen gelassen hätte.

Die Schutzzauber sind jetzt ausgelöscht. Eine Pause. *Es gibt keine Wachen im Inneren. Sie würden sie nicht benötigen, selbst wenn sie keine Schutzzauber angebracht hätten. Alexstrasza ist sicher angekettet und mit ihrer Umgebung verbunden. Die Orks haben sehr effektiv gearbeitet. Sie ist völlig kaltgestellt.*

„Soll ich hineingehen?"

Ich wäre enttäuscht, wenn du es nicht tätest.

Rhonin fand Deathwings Formulierung seltsam, dachte jedoch nicht länger darüber nach, da er sich auf die Aussicht konzentrierte, endlich der Drachenkönigin gegenüber zu treten.

Er wünschte, Vereesa wäre jetzt bei ihm und fragte sich, warum ihm das so gefallen würde. Vielleicht ...

Sogar die Gedanken an die in Silber gekleidete Elfe vergingen, als er in den Eingang trat und zum ersten Mal den riesigen Drachen Alexstrasza erblickte.

Sie starrte ihn ebenfalls an. In ihren Reptilienaugen lag so etwas wie Angst – allerdings nicht um sich selbst.

„Nein!", krächzte sie, so gut es die Klammern um ihre Kehle zuließen. *„Trete zurück!"*

Im gleichen Moment sagte Deathwing in triumphierendem Tonfall: *Perfekt!*

Ein Lichtblitz umgab den Zauberer. Jede Faser seines Körpers zuckte, als eine monströse Macht durch ihn hindurch fuhr. Das Medaillon entfiel seinen plötzlich kraftlosen Fingern.

Als er zusammenbrach, hörte er wie Deathwing das Wort wiederholte und zu lachen begann.

Perfekt ...

FÜNFZEHN

Vereesa schnappte nach Luft und stellte zu ihrer Verblüffung fest, dass dies überhaupt möglich war. Der Albtraum, lebendig begraben zu werden, verblich mit jedem gierigen Atemzug mehr. Nach und nach wurde sie ruhiger, und endlich öffnete sie ihre Augen – nur um festzustellen, dass sie einen Albtraum gegen den anderen eingetauscht hatte.

Drei Gestalten kauerten um ein winziges Feuer in der Mitte einer kleinen Höhle. Im Licht der Flammen sahen die grotesken Figuren noch fürchterlicher aus als ohnehin schon. Vereesa sah ihre Rippen durchscheinen; geflecktes, schuppiges Fleisch hing lose herab. Ihre Gesichter glichen Totenköpfen mit länglichem Kinn und schnabelartiger Nase. Am deutlichsten sah die Waldläuferin eng zusammenstehende, heimtückische Augen und scharfe Zähne.

Jeder der Drei trugen wenig mehr als einen lumpigen Lendenschurz. Neben ihnen ruhten ihre Wurfäxte, deren ausgezeichnete Treffsicherheit Vereesa ja hinlänglich kannte.

Obwohl sie versuchte, sehr still zu sein, musste doch irgendein Geräusch an die langen, spitzen Ohren gedrungen sein, denn einer ihrer Wärter blickte sofort in ihre Richtung. Eine Binde verdeckte die Reste seines linken Auges.

„Abendessen ist wach!", zischte er.

„Eher Nachtisch", erwiderte einer, der im Gegensatz zu den beiden anderen eine Vollglatze hatte, während ihre rasierten

Schädel oben noch lange, struppige Stachelmähnen aufwiesen.

„Ganz klar Nachtisch", grinste der Dritte, der einen zerschlissenen Schal trug, der einmal einem Angehörigen von Vereesas Rasse gehört haben musste. Er wirkte schlaksiger als die beiden anderen, und sprach, als ob er keinen Widerspruch duldete. Offenbar der Anführer.

Der Anführer eines sehr ausgehungert wirkenden Troll-Trios.

„Schlechte Ernte in letzter Zeit", fuhr der Schalträger fort. „Aber nun Zeit für ein Fest, ja."

Zu ihrer Rechten hörte Vereesa plötzlich etwas, das ein ganzer Schwall von Worten hätte sein können, wäre da nicht der Knebel gewesen, der ihn erstickte. Sie drehte den Kopf, soweit ihre sorgfältig geschnürten Fesseln dies erlaubten, und sah, dass auch Falstad noch am Leben war – wie lange noch, wusste sie nicht. Auch vor den Troll-Kriegen hatte sich schon hartnäckig das Gerücht gehalten, dass diese ekelerregenden Kreaturen alle Lebewesen außer der eigenen Gattung als Nahrung betrachteten. Selbst die Orks, mit denen sie verbündet waren, hielten stets ein wachsames Auge auf diese flinken, verschlagenen Teufel.

Glücklicherweise gab es seit den Troll-Kriegen und dem Kampf gegen die Horde kaum noch Angehörige ihrer verdorbenen Rasse. Vereesa hatte persönlich noch nie einen Troll gesehen, sie kannte sie nur von Bildern und aus Legenden. Es wäre ihr lieber gewesen, wenn das so geblieben wäre.

„Geduld, Geduld", murmelte der Schalträger mit einer gespielt mitleidigen Stimme. „Du kommst zuerst dran, Zwerg! Du zuerst!"

„Können wir das nicht jetzt gleich tun, Gree?", bettelte der einäugige Troll. „Warum nicht gleich?"

„Weil ich es sage, Shnel!" Unerwartet traf Grees harte Faust Shnel am Kinn, und er fiel um.

Der dritte Troll sprang auf die Füße und feuerte seine Kameraden an, weiterzumachen. Gree jedoch starrte ihn kalt an, bis er den glatzköpfigen Schädel zwischen die Schultern zog. Indes kroch Shnel zurück zu seinem Platz vor dem winzigen Feuer und erweckte einen überaus unterwürfigen Eindruck.

„Ich bin Führer!" Gree schlug eine knochige, krallenbewehrte Hand gegen seine Brust. „Ja, Shnel?"

„Ja, Gree! Ja!"

„Ja, Vorsh?"

Das haarlose Monster beugte den Kopf wieder und wieder. „Ja, o ja, Gree! Du bist Führer! Du bist Führer!"

Wie auch bei Elfen, Zwergen und Menschen gab es bei den Trollen verschiedene Arten. Einige wenige verwendeten eine gehobene Sprache wie die Elfen – sogar wenn sie gerade dabei waren, jemandem den Kopf abzuschlagen. Andere waren eher wie Wilde, vor allem die, die sich in den Höhlen und unterirdischen Reichen aufhielten. Doch Vereesa bezweifelte, dass es irgendeine niedrigere Form von Trollen gab als die drei simplen Kreaturen, die Falstad und sie gefangen hatten – und das war noch das mildeste Urteil, das sie über sie fällte.

Das Trio vertiefte sich wieder in ein geflüstertes Gespräch am Feuer.

Vereesa spähte zu dem Zwerg, der ihren Blick erwiderte. Sie hob eine Augenbraue, doch zur Antwort schüttelte er den Kopf. Nein, trotz seiner erstaunlichen Kraft konnte er die engen Fesseln nicht sprengen. Auch sie schüttelte den Kopf. Wie barbarisch die Trolle auch sein mochten, im Knüpfen waren sie wahre Meister.

Vereesa versuchte, sich nicht davon einschüchtern zu lassen, und blickte sich weiter in ihrer Umgebung um – so viel sie davon im Dunkeln erblicken konnte. Sie schienen sich in der Mitte eines roh gehauenen Tunnels zu befinden, den die Trolle vermutlich selbst gegraben hatten. Vereesa sah die langen, krallenbestückten Finger vor sich, die vorzüglich dafür geeignet waren, sich durch Erde und Gestein zu wühlen. Diese Trolle hatten sich gut an ihren Lebensraum angepasst.

Obwohl die Elfe das Ergebnis schon kannte, versuchte sie, ein lose baumelndes Ende der Fessel zu finden. So vorsichtig sie konnte, drehte sie sich um und scheuerte sich die Handgelenke wund, doch alle Anstrengung half nichts.

Ein schreckliches Lachen verriet ihr, dass die Trolle wohl ihren Versuch bemerkt hatten.

„Nachtisch ist lebhaft", bemerkte Gree. „Wird Spaß machen."

„Wo sind die anderen?", beschwerte sich Shnel. „Sollten schon hier sein!"

Der Anführer nickte und fügte hinzu: „Hulg weiß, was passiert, wenn er nicht gehorcht! Vielleicht ist er …" Plötzlich ergriff er seine Wurfaxt. *„Zwerge!"*

Die Axt flog kreiselnd durch den Tunnel, ganz dicht an Vereesas Kopf vorbei. Einen Moment später ertönte ein gutturaler Schrei. Aus dem Tunnel brachen kurze, stämmige Gestalten hervor, die Schlachtrufe schrien und kurze Äxte und Schwerter schwangen.

Gree zog eine andere Axt hervor, die wohl dem Nahkampf diente. Shnel und Vorsh, Letzterer kauernd, ließen Wurfäxte fliegen. Die Elfe sah, wie ein gedrungener Angreifer unter Shnels Waffe fiel, doch Vorshs Axt ging weit daneben. Dann folgten die Trolle dem Beispiel ihres Anführers und griffen zu stärkeren, größeren Äxten, während ihre Angreifer sie umzingelten.

Vereesa zählte mehr als ein halbes Dutzend Zwerge, jeder in abgewetzte Pelze und rostige Rüstungen gehüllt. Ihre Helme waren rund, passten genau und wiesen keinerlei Hörner oder sonstige unnötigen Zierrat auf. Wie Falstad trugen die meisten

Bärte, wenn ihre auch kürzer und besser getrimmt wirkten. Die Zwerge handhabten ihre Äxte und Schwerter mit geübter Präzision. Die Trolle wurden immer mehr zusammengedrängt. Es war Shnel, der zuerst fiel, das einäugige Monster sah den Krieger nicht, der auf seiner blinden Seite auftauchte. Vorsh bellte eine Warnung, doch sie kam zu spät. Shnel führte einen wilden Hieb nach seinem neuen Gegner, verfehlte ihn jedoch. Der Zwerg trieb sein Schwert in die Eingeweide des schlaksigen Trolls.

Gree war der wildeste Kämpfer. Er landete einen guten Hieb, der einen Zwerg zurücktaumeln ließ, und schlug einem anderen fast den Kopf ab. Als seine Axt jedoch mit der längeren, stabilen Axt eines Gegners kollidierte, zerbrach sie. In seiner Verzweiflung ergriff er die Waffe des Zwerges oben am Griff und versuchte, sie der Hand des kleineren Kämpfers zu entwinden. Die scharf geschliffene Klinge einer anderen Axt traf den Anführer der Trolle in den Rücken.

Fast fühlte die Elfe etwas wie Mitleid mit dem letzten ihrer Feinde. Vorsh, der wusste, dass er verloren war, sah so aus, als würde er gleich anfangen zu wimmern. Dennoch schlug er mit seiner Axt weiter auf den nächstbesten Zwerge ein und landete fast aus schierem Glück einen blutigen Treffer. Doch letztendlich konnte er der Flut seiner Feinde, die ihn in einem immer enger werdenden Kreis umzingelten, Äxte und Schwerter gezückt, nicht mehr standhalten. Am Ende glich Vorshs Tod eher einem Gemetzel.

Vereesa schaute weg. Sie sah nicht wieder nach vorne, bis eine ruhige Stimme mit leichtem Reibeisenklang bemerkte: „Kein Wunder, dass die Trolle so hart gekämpft haben! Gimmel! Siehst du das?"

„Aye, Rom! Sieht viel besser aus, als was ich hier drüben gefunden habe!"

Kräftige Hände zogen sie in eine sitzende Position. „Mal sehen, ob wir die Fesseln von Euch abkriegen, ohne Eure hübsche Figur zu sehr in Mitleidenschaft zu ziehen!"

Sie blickte hoch in das Gesicht eines gesund aussehenden Zwerges, der fast einen halben Kopf kleiner war als Falstad und viel plumper gebaut. Als er ihr die Fesseln löste, wurde der Elfe jedoch bewusst, dass der erste Eindruck täuschte; diese Zwerge hatten schon im Umgang mit den Trollen bewiesen, dass sie keinesfalls ungeschickt waren.

Aus der Nähe betrachtet sahen die Kleider der Zwerge noch zerlumpter aus, was wenig überraschte, wenn die Zwerge sich, wie Vereesa vermutete, damit durchschlugen, die Orks zu bestehlen. Es herrschte auch ein ausgeprägter Geruch vor, der verriet, dass Baden seit langem ein Luxus war.

„Das hätten wir!"

Die Fesseln fielen von ihr ab. Sofort riss sich Vereesa den Knebel vom Mund, um den sich der Zwerg nicht gekümmert hatte. Gleichzeitig brach rechts ein Schwall von Flüchen los; auch Falstad war wieder frei.

„Halt den Mund, oder ich stopf den Knebel wieder rein!", knurrte Gimmel ihn an.

„Es braucht eine Menge Hügelzwerge, um einen Aerie zu besiegen!"

Ein Raunen unter den Zwergen warnte Vereesa, dass ihre Retter sie gleich wieder gefangen nehmen würden, wenn der Greifenreiter sein Mundwerk nicht im Zaum hielt. Sie kam auf die Beine, erinnerte sich gerade noch rechtzeitig, dass der Tunnel hier nicht ganz ihrer Größe angepasst war, und sagte angespannt zu dem Zwerg: „Falstad! Sei höflich zu unseren Rettern! Immerhin haben sie uns vor einem schrecklichen Schicksal bewahrt …"

„Aye, da habt Ihr recht", antwortete Rom. „Die verdammten Trolle essen alles, was Fleisch ist, egal ob tot oder lebendig!"

„Sie erwähnten noch andere Trolle", erinnerte sie sich plötzlich. „Vielleicht sollten wir lieber von hier verschwinden, bevor sie kommen."

Rom hob die Hand. Seine zerfurchten Züge erinnerten Vereesa an einen zähen alten Hund. „Kein Grund zur Sorge. Über jene anderen sind wir auf diese drei hier gestoßen." Er dachte einen Moment nach. „Aber vielleicht habt ihr trotzdem Recht. Es war nicht die einzige Bande von Trollen in dieser Gegend. Die Orks halten sie fast wie Bluthunde! Jeder außer den Orks, der diese ruinierten Lande betritt, ist Freiwild – und sie vergreifen sich auch schon mal an ihren eigenen Verbündeten, wenn sie glauben, dass es keiner merkt!"

Durch Vereesas Kopf schwirrten Bilder des Schicksals, das sie erwartet hätte. „Ekelhaft! Ich danke Euch von ganzem Herzen für Euer rechtzeitiges Einschreiten!"

„Hätte ich gewusst, dass Ihr es seid, die wir retten, hätte ich diesen traurigen Haufen schneller hierher getrieben!"

Gimmel, dessen Augen viel zu oft an der Elfe hafteten, trat zu seinem Anführer. „Joj ist tot. Er steckt immer noch halb in der Wand. Narn geht es schlecht, er muss behandelt werden. Die anderen Verletzten können gehen."

„Dann lasst uns aufbrechen! Du auch, Schmetterling!" Letztere Bemerkung bezog sich auf Falstad, der auf diese offensichtlich herbe Beleidigung der Aerie-Zwerge hin ziemlich zornig wurde. Vereesas sanfte Berührung an der Schulter beruhigte ihn ein wenig, doch ihr Freund blickte immer noch finster, als sie sich in Bewegung setzten.

Die Elfe sah, dass die Hügelzwerge nicht nur alle nützlich scheinenden Dinge der Trolle an sich nahmen, sondern auch die ihres toten Kameraden. Sie machten jedoch keine Anstalten, seine Leiche abzutransportieren, und als Rom ihren Blick bemerkte, zuckte er leicht beschämt die Schultern.

„Durch den Krieg sind wir gezwungen, manche Regeln zu ändern, Elfendame. Joj würde das verstehen. Wir werden seine Habe an seine nächsten Verwandten weitergeben und auch einen Extraanteil an der Beute ... nicht dass da viel gewesen wäre, wie ich leider sagen muss."

„Ich hatte keine Ahnung, dass sich in Khaz Modan überhaupt noch Zwerge aufhalten. Es wurde behauptet, dass alle Zwerge das Land verließen, als sich abzeichnete, dass sie es nicht mehr gegen die Horde würden halten können."

Der Ausdruck auf Roms Hundegesicht wurde bitter. „Aye, alle, die weggehen *konnten*, taten das auch! Aber das war nicht allen möglich, wisst Ihr? Die Horde kam über uns wie eine Pest und schnitt vielen von uns den Weg ab! Wir waren gezwungen, immer weiter unter die Erde zu gehen, tiefer als wir es je getan hatten! Viele sind damals gestorben, und seither noch viele mehr!"

Ihr Blick schweifte über seine zerlumpte Bande. „Wie viele seid ihr?"

„Mein Clan? Siebenundvierzig, doch einst waren wir Hunderte! Wir haben mit drei anderen gesprochen, zwei davon größer als wir selbst. Insgesamt sind es nur noch wenig mehr als dreihundert, ein Bruchteil dessen, was wir einmal darstellten!"

„Dreihundert und ein paar ist immer noch eine beachtliche Anzahl", brummte Falstad. „Aye, mit so vielen wäre ich nach Grim Batol gegangen und hätte mir mein Land zurückgeholt!"

„Ja, wenn wir am Himmel herumflattern würden wie taumelnde Käfer, könnten wir sie vielleicht genügend verwirren, um das möglich zu machen – doch auf der Erde oder unter ihr sind wir immer noch im Nachteil. Es braucht nur einen Drachen, um einen ganzen Wald niederzubrennen und die Erde darunter auch!"

Die alte Feindschaft zwischen den Aerie und den Hügelzwergen drohte erneut auszubrechen. Schnell versuchte Vereesa, den Bruch zwischen den beiden zu kitten. „Genug davon!

Sind nicht die Orks und ihresgleichen unsere Feinde? Wenn ihr miteinander hadert, spielt dies nicht ausschließlich *ihnen* in die Hände?"

Falstad murmelte eine Entschuldigung, Rom schloss sich ihm an. Doch die Elfe ließ die Sache noch nicht auf sich beruhen.

„Das reicht mir nicht. Seht einander an und schwört, dass ihr ausschließlich für unser Wohl kämpfen werdet! Schwört, dass Ihr niemals vergesst, dass es die Orks sind, die eure Brüder erschlugen, und die Orks, die töteten, was ihr liebtet."

Sie wusste nichts Genaues über die Vergangenheit der beiden Zwerge, doch es war klar, dass jeder, der in diesem Krieg kämpfte, jemanden oder etwas, das ihm teuer gewesen war, verloren hatte. Rom hatte ohne Zweifel viele Familienmitglieder verloren, und Falstad, der zu einer verwegenen Aerie-Bande gehörte, hatte sicher nichts Minderes erlitten.

Der Greifenreiter streckte seine Hand zuerst zur Versöhnung aus, was ihn in Vereesas Ansehen steigen ließ. „Aye, das ist recht. Ich gebe dir meine Hand."

„Wenn du das tust, so tue ich es auch."

Als die beiden sich die Hände gaben, erhob sich ein kurzes Raunen unter den anderen Hügelzwergen. Unter anderen als den gegebenen Umständen wäre dieser schnelle Kompromiss höchst verdächtig erschienen.

Die Gruppe zog weiter. Diesmal stellte Rom die Fragen. „Nun, da die Gefahr durch die Trolle gebannt ist, Elfendame, solltet ihr uns sagen, was Euch in unser verwundetes Land führt. Ist es, wie wir hoffen, dass der Krieg sich gegen die hiesigen Orks wendet, dass Khaz Modan bald wieder frei sein wird?"

„Der Krieg wendet sich gegen die hier ansässige Horde, das ist wahr." Ihre Worte riefen bei den Zwergen leise Beifallskundgebungen hervor. „Der Hauptteil der Horde wurde vor ein paar Monaten zerschlagen, und Doomhammer ist verschwunden."

Rom blieb stehen. „Wie können die Orks dann noch die Herrschaft über Grim Batol halten?"

„Da fragst du noch?", mischte sich Falstad ein. „Zum einen halten die Orks noch den Norden, bei Dun Algaz – ihre dortige Niederlage ist zwar abzusehen, aber sie werden nicht kampflos untergehen."

„Und das andere, Cousin?"

„Hast du noch nicht gemerkt, dass sie Drachen haben?", fragte Falstad, ohne den Spott ganz zu verbergen.

Gimmel schnaubte. Rom starrte seinen Stellvertreter kurz an, nickte dann aber resigniert. „Aye, die Drachen. Noch ein Feind, den wir auf der Erde nicht besiegen können. Einmal haben wir eine junge Brut gefangen und kurzen Prozess mit ihr gemacht – und ein oder zwei gute Krieger dabei verloren, wie ich leider sagen muss –, aber meistens bleiben sie da oben und wir müssen uns hier unten vor ihnen verstecken."

„Doch die Trolle habt ihr bekämpft, und sicherlich auch die Orks", sagte Vereesa.

„Die gelegentliche Patrouille, aye. Auch den Trollen haben wir einigen Schaden zugefügt – aber all das bedeutet nichts, solange unsere Heimat noch unter der Axt der Orks liegt!" Er starrte ihr in die Augen. „Nun frage ich noch einmal. Sagt mir, wer Ihr seid, und was Ihr hier tut! Wenn Khaz Modan noch immer in Ork-Hand ist, dann grenzt es an Selbstmord, wenn Ihr nach Grim Batol kommt!"

„Mein Name ist Vereesa Windrunner, Waldläuferin, und dies ist Falstad von den Aerie. Wir sind hier, weil ich einen Zauberer suche, einen Menschen, hochgewachsen und jung. Er hat Haar von der Farbe des Feuers, und das letzte Mal, als ich ihn sah, reiste er in diese Richtung." Sie entschied sich, die Anwesenheit des schwarzen Drachen erst einmal zu verschweigen, und war dankbar, dass Falstad sich ihr darin anschloss.

„Und dämlich wie Zauberer nun einmal sind, besonders die menschlichen … was sucht er denn in Grim Batol?" Rom sah die beiden mit wachsendem Misstrauen an, denn Vereesas Geschichte klang ohne Zweifel für seinen Geschmack zu weit hergeholt.

„Das weiß ich nicht", gab sie zu. „Aber ich denke, es hat etwas mit den Drachen zu tun."

Als er dies hörte, brach der Anführer der Zwerge in brüllendes Gelächter aus. „Die Drachen? Was hat er denn vor? Die Rote Königin von ihren Fesseln zu befreien? Sie wird so dankbar sein, dass sie ihn vor lauter Freude verschlingt!"

Die Hügelzwerge schienen dies furchtbar lustig zu finden, die Elfe nicht. Auch Falstad schloss sich ihnen nicht an, doch er wusste natürlich von Deathwing und nahm wahrscheinlich an, Rhonin sei schon längst verschlungen *worden*.

„Ich habe einen Eid geschworen, und deshalb werde ich weitersuchen. Ich muss Grim Batol erreichen und hoffe, ihn zu finden."

Die allgemeine Belustigung wandelte sich zu einer Mischung aus Erstaunen und Unglauben. Gimmel schüttelte den Kopf, als habe er nicht recht gehört. „Lady Vereesa, ich respektiere Euch, doch sicherlich wisst Ihr selbst, wie ungeheuerlich dieses Vorhaben ist!"

Sie musterte die hartgesottene Bande sorgfältig. Sogar im Halbdunkel konnte sie die Erschöpfung und den Fatalismus auf ihren Gesichtern sehen. Sie kämpften und träumten davon, ihr Heimatland frei zu sehen, nahmen aber wahrscheinlich an, dass dies nicht mehr zu ihren Lebzeiten geschehen würde. Sie bewunderten Mut, wie alle Zwerge, doch sogar ihnen musste das Vorhaben der Elfe an Wahnsinn grenzen.

„Ihr und Eure Leute habt uns gerettet, Rom, und dafür danke ich Euch allen. Doch wenn ich um eines bitten darf, so zeigt mir den nächsten Tunnel, der zu der Bergfestung führt. Ich werde von da ab alleine weiterziehen."

„Ihr reist nicht allein, meine Elfendame", widersprach Falstad. „Ich bin zu weit gegangen, um jetzt noch umzukehren ... und ich habe vor, einen ganz bestimmten Goblin zu finden und seine Haut zu Stiefeln zu verarbeiten!"

„Ihr seid beide verrückt!" Rom sah, dass keiner nachgeben würde. Achselzuckend fügte er hinzu: „Aber wenn Ihr einen Weg nach Grim Batol sucht, dann werde ich diese Aufgabe keinem anderen überlassen. Ich werde Euch selbst dorthin führen!"

„Du kannst nicht alleine gehen, Rom!", hielt Gimmel dagegen. „Nicht, wenn Trolle unterwegs sind und Orks in der Nähe! Ich gehe mit dir mit, um dir den Rücken zu stärken!"

Auf einmal beschloss die ganze Gruppe, mitzugehen und ihren Führern den Rücken zu stärken. Sowohl Rom als auch Gimmel versuchten, ihnen das auszureden, doch da ein Zwerg für gewöhnlich so störrisch war wie der andere, hatte der Anführer schließlich eine bessere Idee.

„Die Verwundeten sollten heimkehren, und sie brauchen auch Schutz – keine Widerrede, Narn, du kannst kaum noch stehen! Das Beste ist, wir rollen die Knochen; die Hälfte mit den höheren Zahlen kommt mit! Nun, wer hat sein Set zur Hand?"

Vereesa wollte eigentlich nicht unbedingt warten, bis die Gruppe ausgewürfelt hatte, wer sie begleitete, doch offenbar blieb ihr keine andere Wahl. Sie und Falstad schauten also zu, wie die Zwerge – Narn und die anderen Verwundeten ausgenommen – die Würfel entscheiden ließen. Die meisten der Hügelzwerge benutzten ihr eigenes Set; Roms Frage war mit einer erklecklichen Anzahl erhobener Arme beantwortet worden.

Falstad gluckste leise. „Die Aerie und die Hügelzwerge mögen ihre Unterschiede haben, doch wenige Zwerge, egal welcher Art sie angehören, tragen keine Würfel mit sich!" Er klopfte auf eine kleine Tasche an seinem Gürtel. „Man kann sehen, was für Heiden die Trolle sind, sie haben mir meine gelassen! Man sagt, sogar die Orks lassen ganz gerne die Knochen rollen, das erhebt sie über unsere jüngst verstorbenen Schönheiten, eh?"

Nach für Vereesas Geschmack viel zu langer Zeit kamen Rom und Gimmel in Begleitung von sieben weiteren Zwergen zu ihnen, einen entschlossenen Ausdruck auf den Gesichtern. Als Vereesa sie ansah, hätte sie schwören können, dass sie alle Brüder waren – obwohl tatsächlich zwei von ihnen auch Schwestern sein mochten. Sogar die weiblichen Zwerge hatten starken Bartwuchs – ein Zeichen von Schönheit unter den Angehörigen dieser Rasse.

„Hier sind Eure Freiwilligen, Lady Vereesa! Alle stark und kampfbereit! Wir führen Euch zu einem der Höhleneingange am Fuß des Berges, danach seid Ihr auf Euch selbst angewiesen."

„Ich danke Euch – bedeutet das, dass Ihr tatsächlich einen Weg kennt, der in den Berg hineinführt?"

„Aye, doch es ist kein leichter Weg ... und nicht nur die Orks patrouillieren dort."

„Was meinst du damit?", fragte Falstad neugierig.

Rom präsentierte dem Zwerg das gleiche unschuldige Lächeln, mit dem Falstad ihn anblickte, und fragte: „Hast du schon vergessen? Sie haben Drachen ..."

Das Heiligtum von Krasus war in der Nähe eines uralten Wäldchens erbaut worden, älter als die Drachen selbst. Ein Elf hatte es errichtet, später war es von einem menschlichen Zauberer besetzt worden, und dann, lange nachdem dieser es verlassen hatte, hatte Krasus es in Besitz genommen. Er hatte die Kräfte, die hier weilten, gespürt, und bei seltenen Gelegenheiten aus ihnen ein wenig eigene Stärke ziehen können. Doch selbst der Drachenzauberer war überrascht gewesen, als er eines Tages in dem abgelegensten Teil der Zitadelle den versteckten Eingang gefunden hatte, der zu einem glitzernden Becken und zu einem goldenen Juwel führte, das in der Mitte des Beckenbodens eingelassen war. Jedes Mal, wenn er die Kammer betrat, spürte er ein Gefühl von Ehrfurcht, was bei seinesgleichen selten vorkam. Die Magie hier ließ ihn sich wie einen menschlichen Lehrling fühlen, der gerade seinen ersten magischen Spruch erlernt hatte. Krasus wusste, dass er bisher nur einen Bruchteil der wahren Macht des Wasserbeckens angezapft hatte, doch etwas hielt ihn davon zurück, zu versuchen, mehr davon zu bekommen. Die, die in ihrer Suche nach magischer Kraft zu gierig vorgingen, wurden nach und nach von ihr verschlungen – im wahrsten Sinne des Wortes.

Deathwing war diesem Schicksal allerdings bislang entronnen.

Obwohl es sich so tief unter der Erde befand, war das Wasser nicht völlig ohne Leben – oder etwas, was dem nahe kam. Das Wasser war klarer als jede andere Flüssigkeit auf der Welt, doch Krasus konnte die kleinen, schlanken Geschöpfe, die sich im Becken und ganz besonders in der Nähe des Juwels aufhielten, nie wirklich genau erkennen, so sehr er es auch versuchte. Manchmal hätte er schwören können, sie wären nichts als kleine silberne Fische, doch dann und wann hätte der Drachenzauberer auch schwören mögen, dass er Arme sah, einen menschlichen Körper, und bei einigen seltenen Gelegenheiten – Beine.

Heute ignorierte er die Bewohner des Beckens. Seine Begegnung mit Ihr-von-den-Träumenden hatte Hoffnung auf Hilfe in ihm geweckt; doch Krasus wusste, dass er darauf allein nicht bauen konnte. Es würde nicht mehr lange dauern, und er würde sich selbst einbringen müssen.

Und das war der Grund, aus dem er nun hergekommen war, denn eine der Eigenschaften des Wasser war Verjüngung für jene, die von ihm tranken – wenigstens für einige Zeit. Das Gift, das er benutzt hatte, um in das verborgene Reich von Ysera zu gelangen, hatte Krasus geschwächt, und wenn die Dinge verlangten, dass er handelte, wollte er dazu auch in der Lage sein.

Der Zauberer beugte sich hinab und schöpfte mit der Hand ein wenig von dem Wasser. Beim ersten Mal hatte er einen Becher benutzen wollen, doch es hatte sich herausgestellt dass das Becken künstlich geschaffene Dinge abstieß. Krasus lehnte sich über den Rand, damit die Tropfen, die er verschüttete, wieder in das Wasser zurückfielen. Sein Respekt für die Macht, die ihm innewohnte, war über die Jahre sehr groß geworden.

Doch als er trank, fiel ihm eine Kräuselung der Wasseroberfläche auf. Krasus blickte auf das, was eigentlich das vollkommene Spiegelbild seiner menschlichen Form hätte sein sollen – doch es zeigte etwas völlig anderes.

Rhonins junges Gesicht sah ihn an ... zumindest dachte der Zauberer das zuerst. Dann stellte er fest, dass die Augen seines Gegenübers geschlossen waren und der Kopf leicht zur Seite rollte, als ob ... als ob er tot sei.

Auf Rhonins Gesicht legte sich eine große, grüne Ork-Hand.

Krasus reagierte instinktiv, er fasste ins Wasser, um die widerliche Hand wegzustoßen. Stattdessen zerstörte er das Bild, und als die Wellen sich gelegt hatten, sah er nur noch seine eigene Spiegelung.

„Bei der Großen Mutter!" Das Becken hatte diese Fähigkeit noch nie gezeigt. Warum jetzt?

Erst dann fielen Krasus die Abschiedsworte von Ysera wieder ein. *Und unterschätze nicht die Macht derer, die für dich nur Spielfiguren sind!*

Was hatte sie damit gemeint, und warum hatte er gerade Rhonins Gesicht gesehen? Nach dem kurzen Bild, das der alte Zauberer hatte erhaschen können, war sein jüngeres Gegenstück entweder von Orks gefangen worden oder tot. Wenn dem so war, dann hatte Rhonin für Krasus seinen Nutzen verloren – doch falls er die Bergfestung tatsächlich erreicht hatte, war die wahre Aufgabe, die zu erfüllen sein Förderer ihn ausgesandt hatte, bereits bewältigt ...

Nach den Ereignissen, die Krasus in den letzten Monaten zur Entdeckung der Orks auf Grim Batol geführt hatten, hatte der alte Drachenmagier gehofft, er könnte die Kommandierenden dort zu der Annahme verleiten, es werde eine zweite, nicht so offensichtliche Invasion von Westen her geben.

Obwohl noch sehr viele Ork-Krieger in der Festung lebten, begründete sich ihre wahre Stärke auf die Drachen, die sie züchteten und abrichteten ... und deren Zahl wurde von Woche zu Woche geringer. Noch schlimmer für die Orks im Berg aber war, dass ihre wenigen Drachen nun nach und nach gen Norden geschickt wurden, um dem Haupttrupp der Horde beizustehen, und Grim Batol so fast ohne Verteidigung zurückblieb. Gegen eine entschlossene Armee, so groß wie die, die nun bei Dun Algaz kämpfte, würden selbst die gutpositionierten Orks im Berg letzten Endes aufgeben müssen. Dann hatten sie auch die Chance vertan, weitere Drachen für den Krieg zu heranzuzüchten. Und ohne weitere Drachen, die die Armeen des Bündnisses im Norden aufhalten konnten, würden die Reste der Horde unter den unentwegten Angriffen schließlich kapitulieren müssen.

Eine solche Armee hätte gebildet und vom Westen her entsandt werden können, doch es fehlte an Einigkeit zwischen den Führern des Bündnisses. Die meisten waren der Meinung, dass Khaz Modan irgendwann schon fallen würde, warum also noch mehr riskieren?

Krasus mochte anfangs nicht glauben, dass sie keinen Angriff von zwei Seiten her wagen würden, um die Welt endlich von den Orks zu befreien, doch letztlich bewies es nur die Kurzsichtigkeit der jüngeren Rassen. Ursprünglich hatte er versucht, die Herrscher der Kirin Tor zu bewegen, die Angelegenheit in die Hände von Dalarans Nachbarn zu legen, doch als ihr Einfluss auf König Terenas nachließ, hatten seine eigenen Verbündeten im Rat sich lieber um das gekümmert, was von ihrer eigenen Position im Bündnis übriggeblieben war.

Und so hatte sich Krasus zu einem verzweifelten Bluff entschieden, wobei er auf das abwegige Denken und die Paranoia baute, die im Ork-Kommando vorherrschten. Er würde sie glauben machen, die Invasion habe bereits begonnen. Sogar greifbare Beweise lieferte er ihnen, neben den Gerüchten, die er und seine Agenten gestreut hatten. Bestimmt würden sie dann das Undenkbare tun. Bestimmt würden sie dann die Bergfeste verlassen und, mit Alexstrasza unter sorgfältiger Bewachung, die Drachenzucht nach Norden verlegen.

Der Plan hatte als eine verrückte Hoffnung begonnen, doch zu seiner eigenen Überraschung entdeckte Krasus, dass er erstaunliche Ergebnisse zeitigte. Der Ork, der auf Grim Batol das Oberkommando hatte, ein gewisser Nekros Skullcrusher, war letzthin immer sicherer geworden, dass die Tage, da die Bergfestung einen Nutzen brachte, gezählt seien. Die wilden Gerüchte, die der Zauberer verbreitet hatte, hatten ein Eigenleben entwickelt und übertrafen Krasus' damit verbundene Erwartungen inzwischen bei weitem.

Und nun ... nun hatten die Orks Beweise in der Person Rhonins erhalten. Der junge Magier hatte seine Aufgabe erfüllt. Er hatte Nekros gezeigt, dass die scheinbar uneinnehmbare Festung ganz einfach betreten werden konnte, besonders mit Hilfe von Magie. Nun würde der Kommandeur der Orks bestimmt Weisung erteilen, Grim Batol zu verlassen.

Ja, Rhonin hatte seine Sache gut gemacht ... und Krasus wusste, dass er es sich niemals vergeben würde, diesen Menschen so *benutzt* zu haben.

Was würde seine geliebte Königin von ihm denken, wenn sie die ganze Wahrheit erfuhr? Von all den Drachen liebte Alexstrasza die minderen Rassen am meisten. Sie waren die Kinder der Zukunft, hatte sie einmal gesagt.

„Es musste sein!", fauchte er.

Die Vision in dem Becken hatte ihn vielleicht nur an das Schicksal seiner Schachfigur erinnern sollen, doch sie hatte ihn auch beunruhigt. Er musste mehr herausfinden.

Er verneigte sich vor dem Becken, schloss die Augen und konzentrierte sich. Es war schon eine ganze Weile her, seit er sich mit einem seiner nützlichsten Agenten in Verbindung gesetzt hatte. Falls dieser noch lebte, wusste er sicher, was in der Festung vor sich ging.

Der Magier stellte sich das Gesicht dessen vor, mit dem er sprechen wollte, dann gingen seine Gedanken hinaus, und mit seiner ganzen Kraft öffnete er die Verbindung, die zwischen ihnen bestand.

„Höre mich jetzt ... höre meine Stimme ... es ist notwendig, dass wir miteinander sprechen ... der Tag mag endlich gekommen sein, mein geduldiger Freund, der Tag der Freiheit und der Erlösung ... höre mich ...*Rom* ..."

SECHZEHN

„Heb ihn auf!", grunzte die grausame Stimme.

Kräftige Hände packten den benommenen Zauberer an den Oberarmen und stellten ihn auf die Beine. Ein Schwall kaltes Wasser traf ihn ins Gesicht und brachte ihn wieder vollkommen zu sich.

„Seine Hand. Diese da." Einer derjenigen, die ihn festhielten, hob Rhonins Arm an. Jemand ergriff seine Hand, seinen kleinen Finger – und dann schrie Rhonin auf, als der Knochen brach. Er riss die Augen auf und blickte mitten in die brutale Fratze eines älteren Orks, der von Jahren des Kampfes gezeichnet war. Sein Gesichtsausdruck verriet kein Vergnügen an der Qual des Menschen, eher schon einen Anflug von Ungeduld, so als wäre er lieber ganz woanders gewesen, um Dinge von größerer Wichtigkeit zu erledigen.

„Mensch!" Das Wort quoll aus seinem Mund wie ein Fluch. „Du hast eine einzige Chance, mit dem Leben davonzukommen. Sag mir, wo der Rest eurer Truppe ist!"

„Ich bin nicht …" Rhonin hustete. Der Schmerz, den der gebrochene Finger verursachte, wogte in ihm. „Ich bin – allein."

„Denkst du, ich bin ein Narr?", grunzte der Anführer. „Du hältst Nekros für einen Narren? Wie viele Finger hast du noch, eh?" Er zog an dem Finger neben dem bereits gebrochenen. „Und es gibt noch viele andere Knochen in deinem Körper. Viele Knochen, um sie zu zerbrechen!"

Rhonin dachte so schnell nach wie der Schmerz es ihm erlaubte. Er hatte denen, in deren Gewalt er geraten war, schon mehrfach erklärt, allein unterwegs gewesen zu sein, doch das hatte die Orks nicht zufrieden gestellt. Was wollte dieser Nekros hören? Dass eine Armee in seinen Berg einmarschierte? Hätte ihm das besser gefallen?

Rhonin musste sich etwas einfallen lassen und wenigstens so lange am Leben bleiben, bis er eine Möglichkeit zur Flucht gefunden hatte ...

Noch immer wusste er nicht, was eigentlich passiert war – nur dass Deathwing ihn trotz aller Vorsicht überlistet hatte. Augenscheinlich hatte der Drache es darauf *angelegt*, dass Rhonin entdeckt wurde. Aber warum? Es machte genauso viel – oder wenig – Sinn wie Nekros' augenscheinlicher Wunsch, feindliche Soldaten durch seine Festung spazieren zu sehen!

Nun, über Deathwings dunkle Pläne konnte er sich auch später noch den Kopf zerbrechen. Zunächst aber ging es ums nackte Überleben.

„Nein! Nein ... bitte ... die anderen ... Ich bin nicht sicher wo sie sind ... wurden getrennt ..."

„Getrennt? Glaube ich nicht! Du kamst wegen ihr, nicht wahr? Wegen der Drachenkönigin! Das ist deine Aufgabe, Zauberer! Ich weiß es!" Nekros kam ihm ganz nah; sein widerlicher Atem raubte Rhonin fast wieder das Bewusstsein. „Meine Spione haben es gehört! Du hast es gehört, nicht wahr, Kryll?"

„O ja, o ja, Meister Nekros! Ich habe alles gehört!"

Rhonin versuchte, an dem Ork vorbeizublicken, aber Nekros ließ ihn nicht sehen, wer da sprach. Dennoch sagte die Stimme einiges über die Identität des Sprechers aus; dieser Kryll musste der Goblin sein, den Rhonin vorhin schon einmal gehört hatte.

„Ich sage dir noch einmal auf den Kopf zu, Mensch, du bist wegen der Drachenkönigin hier – ist es nicht so?"

„Wir wurden getre…"

Nekros schlug ihm quer über das Gesicht und hinterließ eine blutige Spur an Rhonins Mund. „Gleich ist noch ein Finger dran! Du kamst, den Drachen zu befreien, bevor eure Armeen Grim Batol erreichen! Du hast dir gedacht, du machst dir das Chaos hier zunutze, was?"

Diesmal lernte Rhonin schnell. „Ja … ja. Das wollten wir."

„Du hast ‚wir' gesagt! Zum zweiten Mal jetzt!" Der Führer der Orks lehnte sich triumphierend zurück. Nun erst bemerkte der verletzte Zauberer Nekros' verstümmeltes Bein. Nun verwunderte es ihn nicht mehr, dass dieser brutale Ork ein Drachenzuchtprogramm leitete, anstatt einen wilden Krieger-Trupp zu anzuführen.

„Seht Ihr, großer Nekros? Grim Batol ist nicht länger sicher, mein glorreicher Kommandeur!", fiel die schrille Stimme des Goblins ein. „Wer weiß, wie viele Feinde noch in den zahllosen Tunnels lauern? Wer weiß, wie lange es noch dauert, bevor die Armeen des Bündnisses hier aufmarschieren, angeführt von dem *Einen Dunklen Herrscher*? Eine Schande, dass fast alle anderen Drachen schon in Dun Algaz sind! Du kannst den Berg unmöglich mit unseren eigenen wenigen Bestien verteidigen! Besser, der Feind findet uns hier gar nicht erst, als so viele kostbare …"

„Sag mir etwas, das ich noch *nicht* weiß, du armseliges Wrack!" Er stach einen fleischigen Finger in Rhonins Brust. „Nun, der hier und seine Kumpane kommen jedenfalls zu spät! Du wirst weder die Drachenkönigin noch ihre Jungen bekommen, Mensch! Nekros hat vorausschauend gehandelt!"

„Ich …" Noch ein Schlag. Das einzig Gute daran war, dass der Schmerz im Gesicht Rhonin kurzzeitig von dem Schmerz in seinem gebrochenen Finger ablenkte. „Ihr könnt Grim Batol haben, wenn ihr es unbedingt wollt! Möge der ganze Berg über euch zusammenbrechen!"

„Nekros – du musst diesen Irrsinn beenden!"

Rhonin schaute auf. Er kannte diese Stimme, auch wenn er sie erst einmal gehört hatte.

Seine Wächter reagierten ebenfalls. Sie drehten sich gerade weit genug von ihm weg, um Rhonin einen Blick auf die riesenhafte schuppige Gestalt zu erlauben, die dort so furchtbar in Ketten und Klammern gezwungen war. Alexstrasza, die Drachenkönigin, konnte sich kaum bewegen. Ihre Glieder, der Schwanz, Flügel und Kehle waren gründlich festgezurrt. Sie konnte zwar augenscheinlich ihren riesigen Rachen öffnen, doch nur soweit, dass sie essen oder mit Mühe zu sprechen vermochte.

Die Gefangenschaft hatte ihr nicht gut getan. Rhonin hatte schon einige Drachen gesehen, besonders scharlachrote, und deren Schuppen besaßen einen gewissen metallischen Glanz. Die von Alexstrasza hingegen waren stumpf geworden, verblasst und an einigen Stellen schienen sie sogar lose zu sein. Sie sah überhaupt nicht gesund aus, soweit er die Körpersprache des Reptils zu deuten vermochte. Die Augen wirkten irgendwie verwaschen, ganz zu schweigen von der unglaublichen Erschöpfung, die sich darin spiegelte.

Er konnte sich kaum vorstellen, was sie durchgemacht hatte. Gezwungen, eine Brut zu gebären, die dann von ihren Wächtern für deren mörderische Zwecke trainiert wurde. Wahrscheinlich sah sie ihre Jungen nie wieder, nachdem ihr die Eier einmal genommen worden waren. Vielleicht bedauerte sie sogar den Verlust an Leben, der von ihren Kindern verursacht wurde ...

„Du hast keine Erlaubnis zu sprechen, Reptil!", schnappte Nekros. Er fasste in einen Beutel, der an seiner Hüfte hing, und drückte auf etwas.

Rhonins Haut prickelte, als ihn eine magische Kraft von erstaunlicher Stärke streifte. Er wusste nicht, was der Ork tat, doch es bewirkte, dass die Drachenkönigin in solchem Schmerz aufbrüllte, dass es jeden außer Nekros berührte.

Doch trotz ihrer Qual fuhr Alexstrasza fort: „Du – du verschwendest Energie und Zeit, Nekros! Du kämpfst für etwas, das – das schon verloren – ist!"

Mit einem Stöhnen schloss sie endlich ihre Augen. Ihre Atmung, die einen Moment zuvor noch so schnell gewesen war, wurde kurz flach und stabilisierte sich dann langsam.

„Nur Zuluhed gebietet mir, Reptil!", knurrte der einbeinige Ork. „Und er ist weit weg." Seine Hand fuhr wieder aus dem Beutel. Gleichzeitig schwand die magische Kraft, die Rhonin gespürt hatte.

Der Zauberer hatte schon viele Gerüchte darüber gehört, wie die Horde überhaupt solch großartige Wesen unter ihre Kontrolle bringen konnte, aber nichts kam dem gleich, was er gerade selbst miterlebt hatte. Es war klar, dass sich in dem Beutel ein Gegenstand von großer magischer Kraft verbarg. Begriff Nekros überhaupt, über was für eine Macht er da gebot? Mit etwas derartigem zur Verfügung, hätte er die Horde *selbst* anführen können!

„Wir müssen die anderen in unsere Gewalt bringen", sagte der ältere Ork, an einen seiner Krieger gewandt, die am Eingang standen. „Wo hast du die Leiche der Wache gefunden?"

„Fünfte Ebene, dritter Tunnel."

Nekros' Augenbrauen wuchsen zusammen. „Über uns?" Er betrachtete Rhonin wie ein erstklassiges Stück Fleisch.

„Zauberwerk! Fangt in der fünften Ebene an und arbeitet euch nach oben, dann …" Er stockte kurz. „Lasst keinen Tunnel aus! Irgendwie sind sie von oben gekommen!" Ein Grinsen breitete sich langsam über seine fremdartigen Züge mit den hässlichen Stosszähnen aus.

„Vielleicht doch keine Magie! Torgus sah die Greifen! Das

ist es! Der Rest von ihnen kam, nachdem Deathwing Torgus vertrieben hatte!"

„Deathwing ... Deathwing dient niemandem – außer sich selbst!", stieß Alexstrasza plötzlich hervor, und ihre Augen öffneten sich weit. Sie klang fast angsterfüllt, und Rhonin konnte das gut verstehen. Wer hatte keine Furcht vor dem schwarzen Dämon?

„Aber er arbeitet jetzt mit den Menschen zusammen", erwiderte ihr Wärter. „Torgus hat ihn gesehen!" Seine Hand klopfte auf den Beutel. „Nun, vielleicht sind wir selbst für ihn bereit!"

Rhonin konnte seinen Blick nicht von dem Beutel und dessen Inhalt abwenden, der seiner Form nach zu schließen ein Medaillon oder eine Scheibe zu sein schien. Welche Kraft könnte der Gegenstand besitzen, dass Nekros glaubte, er würde damit sogar mit dem gepanzerten Behemoth fertig werden?

„Es sind die Drachen, die Ihr alle wollt ..." Noch einmal drehte sich Nekros zu dem Zauberer um. „Und die sollt Ihr auch bekommen. Aber du und der Dunkle Herrscher, ihr werdet nichts mehr davon haben, Mensch!" Er bewegte die Hand in Richtung der Tür. „Schafft ihn fort!"

„Töten wir ihn?", grunzte der eine der Wächter in hoffnungsvollem Ton.

„Noch nicht! Vielleicht habe ich noch Fragen an ihn, später ... vielleicht! Ihr wisst, wo ihr ihn hinzubringen habt! Ich komme gleich nach, um sicherzustellen, dass nicht mal seine Magie ihm jetzt noch helfen kann!"

Die beiden großen Orks, die Rhonin festhielten, zogen ihn mit solcher Kraft empor, dass er meinte, sie würden ihm die Arme aus den Schultern reißen. Mit verschwommenem Blick sah er, wie Nekros sich einem anderen Ork zuwandte.

„Die Arbeiten müssen schneller vorangehen! Macht die Wagen fertig, während ich mich um die Königin kümmere! Bereitet alles vor!"

Nekros entfernte sich aus Rhonins Blickfeld – und eine andere Gestalt erschien. Der Goblin, den der Ork Kryll genannt hatte, zwinkerte Rhonin zu, als teilten sie beide ein Geheimnis. Als der Zauberer den Mund öffnete, schüttelte die boshafte kleine Kreatur den übergroßen Kopf und lächelte. In seinen Händen hielt der Goblin etwas fest umschlossen, das die Aufmerksamkeit des Menschen erregte. Kryll zog eine Hand gerade solange beiseite, dass Rhonin sehen konnte, was er bei sich trug.

Deathwings Medaillon.

Und als die Wachen ihn aus der Kammer des Kommandanten schleiften, wurde dem erschöpften Magier klar, dass er jetzt wusste, wie der Drache so viele Informationen über Grim Batol hatte an sich bringen können. Er wusste auch, dass, was Nekros auch immer planen mochte, der Ork – ebenso wie Rhonin – letztlich immer genau das tun würde, was *der schwarze Drachen* wollte.

Obgleich sie in den Wäldern und Hügeln zuhause war, musste Vereesa zugeben, dass sie hier in der Unterwelt keinen Tunnel vom anderen unterscheiden konnte. Ihr angeborener Richtungssinn schien zu versagen – entweder das, oder aber die Tatsache, dass sie sich ständig bücken musste, lenkte sie zu sehr ab. Auch wenn inzwischen Trolle die Gänge benutzten, waren sie doch ursprünglich von Zwergen aus dem Fels gehauen worden, in den Tagen, da die Region um Grim Batol noch im Besitz einer größeren Minengesellschaft gewesen war. Dies bedeutete, dass Rom, Gimmel und auch Falstad wenig Probleme damit hatten, sich hier fortzubewegen, die groß gewachsene Elfe musste sich hingegen dauernd niederbeugen. Ihr Rücken und ihre Beine schmerzten, doch sie biss die Zähne zusammen, denn sie wollte vor diesen harten Kriegern keine Schwäche zeigen. Immerhin war es Vereesa gewesen, die sich hatte hierher begeben wollen.

Irgendwann fragte sie dennoch: „Sind wir bald da?"

„Bald, sehr bald", antwortete Rom. Unglücklicherweise hatte er das schon häufiger versichert.

„Dieser Eingang", bemerkte Falstad, „wo ist er noch mal gleich?"

„Der Tunnel mündet in eine ehemalige Transportstrecke für das Gold, das wir abbauten. Vielleicht könnt Ihr sogar ein paar alte Schienenstränge sehen, wenn die Orks sie nicht für ihre Waffen eingeschmolzen haben."

„Und dieser Weg führt ins Innere des Berges?"

„Aye, Ihr könnt dem alten Stollen folgen, selbst wenn die Schienen nicht mehr da sein sollten. Sie haben allerdings Wachen aufgestellt, also wird es nicht leicht werden."

Vereesa dachte darüber nach. „Ihr habt auch Drachen erwähnt. Wie hoch über uns?"

„Nicht Drachen am Himmel, Lady Vereesa, sondern hier am Boden. Das wird heikel, könnte man sagen."

„Am Boden?", schnaubte Falstad.

„Aye, solche mit verletzten Flügeln – oder sie sind nicht vertrauenswürdig genug, um herumfliegen zu dürfen. Auf dieser Seite des Berges müsste es zwei geben."

„Am Boden ...", murmelte der Aerie-Zwerg. „Das wird ein ganz anderer Kampf ..."

Rom hielt plötzlich an und zeigte geradeaus. „Da ist es, Lady Vereesa! Die Öffnung!"

Die Waldläuferin blinzelte, doch sogar mit ihren Augen, die im Dunkeln sehen konnten, vermochte sie die angebliche Öffnung nicht auszumachen.

Falstad hingegen fand sie. „Furchtbar klein. Das wird haarig werden."

„Aye, zu eng für die Orks, und sie glauben, auch zu schmal für uns. Doch es ist ein Trick dabei", meinte Rom.

Da sie immer noch nichts entdecken konnte, musste Vereesa

sich damit zufrieden geben, den Zwergen zu folgen. Erst als sie am Ende einer Sackgasse angekommen waren, bemerkte sie ein wenig Licht, das von oben hereinfiel. Als sie näher trat, fand die Elfe einen schmalen Schlitz vor, durch den sie kaum ihr Schwert hätte schieben können, geschweige denn ihren Körper.

Sie blickte den Führer der Zwerge an. „Es gibt einen Trick, sagt Ihr?"

„Aye! Der Trick ist, dass Ihr diese Steine, die wir sorgfältig arrangiert haben, beiseite räumen müsst, damit Ihr den Spalt groß genug bekommt. Von der anderen Seite sieht es aus, als wäre es ein einziger Felsblock, und diesen zu sprengen, würde die Orks sehr viel mehr Zeit kosten, als sie aufzubringen bereit sind!"

„Aber sie wissen, dass Ihr euch hier aufhaltet, nicht wahr?"

Roms Miene wurde finster. „Aye, aber dank der Drachen haben sie von uns wenig zu fürchten. Dieser Weg ist gefährlich. Das muss Euch klar werden. Es ärgert uns, dass wir so nah sind und diese verfluchten Eindringlinge doch nicht loswerden können ..."

Aus irgendeinem Grund kam es Vereesa so vor, als hätte ihr der Anführer der Zwerge damit noch nicht alles offenbart. Was er gesagt hatte, mochte wohl in gewisser Weise zutreffen, aber sein Volk schien diesen Gang nicht oft benutzt zu haben. Warum? War in der Vergangenheit etwas geschehen, das seine Leute dazu veranlasst hatte, sich von ihm fernzuhalten, oder war es wirklich einfach nur gefährlich dort?

Und wenn ja – wollte *sie* dieses Risiko wirklich auf sich nehmen?

Sie hatte sich schon entschieden. Wenn nicht allein für Rhonin, dann doch für all das, das sie dazu beitragen konnte, um diesen langen Krieg endlich zu beenden. Nichtsdestotrotz hoffte sie weiterhin, Rhonin lebend zu finden.

„Wir sollten anfangen. Müssen die Steine in einer bestimmten Reihenfolge herausgenommen werden?"

Rom blinzelte. „Elfherrin, Ihr müsst warten, bis es dunkel wird! Wenn Ihr früher geht, werden sie Euch sehen, so sicher wie ich hier vor Euch stehe!"

„Aber wir können nicht so lange warten!" Vereesa hatte keine Ahnung, wann die Trolle sie und Falstad gefangen genommen hatten, doch es konnte höchstens ein paar Stunden her sein.

„Es ist nur wenig mehr als eine Stunde, Lady Vereesa. Das wird Euch Euer Leben doch sicher wert sein."

So bald schon? Die Waldläuferin sah Falstad an.

„Ihr wart sehr lange bewusstlos", antwortete er auf ihre unausgesprochene Frage. „Eine Weile dachte ich, Ihr wäret tot."

Die Elfe versuchte sich zu beruhigen. „In Ordnung. Wir werden bis dahin warten."

„Gut!" Der Anführer der Hügelzwerge klatschte in die Hände. „Das gibt uns Zeit zu essen und auszuruhen!"

Eigentlich war Vereesa zu angespannt, um auch nur an Essen zu denken, doch als Gimmel ihr ein paar Minuten später das einfache Mahl anbot, nahm sie es dankend an. Dass diese armen Seelen, die so ums Überleben ringen mussten, bereitwillig mit ihnen teilten, was sie hatten, zeugte von ihrer Freundlichkeit und ihrem guten Herzen. Wenn die Zwerge es gewollt hätten, hätten sie Falstad und sie einfach umbringen können, nachdem sie die Trolle erledigt hatten. Niemand außerhalb ihrer Gruppe hätte es je erfahren müssen.

Gimmel wachte darüber, dass jeder seinen gerechten Anteil der Vorräte bekam. Nachdem er seinen Teil erhalten hatte, schritt Rom langsam davon, um, wie er sagte, einige der Seitentunnel, an denen sie vorbeigekommen waren, auf Trollspuren hin zu untersuchen. Falstad aß mit Genuss, ihm schienen das getrocknete Fleisch und die ebenfalls getrockneten Früchte ausgezeichnet zu munden. Vereesa aß mit geringerer Begeisterung, denn die getrocknete Zwergenkost war bei Menschen und Elfen nicht unbedingt beliebt. Sie wusste, dass sie das Fleisch dörrten, um es länger haltbar zu machen, und es freute sie, dass irgendjemand in diesem trostlosen Lande Früchte gefunden oder angepflanzt hatte – aber ihre empfindsamen Geschmacksnerven protestierten dagegen. Das Essen sättigte jedoch, und die Waldläuferin wusste, dass sie ihre Kräfte noch benötigen würde.

Nachdem sie ihre Mahlzeit beendet hatte, stand Vereesa auf und schaute sich um. Falstad und die anderen hatten es sich bequem gemacht, doch die ungeduldige Elfe wollte sich etwas bewegen. Sie zog eine Grimasse, als sie daran dachte, wie ihr Lehrer sie einmal als *menschlich* bezeichnet hatte. Die meisten Elfen gewöhnten sich ihre Ungeduld schon früh ab, doch manche behielten diese Eigenschaft ein Leben lang. Solche Elfen neigten dann dazu, fern von ihrem Heimatland zu leben oder Dienste anzunehmen, die sie im Namen ihres Volkes auf ausgedehnte Reisen führten. Wenn sie diese Sache hier überlebte, würde sie vielleicht weiterreisen, vielleicht sogar Dalaran besuchen.

Zu Vereesas Glück waren die Tunnel hier ein wenig höher als jene, durch die sie hergelangt waren. Die Elfe konnte sich größtenteils nur leicht gebeugt durch die Felsenstollen bewegen, manchmal konnte sie sogar aufrecht stehen.

Plötzlich hörte sie eine undeutliche Stimme aus einiger Entfernung und blieb stehen. Die Waldläuferin war bereits weiter gegangen, als sie es ursprünglich beabsichtigt hatte; vielleicht hielt sie sich schon mitten in Troll-Gebiet auf. Mit größter Vorsicht, darauf bedacht, nur ja kein Geräusch zu verursachen, zog Vereesa ihr Schwert und schlich näher an die Quelle der Laute heran.

Die Stimme klang nicht wie die eines Trolls. Und je näher sie dem Ursprungsort kam, desto mehr schien es ihr, als würde sie den Sprecher kennen – aber wie war das möglich?

„... ging nicht anders, Erhabener! Ich dachte nicht, dass Ihr wollt, dass sie von Euch wissen!" Eine Pause. „Aye, eine Elfe, schön von Gesicht und Gestalt, das ist sie." Wieder eine Pause. „Der andere? Ein Wilder von den Aerie. Sagte, sein Reittier wäre entkommen, als die Trolle sie gefangen nahmen."

So sehr sie es auch versuchte, Vereesa konnte denjenigen, mit dem die eine Stimme in Zwiesprache stand, nicht vernehmen. Aber wenigstens wusste sie, *wen* sie gerade hörte: einen Hügelzwerg, und zwar ein ihr sehr vertrauter.

Rom. Also hatte er nicht ganz die Wahrheit gesagt, als er meinte, er wolle die Tunnel inspizieren. Doch mit wem sprach er, und warum konnte sie den anderen nicht hören? War der Zwerg verrückt geworden? Sprach er mit sich selbst?

Rom war nun kaum noch zu vernehmen, außer wenn er knapp bestätigte, was sein unhörbares Gegenüber zu ihm sagte. Vereesa riskierte es, entdeckt zu werden, und schlich auf den Gang zu, aus dem die Stimme des Zwerges drang. Sie lehnte sich gerade weit genug vor, um den Zwerg mit einem Auge beobachten zu können.

Rom saß auf einem Felsen und starrte auf seine Hände, die er zusammenhielt. Von ihnen ging ein schwaches, zinnoberrotes Leuchten aus. Vereesa kniff die Augen zusammen, um zu erkennen, was sich darin befand.

Nach anfänglichen Schwierigkeiten konnte sie ein kleines Medaillon erkennen, in dessen Mitte ein Juwel eingelassen war. Sie brauchte kein Zauberer zu sein, um ein Objekt der Macht, einen verzauberten Talisman zu erkennen, von Magie erschaffen. Die großen Könige der Elfen gebrauchten ähnliche Geräte, um sich untereinander oder mit ihren Dienern in Verbindung zu setzen.

Doch welcher Zauberer war es, der da mit Rom sprach? Zwerge waren eigentlich nicht dafür bekannt, dass sie die Magie liebten – oder jene, die damit umgingen.

Wenn Rom Verbindung zu einem Zauberer hatte, dem er augenscheinlich sogar diente, warum wanderten er und seine Bande dann noch in den Tunneln herum und hofften auf den Tag, an dem sie sich endlich wieder sorglos unter freiem Himmel bewegen konnten? Dieser große Zauberer konnte doch mit Sicherheit etwas zur Erfüllung dieses Wunsches beitragen.

„*Was?*", stieß Rom plötzlich hervor. „Wo?"

Mit überraschender Schnelligkeit blickte er hoch und sah direkt in Vereesas Gesicht.

Sie wich zurück, doch sie wusste, dass sie zu spät reagiert hatte. Der Zwergenanführer hatte sie gesehen – trotz der Düsternis.

„Tretet hervor, damit ich Euch sehen kann!", rief er. Als sie zögerte, fügte Rom hinzu: „Ich weiß, dass Ihr es seid, Lady Vereesa."

Es war sinnlos, sich weiter zu verstecken, also trat die Waldläuferin in den offenen Gang. Sie machte keine Anstalten, das Schwert wegzustecken, denn sie war unsicher, ob Rom nicht ein Verräter an seinen Freunden oder an ihr selbst war.

Er sah sie enttäuscht an. „Und ich hatte gedacht, ich wäre hier vor Euren scharfen Elfenohren sicher! Warum seid Ihr mir gefolgt?"

„Meine Absichten waren nicht böse, Rom. Ich musste mir nur ein wenig die Beine vertreten. *Eure* Absichten hingegen lassen viele Deutungen zu …"

„Was ich hier tue, geht Euch nichts an, oder?"

Das Juwel auf dem Medaillon strahlte kurz auf, was beide überraschte. Rom neigte seinen Kopf leicht zur Seite, als lausche er dem unhörbaren Sprecher. Wenn dem so war, wurde rasch deutlich, dass ihm nicht gefiel, was er gerade vernahm. „Glaubt Ihr, es ist weise …? Aye, ganz wie Ihr meint …"

Vereesa umfasste ihr Schwert fester. „Mit wem sprecht Ihr?"

Zu ihrer Überraschung hielt Rom ihr das Medaillon entgegen. „Er wird es Euch selbst sagen." Als sie das dargebotene Medaillon nicht annahm, fügte er hinzu: „Er ist ein Freund, kein Feind."

Immer noch das Schwert haltend, streckte Vereesa zögernd ihre freie Hand aus, um den Talisman entgegenzunehmen. Sie erwartete einen Schlag oder sengende Hitze, doch das Medaillon fühlte sich kühl und harmlos an.

Meine Grüße an Euch, Vereesa Windrunner.

Die Worte hallten in ihrem Kopf wider. Vereesa ließ das Medaillon beinahe fallen, nicht wegen der Stimme, sondern weil der Sprecher ihren Namen kannte. Sie blickte kurz zu Rom, der ihr ein Zeichen gab zu sprechen.

Wer seid Ihr?, verlangte die Waldläuferin zu wissen, indem sie dem unsichtbaren Sprecher ihre Gedanken schickte.

Nichts geschah. Sie blickte wieder zu dem Zwerg hin.

„Hat er etwas zu Euch gesagt?", fragte Rom.

„In meinen Gedanken, ja. Ich antwortete auf die gleiche Weise, doch er erwidert nichts mehr."

„Ihr müsst zu dem Medaillon sprechen! Dann wird er Eure Stimme als Gedanken wahrnehmen. Das Gleiche gilt, wenn er zu Euch spricht." Die hundeartigen Gesichtszüge schauten entschuldigend drein. „Ich habe keine Ahnung, warum das so ist, aber so funktioniert es nun mal."

Vereesa schaute das Medaillon an und versuchte es noch einmal.

„Wer seid Ihr?"

Ihr kennt mich durch meine Anweisungen an Eure Befehlshaber. Ich bin Krasus von den Kirin Tor.

Krasus? Das war der Name des Zauberers, der ursprünglich

mit den Elfen vereinbart hatte, dass Vereesa Rhonin ans Meer führen sollte. Sie wusste wenig mehr über ihn, als dass ihre Herren mit großem Respekt auf seinen Wunsch reagiert hatten. Vereesa kannte sehr wenige Menschen, die solches von den Elfen-Königen verlangen konnten.

„Euer Name ist mir geläufig. Ihr seid auch Rhonins Schirmherr."

Eine Pause. Eine *unbehagliche* Pause, wenn die Waldläuferin es richtig beurteilen konnte.

Ich bin für seine Reise verantwortlich.

„Ihr wisst, dass er vielleicht Gefangener der Orks ist?"

Das weiß ich. Es war nicht geplant.

Nicht geplant? Vereesa fühlte unerklärlichen Zorn in sich aufsteigen. Nicht *geplant*?

Seine Aufgabe war es zu beobachten. Nicht mehr.

Das glaubte die Elfe schon lange nicht mehr. „Von wo aus beobachten? Aus den Verliesen Grim Batols? Oder sollte er sich mit den Hügelzwergen treffen, aus Gründen, die Ihr nicht genannt habt?"

Noch eine Pause, dann: *Die Situation ist sehr viel komplizierter, junge Elfe, und sie wird von Moment zu Moment* noch *schwieriger. Eure Anwesenheit war zum Beispiel auch nicht Teil des Planes. Ihr hättet am Hafen umkehren sollen.*

„Ich habe einen Eid geschworen. Und ich war mir sicher, dass er über die Grenzen Lordaerons hinaus gilt."

Neben ihr stand Rom mit verwirrtem Gesichtsausdruck. Ohne die Möglichkeit, selbst mit dem Zauberer zu sprechen, konnte er nur raten, was Krasus zu sagen hatte und worauf Vereesas Antworten sich bezogen.

Rhonin hat ... Glück, antwortete Krasus endlich.

„Wenn er noch lebt", schnappte sie.

Wieder zögerte der Zauberer mit seiner Antwort. Warum verhielt er sich so? Es war ihm doch bestimmt gleichgültig, was mit Rhonin geschah. Vereesa wusste genug über die Wege der Zauberer, elfisch oder menschlich, um zu verstehen, dass sie einander bei jeder sich bietenden Gelegenheit ausnutzten. Es überraschte sie nur, dass Rhonin, der eigentlich schlauer auf sie gewirkt hatte, auf diesen Krasus hereingefallen war.

Ja ... falls er noch lebt ...Neuerliches Zögern. ... liegt es an uns herauszufinden, was wir tun können, um ihn zu befreien.

Seine Antwort brachte sie völlig aus dem Konzept. Das war das Letzte, was sie erwartet hatte.

Vereesa Windrunner, hört mich an. Ich habe in einigen Angelegenheiten falsch geurteilt – dies gibt Anlass zu großer Sorge – und Rhonin Schicksal beruht auf einer dieser Fehlentscheidungen. Ihr habt vor, ihn zu finden, nicht wahr?

„So ist es."

Sogar in der Bergfeste der Orks? Einem Ort voller Drachen?

„Ja."

Rhonin hat Glück, Euch zur Freundin zu haben ... und ich hoffe, ebensolches Glück zu haben. Ich werde tun, was ich kann, um Euch bei Eurem bewundernswerten Vorhaben zu helfen, obgleich Ihr es natürlich allein sein werdet, die in reale Gefahr gerät.

„Natürlich", gab die Elfe sarkastisch zurück.

Bitte gebt den Talisman an Rom zurück. Ich werde noch einmal mit ihm sprechen.

Sie reichte das Zaubergerät liebend gerne an den Zwerg weiter. Rom nahm es und starrte in das Juwel hinein. Manchmal nickte er, obwohl es offensichtlich schien, dass er nicht mit dem einverstanden war, was Krasus sagte.

Schließlich sah er Vereesa an. „Wenn Ihr wirklich meint, es sei notwendig ..."

Sie begriff, dass diese Worte für den Zauberer bestimmt waren. Einen Moment später verschwand das Leuchten aus dem

Juwel. Rom, der überhaupt nicht glücklich aussah, gab der Elfe erneut den Talisman.

„Was hat das zu bedeuten?"

„Er will, dass Ihr es bei Eurem Vorhaben tragt. Hier! Er wird es Euch selbst sagen!"

Vereesa ergriff es erneut. Sofort erfüllte Krasus' Stimme ihren Kopf. *Rom hat euch gesagt, dass ich wünsche, dass Ihr es tragt?*

„Ja, aber das will ich nicht …"

Wollt Ihr Rhonin finden? Wollt Ihr ihn retten?

„Ja, aber …"

Ich bin Eure einzige Hoffnung.

Sie wollte widersprechen, doch in Wahrheit wusste sie, dass sie Hilfe benötigte. Die Chancen standen mehr als schlecht, mit ihr und Falstad ganz auf sich allein gestellt.

„Nun gut. Was erwartet Ihr?"

Hängt den Talisman um Euren Hals, und kehrt mit Rom zu den anderen zurück. Ich werde Euch und Euren Zwergenfreund in den Berg führen … und zu dem Ort, wo Ihr Rhonin wahrscheinlich finden könnt.

Er bot ihr nicht alles an, was sie brauchte, aber genug, um ihre Zustimmung zu erreichen. Sie zog sich die Kette über den Kopf und bettete das Medaillon auf ihre Brust.

Ihr werdet mich hören können, wann immer ich es wünsche, Vereesa Windrunner.

Rom ging an ihr vorbei, er trat bereits den Rückweg an. „Kommt! Wir verschwenden Zeit, Lady Vereesa!"

Als sie ihm folgte, fuhr Krasus fort, zu ihr zu sprechen. *Erwähnt nirgends, wozu dieses Medaillon fähig ist. Sprecht nicht vor anderen zu mir, außer wenn ich es erlaube. Zurzeit kennen nur Rom und Gimmel meine Rolle.*

„Und die wäre?", konnte sie sich nicht verkneifen zu murmeln.

Zu versuchen, uns allen die Zukunft zu erhalten.

Die Elfe grübelte über diese Worte nach, sagte aber nichts. Sie vertraute dem Zauberer noch nicht, hatte aber keine andere Wahl.

Vielleicht wusste Krasus dies, denn er fügte hinzu: *Hört mich jetzt, Vereesa Windrunner. Ich werde euch vielleicht befehlen, Dinge zu tun, die nicht in Eurem bevorzugten Interesse zu liegen scheinen, oder in dem derer, um die Ihr Euch sorgt. Vertraut darauf, dass sie es dennoch sind. Es liegen Gefahren vor euch, die Ihr nicht versteht, Gefahren, die Ihr nicht alleine angehen könnt.*

Und Ihr, Ihr versteht sie alle?, dachte Vereesa, wohl wissend, dass Krasus ihre Frage nicht hörte.

Es ist noch ein wenig Zeit, bevor die Sonne sinkt. Ich muss mich einer wichtigen Angelegenheit widmen. Verlasst die Tunnel nicht, bevor ich es sage. Fürs erste lebt wohl, Vereesa Windrunner.

Bevor sie protestieren konnte, erlosch das Juwel. Die Waldläuferin fluchte leise. Sie hatte des Magiers fragwürdige Hilfe akzeptiert, nun hatte sie auch seinen Befehlen zu gehorchen. Vereesa legte nicht gerne ihr Leben, ganz zu schweigen von dem Falstads, in die Hände eines Zauberers, der von der Sicherheit seines weit entfernten Turms aus kommandierte.

Schlimmer noch, die Elfe hatte ihre beider Leben in die Hände des selben Zauberers gelegt, der schon Rhonin auf diese wahnwitzige Reise geschickt hatte … und damit in den sicheren Tod.

SIEBZEHN

An irgendeiner Stelle auf dem Weg in sein Gefängnis war Rhonin wieder bewusstlos zusammengebrochen. Allerdings waren seine Bewacher darin nicht unschuldig gewesen. Sie hatten keine Gelegenheit ausgelassen, ihm die Arme zu verdrehen oder ihn zu schlagen. Die Schmerzen in seinem kleinen Finger waren im Vergleich zu dem, was ihm die Orks antaten, bis er ohnmächtig wurde, ins Bedeutungslose verblasst.

Aber jetzt wachte Rhonin auf – und fand sich einem neuen Albtraum gegenüber. Ein flammender Schädel mit schwarzen Augenhöhlen grinste ihn bösartig an.

Instinktiv versuchte der erschrockene Zauberer, sich von der monströsen Fratze abzuwenden, doch das brachte ihm nur noch mehr Schmerz ein und die Erkenntnis, dass seine Hand- und Fußgelenke mit Schellen gefesselt waren. Er hatte keine Chance, dem über ihm befindlichen dämonischen Horrorwesen zu entkommen.

Aber der Dämon rührte sich nicht. Langsam bezwang Rhonin seinen Schrecken und betrachtete die bewegungslose Kreatur genauer. Viel größer und breiter als ein Mensch, schien sie eine Rüstung aus brennenden Knochen zu tragen. Das zähnebleckende Grinsen hatte einfach den Grund, dass sein dämonischer Bewacher kein Fleisch besaß, das seinen Schädel bedeckt hätte. Er war von Feuer umgeben, und obwohl Rhonin keine Hitze fühlen konnte, die davon ausging, war er überzeugt, dass die Berührung dieser feurigen Knochenhände ausgesprochen schmerzvoll sein würde.

Weil ihm nichts Besseres einfiel, sprach Rhonin die Kreatur an.

„Was ...*wer* bist du?"

Keine Antwort. Vom Flackern der Flammen abgesehen, blieb die makabre Gestalt regungslos.

„Kannst du mich hören?"

Wieder nichts.

Mit nun deutlich weniger Angst, dafür um so größerer Neugier, lehnte sich der Zauberer soweit nach vorn, wie seine Fesseln es ihm erlaubten. Probeweise schob er ein Bein vor und zurück. Immer noch erfolgte keine Reaktion, nicht einmal ein Blick in seine Richtung.

So schrecklich diese Gestalt auch aussah, wirkte sie doch mehr wie eine Statue als ein Lebewesen. Trotz seines dämonischen Aussehens konnte es kein Dämon sein. Rhonin hatte Golems studiert, aber noch nie einen gesehen, jedenfalls keinen, der unentwegt brannte. Doch es konnte sich um nichts anderes handeln.

Er runzelte die Stirn, als er über die Fähigkeiten nachdachte, die dieses Ungetüm wohl sein eigen nennen mochte. Es gab nur einen Weg, mehr darüber zu erfahren: Flucht!

Er versuchte die Schmerzen zu ignorieren, als er seine unverletzten Finger vorsichtig bewegte, um einen Spruch zu weben, der ihn, so betete er, von dem monströsen Wachter befreien würde ...

Da streckte der Golem mit verblüffender Schnelligkeit seine Hand aus und bekam Rhonins ohnehin schon lädierten Finger zu fassen.

Der Griff war eisern.

Ein sengendes Feuer umschloss den Menschen, doch es war ein inneres Feuer, eines, das seine *Seele* verbrannte. Rhonin schrie wieder und wieder. So lange und laut, bis er nicht mehr schreien konnte.

Kaum noch bei Bewusstsein, fiel sein Kopf zur Seite, und er betete, dass das Feuer entweder aufhören oder ihn vollends verschlingen möge.

Der Golem zog seine Hand zurück.

Die Flammen in Rhonins Innerem erstarben. Er schnappte nach Luft und schaffte es, den Kopf so weit zu heben, dass er den tödlichen Wächter ansehen konnte. Die groteske Physiognomie des Golems starrte ihn an, völlig unberührt von der Folter, die er seinem Opfer angetan hatte.

„Verdammt – verdammt sollst du sein …!"

Hinter dem Golem ertönte ein bekannt klingendes Glucksen, das dem Magier die Haare zu Berge stehen ließ.

„Böse, böse!", schrillte die hohe Stimme. „Wenn du mit Feuer spielst, wirst du dich daran verbrennen!"

Rhonin neigte den Kopf zur Seite – zuerst sehr vorsichtig, dann, als er sah, dass sein monströser Wächter nicht reagierte, mit weniger Zurückhaltung. Nahe beim Eingang stand der drahtige Goblin, den Nekros Kryll genannt hatte; derselbe Goblin, von dem Rhonin wusste, dass er auch für Deathwing arbeitete.

Tatsächlich trug Kryll auch jetzt das Medaillon mit dem schwarzen Kristall bei sich. Fast fand der Zauberer die Arroganz Krylls bewundernswert. Nekros würde sich doch mit Sicherheit fragen, warum sein Diener Rhonins Amulett behalten hatte.

Kryll fing seinen Blick auf. „Meister Nekros hat dich nie damit gesehen, Mensch – und wir Goblins haben eine Vorliebe für hübsche Schmuckstücke!"

Es musste noch andere Gründe geben. „Er ist auch zu beschäftigt, um es zu bemerken, nicht wahr?"

„Schlau, Mensch, sehr schlau! Und wenn du es ihm sagen

würdest, würde er nicht zuhören. Armer, armer Meister Nekros! Er hat viel zu tun! Drachen- und Eier-Umzüge machen ganz schön Arbeit, weißt du?"

Der Golem schien sich überhaupt nicht um Krylls Anwesenheit zu scheren, doch das überraschte Rhonin nicht. Er würde Kryll nur angreifen, wenn dieser versuchte, den Zauberer zu befreien.

„Also dienst du Deathwing ..."

Der Goblin verzog unwillkürlich das Gesicht. „Seine Befehle habe ich befolgt ... ja. Sehr, sehr lange ..."

„Warum bist du gekommen? Ich habe doch meinen Zweck für deinen Herrn erfüllt, oder? Ich habe den Narren gut für ihn gespielt, nicht wahr?"

Das schien Kryll aus irgendeinem Grund zu erheitern. Mit einem breiten Grinsen antwortete er: „Es hätte keinen größeren Narren geben können, denn du hast nicht nur für den dunklen Herrscher den Narren gespielt, sondern auch für mich, Mensch!"

Rhonin fiel es schwer, ihm zu glauben. „Wie habe ich das angestellt? Auf welche Art sollte ich *dir* dienlich gewesen sein, Goblin?"

„Auf sehr ähnliche Weise, wie du auch dem Dunklen Herrscher gedient hast – der Goblins für so dumm hält, dass sie jedem Herren ohne eigene Absichten dienen!" Ein Hauch von Bitterkeit zog über Krylls Gesicht. „Aber ich habe genug gedient, das habe ich!"

Rhonin furchte die Stirn. Konnte es sein, dass der verrückte kleine Kerl tatsächlich meinte, was der Zauberer glaubte, dass er meinte? „Du planst, sogar den Drachen zu verraten ...? Wie?"

Der groteske Goblin hüpfte fast vor Freude. „Der arme, arme Meister Nekros ist in einem schlimmen Zustand! Drachen zu transportieren, Eier auch, und stinkende Orks durch die Gegend marschieren zu lassen … da bleibt wenig Zeit zum Nachdenken, ob's das denn überhaupt ist, was andere wirklich von ihm erwarten! Vielleicht hätte er in einer anderen Situation mehr überlegt, doch jetzt, da das Bündnis von Westen her einmarschiert, hat er die Lust daran verloren! Er muss nun handeln! Muss ein Ork sein, weißt du?"

„Das ergibt keinen Sinn …"

„Narr!" Neuerliches Gelächter seitens des Goblins. „Du hast mir dies gebracht!" Er hielt das Medaillon hoch und machte ein gespielt trauriges Gesicht. „Beim Fall zerbrochen – denkt Lord Deathwing!"

Der Gefangene sah zu, wie Kryll an dem Stein in der Mitte herumzukratzen begann. Nach einer kleinen Weile fiel das Juwel in die Hand des drahtigen Goblins. Er hielt es empor, sodass Rhonin es sehen konnte. „Und hiermit – kein Deathwing mehr …"

Rhonin konnte kaum glauben, was Kryll sagte.

„Kein *Deathwing* mehr? Du hoffst, den Stein gegen ihn gebrauchen zu können?"

„Oder ihn zu zwingen, Kryll zu dienen! Ja, vielleicht soll er mir dienen …" Purer Hass erschien auf Krylls Gesicht. „… und ich renne nicht mehr für dieses Reptil herum! Bin nicht mehr sein Hampelmann! Habe lange geplant und schwer geschuftet, das habe ich, und gewartet und gewartet, bis er endlich eine verwundbare Stelle zeigt, jawohl!"

Gegen seinen Willen fasziniert, fragte der Magier: „Aber wie?"

Kryll zog sich zum Eingang zurück. „Nekros wird es möglich machen – nicht dass er es weiß … und dies hier …" Er warf den Stein in die Luft und fing ihn wieder auf. „Dies ist ein *Teil* des Dunklen Herrschers, Mensch! Eine Schuppe, durch seine eigene Magie in Stein verwandelt! So muss es sein, damit das Medaillon funktionieren kann! Du weißt, was es heißt, etwas von einem Drachen zu besitzen?" Rhonins Gedanken rasten. Was hatte er einst darüber gehört? „‚Eine Schuppe oder eine Kralle eines der Großen Drachen zu besitzen, heißt Kontrolle über ihre Kraft erlangen!' Doch das ist noch nie geschafft worden! Du musst selbst ein ungeheurer Magier sein, um das zu bewerkstelligen! Wo …"

Der Golem reagierte auf seine plötzliche Erregung. Die gespenstischen Kiefer öffneten sich und seine knochige Hand bewegte sich auf Rhonin zu. Der verharrte völlig still, er wagte nicht einmal zu atmen. Die flammende Gestalt geriet ins Stocken, zog die Hand jedoch nicht zurück. Rhonin hielt weiter den Atem an und betete, dass das Monster sich wieder entfernte.

Kryll lachte angesichts von Rhonins Zwangslage. „Aber natürlich bist du beschäftigt, Mensch! Wollte dich nicht stören! Wollte nur *irgendwem* von meinem Ruhm erzählen – jemandem, der bald genug tot sein wird, eh?" Der Goblin hüpfte davon. „Muss gehen! Nekros wird meine Hilfe brauchen, ja, das wird er!"

Rhonin konnte nicht länger den Atem anhalten. Er atmete aus, wobei er hoffte, dass er lange genug gezögert hatte.

Ein Irrtum, wie sich herausstellte.

Der Golem griff nach ihm – und alle Gedanken an den verräterischen kleinen Kryll erloschen, als die Feuer Rhonin erneut von innen heraus fraßen.

Die Dunkelheit kam viel zu langsam, und doch wiederum zu schnell für Vereesa. Wie Krasus sie angewiesen hatte, hatte sie niemandem erzählt, welche Bewandtnis es mit dem Medaillon hatte, und auf Roms Bitten hin hatte sie es tief unter den Falten ihres Gewands verborgen. Ihr Reiseumhang, der mittlerweile ziemlich abgenutzt war, bedeckte es zum größten Teil, doch falls jemand genau hinschaute, würde er zumindest die Kette erkennen können.

Kurz nach ihrer Rückkehr zur Truppe hatte Rom Gimmel beiseite gezogen, um mit ihm zu sprechen. Die Elfe hatte bemerkt, wie beide ihr immer wieder Blicke zuwarfen, während sie sich unterhielten. Offensichtlich wollte Rom, dass sein Stellvertreter über Krasus' Entscheidung Bescheid wusste, und dem Gesicht nach zu urteilen, das der andere Zwerg zog, war dieser ebenso wenig davon begeistert wie Rom.

Kaum war das letzte Abendlicht versiegt, machten sich die Zwerge daran, die Steine methodisch zu entfernen. Vereesa sah keinen Grund, warum dieser oder jener Stein vor dem nächsten bewegt werden musste, aber Roms Leute ließen sich nicht davon abbringen. Schließlich setzte sie sich hin und versuchte, nicht mehr daran zu denken, wie viel Zeit vor ihren Augen verschwendet wurde.

Als die letzten Steine beseitigt waren, vernahm sie die Stimme des Zauberers in ihrem Kopf. Sofort fiel ihr auf, wie erschöpft er klang.

Der Weg nach draußen ... ist er frei, Vereesa Windrunner?

Sie drehte sich um und gab vor zu husten, um zu murmeln: „Sie sind gerade fertig geworden."

Dann könnt Ihr losgehen. Wenn Ihr draußen seid, nehmt den Talisman aus seinem Versteck. Dies wird es mir möglich machen zu sehen, was vor Euch liegt. Ich werde nicht mehr sprechen, bis Ihr und der Aerie-Zwerg aus den Tunneln heraus seid.

Als sie sich wieder umdrehte, näherte sich ihr Falstad. „Seid Ihr bereit, meine Elfherrin? Die Hügelzwerge wollen uns, so scheint mir, schnellstens loswerden."

Tatsächlich stand Rom am Ausgang, und seine undeutlich zu erkennende Gestalt winkte den beiden ungeduldig zu. Eine Aufforderung, hinaus zu klettern. Vereesa und Falstad eilten zu ihm und an ihm vorbei. Sie zogen sich zur erweiterten Öffnung hinauf, so gut es ihnen möglich war. Der Fuß der Waldläuferin rutschte einmal ab, doch sie konnte ihr Gleichgewicht halten. Die Zugluft über ihr spornte sie an. Sie mochte die Unterwelt nicht sonderlich und hoffte, dass die Umstände es nicht erfordern würden, so bald wieder dorthin zurück zu kehren.

Falstad, der zuerst oben anlangte, streckte eine Hand aus, um ihr zu helfen. Ohne große Mühe zog er sie zu sich hoch.

Sofort begannen die Zwerge, das Loch wieder zu füllen. Es wurde schnell kleiner, noch während Vereesa sich an ihre neue Umgebung gewöhnte.

„Und was machen wir jetzt?", fragte Falstad. „Hinaufklettern?"

Er zeigte zum Fuß des Berges, der auch jetzt, in der Dunkelheit, augenscheinlich eine senkrechte Steilwand besaß, die sich mehrere Hundert Fuß in die Höhe reckte. So sehr sie sich auch bemühte, konnte die Elfe keinen Zugang entdecken. Das verwunderte sie. So wie Rom sich ausgedrückt hatte, hätten sie den Eingang sofort erkennen müssen.

Sie drehte sich um, wollte nach ihm rufen, musste aber feststellen, dass fast nichts mehr von dem Spalt übrig war. Vereesa kniete sich nieder und presste ein Ohr an den Spalt, konnte aber nichts hören.

„Vergesst sie, meine Elfendame. Sie haben sich wieder versteckt." Falstads Ton drückte Verachtung für seine Vettern aus den Hügeln aus.

Die Elfe nickte. Sie erinnerte sich wieder an Krasus' Anordnungen, öffnete ihren Umhang, nahm das Medaillon hervor und platzierte es zwischen ihren Brüsten. Vereesa hoffte, dass der Zauberer im Dunkeln sehen konnte, sonst würde er ihnen jetzt keine große Hilfe sein.

„Was ist das?"

„Hilfe ... hoffe ich jedenfalls." Krasus hatte ihr zwar aufgetragen, es für sich zu behalten, doch sicher erwartete er nicht, dass sie auch Falstad im Ungewissen ließ. Der Zwerg hätte sonst denken können, sie sei plötzlich verrückt geworden, wenn sie anfing mit sich selbst zu reden.

Ich kann alles ziemlich klar erkennen, ließ sich der Zauberer vernehmen, und sie zuckte zusammen. *Danke.*

„Was ist los? Warum zuckt Ihr so?"

„Falstad, weißt du, dass die Kirin Tor Rhonin auf eine Mission entsendet haben?"

„Aye, ihr weiß über diese Narretei Bescheid. Warum?"

„Dieses Medaillon hier stammt von dem Zauberer, der Rhonin auserwählt und auf seine *wahre* Mission geschickt hat – welche wohl auch erforderte, dass er diesen Berg betritt."

„Aus welchem Grund?" Er klang nicht sonderlich überrascht.

„Das ist mir bisher noch nicht erklärt worden. Dieses Medaillon hier macht es dem Zauberer möglich, mit mir zu sprechen."

„Aber ich kann nichts hören."

„So funktioniert es leider."

„Typisch Zauberkram", bemerkte der Zwerg im selben Tonfall, wie er über seine Vettern gesprochen hatte.

Ihr solltet Euch auf den Weg machen, schlug Krasus vor. *Vergeudet keine Zeit.*

„Ist etwas mit Euch? Ihr seid schon wieder zusammengezuckt!"

„Wie ich sagte, du kannst ihn nicht hören, ich schon. Er will, dass wir aufbrechen. Er sagt, er kann uns führen."

„Er kann sehen?"

„Durch den Kristall."

Falstad trat vor das Medaillon und stieß mit dem Finger gegen den Stein. „Ich schwöre bei den Aerie, wenn du ein falsches Spiel treibst, wird mein Geist dich auf ewig jagen, Zauberer! Ich schwöre es!"

Sag dem Zwerg, unsere Interessen ähneln sich sehr.

Vereesa wiederholte diese Aussage für Falstad, der sie widerwillig akzeptierte. Die Elfe hatte ihre eigenen Vorbehalte, doch sie behielt sie für sich. Krasus hatte gesagt, ihre Interessen seien „ähnlich". Das musste nicht bedeuten, dass sie identisch waren.

Trotz dieser Gedanken wiederholte sie Krasus' Anweisungen minutiös, denn sie erwartete, dass er sie wenigstens ins Innere des Berges führen würde. Zuerst wirkten seine Richtungsangaben seltsam, denn sie zwangen sie dazu, den Berg in einer, wie es schien, viel zu zeitraubende Weise zu umrunden. Doch schließlich gelangten sie auf einen bequemeren Weg, der sie bald zu einem hohen, aber schmalen Höhleneingang führte, von dem Vereesa annahm, dass dies endlich der Weg ins Innere war. Falls nicht, würde sie mit ihrem dubiosen Führer ein Wörtchen wechseln müssen.

Eine alte Zwergenmine, sagte Krasus. *Die Orks denken, sie würde nirgendwo hinführen.*

Vereesa betrachtete sie, so gut es in der Dunkelheit möglich war. „Warum haben Rom und seine Leute sie nicht benutzt, wenn sie nach draußen führt?"

Weil sie geduldig gewartet haben.

Sie wollte fragen, worauf sie denn gewartet hatten, doch plötzlich ergriff Falstad ihren Arm.

„Hört Ihr das?", wisperte der Greifenreiter. „Da kommt jemand!"

Sie verbargen sich gerade noch rechtzeitig hinter einem Vorsprung. Eine furchterregende Gestalt schritt zielstrebig auf die Höhle zu und zischte dabei.

Vereesa sah den Kopf des Drachen hin und her rucken, während er sich umblickte; die roten Augen glühten schwach im Dunkel.

„Und hier ist noch ein viel besserer Grund, warum sie diesen Weg nie benutzt haben", murmelte Falstad, „Ich wusste, es war zu schön, um wahr sein zu können!"

Der Drachenkopf beruhigte sich etwas. Das Untier bewegte sich in ihre Richtung.

Ihr müsst still sein. Die Ohren eines Drachen sind sehr scharf.

Diese überflüssige Information gab die Elfe nicht weiter. Sie griff nach ihrem Schwert, als das Ungetüm ein paar weitere Schritte auf sie zu machte. Es war nicht annähernd so groß wie Deathwing, aber groß genug, um Falstad und sie mit Leichtigkeit zu vernichten.

Dann sah Vereesa die Flügel, die sich hinter seinem Kopf spannten. Dank ihrer nachtsichtigen Augen konnte sie erkennen, dass sie unterentwickelt waren. Kein Wunder, dass dieser Drachen den Wachhund für die Orks markierte. Aber, davon abgesehen, wo war sein Reiter? Die Orks ließen einen Drachen niemals alleine, auch wenn er nicht fliegen konnte.

Ein bellendes Kommando beantwortete ihre Frage. Von weit hinter dem Drachen tauchte eine schwebende Fackel auf, die, wie Vereesa beim Näherkommen sah, von der Faust eines bulligen Orks umklammert wurde. In der anderen Hand hielt er ein Schwert, fast so lang wie die Elfe. Die Wache brüllte dem Drachen etwas zu, der wütend fauchte. Der Ork wiederholte seinen Befehl.

Langsam wandte sich das Ungeheuer wieder vom Versteck der beiden ab. Vereesa hielt den Atem an. Sie hoffte inständig, dass der Krieger und sein „Hündchen" bald wieder abzogen.

In diesem Moment strahlte der Edelstein auf dem Medaillon so hell auf, dass die ganze Umgebung um den Vorsprung herum beleuchtet wurde.

„Macht das aus!", zischte Falstad.

Die Waldläuferin versuchte es, doch es war bereits zu spät. Nicht nur der Drache drehte sich ihnen jäh wieder zu, dieses

Mal reagierte auch der Ork entsprechend. Fackel und Schwert ausstreckend, kam er auf ihr Versteck zu. Der rote Gigant schlich hinter ihm her und wartete auf Befehle.

Nimm das Medaillon von deinem Hals, befahl Krasus. *Mach dich bereit, es gegen den Drachen zu schleudern.*

„Aber ..."

Tu es.

Vereesa gehorchte. Sie nahm den Talisman in ihre Hand. Falstad warf seiner Begleiterin einen Blick zu, sagte aber nichts.

Der Ork kam näher. Schon er alleine stellte eine beträchtliche Herausforderung dar, doch mit dem Drachen an seiner Seite, war es für die Waldläuferin und ihren Gefährten fast aussichtslos.

Sag dem Zwerg, er soll sich zeigen.

„Er will, dass du da raus gehst, Falstad", flüsterte sie, obwohl sie nicht wusste, ob es ratsam war, diesen Unsinn an den Zwerg weiterzugeben.

„Wünscht er, dass ich ins Maul des Drachen klettere, oder soll ich mich einfach nur vor dem Ungeheuer hinlegen und es an mir knabbern lassen – je nachdem, wonach es ihm mehr gelüstet?"

Wir haben wenig Zeit.

Sie wiederholte die Worte des Zauberers. Falstad blinzelte, holte tief Luft und nickte dann. Den Sturmhammer umfasst, schlüpfte er an Vereesa vorbei und verließ den Schutz der Felsen.

Der Drache brüllte. Der Ork grunzte, sein mit Stosszähnen bewaffneter Mund verzog sich zu einem erwartungsvollen Grinsen.

„Zwerg!", grollte er. „Gut! Mir wurde schon langweilig hier draußen! Wirst mir schön die Zeit vertreiben, bevor ich dich an Zarasz hier verfüttere. Er hat ziemlichen Appetit!"

„Du und die Deinen werden mir schön die Zeit vertreiben, Schweinegesicht! Mir ist ein wenig kühl geworden! Deinen tumben Schädel einzuschlagen, wird meine Knochen wieder erwärmen!"

Ork und Bestie kamen näher.

Wirf den Talisman gegen den Drachen. Pass auf, dass er auf seinem Maul landet!

Der Befehl klang so absurd, dass Vereesa daran zweifelte, recht gehört zu haben. Dann fiel ihr ein, dass Krasus vielleicht durch das Medaillon einen Zauberspruch weben konnte, der die wilde Bestie außer Gefecht setzen würde.

Wirf es jetzt, bevor dein Freund sein Leben verliert!

Falstad! Die Waldläuferin sprang hoch – und überraschte beide Wächter mit ihrem Erscheinen.

Sie warf dem Ork einen schnellen Blick zu – und schleuderte dann den Talisman mit großer Zielgenauigkeit gegen das Maul des Drachen.

Dieser streckte sich – ebenfalls mit großer Zielgenauigkeit – vor und fing das Medaillon mit den Zähnen auf.

Vereesa fluchte. So hatte sich Krasus das gewiss nicht vorgestellt.

Wie auch immer, im folgenden geschah etwas überaus Erstaunliches. Etwas, das alle drei Krieger innehalten ließ. Anstatt das Medaillon zu verschlingen oder wegzuwerfen, stand das Untier nur da, den Kopf leicht zur Seite geneigt. In seinem Maul leuchtete eine rote Aura auf, doch sie schien den Leviathan nicht zu stören.

Zu jedermanns Verblüffung setzte sich der riesige Drache nieder.

Der Ork war sichtlich verärgert und schrie einen Befehl.

Der Drache schien ihn jedoch nicht zu hören, es sah vielmehr so aus, als lausche er einer weit entfernten Stimme.

„Dein Hund hat ein Spielzeug gefunden", spottete Falstad.

„Sieht ganz danach aus, als müsstest du zur Abwechslung auch mal selbst die Kastanien aus dem Feuer holen!"

Als Antwort stieß der Krieger seine Fackel nach vorn und hätte fast Falstads Bart in Brand gesetzt. Fluchend schwang Falstad seinen Sturmhammer gegen den ausgestreckten Arm des Orks, doch der wütende Hieb ging fehl. Dies wiederum ermöglichte es dem Wächter, mit dem Schwert zu kontern.

Vereesa stand unentschlossen da. Sie wollte Falstad helfen, wusste aber nicht, ob der Drache nicht jeden Moment aus seiner unerklärlichen Schläfrigkeit erwachen und seinem Ork-Herrn beistehen würde. Wenn das passieren sollte, musste jemand da sein, um sich der Bestie entgegen zu stellen.

Der Zwerg und sein Gegner tauschten Hiebe aus, wobei Schwert und Fackel sich als fast gleichwertig im Kampf gegen den Hammer erwiesen. Der Ork versuchte, Falstad zurück zu drängen. Er schien zu hoffen, dass der Zwerg auf dem unebenen Grund ins Straucheln geraten würde.

Die Elfe sah ein weiteres Mal zu dem Drachen hin. Immer noch hatte dieser den Kopf geneigt. Die Augen waren geöffnet, doch sie starrten in weite Ferne.

Vereesa drehte sich von ihm weg und stürmte los, um Falstad zu helfen. Wenn der Drache angriff, mochte er eben angreifen. Sie konnte ihren Gefährten nicht im Stich lassen.

Der Ork spürte, dass sie kam, denn als ihr Schwert nach ihm stieß, schwang er die Fackel herum. Vereesa schnappte nach Luft, als die Flammen beinahe ihr Gesicht berührten.

Doch durch ihr Eingreifen musste der Ork jetzt an zwei Fronten kämpfen, und sein Versuch, sie zu verbrennen, hatte seine Deckung auf der anderen Seite völlig entblößt.

Falstad benötigte keine besondere Aufforderung, um diesen Vorteil für sich zu nutzen. Der Hammer krachte herab.

Ein gutturaler Schrei des Orks übertönte fast das Geräusch der zerbrechenden Knochen. Das Schwert entfiel der zitternden Hand. Der Hammer hatte ihm den Ellbogen zerschmettert, und sein ganzer Arm war nun nutzlos.

Von Wut und Schmerz getrieben, schlug der verkrüppelte Wächter Falstad die Fackel gegen die Brust. Der Zwerg stolperte rückwärts und versuchte, die Flammen an Bart und Kleidung zu löschen. Sein Gegner setzte nach, doch die Elfe schnitt ihm den Weg ab.

„Kleiner Elf!", knurrte der Ork. „Du wirst auch brennen!"

Sein langer Arm und die Fackel besaßen eine weit größere Reichweite, als Vereesa sie aufbringen konnte. Sie duckte sich zweimal, als er die Fackel schwang, und begriff, dass sie es schnell zu Ende bringen musste, wenn sie verhindern wollte, dass der Ork sie auch noch erwischte.

Bei seiner nächsten Attacke zielte sie nicht auf ihn, sondern auf seine Fackel. Dies setzte voraus, dass sie die Flammen gefährlich nahe kommen lassen musste. Die wilde Fratze des Orks verzerrte sich erwartungsvoll, als er nach ihr stieß.

Die Spitze ihres Schwertes grub sich in das Holz und entriss es der Hand des überraschten Wächters. Durch diesen unerwarteten Erfolg fiel Vereesa, vom eigenen Schwung getragen, nach vorn, die Fackel noch immer auf ihr Schwert gespießt.

Das Feuer traf den Ork mitten im Gesicht. Er brüllte vor Schmerz und schlug die Fackel zur Seite. Doch der angerichtete Schaden war nicht wieder gutzumachen. Seine Augen, die Nase und der ganze obere Teil seines Gesichts waren von den Flammen verschmort worden. Er konnte nichts mehr sehen.

Vereesa rammte das Schwert in den blinden Ork, und seine Schreie verstummten, Sie fühlte sich nicht gut dabei, doch sie hatte ihn außer Gefecht setzen *müssen*.

„Bei den Aerie!", japste Falstad. „Ich dachte, ich schaffe es nie mehr, die Flammen an mir zu löschen!"

Immer noch nach Luft ringend, brachte Vereesa hervor: „Geht ... geht es ... dir gut ...?"

„Ich weine über den Verlust meines Bartes, den ich in vielen Jahren mühevoller Pflege heranzüchtete ... aber ich werde drüber hinwegkommen. Was ist mit unserem zu groß geratenen Hündchen da drüben?"

Der Drache hatte sich mittlerweile auf allen vieren niedergelassen, als wollte er sich zum Schlaf betten. Das Medaillon steckte noch immer in seinem Mund, doch noch während sie ihn ansahen, ließ er es vorsichtig auf den Boden gleiten – dann starrte er die beiden an, als erwarte er, dass einer von ihnen es aufhebe.

„Will er, dass wir tun, was ich glaube, meine Elfherrin?"

„Ich fürchte schon ... und ich ahne auch, wer ihm das vorgeschlagen hat." Vorsichtig näherte sie sich dem Riesen, der sie erwartete.

„Ihr werdet es doch nicht ernsthaft aufheben wollen?"

„Ich habe keine Wahl."

Als die Waldläuferin näher kam, beäugte der Drache sie von oben herab. Drachen sahen angeblich sehr gut im Dunkeln, und ihr Geruchssinn war noch stärker ausgeprägt. Auf diese geringe Entfernung war sie ihm völlig ausgeliefert.

Mit einem Zipfel ihres Umhangs hob sie das Medaillon vorsichtig auf. Nach der langen Zeit, die es im Maul des Drachen gesteckt hatte, triefte es vor Speichel. Mit einigem Ekel wischte die Elfe es, so gut es eben ging, am Boden ab.

Das Juwel leuchtete unvermutet auf.

Der Weg ist frei, hörte sie Krasus' monotone Stimme. *Ihr beeilt euch besser, bevor andere kommen.*

„Was hast du mit diesem Monster gemacht?", flüsterte sie.

Ich sprach mit ihm. Er begreift jetzt. Beeil dich. Es werden andere kommen.

Der Drache begriff? Vereesa wollte den Zauberer noch mehr fragen, doch mittlerweile wusste sie, dass er ihr keine zufriedenstellende Antwort geben würde. Nun, immerhin hatte er das schier Unmögliche vollbracht, und dafür musste sie ihm dankbar sein.

Sie hängte sich die Kette wieder um den Hals und ließ den Talisman wieder frei baumeln. An Falstad gewandt, sagte sie einfach: „Wir müssen weiter."

Der Zwerg schüttelte beim Anblick des Drachen den Kopf und folgte ihr.

Krasus hielt Wort. Er führte sie durch die verlassene Mine und zu guter Letzt in einen Gang, von dem Vereesa nie gedacht hätte, dass er in die Bergfestung führen könnte. Er zwang die beiden, einen engen und ziemlich riskanten Seitenweg zu erklimmen, doch schließlich betraten sie den oberen Teil einer recht geräumigen Höhle.

Eine Höhle voller umhereilender Orks.

Von dem Vorsprung aus, auf dem sie kauerten, konnten sie die furchteinflößenden Krieger dabei beobachten, wie sie Güter verpackten und Wagen beluden. Auf einer Seite der Höhle kontrollierte ein Drachenbändiger einen jungen Leviathan, während ein anderer kurz davor zu stehen schien, aufzubrechen.

„Es sieht so aus, als planten sie, wegzugehen!"

Das kam Vereesa auch so vor. Sie lehnte sich nach vorn, um besser sehen zu können.

Es hat funktioniert.

Krasus hatte gesprochen, aufgrund seiner Tonlage wusste Vereesa jedoch sofort, dass diese Worte nur für ihn selbst bestimmt gewesen waren. Möglicherweise hatte er nicht einmal gemerkt, dass sie ihn hören konnte. Hatte er etwas damit zu tun, dass die Orks Grim Batol verließen? Obwohl sie gesehen hatte, wie der Zauberer sich den Drachen gefügig gemacht hatte, bezweifelte die Elfe, dass sein Einfluss *so weit* ging.

Der eine Drachen, der flugbereit war, bewegte sich nun zum Hauptausgang der Höhle. Sein Reiter gürtete sich fest. Im Gegensatz zu einem Kampfeinsatz, war der Drache schwer mit Lasten beladen.

Vereesa lehnte sich zurück und dachte nach. Obwohl die Tatsache, dass die Orks Grim Batol verließen, für die Allianz sehr bedeutsam sein mochte, blieben viele Fragen offen. Sie sorgte sich um Rhonin. Welchen Nutzen würde er für die Orks noch haben, wenn sie hier weggingen? Sicherlich würden sie sich nicht die Mühe machen, einen feindlichen Zauberer mitzuschleppen.

Und hatten sie wirklich vor, *alle* Drachen umzusiedeln?

Sie hatte auf Krasus' nächste Anweisung gewartet, doch der Zauberer blieb auffallend stumm. Vereesa blickte umher, um zu entscheiden, welcher Weg sie am schnellsten dahin führen würde, wo Rhonin gefangen gehalten wurde ... vorausgesetzt, er war noch nicht umgebracht worden.

Falstad legte eine Hand auf ihre Schulter. „Da unten! Seht Ihr ihn?"

Sie folgte seinem Blick – und sah den Goblin. Er eilte einen anderen Vorsprung entlang auf einen Ausgang zu ihrer Linken zu.

„Es ist Kryll! Es kann kein anderer sein!"

Die Elfe war sich dessen ebenfalls sicher. „Er kennt sich hier anscheinend recht gut aus."

„Aye! Darum hat er uns zu ihren Verbündeten, den Trollen, geführt!"

Aber warum hatte der Goblin sie nicht von Orks gefangen nehmen lassen? Warum hatte er sie den mörderischen Trollen in die Hände gespielt? Die Orks hätten sie doch gewiss verhören wollen.

Genug gegrübelt. Sie hatte eine Idee. „Krasus! Kannst du uns zeigen, wie wir da hinunter kommen, wo der Goblin hinläuft?"

Keine Stimme erklang in ihrem Kopf.

„Krasus?"

„Was ist?"

„Der Zauberer scheint nicht antworten zu wollen – oder zu können."

Falstad schnaubte. „Dann sind wir also auf uns allein gestellt?"

„Für den Augenblick scheint es so." Sie richtete sich auf. „Der Vorsprung dort drüben. Er sollte uns dahin führen, wohin wir wollen. Die Orks werden die Tunnels recht geradlinig angelegt haben."

„Also gehen wir ohne den Zauberer weiter. Gut. Das gefällt mir besser."

Vereesa nickte grimmig. „Ja, wir gehen ohne den Zauberer weiter – aber nicht ohne unseren kleinen ‚Freund' Kryll!"

ACHTZEHN

Zu langsam. Sie waren viel zu langsam.

Nekros stieß einen Peon mit wütendem Grunzen an, um den wertlosen Ork aus niedriger Kaste zur schnelleren Arbeit anzutreiben. Der andere Ork stöhnte und eilte mit seiner Last davon.

Die niederen Orks waren zu nichts anderem als körperlicher Arbeit zu gebrauchen, und momentan hatte Nekros den Eindruck, dass sie nicht einmal dazu taugten. Ihm war nichts anderes übrig geblieben, als die Krieger dazu zu zwingen, mitzuschuften, um alles bis zum Morgengrauen erledigt zu haben. Nekros hatte sogar darüber nachgedacht, mitten in der Nacht abzureisen, aber das war nicht mehr möglich, und er wollte nicht noch einen weiteren Tag verstreichen lassen. Mit jeder Stunde rückten die Invasionstruppen zweifellos näher, obwohl seine Späher, die ihre Augen wohl vor der Wirklichkeit verschlossen, noch immer behaupteten, es gäbe keine Spuren eines Spähtrupps, geschweige denn einer Armee. Da fiel es wohl nicht weiter ins Gewicht, dass Allianz-Krieger auf Greifen gesichtet worden waren, ein Zauberer den Weg in den Berg gefunden hatte und der schrecklichste aller Drachen nun dem Feind diente. Nein, dass die Wachposten unfähig waren, den Gegner zu sehen, bedeutete nicht, dass die Menschen und ihre Verbündeten nicht schon längst auf Grim Batol zuritten.

Der verstümmelte Krieger war so darin versunken, seinen Arbeitern die Dringlichkeit der Frachtverladung zu erklären, dass er seinen Chefpfleger zunächst gar nicht bemerkte. Erst auf ein vorsichtiges Räuspern hin, drehte sich Nekros um.

„Rede, Brogas. Wieso schleichst du hier herum wie dieser Abschaum?"

Der etwas dünnere Ork verzog das Gesicht. Seine Stoßzähne waren an den Seiten nach unten gebogen, was seinem ohnehin schlechtgelaunt wirkenden Gesicht einen noch traurigeren Ausdruck verlieh. „Das Männchen ... Nekros, ich glaube, es stirbt bald."

Noch schlechtere Nachrichten, vielleicht sogar die schlimmsten! „Lass ihn mich sehen."

Sie gingen so schnell sie es vermochten, wobei Brogas darauf achtete kein Tempo vorzugeben, das die Behinderung seines Vorgesetzten noch unterstrichen hätte. Nekros hatte jedoch größere Sorgen. Um das Zuchtprogramm fortzusetzen, benötigte er ein weibliches *und* ein männliches Exemplar. Ohne die eine oder den anderen besaßen sie *nichts* ... und das würde Zuluhed nicht gefallen.

Sie erreichten eine abgelegene Höhle, in der sich der älteste und letzte Begleiter Alexstraszas aufhielt. Tyranastrasz war im Vergleich zu anderen Drachen dereinst gewiss ein beeindruckender Anblick gewesen. Nekros hatte gehört, dass der alte Purpurdrache sogar Deathwing an Größe und Macht ebenbürtig gewesen war, obwohl es sich dabei vielleicht nur um eine Legende handelte. Trotzdem füllte der Drache immer noch die Kammer so weit aus, dass der Anführer der Orks im ersten Moment kaum glauben mochte, dass ein solcher Gigant überhaupt erkranken *konnte*.

Als er jedoch den unregelmäßigen Atem des Drachens hörte, erkannte er die Wahrheit. Tyran, wie ihn alle nannten, hatte im letzten Jahr mehrere Anfälle erlitten. Der Ork hatte einst angenommen, Drachen seien unsterblich und könnten nur im Kampf getötet werden, aber über die Jahre hinweg hatte er entdeckt, dass auch Drachen mitunter an Krankheiten litten. Irgendetwas hatte Tyran mit einer langsam arbeitenden, aber tödlich verlaufenden Krankheit gestraft.

„Wie lange geht es ihm schon so schlecht?"

Brogas schluckte. „Ungefähr seit letzter Nacht ... Aber vor ein paar Stunden sah er bedeutend besser aus!"

Nekros fuhr zu dem Pfleger herum. „Narr! Du hättest mich früher rufen müssen!"

Er hätte den anderen Ork fast geschlagen, erkannte jedoch noch rechtzeitig, wie nutzlos eine frühere Alarmierung über die Befindlichkeit des Drachen gewesen wäre. Er wusste schon seit geraumer Zeit, dass er den älteren Drachen verlieren würde, hatte es vor sich selbst nur nicht eingestehen wollen.

„Was machen wir jetzt, Nekros? Zuluhed wird wütend sein. Unsere Schädel wird er auf Pfähle spießen!"

Nekros verzog das Gesicht. Auch er hatte sich dies gerade vorgestellt und entschieden, dass es ihm überhaupt nicht gefiel. „Wir haben keine Wahl. Bereite ihn auf die Reise vor. Er kommt mit, ob lebendig oder tot! Zuluhed soll machen, was er für richtig hält!"

„Aber Nekros ..."

Jetzt schlug der einbeinige Ork seinen Untergebenen. „Weinerlicher Narr! Befolge den Befehl!"

Eingeschüchtert nickte Brogas und eilte davon, zweifellos, um die ihm unterstellten Pfleger zu misshandeln, während sie versuchten Nekros' Befehle zu befolgen. Ja, Tyran würde mit den anderen reisen, ob er noch atmete oder nicht. Er würde zumindest als Ablenkung für den Feind dienen ...

Nekros trat einen Schritt näher und betrachtete den großen Drachen genauer. Die fleckigen Schuppen, der ungleichmäßige Atem, die fehlende Bewegung ... nein, Alexstraszas Begleiter hatte nicht mehr lange in dieser Welt zu leben.

„Nekros", krächzte die Stimme der Drachenkönigin plötzlich. „Nekros ... ich kann deine Nähe riechen ..."

Der schwergewichtige Ork suchte nach einem Ausweg, um sich nicht um seine eigene Haut sorgen zu müssen, sobald Tyran gestorben war. Also machte er sich auf zur Kammer der Königin. Wie immer griff er in seine Gürteltasche und legte eine Hand als Vorsichtsmaßnahme auf die *Dämonenseele*.

Durch halb geschlossene Augen sah Alexstrasza zu, wie er eintrat. Auch sie war in letzter Zeit kränklich gewesen, aber Nekros wollte nicht glauben, dass er auch sie verlieren würde. Vermutlich wusste sie einfach nur, dass ihr letzter Begleiter im Sterben lag. Nekros wünschte, einer der anderen Drachen hätte überlebt. Sie waren wesentlich jünger und kräftiger als Tyran gewesen.

„Was gibt es, meine ‚Königin'?"

„Nekros, warum hältst du an diesem Irrsinn fest?"

Er grunzte. „Ist das alles, was du von mir willst, Weib? Ich habe Wichtigeres zu tun, als deine albernen Fragen zu beantworten!"

Die Drachenkönigin schnaubte. „All deine Mühen werden mit deinem Tod enden. Du hättest die Möglichkeit dich und deine Männer zu retten, aber du ergreifst sie nicht."

„Wir sind kein feiger hinterhältiger Abschaum wie Orgrim Doomhammer. Der Dragonmaw-Clan kämpft bis zum letzten Blutstropfen!"

„Die Flucht nach Norden ... Kämpft ihr so?"

Nekros Skullcrusher zog die *Dämonenseele* hervor. „Es gibt Dinge, von denen verstehst selbst du nichts! Es gibt Zeiten, in denen die Flucht geradewegs in den Kampf führt!"

Alexstrasza seufzte. „Ich kann nicht zu dir durchdringen, oder Nekros?"

„Zumindest lernst du."

„Sag mir dann dies: Was wolltest du in Tyrans Kammer? Was fehlt ihm?" Die Augen und der Tonfall in der Stimme der Königin verrieten ihre Sorge um ihren Begleiter.

„Nichts, worüber du dir Sorgen machen müsstest, ‚Königin'! Denke lieber an dich selbst. Wir werden dich bald bewegen müssen. Benimm dich, und es wird kaum schmerzen …"

Mit diesen Worten steckte er die *Dämonenseele* ein und verließ Alexstrasza. Die Drachenkönigin rief noch einmal seinen Namen, zweifellos um mehr über das Befinden ihres Begleiters in Erfahrung zu bringen, aber Nekros konnte nicht noch weitere Zeit mit den Gedanken an Drachen verschwenden – zumindest nicht an *rote*.

Auch wenn die Kolonne Grim Batol verlassen würde, bevor die Invasoren der Allianz eintrafen, wusste der Ork-Kommandant mit absoluter Sicherheit, dass *ein* Wesen rechtzeitig auftauchen und angreifen würde. Deathwing würde kommen. Der schwarze Leviathan würde am Morgen eintreffen – nur wegen eines einzigen Wesens.

Alexstrasza …Der schwarze Drache würde wegen seiner großen Rivalin erscheinen.

„Lasst sie alle kommen!", zischte der Ork sich selbst zu. „Alle. Solange der Dunkle nur als Erster hier ist …" Er strich über die Tasche, in der er die *Dämonenseele* aufbewahrte. „… und dann wird Deathwing schon den Rest erledigen."

Rhonin erlangte nur langsam die Besinnung zurück. Selbst in seinem geschwächten Zustand blieb der Zauberer danach ruhig liegen und erinnerte sich daran, was beim letzten Mal geschehen war. Er wollte nicht, dass der Golem ihm erneut das Bewusstsein raubte – vor allem, weil Rhonin fürchtete, dass er dann nicht noch einmal zurückfinden würde.

Erst als seine Stärke zurückkehrte, öffnete der gefangene Zauberer vorsichtig die Augen.

Der flammende Golem war nirgendwo zu sehen.

Überrascht hob Rhonin den Kopf und öffnete die Augen weit.

Er hatte die Bewegung kaum beendet, als die Luft vor ihm flimmerte und Hunderte kleiner Feuerbälle aus dem Nichts entstanden. Die brennenden Kugeln drehten sich, flossen zusammen und bildeten einen grob menschlichen Umriss, der innerhalb eines Atemzugs Substanz gewann.

Der riesige Golem entstand erneut in all seiner Pracht.

Rhonin, der das Schlimmste erwartete, senkte den Kopf und schloss gleichzeitig die Augen. Er harrte der entsetzlichen Berührung durch die magische Kreatur ... und harrte und harrte. Schließlich siegte seine Neugier über die Furcht, und er öffnete vorsichtig ein Auge und sah, dass der Golem erneut verschwunden war.

Rhonin wusste nun, dass er von ihm auch dann unter Beobachtung gehalten wurde, wenn er nicht zu sehen war. Nekros wollte anscheinend mit ihm spielen, obwohl es vielleicht auch Kryll war, von dem dieser neueste Trick stammte. Die Hoffnung des Zauberers verging.

Vielleicht war es besser so. Immerhin hatte er doch geglaubt, dass sein Tod denen gefallen würde, die seinetwegen gestorben waren. Würde er auf diese Weise also nicht wenigstens seine Schuld endlich sühnen?

Rhonin konnte nichts tun, also ergab er sich in sein Schicksal und achtete weder auf das Verstreichen der Zeit, noch auf die Geräusche der Orks, die ihre Vorbereitungen für die Abreise abschlossen. Wenn Nekros zurückkehrte, würde er den Zauberer entweder mitnehmen oder, was wahrscheinlicher war, Rhonin ein letztes Mal verhören und anschließend hinrichten.

Und Rhonin konnte nichts dagegen tun.

Irgendwann, als er seine Augen erneut schloss, überkam ihn die Müdigkeit und entführte ihn in einen angenehmen Schlummer. Rhonin träumte von vielen Dingen – Drachen, Ghouls, Zwergen ... und von Vereesa. Der Traum von der Elfe brachte Ruhe in seine besorgten Gedanken. Er hatte sie nur für kurze Zeit gekannt, aber ihr Gesicht tauchte immer häufiger in seinem Geist auf. In einer anderen Zeit, an einem anderen Ort hätte er sie vielleicht besser kennen lernen können.

Die Elfe stand so sehr im Zentrum seines Traums, dass Rhonin sogar ihre Stimme hören konnte. Sie rief seinen Namen immer und immer wieder, zuerst sehnsüchtig und dann, als er nicht antwortete, mit wachsender Besorgnis ...

„Rhonin!" Ihre Stimme war entfernt, war nicht mehr als ein Flüstern, schien jedoch an Substanz zuzulegen.

„Rhonin!"

Dieses Mal riss ihn ihr Ruf aus seinen Träumen und zerrte ihn aus seinem Schlaf. Rhonin kämpfte dagegen an, denn er hatte keine Sehnsucht nach seiner Zelle und dem bevorstehenden Tod.

„Er antwortet nicht ...", flüsterte eine andere Stimme, nicht so sanft und musikalisch wie die von Vereesa. Dem Zauberer kam sie bekannt vor, und dieses Erkennen trieb ihn dem Erwachen noch stärker entgegen.

„Vielleicht verhindern sie so seine Flucht, obwohl es nur Ketten, aber keine Gitter gibt", antwortete die Elfe. *„Es sieht so aus, als hättest du die Wahrheit gesprochen."*

„Ich würde Euch nie belügen, edle Herrin. Ich würde Euch nie belügen!"

Dieser letzten schrillen Stimme gelang, was die anderen nicht vermocht hatten. Rhonin löste sich aus den letzten Resten des Schlafs ... und hätte beinahe laut gerufen.

„Dann bringen wir es hinter uns", murmelte Falstad, der

Zwerg. Die Schritte, die darauf folgten, machten dem Zauberer klar, dass der Zwerg und die anderen sich auf ihn zubewegten.

Er öffnete die Augen.

Vereesa und Falstad betraten tatsächlich die Kammer. Das hübsche Gesicht der Elfe war voller Sorge. Die Waldläuferin hatte ihr Schwert gezogen und trug etwas um den Hals, das fast aussah wie das Medaillon, das Deathwing Rhonin gegeben hatte. Dieses hier verfügte jedoch über einen roten Stein, wohingegen der andere so schwarz war wie der bösartige Leviathan selbst.

Der Zwerg neben ihr trug seinen Sturmhammer auf dem Rücken. Als Waffe hielt er einen langen Dolch – dessen Spitze die Kehle des keuchenden *Kryll* berührte.

Der Anblick der ersten beiden, vor allem Vereesa, erfüllte Rhonin mit Hoffnung ...

Hinter dem kleinen Rettungstrupp entstand der Golem aus dem Nichts – absolut lautlos.

„Passt auf!", rief der Zauberer. Seine Stimme war noch heiser von seinen letzten Schreien.

Vereesa und Falstad wichen nach unterschiedlichen Seiten aus, als das monströse Skelett nach ihnen griff. Kryll wurde vom Zwerg weggestoßen und rutschte auf die Wand zu, an die man Rhonin gekettet hatte. Der Goblin fluchte, als er schwer gegen den Fels schlug.

Falstad kam als Erster wieder hoch und warf seinen Dolch dem Golem entgegen. Der ignorierte die Klinge, die von seiner Knochenpanzerung abprallte. Der Zwerg zog seinen Sturmhammer. Er schwang ihn dem unmenschlichen Wächter entgegen, während Vereesa ebenfalls aufsprang, um sich an dem Angriff zu beteiligen.

Leider bezweifelte Rhonin, dass sie die Kreatur in irgendeiner Weise besiegen konnten.

Falstads erster Schlag trieb das Monster einen Schritt zurück, aber beim zweiten packte der Golem den oberen Teil des Griffs. Der Greifenreiter zog an der Waffe, während der Golem versuchte, sie ihm abzunehmen.

„*Die Hände!*", stieß der Magier hervor. „Achte auf die Hände!"

Brennende fleischlose Finger griffen nach Falstad, als der in ihre Reichweite kam. Der verzweifelte Zwerg ließ seinen wertvollen Hammer los und stolperte aus dem unmittelbaren Dunstkreis des Feindes.

Vereesa sprang vor und stieß zu. Ihre Elfenklinge richtete nichts gegen die makabre Panzerung aus, die den Stoß einfach ablenkte. Der Golem drehte sich um und schleuderte den Sturmhammer in ihre Richtung.

Die Waldläuferin sprang geschickt zur Seite, war jetzt jedoch die einzige, die sich noch gegen den unmenschlichen Wächter verteidigen konnte. Vereesa stieß noch zwei weitere Male zu und verlor beim zweiten Versuch beinahe ihre Klinge. Der Golem, offenbar immun gegen Stichwaffen, versuchte bei jedem Angriff nach der Klinge zu greifen.

Die Freunde so gut wie verloren ... und Rhonin tat nichts, um ihnen beizustehen!

Es wurde noch schlimmer. Falstad hatte sein Gleichgewicht wiedergefunden und versuchte nach seinem Hammer zu greifen.

Der Mund des Golem öffnete sich unmöglich weit ...

... und eine Welle aus schwarzem Feuer erreichte Falstad beinahe. Im letzten Moment gelang es ihm, sich zur Seite zu werfen. Dennoch wurde seine Kleidung noch angesengt.

Jetzt stand Vereesa dem Golem völlig allein gegenüber.

Rhonin kämpfte gegen die Frustration. Der verletzte Zauberer sammelte die letzte Kraft, über die er noch verfügte, um einen Zauberspruch zu wirken. Da der Golem beschäftigt war, hatte er Zeit genug, sich darauf zu konzentrieren. Er benötigte nur noch einen Augenblick ...

Geschafft! Die Ketten, die seinen Körper bannten, öffneten sich und fielen zu Boden. Aufatmend streckte Rhonin seine Arme einmal kurz, bevor er sie dem Golem zuwandte ...

Etwas Schweres schlug gegen seinen Rücken; ein plötzlicher Druck auf seine Kehle raubte ihm den Atem.

„Böser, böser Zauberer! Weißt du denn nicht, dass du sterben sollst?"

Kryll drückte ihm die Kehle mit einer Kraft zusammen, die den Zauberer völlig überraschte. Er hatte gewusst, dass Goblins stärker waren als sie aussahen, aber Krylls Stärke war fast schon unheimlich.

„Genau so, Mensch ... Gib auf! Fall vor mir auf die Knie ...!"

Rhonin hätte beinahe genau das getan. Ihm schwindelte unter dem Luftmangel und das, verbunden mit der Folter, die er unter den Händen des Goblins erlitten hatte, reichte fast schon aus, ihn umzubringen. Aber wenn er fiel, würden auch Vereesa und Falstad sterben ...

Er konzentrierte sich und griff mit einer Hand nach dem mörderischen Goblin.

Mit einem hohen Schrei gab Kryll ihn frei und fiel zu Boden. Rhonin taumelte gegen die Wand und rang nach Luft. Er hoffte, dass Kryll seine Schwäche nicht ausnutzen konnte.

Aber er musste sich keine Sorgen machen. Der Goblin hatte sich am Arm verbrannt und hüpfte fluchend davon. „Böser, böser Zauberer! Verdammt sei deine Magie! Ich überlass dich meinem Freund hier, meinem Freund und seiner zärtlichen Berührung!"

Kryll hüpfte auf den Ausgang zu und lachte boshaft über das Schicksal des Eindringlings.

Der Golem unterbrach seinen Kampf gegen Vereesa und den

Zwerg. Sein tödlicher Blick glitt hin zu dem Fliehenden. Seine Kiefer öffneten sich …

… und ein Ball aus schwarzem Feuer schoss aus seinem skelettierten Mund, bis er den ahnungslosen Goblin vollständig einhüllte.

Mit einem gnädig kurzen Schrei verpuffte Kryll in dem Flammenball, der ihn so rasch mit seinem magischen Feuer verbrannte, dass nur noch Asche zu Boden fiel … Asche und das ruinierte Medaillon, das er in seiner Gürteltasche bei sich getragen hatte.

„Er hat das kleine Monster umgebracht!", staunte Falstad.

„Und wir werden die nächsten sein", erinnerte ihn die Elfe. „Obwohl ich keine Hitze spüre, ist meine Klinge unter den Flammen seines Körpers schon halb geschmolzen. Ich glaube nicht, dass ich ihm noch lange standhalten kann."

„Aye, mit meinem Hammer könnte ich vielleicht etwas unternehmen, aber …*pass auf!*"

Der Golem stieß erneut einen Feuerball aus, doch dieses Mal zur Decke hin gerichtet. Die Flammen taten jedoch mehr als nur den Fels zum Glühen zu bringen. Als der Feuerball aufschlug, zerplatzte die Decke und regnete in großen Stücken zu Boden.

Ein solches Stück traf Vereesa mit voller Wucht am Arm. Die Waldläuferin sackte zu Boden. Der Steinregen ließ Falstad zurückweichen und verhinderte, dass Rhonin zu ihr gelangen konnte.

Der Feuergolem konzentrierte sich auf die gefallene Elfe. Seine Kiefer öffneten sich erneut …

„Nein!" Rhonin reagierte mit einem Aufbäumen seiner Kräfte und hielt dem Wächter einen Schild entgegen, wie er ihn mächtiger noch nie erschaffen hatte.

Die schwarzen Flammen trafen auf das Hindernis … und wurden von ihm zurückgeschleudert.

Genau auf den Golem zu!

Rhonin hätte nicht geglaubt, dass die eigenen Waffen des Wächters diesen in solche Bedrängnis bringen könnten, aber die Flammen richteten sich nicht einfach nur gegen ihn, sondern *verzehrten* ihn hungrig. Aus der fleischlosen Kehle des Golems stieg ein Schrei empor, ein gottloser, unmenschlicher Schrei. Dann erbebte die monströse Kreatur – und explodierte in der kleinen Höhle mit der Macht eines magischen Sturms.

Diesen Gewalten konnten die Reste der Decke nicht mehr widerstehen. Sie stürzte endgültig ein – genau über Rhonin und seinen Rettern.

In der Schwärze der Nacht flog der Drache Deathwing nach Osten über das Meer. Schneller als der Wind reiste er nach Khaz Modan und, was bedeutsamer war, nach Grim Batol. Der Drache lächelte in sich hinein, ein Anblick, der jedes andere Wesen in Todesangst versetzt hätte. Alles lief so, wie er es geplant hatte. Seine die Menschen betreffenden Pläne verliefen glatt. Nur Stunden zuvor hatte er eine Nachricht von Terenas erhalten, in der es hieß, dass man nur eine Woche nach „Lord Prestors" Krönung bekannt geben wolle, dass der neue Monarch von Alterac die junge Tochter des Königs von Lordaeron am Tag ihrer Volljährigkeit heiraten würde.

Nur noch ein paar Jahre – nicht mehr als ein Augenzwinkern in der Lebensspanne eines Drachen –, und er würde die Position erreicht haben, die es ihm ermöglichte, die Vernichtung der Menschen einzuleiten. Nach ihnen würden die Elfen und Zwerge, älter und ohne die Vitalität der Menschen, fallen wie die Blätter eines sterbenden Baums.

Zukünftig würde er an diese Tage mit Freude zurückdenken. Doch jetzt musste sich Deathwing um eine dringendere und noch interessantere Situation kümmern. Die Orks bereiteten sich darauf vor ihre Bergfestung zu verlassen. Im Morgengrauen würden sie die Wagen nach draußen lenken und sich auf den Weg zur letzten Festung der Horde in Dun Algaz machen.

Mit ihnen würden auch die Drachen reisen.

Die Orks erwarteten eine Invasion der Allianz aus dem Westen. Zumindest erwarteten sie Greifenreiter und Zauberer ... und einen schwarzen Riesen. Deathwing hatte nicht vor, Nekros Skullcrusher in diesem Punkt zu enttäuschen. Von Kryll wusste er, dass der einbeinige Ork etwas vorhatte. Der Drache freute sich darauf herauszufinden, was die niedere Kreatur beabsichtigte. Er vermutete bereits etwas, aber es würde interessant sein, herauszufinden, ob der Ork vielleicht doch einmal zu einem originellen Gedanken fähig gewesen war.

Der dunkle Umriss von Khaz Modans Küste erschien am Horizont. Deathwing konnte hervorragend in der Dunkelheit sehen und änderte leicht den Kurs, um weiter nach Norden zu fliegen. Es blieben ihm nur noch wenige Stunden bis zum Sonnenaufgang. Das bedeutete, dass er genügend Zeit hatte, um sein Ziel zu erreichen. Dort würde der Drache warten und beobachten und den richtigen Moment wählen.

Und die Zukunft verändern.

Ein anderer Drache flog ebenfalls, einer, der viele Jahre lang nicht mehr geflogen war. Das Gefühl des freien Flugs begeisterte ihn, erinnerte ihn jedoch auch daran, wie sehr er aus der Übung gekommen war. Es hätte sich völlig natürlich anfühlen sollen, ein Teil seines ureigensten Wesens, aber es war ihm fremd geworden.

Der Drache Korialstrasz war viel zu lange Krasus, der Zauberer gewesen.

Wäre es bereits Tageslicht gewesen, hätten die, die seinen Flug beobachteten, einen großen, wenn auch nicht gigantischen Drachen gesehen, größer als die meisten, aber keiner der fünf

Aspekte. Er war blutrot und schlank, und in seiner Jugend hatte Korialstrasz vor den Angehörigen seiner Art als gutaussehend gegolten. Zumindest hatte er die Aufmerksamkeit seiner Königin errungen. Der rote Riese war schnell, tödlich und in der Schlacht entscheidungsfreudig. Er hatte zu den entschlossensten Verteidigern der Königin gehört und war ihr wichtigster Diener geworden, wenn es um den Umgang mit neuen, aufstrebenden Völkern ging.

Selbst vor der Gefangennahme seiner geliebten Alexstrasza hatte er viele Jahre in der Gestalt des Zauberers Krasus verbracht und sich nur in seine wahre Gestalt zurück verwandelt, wenn er sie heimlich besuchte. Als einer ihrer jüngeren Begleiter hatte er nicht die Autorität eines Tyranastrasz, aber Korialstrasz wusste, dass er einen besonderen Platz im Herzen seiner Königin einnahm. Deshalb hatte er sich freiwillig gemeldet, um ihr wichtigster Agent unter dem vielversprechendsten und vielseitigsten der neuen Völker zu werden – der Menschheit. Dort sollte er dabei helfen, dieses Volk auf den Weg zur Reife zu führen.

Alexstrasza hielt ihn sicherlich für tot. Nach ihrer Gefangennahme und der Unterwerfung der restlichen Drachenflieger hatte er nur eine Möglichkeit gesehen, um den Kampf fortzusetzen. Und so hatte er sich wieder als Krasus getarnt und der Allianz in ihrem Krieg gegen die Orks geholfen. Es deprimierte ihn, beim Töten seines eigenen Blutes mitzuhelfen, aber die jungen Drachen, die in der Horde aufgewachsen waren, wussten nur wenig über den vergangenen Ruhm ihrer Rasse. Sie lebten selten lange genug, um ihre Blutgier hinter sich zu lassen und die Weisheit zu erlernen, die in Wirklichkeit das Erbe der Drachen war. Als er der Elfe und dem Zwerg geholfen hatte, den Berg und sein Inneres zu erreichen, hatte er das Glück gehabt, zu einem der jungen Drachen in dessen Geist sprechen zu können. Er hatte ihn beruhigt und ihm erklärt, was getan werden musste. Dass der andere Drache zugehört hatte, war ein gutes Zeichen. Zumindest für einen gab es also noch leise Hoffnung.

Aber vieles musste noch getan werden, so viel, dass Korialstrasz sich erneut von den Sterblichen abwenden und sie ihrem Schicksal überlassen musste. In dem Moment, als er die Wagen durch das Medaillon erblickt und die gebrüllten Befehle der Ork-Offiziere gehört hatte, hatte er begriffen, dass sein Kampf kurz vor dem Ende stand. Die Orks hatten den Köder geschluckt und verließen Grim Batol. Sie würden seine geliebte Alexstrasza ins Freie befördern – dorthin, wo er sie endlich retten konnte.

Selbst dort würde es nicht leicht werden. Er benötigte den richtigen Zeitpunkt, einen Hauch von List und natürlich reines Glück.

Dass Deathwing lebte und offensichtlich den Niedergang der Lordaeron-Allianz plante, stellte eine neue und furchtbare Gefahr dar, die für einen gewissen Zeitraum drohte, all das, was Korialstrasz geplant hatte, zunichte zu machen. Und doch wies das, was Krasus entdeckt hatte, darauf hin, dass Deathwing sich zu sehr von der Politik der Allianz vereinnahmen ließ, um über die weit entfernten Orks und die Überreste ihres einst stolzen Geschwaders aus roten Drachen nachzudenken. Nein, Deathwing spielte sein eigenes Spiel mit den verschiedenen Königreichen als Figuren. Wenn man ihn nicht stoppte, würde er sicherlich Krieg und Zerstörung über sie bringen. Zum Glück erforderte ein solches Spiel Jahre, und so machte sich Korialstrasz keine Sorgen um die Menschen in Lordaeron und dahinter. Ihre Belange konnten warten, bis er seine Geliebte befreit hatte.

Auch wenn der Flugdrache die wachsende Bedrohung der Länder, die unter seinem Schutz standen, ignorieren konnte, nagte doch eine andere Sorge an seinen Gedanken, bis er sie nicht länger ignorieren konnte. Rhonin – und die beiden, die ihn gesucht hatten – hatten Krasus, dem Zauberer, vertraut und nicht geahnt, dass für Korialstrasz, den Drachen, die Rettung seiner Königin wichtiger war als das eigene Leben. Die Leben dreier Sterblicher hatten im Vergleich dazu keine Rolle gespielt – so hatte er zumindest bis vor kurzem geglaubt.

Doch nun plagten den Drachen Schuldgefühle. Schuldgefühle nicht nur, weil er Rhonin betrogen hatte, sondern auch weil er die Elfe und den Zwerg verlassen hatte, obwohl er ihnen versprach, sie im Berginnern zu begleiten.

Rhonin war vermutlich schon seit einiger Zeit tot, aber vielleicht war es für eine Rettung der anderen beiden noch nicht zu spät. Der rote Leviathan wusste, dass er sich nicht auf seine Aufgabe konzentrieren konnte, bis er alles für die beiden getan hatte, was möglich war.

An der Spitze der Südwestküste von Khaz Modan, nur wenige Stunden von Ironforge entfernt, suchte sich Korialstrasz einen Gipfel inmitten einer Bergkette aus und ging dort nieder. Er benötigte einige Momente, um sich zu orientieren, dann schloss er seine Augen und konzentrierte sich auf das Medaillon, das Rom der Waldläuferin Vereesa gegeben hatte.

Obwohl sie den Stein in der Mitte vermutlich für ein Juwel hielt, handelte es sich in Wirklichkeit um einen Teil des Drachens. Durch Magie war er in seine gegenwärtige Form gepresst worden, obwohl seine Existenz als eine von Korialstraszs Schuppen begonnen hatte. Die so verwandelte Schuppe verfügte über Fähigkeiten, die jeden Magier erstaunt hätten – wenn sie gewusst hätten, wie man Drachenmagie anwendet. Zum Glück für Korialstrasz wussten das nur wenige, sonst hätte er es auch nicht riskiert, ein solches Medaillon zu erschaffen. Rom, wie auch die Elfe, glaubte, dass das Juwel nur zur Kommunikation taugte und der Drache hatte nicht vor, diese Fehleinschätzung zu korrigieren.

Als der Wind heulte und Schnee gegen den mächtigen Körper des Leviathan blies, faltete Korialstrasz seine Flügel neben seinem Kopf, um sich während seiner Konzentrationsphase besser schützen zu können. Er stellte sich die Elfe vor, so wie er sie durch den Talisman gesehen hatte. Für eine Angehörige ihrer Art war sie nett anzusehen, und sie machte sich sichtlich Sorgen um Rhonin. Sie war außerdem eine tapfere Kriegerin. Vielleicht lebte sie noch – genau wie der Zwerg aus den Aeries.

„Vereesa Windrunner …", sagte er ruhig. „Vereesa Windrunner." Korialstrasz schloss seine Augen und versuchte sein inneres Auge zu öffnen. Seltsamerweise sah er nichts. Mit Hilfe des Medaillons hätte er alles sehen müssen, was sich vor dem Medaillon und der Elfe befand. Hatte sie es vielleicht in eine Tasche gesteckt?

„Vereesa Windrunner … mache ein Geräusch, egal wie leise, damit ich weiß, dass du mich hören kannst."

Noch immer nichts.

„Elfe!" Zum ersten Mal verlor der Drache beinahe die Fassung. „Elfe!"

Immer noch keine Antwort, kein Bild. Korialstrasz konzentrierte sich völlig auf das Medaillon, lauschte auf irgendein Geräusch und wenn es nur das Zischen eines Orks gewesen wäre.

Nichts.

Zu spät … Sein schlechtes Gewissen war zu spät erwacht, um Rhonins Gefährten zu retten, und jetzt waren auch sie gestorben, weil der Drache ihnen keine Aufmerksamkeit geschenkt hatte.

Als Krasus hatte er mit Rhonins Schuld gespielt und mit den Erinnerungen an die Begleiter, die der Zauberer bei seiner letzten Mission verloren hatte. Rhonin hatte sich dabei schlecht gefühlt. Jetzt jedoch begann der Drache die Gefühle des Menschen besser zu verstehen. Alexstrasza hatte immer in einem umsorgenden, mütterlichen Tonfall von den jüngeren Völkern gesprochen, als seien auch sie ihre Kinder. Ihre Sorge hatte ihren Begleiter angesteckt und so hatte er als Krasus hart an einer guten Entwicklung der Menschen gearbeitet. Die Gefangennahme seiner Königin durch die Orks hatte seine Überzeugungen jedoch bis in die Grundfesten erschüttert und Korialstrasz dazu gebracht, seine eigenen Lehren zu vergessen … bis heute.

Für diese drei kam seine Wandlung also zu spät.

„Aber es ist noch nicht zu spät für dich, meine Königin", sagte der Drache. Sollte er das hier überstehen, würde er den Rest seines Lebens damit verbringen seine Fehler, die er an Rhonin und den anderen begangen hatte, wiedergutzumachen. Jetzt zählte jedoch nichts anderes als die Rettung seiner Geliebten. Sie würde sein Handeln verstehen … hoffte er.

Der majestätische rote Drache spreizte seine Flügel und erhob sich in die Lüfte, machte sich auf den Weg nach Norden.

Nach Grim Batol.

NEUNZEHN

Nekros Skullcrusher wandte sich von den Trümmern ab, wütend, aber nicht bereit sich von seinen Plänen ablenken zu lassen.

„Soviel zum Thema Zauberer …", murmelte er und versuchte sich nicht vorzustellen, welch einen Zauberspruch der Mensch gewoben haben musste, um diese Zerstörungen auszulösen und den schier unbesiegbaren Golem zu vernichten. Der Spruch musste sehr mächtig gewesen sein, denn er hatte nicht nur den Zauberer das Leben gekostet, sondern auch eine ganze Sektion der Tunnel zum Einsturz gebracht.

„Graben wir die Leiche aus?", fragte einer der Krieger.

„Nein, reine Zeitverschwendung." Nekros griff nach der Tasche, in der sich die Dämonenseele befand und dachte bereits an den Höhepunkt seines verzweifelten Plans. „Wir verlassen Grim Batol *jetzt*."

Die anderen Orks folgten ihm. Den meisten gefiel die Entscheidung, die Bergfestung zu verlassen, nicht, aber sie wollten auch nicht hier zurückbleiben – vor allem nicht, wenn der Spruch des Zauberers auch das restliche Tunnelsystem in Mitleidenschaft gezogen hatte.

Ein unglaublicher Druck lastete auf Rhonins Kopf, ein Druck, so brutal, dass er befürchtete, sein Schädel könne jeden Augenblick gesprengt werden. Mühsam zwang er seine Augen, sich zu öffnen. Er wollte herausfinden, was ihn niederdrückte und wie er es so schnell wie möglich entfernen konnte.

Als er seinen verschwommenen Blick nach oben richtete, stieß er die Luft aus den Lungen.

Eine Felslawine – mindestens eine Tonne, wenn nicht mehr – hing ungefähr einen Fuß über seinem Kopf. Der Schild, den er zuvor geschleudert hatte, leuchtete schwach und gab damit zu erkennen, was genau verhindert hatte, dass sie zermalmt worden waren.

Der Druck in seinem Kopf, das begriff er jetzt, war der Teil seines Geistes, dem es gelungen war, den Spruch zu erhalten und so sein Leben zu retten. Der wachsende Schmerz wies den gefangenen Zauberer jedoch darauf hin, dass der Spruch mit jeder verstreichenden Sekunde schwächer wurde.

Er drehte sich, versuchte eine bequemere Stellung einzunehmen und hoffte, dass damit auch der Druck abnehmen würde, doch dann spürte er etwas unter seinem Hinterkopf. Rhonin griff vorsichtig danach, vermutete einen kleinen Stein, den er entfernen wollte. Als seine Finger ihn berührten, spürte er ein jedoch einen Hauch von Magie.

Die Neugier lenkte ihn von der über ihm schwebenden Bedrohung ab. Rhonin zog den Gegenstand dicht genug zu sich heran, um ihn betrachten zu können.

Ein schwarzes Juwel. Sicherlich jenes, das sich einst in der Mitte von Deathwings Medaillon befunden hatte.

Rhonin hob die Augenbrauen. Er hatte das Medaillon zuletzt nach Krylls Tod gesehen. Zu diesem Zeitpunkt hatte er sich nicht um den Stein gekümmert, war zu sehr mit der Gefahr beschäftigt gewesen, in der Vereesa und …

Vereesa! Das Gesicht der Elfe kreiste plötzlich in seinen Gedanken. Sie und der Zwerg waren weiter entfernt gewesen, hatten unter dem Schutz des ursprünglichen Zauberspruchs gestanden, aber jetzt …

Er drehte sich und versuchte sie zu entdecken. Als er sich bewegte, verstärkte sich jedoch der Druck in seinem Kopf, und die Steine senkten sich um einige Zentimeter.

Gleichzeitig hörte er einen tiefen Fluch.

„Falstad?", stieß Rhonin hervor.

„Aye ...", kam die leise Antwort. „Ich wusste, dass du überlebt hast, Zauberer, weil wir nicht zerquetscht worden sind, aber ich dachte, du würdest vielleicht nie wieder aufwachen. Es wurde Zeit!"

„Hast du ... lebt Vereesa?"

„Schwer zu sagen. Der Schimmer, der von deinem Zauberspruch ausgeht, lässt mich ein wenig von ihr sehen, aber nicht genug. Hab nichts von ihr gehört, seit ich aufgewacht bin."

Rhonin biss die Zähne zusammen. Sie *musste* überlebt haben. „Falstad, wie viel Platz ist zwischen dir und den Felsen?"

Sein Gefährte bewies Galgenhumor. Er lachte. „Sie sind nah genug, um meine Nase zu kitzeln, Mensch, sonst hätte ich schon längst nach ihr gesehen. Hätte nicht gedacht, dass ich meine eigene Beerdigung erleben würde."

Der Magier ignorierte die letzte Bemerkung und dachte an die Nähe der Steinlawine, von der der Zwerg gesprochen hatte. Anscheinend wurde die Kraft des Spruchs schwächer, je weiter er von Rhonin entfernt war. Vereesa und Falstad waren zwar nicht zermalmt worden, aber die Waldläuferin war möglicherweise am Kopf getroffen worden und vielleicht sogar unter dem Schlag gestorben.

Doch Rhonin musste sich seine Hoffnung bewahren.

„Mensch – wenn es nicht zuviel verlangt ist ... kannst du *irgendwas* für uns tun?"

Konnte er sie retten? Besaß er noch so viel Macht und Stärke? Er steckte den schwarzen Stein ein und konzentrierte sich ausschließlich auf ihre verzweifelte Situation.

„Gib mir ein wenig Zeit …"

„Und was sollte ich wohl sonst tun?"

Der Druck auf den Kopf des Magiers wurde immer stärker. Rhonin bezweifelte, dass sein Schild noch lange funktionieren würde und doch musste er ihn erhalten, während er sich gleichzeitig an einem zweiten, vielleicht noch komplexeren Spruch versuchte.

Er musste nicht nur sie alle drei aus dieser gefährlichen Lage retten, sondern auch noch an einen sicheren Ort bringen. Und all das, während sein erschöpfter Körper nach Erholung schrie.

Wie funktionierte dieser Spruch noch gleich? Das Denken erzeugte Schmerz, aber schließlich fielen Rhonin die Worte ein.

Wenn er die Formel versuchte, würde er dabei seine Konzentration unweigerlich von dem Schild ablenken. Und wenn er zu lange brauchte …

Welche Wahl habe ich denn?

„Falstad, ich versuche es jetzt …"

„Das würde mir größte Freude bereiten, Mensch. Ich glaube, der Stein drückt bereits gegen meine Brust."

Ja, auch Rhonin hatte den Rutsch bemerkt. Er musste sich definitiv beeilen.

Er sprach die Worte und sammelte seine Macht …

Die Felsen über ihm begannen sich unheilvoll zu bewegen. Mit seiner gesunden Hand malte Rhonin ein Zeichen. Der Schildspruch *versagte*. Tonnen von Gestein sanken dem Trio entgegen …

… und plötzlich lag Rhonin auf dem Rücken und blickte in einen wolkenverhangenen Himmel.

„Dagaths Hammer!", brüllte Falstad neben ihm. „Musste das denn so knapp abgehen?"

Trotz seiner Schmerzen setzte sich Rhonin auf. Der kalte

Wind half ihm dabei, sich aus seinem desorientierten Zustand zu lösen. Er sah zu dem Zwerg hinüber.

Falstad setzte sich ebenfalls auf. Der Blick des Greifenreiters flackerte wild, aber ausnahmsweise hatte das nichts mit einem zu bestreitenden Kampf zu tun. Sein Gesicht war bleich, etwas, das Rhonin sich bei dem kampferprobten Krieger niemals vorgestellt hätte.

„Nie, nie wieder krieche ich in einen Tunnel! Von jetzt an gibt es nur noch den Himmel für mich. Dagaths Hammer!"

Der Zauberer wollte antworten, wurde jedoch von einem entfernteren Stöhnen gestoppt. Er kam unsicher auf die Beine und stolperte zu Vereesas bewegungslosem Körper. Im ersten Moment glaubte Rhonin, er habe sich das Stöhnen eingebildet – die Waldläuferin wirkte völlig leblos –, doch dann wiederholte es sich.

„Sie – sie *lebt*, Falstad!"

„Aye, ihr Stöhnen ist ein klarer Hinweis darauf, würde ich wetten. Natürlich lebt sie! Beeil dich und sag mir, wie's ihr geht."

„Moment ..." Rhonin drehte die Elfe vorsichtig um, betrachtete ihr Gesicht, ihren Kopf und ihren Körper. Sie hatte einige Schrammen davongetragen, und auf ihrem Arm befanden sich Blutflecke, aber abgesehen davon schien es ihr nicht schlechter zu gehen als ihren Begleitern.

Als er vorsichtig ihren Kopf anhob, um einen genaueren Blick auf eine Schramme zu werfen, öffnete Vereesa die Augen. „R-Rhon ..."

„Ja, ich bin's. Bleibt ruhig. Ich glaube, Ihr seid am Kopf getroffen worden."

„Erinnere ... erinnere mich an ..." Die Waldläuferin schloss für einen Moment die Augen – setzte sich dann plötzlich auf. Ihre Augen waren schreckgeweitet, ihr Mund aufgerissen. *„Die Decke! Die Decke! Sie fällt auf uns herab!"*

„Nein!" Er hielt sie fest. „Nein, Vereesa, wir sind in Sicherheit. Wir sind sicher ..."

„Aber die Höhlendecke ..." Das Gesicht der Elfe entspannte sich. „Nein, wir sind nicht mehr in der Höhle ... aber *wo* sind wir, Rhonin? Wie sind wir hierher gekommen? Und wie haben wir eigentlich überlebt?"

„Erinnert Ihr Euch an den Schild, der uns vor dem Golem beschützte? Nachdem sich das Monster selbst vernichtete, hielt der Schild weiterhin, sogar als die Decke über uns zusammenbrach. Seine Reichweite sank, aber es reichte, um uns davor zu bewahren, zerquetscht zu werden."

„Falstad! Ist er ...?"

Der Zwerg tauchte auf ihrer anderen Seite auf. „Wir sind alle gerettet, meine Elfendame. Gerettet sind wir, aber leider mitten im Nirgendwo gelandet."

Rhonin blinzelte. Mitten im Nirgendwo? Er sah sich um. Der schneebedeckte Gipfel, der kalte Wind – der mit jedem Augenblick kälter wurde – und die dichte Wolkendecke über ihnen ... Der Zauberer wusste genau, wo sie waren, trotz der Dunkelheit um sie herum. „Nicht nirgendwo, Falstad, ich glaube, wir sind auf dem Gipfel des Berges. Die Orks und alles andere müssen weit unter uns sein."

„Der Gipfel des Berges?", wiederholte Vereesa.

„Aye, das ergibt Sinn."

„Und da ich euch beide immer besser sehen kann, schätze ich, dass der Morgen bereits dämmert." Rhonins Stimmung sank. „Was bedeutet, wenn Nekros Skullcrusher ein Ork ist, der zu seinem Wort steht, werden sie die Festung mitsamt der Eier in Kürze verlassen."

Vereesa und der Zwerg sahen ihn an. „Wieso sollten sie etwas so Dummes tun?", fragte Falstad. „Wieso sollten sie einen so sicheren Ort verlassen?"

„Wegen einer bevorstehenden Invasion aus dem Westen.

Zauberer und Zwerge, die wie der Wind reiten, listige Greife. Hunderte, vielleicht Tausende von Zwergen und Zauberern, vielleicht sogar ein paar Elfen. Deswegen und vor allem wegen der Magie, hätten Nekros und seine Männer keine Chance sich gegen sie aus dem Berg heraus zu verteidigen …" Der Magier schüttelte den Kopf. Die Lage wäre vielleicht anders gewesen, wenn der Kommandant das wahre Potential des Artefakts, das er bei sich trug, begriffen hätte, aber anscheinend tat Nekros das nicht oder die Loyalität zu seinem Herrn war stärker. Der Ork hatte entschieden nach Norden zu gehen, also ging er nach Norden.

Falstad konnte es immer noch nicht glauben. „Eine Invasion? Wie kommt selbst ein Ork auf eine so hirnverbrannte Idee?"

„Wegen uns. Wegen unserer Anwesenheit. Vor allem wegen mir. Deathwing wollte, dass ich hierher komme, um als Beweis eines bevorstehenden Angriffs zu dienen. Dieser Nekros ist irrsinnig. Er glaubte bereits, dass ein Angriff droht, und als ich mitten unter den Orks auftauchte, fühlte er sich bestätigt." Rhonin betrachtete seinen gebrochenen Finger, der sich mittlerweile taub anfühlte. Er würde sich damit beschäftigen, sobald er es konnte, doch im Moment gab es Wichtigeres als einen einzelnen Finger.

„Aber warum will der schwarze Drache, dass die Orks die Festung verlassen?", fragte die Waldläuferin. „Was gewinnt er damit?"

„Ich glaube, ich weiß es …" Rhonin stand auf, ging zum Rand des Gipfels und sah nach unten. Er stemmte sich gegen den Wind, damit er nicht in den Abgrund geweht wurde. Er konnte unter sich nichts erkennen, glaubte jedoch Lärm zu hören … vielleicht eine Wagenkolonne, die nach draußen zog? „Ich denke, dass er die rote Drachenkönigin nicht etwa befreien will – wie er mir erzählt hat –, sondern töten! Das war zu riskant, als sie sich im Inneren befand, aber draußen kann er auf sie herabstoßen und sie mit einem einzigen Schlag vernichten."

„Seid Ihr sicher?", fragte die Elfe, als sie neben ihn trat.

„Es muss so sein." Er sah auf. Selbst die feste Wolkendecke konnte nicht über die Tatsache hinwegtäuschen, dass der Morgen rasch näher rückte. „Nekros wollte im Morgengrauen aufbrechen …"

„Ist er völlig verblödet?", murmelte Falstad. „Würde es nicht mehr Sinn machen, wenn der verdammte Ork im Schutz der Nacht losgezogen wäre?"

Rhonin schüttelte den Kopf. „Deathwing kann bei Nacht recht gut sehen, vielleicht sogar besser als wir. Nekros erwähnte während seines Verhörs, dass er sogar auf Deathwing vorbereitet sei. Er schien der Ankunft des dunklen Herrschers sogar *entgegenzufiebern*."

„Aber das ergibt doch gar keinen Sinn!", sagte die Waldläuferin. „Wie sollte ein einzelner Ork ihn besiegen?"

„Wie konnte er die Drachenkönigin unter Kontrolle halten, und woher nahm er eine Kreatur wie den Golem?" Die Frage verstörte ihn mehr als er zu erkennen gab. Der Gegenstand, den der Ork bei sich trug, hatte gewiss erstaunliche Fähigkeiten, aber war er *so* mächtig?

Falstad befahl mit einem Wink zu schweigen und zeigte dann nach Nordwesten, weit hinter die Berge.

Ein riesiger dunkler Schatten brach einen Moment später durch die hohen Wolken und verschwand wieder, als er tiefer sank.

„Es ist Deathwing …", flüsterte der Greifenreiter.

Rhonin nickte. Die Zeit der Spekulationen war vorbei. Dass Deathwing gekommen war, konnte nur eines bedeuten. „Was immer auch geschehen mag, es geschieht *jetzt*."

Die lange Ork-Karawane zog los, als das erste Licht der Morgendämmerung Grim Batol erreichte. Die Wagen wurden am Anfang des Zuges und an seinem Ende von bewaffneten Kriegern begleitet, die frisch geschliffene Äxte, Schwerter und Lanzen trugen. Eskorten ritten neben den Peon-Fahrern, vor allem neben den Wagen mit den wertvollen Dracheneiern. Jeder Ork sah aus, als müsse er jeden Moment dem Feind entgegenstürmen, denn selbst der niedrigste Krieger kannte die Gerüchte über die bevorstehende Invasion.

Nekros Skullcrusher saß auf einem der wenigen Pferde, die den Orks zur Verfügung standen, und beobachtete die Abreise voller Ungeduld. Er hatte die Drachenreiter und ihre Tiere nach Dun Algaz vorausgeschickt, damit selbst im Fall seines Scheiterns noch ein paar Drachen der Horde zur Verfügung stehen würden. Er hatte es nicht gewagt die Geflügelten zum Transport der Eier zu benutzen, denn ein früherer, fehlgeschlagener Versuch hatte den Kommandanten davon überzeugt, dass es sinnlos und zu riskant war.

Es wäre unmöglich gewesen, einen Wagen zu konstruieren, der einen Drachen transportieren konnte, und so war Nekros die Aufgabe zugefallen, die beiden gefährlichsten Wesen unter Kontrolle zu halten. Beide, Alexstrasza und – überraschend – Tyran folgten am Ende der Kolonne, sich stets der Macht bewusst, die das *Dämonensiegel* auf sie ausübte. Für den kranken Gefährten der Drachenkönigin musste die Lage sehr schwierig sein, und Nekros bezweifelte, dass er die Reise überleben würde. Trotzdem wusste der Ork, dass ihnen keine andere Wahl geblieben war.

Die beiden großen Leviathane boten immer noch einen beeindruckenden Anblick. Das Weibchen noch mehr als das Männchen, da es bei besserer Gesundheit war. Nekros bemerkte, wie Alexstrasza ihn anstarrte und der Hass in ihren Augen leuchtete. Das interessierte den Ork nicht. Sie würde ihm gehorchen, so lange er das Artefakt trug, mit dem er *jeden* Drachen zu beherrschen vermochte.

Der Gedanke an Drachen ließ ihn zum Himmel blicken. In den wolkenverhangenen Lüften fand ein Leviathan viele Orte, an denen er sich verbergen konnte, aber irgendwann musste etwas geschehen. Selbst wenn die Streitkräfte der Allianz noch weit weg waren, Deathwing würde kommen. Nekros verließ sich darauf.

Die Menschen würden erfahren, wie dumm es war, sich auf den Sieg des dunklen Herrschers zu verlassen. Was *einen* Drachen beherrschte, konnte sicherlich auch *weitere* beherrschen. Mit der *Dämonenseele* würde der Ork-Kommandant die Kontrolle über die grausamste aller Bestien erlangen. Er, Nekros, würde Deathwings Herr werden ... aber nur, wenn das verdammte Reptil in absehbarer Zeit auftauchte.

„Wo bist du, verteufelte Kreatur?", murmelte er. „Wo?"

Die letzte Reihe von Kriegern verließ den Höhleneingang. Nekros sah ihnen zu, als sie vorbei schritten. Sie waren stolz und wild und erinnerten ihn an die Tage, als die Horde keine Niederlage gekannt hatte und keinen Gegner, der nicht hatte besiegt werden können. Sobald Deathwing unter seinem Willen stand, würde Nekros seinem Volk diesen Ruhm zurückbringen. Die Horde würde erneut aufsteigen, selbst die Clans, die aufgegeben hatten. Die Orks würden über die Territorien der Allianz herfallen und die Menschen und alle anderen erschlagen.

Und vielleicht würde es dann auch einen neuen Ober-Häuptling der Horde geben. Zum ersten Mal wagte es Nekros, sich selbst in dieser Rolle vorzustellen; im Geiste sah er Zuluhed, wie er sich vor ihm verneigte. Ja, wer immer seinem Volk den Sieg schenkte, der würde mit Bestimmtheit zum neuen Herrscher gekrönt werden.

Kriegshäuptling Nekros Skullcrusher ...

Er trieb sein Pferd voran und schloss sich der Kolonne an. Er würde Misstrauen säen, wenn er nicht mit ihnen ritt. Außerdem war es nicht wichtig, wo er sich aufhielt. Die *Dämonenseele* verlieh ihm auch über Entfernungen hinweg die Kontrolle. Kein Drache konnte ohne seine Zustimmung die Freiheit erlangen – und der alte Ork hatte nicht vor, diese Zustimmung zu geben.

Wo blieb die verdammte schwarze Bestie?

Wie zur Antwort hob ein entsetzliches Brüllen an. Es kam jedoch nicht aus dem Himmel, wie Nekros anfangs glaubte, sondern aus dem Boden, auf dem sich die Orks bewegten. Das führte unter den Kriegern zu Verwirrung, während sie sich umdrehten und nach einem Feind Ausschau hielten.

Einen Atemzug später spie die Erde *Zwerge* aus.

Sie schienen überall zu sein. Es waren mehr Zwerge, als Nekros in ganz Khaz Modan vermutet hätte. Sie brachen aus dem Untergrund hervor, axt- und schwertschwingend und griffen die Kolonne von allen Seiten zugleich an.

Die Orks überwanden ihre ursprüngliche Verblüffung schnell. Sie stießen ihren eigenen Kriegsschrei aus und warfen sich den Angreifern entgegen. Die Wächter blieben bei den Wagen, wappneten sich jedoch, und selbst die Peons, die in allen Dingen ungeschickt waren, zogen Keulen hervor. Für einen Ork erforderte es keine großartige Ausbildung, etwas mit einem Stück Holz zu erschlagen.

Nekros trat nach einem Zwerg, der ihn herabziehen wollte. Einer der Untergebenen des Kommandanten griff sofort ein und begann einen heftigen Kampf mit dem Angreifer. Nekros brachte sein Pferd näher an die Wagen heran und benötigte einen Moment, um sich der Situation anzupassen. Anstelle einer Invasion wurde er von Abschaum angegriffen, denn die Zwerge sahen aus wie die zerlumpten Gestalten, die schon immer in den Stollen der Berge gelebt hatten. Wenn man ihre Anzahl bedachte, hatten die Trolle keine gute Arbeit geleistet.

Aber wo war Deathwing? Nekros hatte sich auf den Drachen vorbereitet. Es musste einen Drachen geben!

Donnerndes Gebrüll erschütterte die Kämpfer. Eine riesige Gestalt schoss halb unsichtbar durch die dunklen Wolken, befreite sich davon und raste den Orks entgegen.

„Endlich! Endlich bist du gekommen, du schwarze …!" Nekros Skullcrusher erstarrte in vollkommener Überraschung. Er hielt die *Dämonenseele* umklammert, dachte jedoch in diesem Moment nicht daran, sie einzusetzen.

Der Drache, der ihnen entgegenschoss, hatte nicht die Farbe der Dunkelheit, sondern die des Feuers.

„Wir müssen nach unten gelangen", murmelte Rhonin. „Ich muss wissen, was geschieht."

„Kannst du nicht deinen Spruch aus der Höhle wiederholen?", fragte Falstad.

„Wenn ich das tue, habe ich keine Kraft mehr, um uns nach der Landung eine Hilfe zu sein … Außerdem weiß ich nicht, wo ich uns absetzen sollte. Würdest du gerne genau vor einem axtschwingenden Ork landen?"

Vereesa blickte in die Tiefe. „Es sieht auch nicht so aus, als könnten wir hinunter klettern."

„Nun, wir können nicht für immer hier oben bleiben!" Der Zwerg ging auf und ab und sah dann so plötzlich auf, als sei er in etwas Unangenehmes getreten. „Hestras Flügel! Wieso bin ich so dumm? Er könnte noch hier sein!"

Rhonin sah den Zwerg an, als hätte dieser den Verstand verloren. „Wovon redest du? Wer soll noch hier sein?"

Anstelle einer Antwort griff Falstad in eine Tasche. „Die verdammten Trolle haben es sich anfangs geschnappt, aber Gimmel hat es zurückgegeben … ah, hier ist es!"

Er zog etwas hervor, das wie eine kleine Pfeife aussah. Rhonin und Vereesa sahen zu, als der Zwerg die Pfeife an die Lippen hielt und so kräftig er konnte hineinblies.

„Ich höre nichts", bemerkte der Zauberer.

„Es hätte mich auch gewundert, wenn du etwas gehört hättest. Warte ab. Er ist gut ausgebildet. Das beste Tier, das ich je hatte. Als wir von den Trollen verschleppt wurden, waren wir nicht weit von hier entfernt. Er hat sicherlich eine Weile gewartet …" Falstad wirkte leicht verunsichert. „Es ist noch nicht viel Zeit seit unserer Trennung vergangen …"

„Wollt Ihr Euren Greif herbei befehlen?", fragte die Waldläuferin mit deutlicher Skepsis.

„Besser, als wenn wir darauf warten, dass uns Flügel wachsen, oder?"

Sie warteten; warteten für eine Zeitspanne, die Rhonin unendlich erschien. Trotz der Kälte spürte er, wie seine Stärke langsam zurückkehrte, aber er befürchtete immer noch, ihre Dreiergruppe an einen Ort zu versetzen, der ihren sofortigen Tod bedeutet hätte.

Trotzdem schien es so, als müsse er es versuchen. Der Zauberer richtete sich auf. „Ich tue, was ich kann. Ich erinnere mich an ein Gebiet, nicht weit vom Berg entfernt. Ich glaube, Deathwing zeigte es mir während der Vision. Vielleicht kann ich uns dorthin bringen."

Vereesa ergriff seinen Arm. „Seid Ihr sicher? Ihr seht nicht aus, als wäret Ihr bereit." Ihre Augen waren voller Sorge. „Ich weiß, was Euch der Einsatz in der Kammer gekostet haben muss, Rhonin. Das war kein einfacher Spruch, den Ihr gewoben habt und mit dem ihr sogar Falstads und mein Leben erhalten konntet …"

Ihm gefiel der Dank, der aus ihren Worten sprach, aber ihnen blieb keine andere Wahl. „Wenn ich nicht …"

Eine große geflügelte Gestalt stieß plötzlich durch die Wolken. Rhonin und die Elfe zuckten zusammen, fürchteten einen Angriff Deathwings.

Nur Falstad, der alles beobachtete, verhielt sich nicht, als sei der Untergang nah. Er lachte und zeigte mit der Hand auf die herannahende Gestalt.

„Ich wusste, er würde mich hören. Seht doch, ich *wusste* es!"

Der Greif stieß einen Schrei aus, der, so hätte der Magier geschworen, voller Freude war. Das große Tier flog rasch auf sie zu – auf seinen Herrn, um genau zu sein. Es landete buchstäblich *auf* Falstad, und nur die schlagenden Flügel verhinderten, dass das volle Gewicht des Greifen den Zwerg zerquetschte.

„Ha! Guter Junge, guter Junge! Aus jetzt!"

Mit wedelndem Schwanz, der mehr an einen Hund als an eine teilweise Raubkatze erinnerte, kam der Greif schließlich vor Falstad zum Stehen.

„Nun?", fragte der kleine Krieger seine Begleiter. „Ist es nicht Zeit, von hier Abschied zu nehmen?"

Sie stiegen so rasch auf, wie sie konnten. Rhonin, der immer noch am geschwächtesten war, saß zwischen dem Zwerg und Vereesa. Zunächst bezweifelte er, dass der Greif sie alle tragen konnte, aber dem Tier gelang dies mühelos. Auf einer längeren Reise, das gab Falstad freimütig zu, wäre es ein größeres Problem gewesen, aber auf einem so kurzen Flug kam der Greif mit der zusätzlichen Bürde zurecht.

Wenige Augenblicke später brachen sie durch die Wolkendecke und sahen etwas, mit dem sie nicht gerechnet hatten.

Rhonin hatte geglaubt, die Kampfgeräusche kämen von den Hügelzwergen, die versuchten den Wagenzug der Orks zu stürmen, aber er hätte niemals damit gerechnet, einen anderen Drachen als Deathwing über der Schlacht kreisen zu sehen.

„Ein Roter!", rief die Waldläuferin. „Ein älteres Männchen! Und keines, das im Berg aufgewachsen ist!"

Das fiel ihm ebenfalls auf. Die Orks hielten die Königin noch nicht so lange gefangen, dass ein solch riesiger Leviathan hätte entstehen können. Außerdem hatte sich die Horde angewöhnt, die Drachen zu töten, bevor sie zu groß und unabhängig wurden. Nur die Jungen konnten von ihren Reitern sicher kontrolliert werden.

Woher also stammte dieser rote Leviathan, und was wollte er hier?

„Wo sollen wir landen?", rief Falstad und erinnerte ihn an ihre momentane Lage.

Rhonin warf einen Blick auf das Gelände hinab. Die Schlacht schien sich auf die Kolonne zu konzentrieren. Er bemerkte Nekros Skullcrusher, der auf einem Pferd saß und etwas in der Hand hielt, das trotz des wolkenverhangenen Himmels hell strahlte. Der Zauberer vergaß Falstads Frage, als er versuchte den Gegenstand zu erkennen. Nekros schien ihn auf den unbekannten Drachen zu richten.

„Und?", drängte der Zwerg.

Rhonin riss seinen Blick von dem Ork los und konzentrierte sich. „Da!" Er zeigte auf einen Hügel, der ein Stück weit vom Ende der Ork-Kolonne entfernt lag. „Ich glaube, dort wäre es am besten."

„Sieht aus wie jeder andere Platz."

Das Tier brachte sie dank des Könnens seines Reiters rasch zu ihrem Ziel. Rhonin glitt sofort vom Rücken des Greifen und lief zum Rand der Erhebung, um die Lage zu sondieren.

Was er sah, ergab nicht den geringsten Sinn.

Der Drache, der eben noch Nekros anzugreifen schien, flatterte jetzt mühsam in der Luft und brüllte, als sei er in einen erbarmungslosen Kampf mit einem unsichtbaren Feind verstrickt. Der Zauberer fasste erneut den Ork-Kommandanten ins Auge und bemerkte, wie der glitzernde Gegenstand in dessen Hand mit jeder vergehenden Sekunde heller zu leuchten schien.

Es war eine Art Artefakt, und seine Macht war so groß, dass jetzt selbst er die Aura wahrnahm, die von ihm ausging. Rhonins Blick wechselte von dem Gegenstand zu dem roten Riesen.

Wie kontrollieren die Orks die Drachenkönigin? Das war die Frage, die er sich in der Vergangenheit mehr als einmal gestellt hatte – und jetzt erkannte Rhonin die Antwort, weil er es mit eigenen Augen sah, worüber Nekros gebot.

Der rote Drache kämpfte dagegen an, kämpfte härter als je ein Wesen gekämpft hatte – zumindest konnte Rhonin sich keinen härteren vorstellen. Die Dreiergruppe hörte das schmerzerfüllte Brüllen und wusste, dass nur wenige Wesen so hatten leiden müssen.

Und dann, mit einem letzten heiseren Aufschrei, sackte der Leviathan in sich zusammen. Für einen Moment schien er zu schweben, dann stürzte er in einiger Entfernung von der Schlacht dem Boden entgegen.

„Ist er tot?", fragte Vereesa.

„Ich weiß es nicht." Wenn das Artefakt den Drachen noch nicht getötet hatte, so drohte der tiefe Sturz das begonnene Werk zu vollenden. Rhonin wandte sich von dem Anblick ab, wollte ein so mutiges Wesen nicht elend verenden sehen ...

... und bemerkte plötzlich eine andere, ebenfalls riesige Gestalt, die aus den Wolken hervorschoss. Sie war schwarz wie ein Albtraum.

„Deathwing!", warnte Rhonin die anderen.

Der dunkle Drache flog auf die Kolonne zu, aber weder Nekros noch den beiden versklavten Drachen entgegen. Stattdessen suchte er sich ein anderes, unerwartetes Ziel: Die mit Eiern beladenen Wagen.

Der Ork-Anführer sah ihn erst spät. Nekros drehte sich um und hielt Deathwing das Artefakt entgegen. Gleichzeitig schrie er etwas.

Rhonin und die anderen erwarteten, auch den schwarzen Herrscher unter der Macht des Talisman fallen zu sehen, aber Deathwing zeigte sich ungerührt. Er setzte seinen Sturzflug auf die Karren mit Eiern fort.

Der Zauberer traute seinen Augen nicht. „Es interessiert ihn nicht, ob Alexstrasza lebt oder stirbt. Er will ihre Eier!"

Mit überraschender Zärtlichkeit nahm Deathwing zwei der Wagen auf, während die darauf befindlichen Orks herabsprangen. Die Tiere, die die Wagen zogen, schrien, hilflos in ihrem Geschirr zappelnd. Der Drache wandte sich ab und flog davon.

Deathwing wollte die Eier nicht zerstören, aber warum? Welchen Zweck erfüllten sie für den einzelnen Drachen?

Dann wurde Rhonin klar, dass er gerade seine eigene Frage beantwortet hatte. Deathwing wollte die Eier für sich selbst. Die Drachen, die schlüpften, würden zwar rot sein, aber unter der Erziehung des dunklen Herrschers würden sie so bösartig werden wie er selbst!

Vielleicht begriff auch Nekros dies, oder vielleicht reagierte er auch nur auf den Diebstahl, als er sich umdrehte und etwas in Richtung Kolonnen-Ende brüllte. Er hielt das Artefakt immer noch hoch, doch jetzt zeigte er mit der anderen Hand auf den davonjagenden Giganten.

Einer der beiden Leviathane, der männliche, spreizte seine Schwingen und erhob sich, um die Verfolgung aufzunehmen. Rhonin hatte noch nie einen Drachen gesehen, der so todgeweiht und krank aussah. Es überraschte ihn, dass das Wesen überhaupt noch so hoch fliegen konnte. Nekros glaubte doch hoffentlich nicht, dass dieser Drache eine Chance gegen den jüngeren und viel kräftigeren Deathwing hatte?

Die Orks kämpften immer noch gegen die Zwerge, aber letztere wirkten jetzt verzweifelt und enttäuscht. Es schien, als hätten sie ihre ganze Hoffnung auf den ersten roten Drachen gesetzt. Sollte das zutreffen, verstand Rhonin, weshalb sie die Hoffnung fahren ließen.

„Ich verstehe das nicht", sagte Vereesa hinter ihm. „Wieso hilft Krasus ihnen nicht? Der Zauberer sollte hier sein! Schließlich steckt er doch sicherlich hinter dem längst überfälligen Angriff der Hügelzwerge."

„Krasus!" Bei all der Aufregung hatte Rhonin seinen Mentor völlig vergessen gehabt. Er hatte einige Fragen, die er dem gesichtslosen Zauberer gern gestellt hätte. „Was hat er damit zu tun?"

Sie erzählte es ihm. Rhonin lauschte zuerst ungläubig, dann mit wachsender Verärgerung. Wie bereits vermutet, war er von dem vermeintlichen Freund nur benutzt worden. Allerdings nicht nur er, sondern auch Vereesa, Falstad und die verzweifelten Zwerge unter ihnen.

„Nach dem Kampf gegen den Drachen brachte er uns in den Berg", schloss sie. „Kurz danach hörte er auf, zu mir zu sprechen." Die Elfe entfernte das Medaillon und zeigte es ihm.

Es sah dem, das Rhonin von Deathwing erhalten hatte, erstaunlich ähnlich. Sogar die Muster stimmten überein. Der Magier erinnerte sich daran, dass er es bemerkt hatte, als die Elfe und Falstad bemüht gewesen waren, ihn vor den Orks zu retten. Hatte Krasus von den Drachen erfahren, wie man so etwas herstellte?

Zu irgendeinem Zeitpunkt hatte sich der Stein verschoben. Rhonin schob ihn mit einem Finger zurück an seinen Platz und betrachtete das Juwel. Er stellte sich vor, sein Mentor könne ihn hören. „Nun, Krasus, bist du da? Können wir noch etwas für dich tun? *Sterben*, vielleicht?"

Es war sinnlos. Welche Macht sich auch immer darin befunden hatte, sie schien verloschen zu sein. Natürlich hätte Krasus sich auch nicht die Mühe gemacht zu antworten, wenn das noch möglich gewesen wäre. Rhonin hob das Artefakt an, wollte es den Hügel hinabschleudern.

Eine leise Stimme in seinem Kopf fragte: *Rhonin?*

Der Zauberer zögerte, völlig überrascht, überhaupt eine Antwort zu erhalten.

Rhonin ... gut ... gut ... Dann gibt es ... vielleicht noch ... Hoffnung.

Seine Begleiter beobachteten ihn, ohne genau zu verstehen, was er tat. Rhonin sagte nichts. Er versuchte nachzudenken. Krasus klang krank, fast schon sterbend.

„Krasus, bist du ...?"

Hör zu! Ich muss Kraft ... sparen. Ich sehe ... ich sehe dich ... Du kannst vielleicht noch etwas retten ...

Trotz seines Misstrauens fragte Rhonin: „Was willst du?"

Zuerst ... zuerst muss ich dich zu mir holen.

Das Medaillon leuchtete auf und hüllte den Magier in seinem Licht ein.

Vereesa griff nach ihm. „Rhonin!"

Ihre Hand glitt durch seinen Arm hindurch. Entsetzt sah er zu, wie zuerst sie und Falstad, dann der gesamte Hügel verschwanden.

Augenblicklich entstand eine andere, felszerklüftete Landschaft um ihn herum, ein kahler Ort, der zu viele Schlachten gesehen hatte und nun aus der Ferne Zeuge einer weiteren wurde. Krasus hatte ihn an die westliche Seite der Berge getragen, nicht weit von dem Ort entfernt, an dem die Orks gegen die Zwerge kämpften. Es war ihm nicht klar gewesen, dass Krasus so nahe war.

Rhonin dachte an seinen hinterlistigen Mentor und drehte sich um. „Krasus! Sei verflucht und zeige ..."

Er starrte in das Auge eines gefallenen Giganten, des gleichen roten Drachen, der erst vor Minuten vom Himmel herabgestürzt war. Der Drache lag auf der Seite. Ein Flügel ragte nach oben, sein Kopf ruhte am Boden.

„Ich ... entschuldige mich in aller Form bei dir, Rhonin", murmelte der Drache mühsam. „Für all das Leid, das ich dir und den anderen zugefügt habe ..."

ZWANZIG

Es war so einfach. So erstaunlich einfach.

Als Deathwing wendete, um die nächsten Eier zu holen, fragte er sich, ob er die Schwierigkeiten seines Plans vielleicht überschätzt hatte. Er hatte angenommen, dass es riskanter werden würde, den Berg in seiner eigenen Gestalt oder in einer Maske zu betreten, vor allem, wenn Alexstrasza seine Anwesenheit wahrnahm. Natürlich wäre es kaum möglich gewesen, ihn zu verletzen, aber die Eier, die er benötigte, hätten zerstört werden können. Davor hatte er sich gefürchtet, vor allem, wenn eines der Eier ein Weibchen enthielt. Er hatte vor langer Zeit begriffen, dass er Alexstrasza nie unter seine Kontrolle bringen würde, daher benötigte Deathwing alle Eier, die er in seine Klauen bekommen konnte, um seine Chancen zu verbessern. Gerade deshalb hatte er so lange gezögert. Nun schien es jedoch, als habe er wartend Zeit verschwendet, dass ihm schon damals nichts wirklich im Weg gestanden hätte, so wie ihm jetzt nichts im Weg stand.

Er korrigierte sich: Nichts außer einem kranken, taumelnden, viel zu alten Drachen, der seinem Untergang entgegenflog.

„Tyran …" Deathwing wollte dem anderen keinen Respekt zollen, indem er ihn mit vollem Namen ansprach. „Bist du noch nicht tot?"

„Gib die Eier zurück!", keuchte der rote Drache.

„Damit sie bei den Orks wie Hunde aufwachsen? Bei mir werden sie zu den Herren der Welt! Drachengeschwader werden erneut über Himmel und Erde herrschen!"

Sein kranker Gegner schnaufte. „Und wo ist dein Geschwader, Deathwing? Ah, mein Schmerz macht mich vergesslich. Sie alle starben für deinen Ruhm!"

Der schwarze Drache fauchte und spreizte seine Schwingen. „Komm her, Tyran! Ich schicke dich gerne auf den Weg ins Nichts!"

„Der Befehl des Orks ist mir egal. Ich hätte dich ohnehin bis zu meinem letzten Atemzug gejagt!", stieß Tyran hervor. Er schnappte nach der Kehle des Schwarzen und verfehlte sie nur knapp.

„Ich schicke dich deinen Herren in blutigen kleinen Stücken zurück, du alter Narr!"

Die beiden Drachen brüllten einander an. Tyrans Schrei war im Gegensatz zu Deathwings kaum zu hören.

Sie waren bereit zum Kampf.

Rhonin starrte ihn an. *„Krasus?"*

Der rote Drache hob den Kopf weit genug, um zu nicken. „Das ist der Name ... den ich als ... Mensch trage ..."

„Krasus ..." Aus Überraschung wurde Verbitterung. „Du hast mich und meine Freunde hintergangen. Du hast all das arrangiert und mich zu deiner Marionette gemacht."

„Das werde ich ewig ... bedauern ..."

„Du bist nicht besser als Deathwing!"

Der Leviathan zuckte zusammen, nickte jedoch ein weiteres Mal. „Das habe ich verdient. Vielleicht ist dies der Pfad ... der Pfad, den er vor so langer Zeit einschlug. Es ist so ... so leicht, nicht zu bemerken, was man ... anderen antut ..."

Der entfernte Schlachtenlärm war selbst bis hierher zu hören und erinnerte Rhonin daran, dass es um wichtigere Angelegenheiten als seinen verletzten Stolz ging. „Vereesa und Falstad sind noch dort hinten – und diese Zwerge. Sie könnten alle wegen dir sterben. Warum hast du mich gerufen, Krasus?"

„Weil es immer ... immer noch eine Möglichkeit gibt, als ... Sieger aus diesem Chaos hervorzugehen ... aus dem Chaos, bei dessen Entstehung ich geholfen habe ..."

Der Drache versuchte sich aufzurichten, schaffte es jedoch nur, sich aufzusetzen. „Du und ich, Rhonin ... es gibt noch eine Möglichkeit ..."

Der Zauberer runzelte die Stirn, sagte aber nichts. Seine einzige Sorge galt Vereesa, Falstad und den Hügelzwergen, die um ihr Überleben kämpften.

„Du ... du lehnst mich nicht direkt ab ... gut. Ich danke dir dafür."

„Sag mir einfach nur, was du willst."

„Der Ork-Kommandant besitzt ein Artefakt ... die *Dämonenseele*. Es hat Macht über alle Drachen ... außer über Deathwing."

Rhonin erinnerte sich, dass Nekros es ohne sichtbares Resultat bei dem schwarzen Leviathan angewendet hatte. „Wieso nicht über Deathwing?"

„Weil er es erschaffen hat", antwortete eine ruhige weibliche Stimme.

Der Magier fuhr herum. Er hörte einen überraschten Seufzer des Drachen.

Eine wunderschöne, beinahe überirdisch wirkende Frau, die in einen smaragdgrünen Stoff gehüllt war, stand hinter dem Zauberer. Ihre blassen Lippen lächelten. Rhonin bemerkte erst jetzt, dass ihre Augen geschlossen waren, sie aber trotzdem genau zu wissen schien, wo sich ihre Gegenüber befanden.

„Ysera", flüsterte der rote Drache in ehrerbietigem Tonfall.

Sie beachtete ihn nicht sofort, sondern beantwortete zunächst Rhonins Frage. „Deathwing hat die *Dämonenseele* erschaffen, aus gutem Grund, wie wir damals glaubten." Sie ging auf den Zauberer zu. „Wir glaubten so fest daran, dass wir alles taten, was er verlangte und dem Artefakt einen Teil unserer Macht überließen."

„Aber er gab nichts von seiner Macht hinein, nichts von seiner Macht!", sagte eine männliche Stimme – wütend und nicht bei klarem Verstand. „Sag's ihm, Ysera. Sag ihm, wie er sich nach dem Sieg über die Dämonen gegen uns stellte und unsere eigene Kraft gegen uns einsetzte!"

Auf einem großen Felsen kauerte eine skelettierte, nicht wirklich menschliche Gestalt mit wirrem blauem Haar und silberner Haut. Sie trug eine Robe mit hohem Kragen, die aus den gleichen Farben bestand und sah aus wie ein irrer Hofnarr. Die Augen des Wesens leuchteten. Dolchartige Finger schabten über den Stein, auf dem es saß und rissen tiefe Furchen.

„Er wird erfahren, was er erfahren muss, Malygos. Nicht mehr und nicht weniger." Sie lächelte leicht. Je länger Rhonin sie betrachtete, desto mehr erinnerte sie ihn an Vereesa, aber an Vereesa, so wie er sie im Traum gesehen hatte. „Ja, Deathwing vergaß diesen Teil zu erwähnen und gab vor, das gleiche Opfer erbracht zu haben wie wir. Erst als er beschloss, die Zukunft unseres Volkes zu sein, entdeckten wir die schreckliche Wahrheit."

In diesem Moment begriff Rhonin, dass Ysera und Malygos von dem schwarzen Drachen als einem der ihren sprachen. Er wandte sich dem roten Drachen zu und fragte lautlos das Wesen, das er als Krasus gekannt hatte, ob seine Vermutungen stimmten.

„Ja …", antwortete der Drache. „Sie sind das, was du glaubst. Es sind zwei der fünf großen Drachen, die in den Legenden als die *Aspekte der Welt* bezeichnet werden."

Der rote Riese schien Stärke aus ihrer Ankunft zu ziehen. „Ysera … sie ist die Herrin der Träume, Malygos … die personifizierte Magie …"

„Wir verschwenden hier unsere Zeit", murmelte eine dritte, ebenfalls männliche Stimme. „Wertvolle Zeit …"

„Und Nozdormu, der Herr der Zeit, ist auch hier …", wunderte sich der rote Drache. „Ihr seid alle gekommen."

Eine verhüllte Gestalt, die aus Sand zu bestehen schien, stand neben Ysera. Unter der Kapuze erschien ein Gesicht, das so vertrocknet wirkte, dass die Haut kaum die Knochen bedeckte. Juwelenaugen starrten den Drachen und den Zauberer mit wachsender Ungeduld an. „Ja, wir sind gekommen. Und wenn dieses Treffen noch länger dauert, dann werde ich auch wieder gehen. Ich muss soviel sammeln, soviel katalogisieren."

„Soviel quatschen, soviel quatschen", stichelte Malygos von seinem felsigen Sitz aus.

Nozdormu hob eine verwitterte und dennoch starke Hand und zeigte auf den Narr. Der streckte ihm seine dolchartigen Krallen entgegen. Für einen Moment sah es so aus, als bereiteten sich beide auf einen körperlichen oder magischen Kampf vor, doch die geisterhafte Frau trat zwischen sie.

„Deshalb steht Deathwing kurz vor seinem Triumph", sagte sie.

Die beiden wichen zögernd zurück. Yresa sah alle mit immer noch geschlossenen Augen an.

„Deathwing hätte uns einst beinahe besiegt, doch dann schlossen wir uns wieder zusammen und sorgten dafür, dass er die *Dämonenseele* nie wieder benutzen konnte. Wir entrissen sie seiner Hand und schleuderten sie in die Tiefen der Erde …"

„Aber jemand fand sie für ihn", unterbrach der rote Drache. Jetzt, wo die Hoffnung zurückgekehrt war, riss er sich so weit es ging zusammen. „Ich glaube, dass er die Orks dorthin geführt hat, weil er wusste, was sie tun würden, wenn ihnen das Artefakt in die Hände fiel. Er kann es vielleicht nicht mehr selbst einsetzen, aber er kann sicherlich andere dazu bringen, es zu seinem Vorteil zu benutzen – auch wenn diese anderen das vielleicht nicht begreifen. Ich glaube, dass Alexstraszas Gefangennahme in seine Pläne passte, denn sie war die einzige Macht, die er fürchtete. Außerdem half er damit der Horde Chaos und Zerstörung über die Welt zu bringen, ohne dass er auch nur eine Klaue bewegen musste. Nun, da die Horde ihn enttäuscht hat, passt es besser in seine Pläne, wenn sie fortgebracht wird."

„Nicht sie", korrigierte Ysera, „ihre Eier."

„Ihre Eier?", stieß der ehemalige Krasus hervor. „Nicht meine Königin?"

„Ja, die Eier. Du weißt doch, dass die letzte seiner Gefährtinnen in den ersten Tagen des Kriegs getötet wurde", antwortete sie. „Sie starb durch seinen eigenen Leichtsinn … und nun will er die Nachkommen unserer Schwester als seine eigenen aufziehen."

„Um ein neues Zeitalter der Drachen einzuleiten", zischte Nozdormu. „Das Zeitalter von Deathwings Drachenbrut!"

Plötzlich bemerkte Rhonin, dass die vier, sogar Ysera mit ihren geschlossenen Augen, ihn anstarrten.

„Wir können die *Dämonenseele* nicht berühren, Mensch, und aus Misstrauen haben wir nie einem anderen Wesen erlaubt, sie für uns zu benutzen. Ich glaube, ich weiß, weshalb der arme Korialstrasz dich von deinen Freunden weggerissen und hierher gebracht hat. Es erscheint ihm vielleicht als die beste Lösung, aber nicht er wird Deathwing ablenken."

„Es ist meine Pflicht", rief der Rote. „Es ist meine Buße."

„Das wäre reine Verschwendung. Du lässt dich von der Scheibe zu leicht beeinflussen. Außerdem wirst du für etwas anderes benötigt. Tyran, der jetzt für seine Königin und seinen Wächter kämpft, wird nicht überleben. Alexstrasza wird dich dann benötigen, mein lieber Korial."

„Außerdem ist Deathwing unser *Bruder*", stichelte Malygos. Seine Klauen gruben sich tiefer in den Fels. „Es gehört sich für uns, mit ihm zu spielen. Mit ihm zu spielen."

„Und was wollt ihr von mir?", fragte Rhonin gespannt und auch ein wenig nervös. *Er* wollte schließlich nichts mehr, als zu Vereesa zurückzukehren.

Ysera sah ihn an – und ihre Augen öffneten sich. Für einen kurzen Moment wurde der Mensch von Schwindel ergriffen. Die traumartigen Augen, die ihn anstarrten, erinnerten ihn an jeden, den er je gekannt, geliebt oder gehasst hatte. „*Du*, Sterblicher, musst dem Ork die *Dämonenseele* entreißen. Ohne sie kann er uns nicht das antun, was er unserer Schwester angetan hat. Wenn dir die Scheibe gehört, kannst du sie vielleicht befreien."

„Aber das hilft uns nicht gegen Deathwing", beharrte Korialstrasz. „Und wegen der verfluchten Scheibe ist er stärker als ihr alle zusammen."

„Eine Tatsache, die uns bekannt ist", fauchte Nozdormu. „Und auch du wusstest das, als du zu uns kamst. Jetzt hast du uns. Sei damit zufrieden." Er sah seine Begleiter an. „Genug geredet. Lasst uns beginnen."

Ysera, die ihre Augen wieder geschlossen hatte, wandte sich an den Drachen. „Es gibt etwas, das du tun musst, Korialstrasz, aber es ist riskant. Dieser Mensch kann nicht einfach inmitten der Orks auftauchen. Durch die *Dämonenseele* ist das zu riskant, und es bestünde die Gefahr, dass er sich unter einer Axt wiederfinden würde. Stattdessen musst du ihn dorthin tragen und beten, dass in den wenigen Sekunden, in denen du dem Ork nahe bist, dieser dich nicht mit der Scheibe unter seine Kontrolle bringt." Sie ging zu dem gefallenen Drachen und berührte die Spitze seiner Schnauze. „Du gehörst nicht zu uns, auch wenn du ihr Begleiter bist, Korialstrasz. Trotzdem hast du der Macht der Scheibe widerstanden und bist geflohen."

„Ich habe hart gearbeitet, um mich darauf vorzubereiten, Ysera. Ich dachte, meine Schutzzauber seien stark genug, doch letzten Endes habe ich versagt."

„Wir können das für sich tun." Plötzlich standen Malygos und Nozdormu neben ihr. Alle drei berührten mit ihrer linken Hand Korialstraszs Schnauze. „Die *Dämonenseele* hat uns so viel Macht genommen, dass ein wenig mehr Verlust nicht schaden wird."

Strahlenkränze entstanden um die erhobenen Hände der drei und leuchteten in den Farben der Beteiligten. Die drei Kränze verbanden sich und erstreckten sich von den Aspekten bis zu der Schnauze des Drachen und darüber hinaus. Sekunden später war Korialstraszs gesamter Körper eingehüllt in eine magische Aureole.

Ysera und die anderen wichen zurück. Der rote Drache blinzelte und erhob sich. „Ich fühle mich wie neu geboren."

„Du wirst diese Stärke brauchen", bemerkte Ysera. Zu ihren beiden Begleitern sagte sie: „Wir müssen uns um unseren fehlgeleiteten Bruder kümmern.

„Das wird auch Zeit!", fauchte Nozdormu.

Ohne ein weiteres Wort an Rhonin oder den roten Drachen wandten sie sich ab und der weit entfernten Gestalt Deathwings zu. Während sie ihre Arme spreizten, die sich zu immer größer werdenden Flügeln ausbreiteten, gewannen ihre Körper insgesamt an Volumen. Die Gewänder fielen und wurden durch Schuppen ersetzt. Ihre eben noch menschlichen Gesichter wurden härter, länger und wurden ersetzt von den majestätischen Zügen der Drachen.

Die drei erhoben sich in die Lüfte, ein Anblick, so beeindruckend, dass der Zauberer ihn nur stumm auf sich wirken lassen konnte.

„Ich hoffe, dass ihre Macht ausreicht", murmelte Korialstrasz. „Aber ich befürchte, das wird sie nicht." Er sah zu der kleinen Gestalt neben sich. „Was meinst du, Rhonin? Wirst du tun, was sie verlangen?"

Schon allein um Vereesas willen hätte er sich dafür entschieden. „Das werde ich."

Tyran hatte schnell die Kraft zum Kämpfen verloren, und sein Leben verlor er kurz darauf. Deathwing brüllte triumphierend, als er seine Krallen in die leblose Gestalt des anderen Drachen schlug. Blut floss immer noch aus tiefen Wunden, die er größtenteils in die Brust des Roten gerissen hatte, und Tyrans Klauen waren verätzt von der starken Säure, die durch die Adern des Schwarzen floss. Jeder, der Deathwing berührte, musste leiden.

Der dunkle Herrscher brüllte erneut und ließ die leblose Gestalt fallen. Eigentlich hatte er dem kranken Drachen einen Gefallen erwiesen, denn er hätte sicherlich stärker gelitten, wenn er langsam an seiner Krankheit verendet wäre. Zumindest hatte Deathwing ihm den Tod eines Kriegers geschenkt, auch wenn der Kampf nur kurz gewesen war.

Trotzdem brüllte er ein drittes Mal, um alle von seinem Triumph wissen zu lassen.

Von Westen her wurde brüllend geantwortet.

„Welcher Narr wagt es …?", zischte er.

Nicht *ein* Narr, erkannte Deathwing gleich darauf, sondern *drei*. Und nicht irgendwelche drei.

„Ysera", grüßte er sie kalt. „Und Nozdormu und sogar mein guter Freund Malygos."

„Die Zeit ist gekommen, um deinen Wahnsinn zu beenden, Bruder", sagte der schlanke grüne Drache ruhig.

„Ich bin in keinster Weise dein Bruder, Ysera. Begreif das endlich und erkenne, dass mich nichts von der Erschaffung eines neuen Zeitalter für unsere Art abhalten wird."

„Du planst nur ein Zeitalter für deine eigene Herrschaft, nichts anderes."

Der Schwarze neigte den Kopf. „Für mich gibt es da keinen Unterschied. Wie ist es mit dir, Nozdormu? Hast du endlich den Kopf aus dem Sand gezogen? Weißt du nicht mehr, wer hier die größte Macht besitzt? Selbst zu dritt werde ich euch besiegen."

„Deine Zeit ist abgelaufen", stieß der glitzernde braune Drache hervor. Seine Augen leuchteten. „Komm her und nimm deinen Platz in meiner Sammlung vergangener Dinge ein."

Deathwing schnaufte herablassend. „Und du, Malygos? Hast du deinem alten Kameraden nichts zu sagen?"

Als Antwort öffnete der kalt wirkende, silberblaue Drache das Maul. Eine eisige Welle schlug Deathwing entgegen und hüllte ihn mit tödlicher Genauigkeit ein. Als das Eis den Leviathan berührte, zerplatzte es und wurde zu Tausenden krebsartiger Wesen, die sich auf die Schuppen und das Fleisch ihres Opfers stürzten.

Deathwing fauchte, und aus seinen roten Adern lief Säure. Malygos' Kreaturen starben hundertfach, bis nur noch wenige übrig blieben.

Mit zwei Krallen griff der schwarze Drache nach einem dieser Wesen und verschluckte es. Er grinste seine Gegner an und bleckte tückische Reißzähne. „Wenn ihr es so möchtet ..."

Mit donnergleichem Brüllen stürmte er ihnen entgegen.

„Sie werden ihn nicht besiegen", murmelte Korialstrasz, als sie sich der belagerten Ork-Karawane näherten. „Das schaffen nicht einmal sie."

„Und warum versuchen sie es dann?"

„Weil sie wissen, dass die Zeit gekommen ist, sich gegen ihn zu stellen, egal, wie es ausgeht. Sie würden eher diese Welt verlassen, als zuzusehen, wie sie unter Deathwings Schreckensherrschaft ihr Antlitz wandelt."

„Gibt es keine Möglichkeit, ihnen zu helfen?"

Das Schweigen des Drachen war Antwort genug.

Rhonin betrachtete die Orks vor sich und dachte an seine eigene Sterblichkeit. Selbst wenn es ihm gelang, Nekros das Artefakt zu entreißen, wie lange würde er es behalten können? Und würde es ihm überhaupt etwas nützen? Konnte er es verwenden?

„Kras ... Korialstrasz, enthält die Scheibe die Macht der großen Drachen?"

„Nur nicht die von Deathwing, deshalb kann ihre Macht ihm nichts anhaben."

„Aber er kann sie auch selbst nicht mehr wegen eines Zaubers der anderen Drachen einsetzen?"

„So scheint es", wich der Drache aus.

„Weißt du, über welche Fähigkeiten die Scheibe verfügt?"

„Über viele, aber keine vermag direkten oder indirekten Einfluss auf den dunklen Herrscher auszuüben."

Rhonin stutzte. „Aber wie ist das möglich?"

„Wie lange übst du dich bereits in der Kunst der Magie, mein Freund?"

Der Zauberer verzog das Gesicht. Von allen Künsten war die Magie die Widersprüchlichste. Sie wurde von ganz eigenen Gesetzen regiert, die sich im schlimmsten Fall sogar ändern konnten. „Ich verstehe."

„Die großen *Kräfte* haben sich entschieden, Rhonin. Wenn es dir gelingen sollte, die *Dämonenseele* in deinen Besitz zu bringen, wirst du nicht nur meine Königin befreien, die ihnen zweifellos zu Hilfe kommen wird, sondern auch die

Gelegenheit erhalten, die Überreste der Horde zu vernichten. Die *Dämonenseele* vermag das – wenn du sie richtig einsetzt."

Darüber hatte er noch gar nicht nachgedacht gehabt, dabei lag es auf der Hand, dass ein solches Relikt eine wertvolle Waffe gegen die Orks darstellte. „Aber ich habe nicht genügend Zeit, ihre Handhabung zu erlernen."

„Die Orks hatten keine Lehrer, die sie darin unterwiesen. Ich gehöre zwar nicht zu den fünf Aspekten, Rhonin, dennoch kann ich, denke ich, dich ausreichend in ihrem Gebrauch unterrichten."

„Sollten wir beide überleben …", flüsterte der Magier, nur für sich selbst.

„Womit du natürlich Recht hast." Offenbar besaßen Drachen ein hervorragendes Gehör. „Und dort ist der Ork, den wir suchen … Mach dich bereit!"

Rhonin traf seine Vorbereitungen. Korialstrasz wagte es wegen der *Dämonenseele* nicht, Nekros zu nahe zu kommen, was bedeutete, dass der Magier trotz des Talismans Magie einsetzen musste, um den Ork-Kommandanten endgültig zu erreichen. Er hatte schon häufig in Schlachten Zauber gewoben, war aber dennoch nicht auf einen solchen Einsatz vorbereitet. Der Drache hätte versuchen können, seine eigene Magie einzusetzen, aber in der Nähe des Relikts wären seine Chancen noch geringer als die des Zauberers gewesen.

„Gleich …"

Korialstrasz ging tiefer.

„Jetzt!"

Rhonin stieß den Befehl keuchend hervor und schwebte plötzlich in der Luft, unmittelbar über einem der Wagen.

Ein Ork-Fahrer sah überrascht auf, als er des Zauberers gewahr wurde.

Rhonin ließ sich auf ihn fallen.

Der Ork dämpfte seinen Aufprall und die Wucht raubte dem Krieger das Bewusstsein. Rhonin stieß ihn von sich und begann die Umgebung nach Nekros abzusuchen.

Der einbeinige Kommandant saß auf seinem Pferd und blickte auf Korialstrasz. Dabei hob er die glitzernde *Dämonenseele* ...

„Nekros!", schrie Rhonin.

Der Ork sah zu ihm herüber, genau so, wie der Zauberer es beabsichtigt hatte. Der Drache gelangte unbehelligt aus Nekros' Reichweite.

„Mensch! Zauberer! Du bist doch tot ..." Die breiten Augenbrauen zogen sich zusammen, und Nekros' Gesichtsausdruck verfinsterte sich. „Nun gut, dann wirst du es eben es bald sein!"

Er zeigte richtete das Artefakt auf Rhonin.

Der Zauberer erschuf einen magischen Schild und hoffte, dass das, was Nekros vorhatte, ihm entgegenzuschleudern, nicht so entsetzlich sein würde wie die Flammen des Golems. Die Großen Drachen hatten ihm, anders als Korialstrasz, keine Kraft geschenkt – aber er hatte sich auch nicht am Rande des totalen Zusammenbruchs befunden. Außerdem hatten sie ihre entbehrlichen Kräfte für Deathwing benötigt. Rhonins Hoffnungen stützten sich in diesem Moment also ausschließlich auf seine eigenen, schwer einschätzbaren Fähigkeiten.

Eine riesige Flammenhand versuchte nach dem Magier zu greifen und ihn zu umschließen. Rhonins Zauber hielt jedoch stand, und die Hand, die von seinem fast unsichtbaren Schild abprallte, verschlang stattdessen einen Ork-Krieger, der gerade einen Zwerg enthaupten wollte. Der Ork schrie kurz auf, bevor er brennend zusammenbrach.

„Deine Tricks werden dich nicht lange vor dem Tod bewahren!", knurrte Nekros.

Der Boden unter dem Wagen begann zu erbeben und einzubrechen. Rhonin stieß sich von dem entstehenden Loch weg, während Wagen und Zugtiere hinabgerissen wurden. Während der Schildzauber erlosch, fand der Magier hilflos strampelnd gerade noch Halt am Rand des Kraters.

Nekros lenkte sein Pferd näher zu ihm heran. „Was auch immer an diesem Tag noch geschehen mag, zumindest bin ich dich los, Mensch!"

Rhonin stieß einen schwachen Spruch hervor. Ein einzelner Dreckklumpen landete im Gesicht des Orks und widerstand allen Versuchen ihn zu entfernen. Nekros fluchte und kämpfte darum, wieder sehen zu können.

Der Zauberer stemmte sich über den Rand, bekam Boden unter die Füße und warf sich gegen den Ork.

Der Sprung war jedoch etwas zu kurz bemessen, und so bekam er zwar den Arm zu fassen, dessen Hand die *Dämonenseele* hielt, nicht aber das Relikt selbst. Obwohl Nekros immer noch nicht wieder zu sehen vermochte, packte er Rhonin am Kragen und versuchte seine Pranke um die Kehle des Magiers zu legen.

„Ich bring dich um, verdammter Abschaum!"

Riesige Finger krümmten sich um Rhonins Hals. Gleichzeitig versuchte der Zauberer nach dem Talisman zu greifen und sich selbst zu befreien, erreichte jedoch beides nicht. Nekros presste das Leben gnadenlos aus ihm heraus; der überragenden Körperkraft eines Orks hatte der Mensch nichts entgegenzusetzen. Rhonin setzte zu einem Spruch an …

… als eine geflügelte Gestalt an Nekros vorbeischoss. Etwas stieß gegen den Rücken des Orks und schleuderte ihn samt dem Zauberer vom Pferd zu Boden.

Sie schlugen hart auf. Die tödliche Hand löst sich von Rhonins Kehle, als sie beide in unterschiedliche Richtungen rollten.

Jemand griff nach den Schultern des Magiers.

„Steht auf, Rhonin, bevor er sich erholt!"

„Vereesa?" Er blickte in ihr Gesicht und war ebenso überrascht wie erfreut, sie wiederzusehen.

„Wir beobachteten, wie der Drache Euch fallen ließ und wie Ihr Euch mittels Magie in Sicherheit brachtet. Falstad und ich kamen so schnell wir konnten, weil wir dachten, dass Ihr vielleicht Hilfe gebrauchen könntet …"

„Falstad?"

Rhonin schaute zum Himmel, wo der Greifenreiter und sein Tier ihre Kreise zogen. Falstad hatte keine Waffe, brüllte jedoch, als wollte er jeden Ork im Umkreis herausfordern.

„Beeilt Euch!", rief die Waldläuferin. „Wir müssen weg von hier!"

„Nein!" Zögernd blieb er zurück. „Nicht bevor … Passt auf!"

Er stieß sie zur Seite. Eine große Kriegsaxt, die sie sonst in zwei Hälften gespalten hätte, schlug ins Leere. Der kraftstrotzende Ork, dessen Gesicht von rituellen Narben übersät war, hob die Axt erneut und konzentrierte sich ganz auf Vereesa, die vor ihm lag.

Rhonin vollführte eine Geste, und der Axtgriff wurde plötzlich lang und wand sich wie eine Schlange. Der Ork versuchte dennoch, seine Waffe weiter festzuhalten, aber nun wandte sie sich gegen ihn. Da ließ der Krieger sie doch fallen und rannte voller Panik davon.

Der Zauberer streckte eine Hand nach Vereesa aus …

… und stürzte zu Boden, als ihn eine Faust in den Rücken traf.

„Wo ist sie?", schrie Nekros Skullcrusher. „Wo ist die *Dämonenseele*?"

Rhonin war noch zu benommen, um zu begreifen. War nicht noch immer Nekros im Besitz des Talismans …?

Ein schweres Gewicht drückte auf seinen Rücken. Er hörte,

wie Nekros sagte: „Bleib, wo du bist, Elfe. Wenn ich noch etwas stärker zudrücke, wird dein Freund hier wie eine überreife Frucht zerplatzen!" Rhonin spürte kaltes Metall an seiner Wange. „Auch du, Magier, keine faulen Tricks! Gib mir die Scheibe zurück, und ich schenke dir vielleicht dein Leben!"

Nekros ließ ihm gerade genug Bewegungsfreiheit, dass Rhonin den Ork aus den Augenwinkeln betrachten konnte. Das Holzbein des Kommandanten drückte gegen die Wirbelsäule des Zauberers. Rhonin zweifelte nicht daran, dass sie unter stärkerem Druck brechen würde. „Ich ... ich habe sie nicht." Das Gewicht von Nekros' massigem Körper behinderte das Atmen und das Sprechen. „Ich weiß noch nicht ... einmal, wo sie ist."

„Ich habe keine Zeit für deine Lügen, Mensch!" Nekros drückte *etwas* fester zu. Ein Hauch von Verzweiflung schwang in seiner immer noch arroganten Stimme mit. „Ich *brauche* sie!"

„Nekros ...!", unterbrach ihn eine donnernde, hasserfüllte Stimme. „Du hast meine Kinder ermordet. *Meine Kinder!*"

Rhonin fühlte die Bewegung des Orks, als dieser sich drehte. Nekros stieß die Luft aus. „Nein!"

Ein Schatten fiel über Rhonin und seinen Gegner. Ein heißer, fast schon sengender Wind glitt über den Magier hinweg. Er hörte Nekros Skullcrusher schreien ...

... und plötzlich verschwand das Gewicht des Orks aus seinem Rücken.

Rhonin warf sich augenblicklich herum, war sicher, dass der Feind seines Feindes nun auch ihn töten würde. Aber Vereesa kam ihm zu Hilfe und zog ihn an sich. Erst jetzt begriff der Magier, was diesen riesigen Schatten hervorgerufen hatte und warum die Stimme, die er gehört hatte, ihm so bekannt vorgekommen war.

Trotz der Schuppen, die an einigen Stellen nur noch lose

hingen und den ungeschickt gefalteten Flügeln bot die Drachenkönigin Alexstrasza einen beeindruckenden Anblick. Sie erhob sich über alle anderen, hielt den Kopf hoch in den Himmel gereckt und brüllte ihren Triumph hinaus. Von Nekros fand Rhonin keine Spur mehr. Entweder hatte die Königin ihn komplett verschlungen oder seinen Körper weit fortgeschleudert.

Alexstrasza brüllte erneut und neigte ihren Kopf dem Zauberer und der Elfe entgegen. Vereesa wirkte entschlossen, ihn und sich selbst zu verteidigen, aber Rhonin forderte sie mit einer Geste auf, die Klinge zu senken.

„Mensch, Elfe – ich bin euch zu Dank verpflichtet, dass ihr mir die Gelegenheit gegeben habt, meine Kinder zu rächen. Jetzt gibt es allerdings andere, die meine Hilfe benötigen, wie gering sie auch ausfallen mag."

Sie blickte zum Himmel, wo vier Titanen kämpften. Rhonin folgte ihrem Blick und sah einen Moment lang zu, wie Ysera, Nozdormu und Malygos scheinbar erfolglos gegen Deathwing angingen. Die Drei attackierten immer wieder, aber Deathwing schlug sie mit Leichtigkeit zurück.

„Drei gegen einen – und sie können trotzdem nichts ausrichten?"

Alexstrasza, die bereits ihre Schwingen zum Abflug spreizte, hielt kurz inne, um zu antworten. „Wegen der *Dämonenseele* haben wir nur noch halb soviel Macht. Nur Deathwings Macht ist vollständig. Ich wünschte, wir könnten sie gegen ihn einsetzen oder die Macht, die darin wohnt, zurückerlangen, aber diese Möglichkeiten gibt es nicht. Wir können nur kämpfen und das Beste hoffen." Gebrüll aus dem Himmel erschütterte die Erde. „Ich muss jetzt gehen. Vergebt mir, dass ich euch allein lasse und noch einmal … danke!"

Mit diesen Worten erhob sich die Drachenkönigin in die Lüfte. Beinahe zufällig wischte ihr zuckender Schwanz zwei angreifende Orks hinweg, ohne deren Zwergengegner auch nur zu berühren.

„Wir müssen doch etwas tun können!" Rhonin sah sich nach der *Dämonenseele* um. Irgendwo musste sie sein.

„Denkt nicht darüber nach." Vereesa wich der Axt eines Orks aus und durchbohrte ihn mit ihrer Klinge. „Wir müssen uns selbst retten."

Trotz der um ihn herum tobenden Schlacht setzte Rhonin seine Suche fort. Plötzlich fiel sein Blick auf einen glänzenden Gegenstand, der halb vom Arm eines toten Ork bedeckt wurde. Der Zauberer lief hoffend und zweifelnd zugleich darauf zu.

Es war tatsächlich das Artefakt der Drachen. Rhonin betrachtete es mit unverhohlener Begeisterung. Es war so schlicht und verfügte dennoch über Kräfte, die weit über die von Zauberern hinausgingen – abgesehen vielleicht vom berüchtigten Medivh. Soviel Macht. Damit hätte Nekros Kriegshäuptling der Horde werden können. Und Rhonin konnte sich mit seiner Hilfe zum Herrn über Dalaran aufschwingen, zum Imperator über alle Königreiche von Lordaeron …

Was dachte er da? Rhonin schüttelte den Kopf und vertrieb die unguten Gedanken. Die *Dämonenseele* konnte mit ihrer Macht verführen, darauf musste er achten.

Falstad kam auf seinem Greifen zu ihnen herunter. Irgendwo hatte er die Streitaxt eines Orks gefunden, die er offenbar auch schon eingesetzt hatte.

„Zauberer! Worauf wartest du? Rom und seine Männer schlagen die Orks vielleicht in die Flucht, aber das ist kein Grund hier herumzustehen und irgendwelche Scheiben anzustarren."

Rhonin ignorierte ihn, wie er auch Vereesa ignorierte. Irgendwie musste der Schlüssel zu Deathwings Untergang in der *Dämonenseele* liegen. Es gab doch keine andere Macht mehr, die dazu imstande gewesen wäre, wenn selbst vier riesige Drachen mit ihren vereinten Kräften nicht in der Lage waren, etwas auszurichten!

Dies mochte aber auch bedeuten, dass vielleicht gar nichts mehr Deathwing vom Erreichen seiner Ziele abhalten konnte ...

EINUNDZWANZIG

Sie schleuderten ihm ihre gesamte Macht entgegen – oder was davon noch übrig war. Sie griffen Deathwing auf körperlicher und magischer Ebene an, aber er schien dies kaum zu bemerken. Ganz gleich, wie hart sie gegen ihn vorgingen, es wurde immer deutlicher, dass ihre Kraft durch die weit zurückliegende Erschaffung der *Dämonenseele* so geschwunden war, dass sie dem schwarzen Leviathan hilflos wie Kleinkinder gegenüberstanden.

Nozdormu schleuderte ihm den Sand der Zeit entgegen, der zumindest für einen Moment drohte, Deathwings Jugend auszulöschen. Deathwing spürte, wie die Schwäche durch seinen Körper strich, fühlte, wie seine Knochen spröder und seine Gedanken langsamer wurden. Doch bevor die Veränderungen endgültig wurden, explodierte brutale Kraft in dem Drachen des Chaos, verbrannte den Sand und löschte den anspruchsvollen Zauberspruch aus.

Malygos wagte einen direkteren Angriff. Die Wut des wahnsinnigen Drachen machte ihn der Macht Deathwings beinahe ebenbürtig, aber auch nur für einen Augenblick. Eisige Lichtspeere hagelten seinem verhassten Gegner von allen Seiten entgegen, waren gleichzeitig entsetzlich heiß und betäubend kalt und schlugen auf Deathwing ein. Doch die magischen Metallplatten, die in die Haut des schwarzen Drachen eingelassen waren, wehrten fast den gesamten tosenden Sturm ab, sodass Deathwing dem Rest mit Leichtigkeit widerstehen konnte.

Von allen stellte sich jedoch Ysera als seine listigste und gefährlichste Gegnerin heraus. Anfangs hielt sie sich zurück und schien sich damit zufrieden zu geben, ihre Mitstreiter gegen ihn anrennen zu lassen. Dann jedoch bemerkte Deathwing eine Gleichgültigkeit in sich selbst, eine Zufriedenheit, die zur Ablenkung führte. Beinahe zu spät bemerkte er, dass er in einen Tagtraum geglitten war. Er schüttelte den Kopf, um die Spinnweben, die sich über seinen Geist gelegt hatten, zu vertreiben. Im gleichen Moment versuchten alle drei Gegner ihn in die Zange zu nehmen.

Mit einigen Schlägen seiner gewaltigen Flügel gelangte er aus ihrer Reichweite und startete seinen Gegenangriff. Zwischen den Vorderklauen bildete sich eine riesige Kugel reiner, ursprünglicher Energie, die er ihnen entgegen schleuderte.

Die Kugel explodierte, als sie die Drei erreichte. Ysera und die anderen wurden zurückgeschleudert.

Deathwing schrie seinen Triumph hinaus. „Narren! Werft mir entgegen, was ihr habt, es wird nichts ändern. Ich bin die wahre Macht! Ihr seid nicht mehr als Schatten der Vergangenheit!

„Unterschätze nie, was du von der Vergangenheit lernen kannst …"

Ein roter Schatten, von dem Deathwing geglaubt hatte, er würde ihn nie wieder in den Lüften erblicken, füllte sein Gesichtsfeld aus und überraschte ihn. „Alexstrasza … bist du gekommen, um deinen Gefährten zu rächen?"

„Um meinen Gefährten und meine Kinder zu rächen, Deathwing, denn ich weiß genau, dass allein du für alles verantwortlich bist."

„Ich?" Der schwarze Leviathan grinste breit. „Aber ich kann

die *Dämonenseele* dank dir und den deinen doch nicht einmal mehr berühren!"

„Aber etwas führte Orks an einen Ort, den nur Drachen kannten, und etwas erzählte ihnen von der Macht der Scheibe."

„Spielt das eine Rolle? Deine Zeit ist abgelaufen, Alexstrasza, während meine gerade erst beginnt."

Die rote Königin spreizte ihre Schwingen und zeigte die Krallen. Trotz der Entbehrungen ihrer Gefangenschaft wirkte sie in diesem Augenblick nicht im geringsten geschwächt. „*Deine* Zeit ist abgelaufen, Dunkler!"

„Dank der anderen habe ich die Leiden der Zeit, den Fluch der Albträume und die Nebel der Magier besiegt. Welche Waffen hast du zu bieten?"

Alexstrasza begegnete seinem düsteren Blick mit ruhiger Entschlossenheit. „Das Leben, die Hoffnung ... und was sie mit sich bringen."

Deathwing lauschte ihren Worten und lachte laut. „Dann bist du schon so gut wie tot!"

Die beiden Drachen stürzten sich aufeinander.

„Glaubt sie wirklich, dass sie ihn besiegen kann?", murmelte Rhonin. „Keiner von ihnen kann das. Ihnen fehlt, was das verfluchte Artefakt ihnen entzogen hat."

„Wenn wir nichts unternehmen können, dann sollten wir diesen Ort verlassen, Rhonin."

„Das kann ich nicht, Vereesa. Ich muss etwas für sie tun ... für uns alle. Wer außer ihnen sollte Deathwing jemals aufhalten?"

Falstad betrachtete die *Dämonenseele*. „Kannst du mit diesem Ding nichts ausrichten?"

„Nein, man kann es nicht gegen Deathwing einsetzen."

Der Zwerg rieb sein bärtiges Kinn. „Schade, dass man die

Magie, die dieses Ding gestohlen hat, nicht zurückgeben kann. Dann wären sie wenigstens ebenbürtig."

Der Zauberer schüttelte den Kopf. „Das geht nicht."

Er versuchte nachzudenken. Aber mit seinem gebrochenen Finger, den hämmernden Kopfschmerzen und den Schrammen am ganzen Körper bereitete es ihm bereits Mühe, sich auf den Beinen zu halten. Rhonin konzentrierte sich, dachte an das, was der Greifenreiter gerade gesagt hatte. „Aber wenn ich es recht bedenke, wäre es vielleicht doch möglich …"

Seine Gefährten blickten ihn verwirrt an. Rhonin sah sich kurz um und stellte sicher, dass ihnen im Moment keine Gefahr durch Orks drohte, dann griff er nach dem härtesten Stein, den er finden konnte.

„Was tut Ihr da?", fragte Vereesa. Sie klang, als fürchte sie um seinen Verstand.

„Ich gebe ihnen ihre Macht zurück." Er legte die *Dämonenseele* auf einen anderen Stein und hob den ersten hoch.

„Was zur Hölle willst …?" Weiter kam Falstad nicht.

Rhonin schlug den Stein mit aller Kraft gegen die Scheibe.

Der Stein zerbrach in zwei Hälften.

Die *Dämonenseele* glänzte unverändert, zeigte noch nicht einmal einen winzigen Kratzer als Folge des Angriffs.

„Verdammt! Ich hätte es wissen müssen." Rhonin schaute den Zwerg an. „Kannst du mit deiner Axt genau zielen?"

Falstad wirkte beleidigt. „Das ist zwar eine minderwertige Ork-Anfertigung, aber trotzdem eine gebrauchstüchtige Waffe, und deshalb kann ich damit *natürlich* präzise zielen!"

„Dann schlag damit auf die Scheibe. Jetzt!"

Die Waldläuferin legte dem Zauberer besorgt die Hand auf die Schulter. „Rhonin, glaubt Ihr wirklich, dass das etwas nützen wird?"

„Ich kenne Sprüche, um ihnen die Magie zurückzugeben. Ich variiere einfach nur die Formeln, die mein Orden benutzt, um Magie von anderen Relikten abzuziehen, aber dafür muss das betreffende Artefakt zerbrochen werden. Die Kräfte, mit denen die Magie im Inneren gehalten wird, müssen unschädlich gemacht werden. Ich kann den Drachen geben, was sie brauchen, aber nur, wenn wir es schaffen, die *Dämonenseele* zu öffnen!"

„Darum geht es also." Falstad hob die Streitaxt. „Tritt zurück, Zauberer. Willst du zwei saubere Hälften – oder viele kleine Splitter?"

„Zerstöre es einfach so gut du kannst."

„Kein Problem ..." Der Zwerg hob die Axt über den Kopf, atmete tief ein – und schlug dann so heftig zu, dass Rhonin die Anstrengung in der Armmuskulatur des Gefährten sehen konnte.

Die Axt traf.

Metallsplitter flogen nach allen Seiten.

„Bei den Arie! Die Klinge ist völlig ruiniert!"

Die große Scharte in der Axtklinge bewies endgültig, wie hart die Oberfläche der *Dämonenseele* war. Falstad warf die ramponierte Waffe angewidert von sich und verfluchte die schlechte Qualität der Ork-Schmieden.

Rhonin wusste jedoch, dass die Axt keine Schuld traf. „Das ist schlimmer, als ich dachte."

„Wenn die Scheibe durch Magie geschützt wird", sagte Vereesa, „kann sie dann nicht auch durch Magie vernichtet werden?"

„Der Zauber müsste sehr, sehr mächtig sein. Meine eigenen Fähigkeiten reichen dafür nicht aus – aber wenn ich einen anderen mächtigen Talisman hätte ..." Er erinnerte sich an das Medaillon, das Krasus – oder richtiger: Korialstrasz – Vereesa gegeben hatte, aber dieses war zurückgeblieben, als der Zauberer und der rote Drache sich auf den Weg in die Schlacht gemacht hatten. Außerdem bezweifelte Rhonin, dass es ihm tatsächlich eine große Hilfe gewesen würde. Aussichtsreicher wäre es gewesen, wenn er etwas von Deathwing besessen hätte, aber sein eigenes Medaillon war im Berg verloren gegangen.

Doch hatte er nicht immer noch den Stein? Den Stein, der aus einer Schuppe des schwarzen Drachens entstanden war?

„Das könnte funktionieren!", seufzte er und griff in seine Tasche.

„Was hast du da?", fragte Falstad.

„Das." Er zog den kleinen Stein heraus, was die anderen jedoch nicht sonderlich beeindruckte. „Deathwing erschuf ihn aus einer Schuppe seines eigenen Körpers, so wie er auch die *Dämonenseele* durch seine Magie entstehen ließ. Vielleicht erreichen wir damit etwas, was sich durch nichts sonst mehr erreichen ließe …"

Sie sahen ihm zu, wie er den Stein zur Scheibe brachte. Einen Moment war Rhonin unschlüssig, was die beste Vorgehensweise betraf, dann erinnerte er sich an die goldene Regel seiner Kunst: das Einfache war oft das Effektivste.

Der schwarze Stein glänzte in seiner Hand. Der Zauberer drehte ihn, bis er die schärfste Kante gefunden hatte. Er wusste sehr wohl, dass sein Plan vielleicht fehlschlagen würde, aber es gab nichts, was er sonst noch hätte versuchen können.

Vorsichtig strich er mit dem Stein über die Mitte des Talismans.

Deathwings Schuppe schnitt durch die harte goldene Oberfläche wie eine Klinge durch Butter.

„Passt auf!" Vereesa zog ihn gerade noch rechtzeitig zurück, als eine Lichtsäule aus dem Schnitt hervorschoss.

Rhonin spürte die gewaltige magische Kraft, die aus dem beschädigten Talisman entkam und wusste, dass er rasch handeln musste, bevor sie für jene verloren war, denen sie eigentlich gehörte.

Er murmelte einen Zauberspruch und veränderte ihn so, wie er es brauchte. Er konzentrierte sich so gut es ging, wollte nicht riskieren, an diesem kritischen Punkt noch zu scheitern. Es *musste* einfach gelingen.

Ein phantastischer, leuchtender Regenbogen spannte sich höher und höher dem Himmel entgegen. Rhonin wiederholte den Spruch und unterstrich noch einmal das Ergebnis, das er im Sinn hatte ...

Das blendend helle Licht, das nun mehrere hundert Fuß hoch war, bog sich noch weiter und tastete nun in die Richtung der kämpfenden Drachen.

„Habt Ihr es geschafft?", fragte die Waldläuferin atemlos.

Rhonin betrachtete die weit entfernten Körper von Alexstrasza, Deathwing und den anderen. „Ich glaube schon ... Nun, zumindest hoffe ich es ..."

„Habt ihr noch immer nicht genug? Wollt ihr weiter gegen etwas kämpfen, das ihr nicht besiegen könnt?" Deathwing sah seine Feinde geringschätzig an. Der letzte Rest von Respekt, den er sich noch für sie bewahrt gehabt hatte, war inzwischen auch noch vergangen. Diese Narren rannten immer noch mit dem Kopf gegen die sprichwörtliche Wand, obwohl sie längst wussten, dass sie auch gemeinsam nicht genügend Kraft aufbrachten, um ihn zu besiegen.

„Du hast zu viel Leid und zu viel Zerstörung angerichtet, Deathwing", antwortete Alexstrasza. „Nicht nur uns hast du Schaden zugefügt, auch den sterblichen Wesen dieser Welt."

„Was bedeuten sie mir – und was bedeuten sie dir? Das werde ich nie verstehen."

Sie schüttelte den Kopf, und da war etwas wie Mitleid in ihrem Blick. Mitleid für ...*ihn*? „Nein, das wirst du nicht."

„Ich habe lange genug mit euch gespielt, mit euch allen. Ich hätte euch schon vor Jahren vernichten sollen."

„Aber das konntest du nicht. Die Erschaffung der *Dämonenseele* hatte sogar dich für eine Weile geschwächt."

Er schnaufte abfällig. „Aber jetzt verfüge ich wieder über meine volle Stärke. Meine Pläne für diese Welt schreiten rasch voran. Wenn ich euch alle getötet habe, werde ich mit deinen Eiern, Alexstrasza, meine perfekte Welt erschaffen!"

Anstelle einer Antwort griff die rote Königin wieder an. Deathwing lachte, weil er wusste, dass ihre Zaubersprüche ebenso wenig ausrichten würden wie zuvor. Seine eigene Macht und die magischen Platten auf seiner Haut sorgten dafür, dass ihn nichts verletzen konnte.

„*Aaargh ...!*"

Ihr wütender magischer Angriff traf ihn mit einer Macht, die er nie erwartet hätte. Seine Eisenplatten hatten der schrecklichen Wucht nichts entgegenzusetzen. Deathwing reagierte mit einem Schildzauber, aber der Schaden war nicht mehr zu beheben. Sein Körper schmerzte, wie schon seit Jahrhunderten nicht mehr.

„Was ... was hast du mir angetan?"

Im ersten Moment wirkte auch Alexstrasza überrascht, doch dann legte sich ein wissendes und triumphierendes Lächeln auf ihr Gesicht. „Das ist der Anfang von all den Dingen, die ich dir in Träumen bereits zugefügt habe."

Sie sah größer und stärker aus. Auch die anderen hatten sich in dieser Weise verändert. Ein seltsames Gefühl erwachte in dem schwarzen Drachen und brachte ihn dazu, an seinem perfekten Plan zu zweifeln.

„Fühlst du es? Fühlst du es?", plapperte Malygos. „Ich bin wieder ich. Welch ruhmreicher Moment!"

„Und es wird auch langsam Zeit", gab Nozdormu zurück. Seine Juwelenaugen leuchteten stärker als zuvor. „Ja, es wird Zeit."

Ysera öffnete ihre Augen, die so anziehend wirkten, dass Deathwing rasch zur Seite blicken musste. „Das Ende des Albtraums ist gekommen", flüsterte sie. „Unser Traum ist Wirklichkeit geworden."

Alexstrasza nickte. „Wir haben zurück bekommen, was man uns einst stahl. Es gibt die *Dämonenseele* nicht mehr!"

„Unmöglich!", schrie Deathwing. „Das sind Lügen!"

„Nein", korrigierte die rote Königin. „Es gibt nur eine Lüge hier, nämlich die, dass du unbesiegbar bist."

„Ja", stimmte Nozdormu zu. „Ich freue mich darauf, diese lächerliche Behauptung zu widerlegen."

Deathwing wurde von allen vier Elementarkräften gleichzeitig angegriffen. Er kämpfte nicht mehr gegen die Schatten seiner Rivalen – ein jeder von ihnen war ihm jetzt ebenbürtig, und alle zusammen waren sie ihm weit überlegen.

Malygos lenkte Wolken zu ihm, die seinen Rachen und seine Nase verstopften und ihm den Atem raubten. Nozdormu beschleunigte die Zeit für Deathwing, reduzierte die Stärke seines Gegners, indem er ihn Wochen, Monate und Jahre ohne Ruhe durchleiden ließ. Nach diesen Angriffen konnte dieser sich kaum noch verteidigen und so fiel es Ysera leicht, in seinen Geist einzudringen und die Gedanken auf seine schlimmsten Albträume zu lenken.

Erst dann erhob sich seine schlimmste Gegnerin, Alexstrasza, vor ihm. Der Blick, den sie Deathwing zuwarf, zeigte immer noch Mitleid. „Das Leben ist *mein* Aspekt, dunkler Herrscher, und ich kenne wie jede Mutter die Schmerzen und die Wunder, die es mit sich bringt. In den letzten Jahren musste ich zusehen, wie meine Kinder als Kriegswerkzeuge aufwuchsen und umgebracht wurden, sobald sie nutzlos oder unabhängig wurden. Ich habe in der Marter gelebt, dass viele starben, denen ich nicht helfen konnte."

„Deine Worte bedeuten mir nichts!", schrie Deathwing, während er vergeblich versuchte die Angriffe der anderen abzuwehren. „Nichts!"

„Nein, wahrscheinlich stimmt das ... Und deshalb wirst du nun am eigenen Leibe erleben, was ich erlitten habe."

Sie ließ es ihn spüren.

Gegen jeden anderen Angriff, sogar gegen Yseras Albträume, kannte Deathwing eine geeignete Methode der Verteidigung, aber gegen Alexstraszas Waffe war er hilflos. Sie griff ihn mit Schmerz an, aber es war *ihr* Schmerz. Sie griff ihn nicht mit einer Qual an, die er kannte, sondern mit dem Leid einer liebenden Mutter, die mit jedem Kind, das man ihr wegnahm und das man in etwas Schreckliches verwandelte, immer stärker litt.

Mit jedem Kind, das starb ...

„Du wirst alles erleiden, was ich erlitten habe, dunkler Herrscher. Wir werden sehen, ob es dir dabei besser ergeht als mir."

Aber Deathwing hatte keine Erfahrung mit solchem Leid. Es riss an ihm in einer Weise, wie es keine Kralle und kein Zahn vermochte. Es bohrte sich in sein tiefstes Inneres.

Der Schrecklichste aller Drachen schrie so entsetzt, wie nie ein Drache zuvor geschrien hatte.

Das rettete ihm vielleicht das Leben, denn die anderen waren so überrascht, dass sie ihre eigenen Zauber unterbrachen. Deathwing konnte sich endlich losreißen, drehte sich um und floh, so schnell er nur konnte. Sein ganzer Körper zitterte, und er brüllte immer noch, als er zwischen den Wolken verschwand.

„Wir dürfen ihn nicht entkommen lassen!", rief Nozdormu.

„Wir müssen ihm folgen, folgen!", stimmte Malygos zu.

„Einverstanden", fügte die Herrin der Träume ruhig hinzu. Ysera sah Alexstrasza an, die überrascht von ihrer eigenen Macht, neben ihr schwebte. „Schwester?"

„Ja", antwortete die rote Königin nickend. „Beeilt euch. Ich stoße gleich zu euch."

„Ich verstehe."

Die anderen drei *Aspekte* wandten sich ab und nahmen Geschwindigkeit auf, während sie dem Flüchtenden nacheilten.

Alexstrasza sah ihnen hinterher und hätte sich ihnen beinahe selbst angeschlossen. Trotz ihrer wiederhergestellten Kräfte wusste sie nicht, ob die *Kräfte* Deathwings Zerstörungswut endgültig ersticken konnten, aber er musste wenigstens gefangen werden. Doch es gab noch andere Angelegenheiten, denen sie sich zuerst widmen musste.

Die Drachenkönigin ließ ihren Blick über die Erde und den Himmel gleiten, bis sie den entdeckte, den sie gesucht hatte.

„Korialstrasz", flüsterte sie. „Du warst also doch keiner von Yseras Träumen …"

Auf sich allein gestellt, hätten die Zwerge vielleicht ein anderes Schicksal erlitten. Sicherlich hätten sie eine Weile durchgehalten, aber die Orks waren nicht nur zahlenmäßig überlegen, sondern auch in einem besseren Zustand. Die Jahre des unterirdischen Lebens hatte Roms Männer in mancher Weise abgehärtet, in anderer jedoch geschwächt.

Deshalb war es gut, dass sie Verstärkung von einem Kriegszauberer, einer erfahrenen Elfen-Waldläuferin und einem ihrer wahnsinnigen Cousins auf einem Greifen mit messerscharfen Krallen und tückischem Schnabel bekommen hatten. Denn nach der Zerstörung der *Dämonenseele* hatte sich dieses Helfer-Trio zu den Hügelzwergen gesellt und die Wende in der Schlacht herbeigeführt.

Natürlich hatte auch der rote Drache das Seine beigetragen, indem er immer wieder über die Orks hergefallen war, wenn diese versuchten, Ordnung in ihre Reihen zu bringen.

Die Überreste von Grim Batols Ork-Streitkräften ergaben sich schließlich. Geschlagen knieten sie vor ihren Gegnern nieder und erwarteten den Tod. Rom, der den Arm in einer Schlinge trug, hätte ihnen das sicherlich gewährt, denn viele aus seinem Volk – unter anderem auch Gimmel – waren gefallen. Allerdings fügte sich der Anführer der Zwerge den Wünschen eines anderen – und wer ignorierte schon die Bitte eines Drachen?

„Sie werden nach Westen gebracht zu den Schiffen der Allianz, die sie in die vorbereiteten Enklaven bringen wird. Für heute ist genug gestorben worden, und im Norden Khaz Modans wird gewiss noch weiter gekämpft." Korialstrasz sah sehr müde aus. „Ich habe in den zurückliegenden Stunden mehr als genug Blut gesehen."

Als Rom versprach, sich an die Bitte des Leviathans zu halten, wandte dieser seine Aufmerksamkeit Rhonin zu.

„Ich werde niemandem die Wahrheit über Euch verraten, *Krasus*", flüsterte der junge Zauberer, ohne danach gefragt worden zu sein. „Ich glaube, ich verstehe, warum Ihr so gehandelt habt."

„Aber ich selbst werde mir meine Fehler nie vergeben. Ich hoffe nur, dass meine Königin Verständnis dafür aufbringt." Dem Reptil gelang ein fast menschlich wirkendes Schulterzucken. „Was meinen Platz bei den Kirin Tor angeht, wird es darüber wohl unterschiedliche Meinungen geben. Zum einen weiß ich selbst nicht, ob ich bleiben möchte, zum anderen wird die Wahrheit über die Ereignisse zumindest teilweise ans Licht kommen. Sie werden erkennen, dass ich dich nicht nur auf eine Aufklärungsmission geschickt habe."

„Und was geschieht jetzt?"

„Vieles, viel zu vieles. Die Horde hält noch immer Dun Algaz, aber das wird bald vorbei sein. Danach werden wir die Welt wieder aufbauen und hoffen, dass sie diese Chance nutzt." Er machte eine Pause. „Darüber hinaus gibt es einige politische Konstellationen, die sich nach den heutigen Geschehnissen ändern müssen." Korialstrasz betrachtete die kleinen Wesen vor sich mit spürbarem Unbehagen. „Und ich muss dir gestehen, dass mein Volk wohl mehr Schuld an den herrschenden Verhältnissen trägt als alle anderen."

Rhonin wäre gerne weiter auf dieses Thema eingegangen, aber er erkannte, dass Korialstrasz keine weiteren Fragen beantworten würde. Seit der Zauberer erfahren hatte, dass sich Korialstrasz und Deathwing als Menschen getarnt hatten, zweifelte er nicht mehr daran, dass das uralte Volk sich nicht nur in die Geschicke der Menschen, sondern auch in die der Elfen und anderer Völker eingemischt hatte.

„Du hast dich sehr gut verhalten, Rhonin", sagte der Drache. „Du warst schon immer ein ausgezeichneter Schüler."

Die Unterhaltung fand ihr abruptes Ende, als ein riesiger Schatten über die Gruppe hinwegglitt. Für einen Augenblick befürchtete der Magier, Deathwing sei seinen Verfolgern entkommen und wolle sich nun an denen rächen, die seinen Niedergang verschuldet hatten.

Aber der Drache, der über ihnen schwebte, war nicht schwarz, sondern rot wie Korialstrasz.

„Der Dunkle flieht! Seine Bösartigkeit wurde vielleicht nicht ausgelöscht, aber doch erst einmal eingegrenzt!"

Korialstrasz schaute auf. In seiner Stimme lag Sehnsucht. „Meine Königin ..."

„Ich hatte geglaubt, du seiest tot", sagte Alexstrasza zu ihrem Begleiter. „Ich trauerte eine lange Zeit um dich."

Seine Schuldgefühle waren offensichtlich. „Ich musste mich verstecken, meine Königin, damit ich weiterhin versuchen konnte, dich zu befreien. Ich entschuldige mich nicht nur für den Schmerz, den ich damit bei dir auslöste, sondern auch für die Hinterlist, die ich bewies, als ich diese Sterblichen manipulierte. Ich weiß, dass du ihr Volk magst ..."

Sie nickte. „Wenn sie dir vergeben, werde ich es auch." Ihr Schwanz fiel nach unten und verband sich für einen Moment mit dem seinen. „Die anderen verfolgen den dunklen Herrscher noch immer, aber bevor ich ihnen bei der Jagd helfe, müssen wir meine Brut sichern und unser Heim neu aufbauen. Das halte ich für äußerst wichtig."

„Ich bin dein Diener", sagte er und neigte seinen massigen Kopf. „Jetzt und in alle Ewigkeit, meine geliebte Königin!"

Die Drachenkönigin sah den Zauberer und seine Freunde an. „Für eure Opfer können wir euch zumindest einen Flug nach Hause anbieten, vorausgesetzt, ihr könnt euch noch ein wenig gedulden."

Auch wenn Falstads Greif sie unter Mühen bis nach Hause hätte bringen können, stimmte Rhonin doch dankbar zu. Er mochte die beiden Drachen, trotz Korialstraszs einstiger Hinterlist. In seiner Lage hätte der Zauberer vielleicht nicht anders gehandelt.

„Die Hügelzwerge werden euch Essen und Unterkunft geben. Wir werden morgen zu euch zurückkehren, sobald die Eier gefunden und sicher verstaut sind." Ein bitteres Lächeln legte sich auf die Züge der Königin. „Zum Glück sind die Eier sehr widerstandsfähig, sonst hätte Deathwing mir selbst in seiner Niederlage noch großes Leid zugefügt."

„Denk nicht mehr daran", sagte der Drache. „Komm. Je schneller wir fertig sind, desto besser."

„Ja ..." Alexstrasza neigte den Kopf vor den Dreien. „Mensch Rhonin, Elfe und Zwerg, ich danke euch allen für eure Hilfe. Ihr sollt wissen, dass mein Volk, so lange ich Königin bin, sich nie mehr gegen eure Völker stellen wird!"

Und mit diesen Worten erhoben sich beide Drachen in die Luft und schlugen die Richtung ein, die Deathwing mit den ersten Eiern genommen hatte. Die Eier, die auf den Wagen zurückgeblieben waren, wurden von den Hügelzwergen beschützt, die die Bergfestung und ganz Grim Batol endlich wieder ihr eigen nennen durften.

„Sie sind ein wunderbarer Anblick", sagte Falstad, als die

Drachen verschwanden. Er wandte sich an seine Begleiter. „Meine Elfendame, Ihr werdet immer einen Platz in meinen Träumen haben!" Er ergriff die Hand der verwirrten Elfe, schüttelte sie und sagte zu Rhonin: „Zauberer, ich hatte nie viel mit deiner Art zu tun, aber ich sage hier und jetzt, dass zumindest einer von ihnen das Herz eines Kriegers besitzt. Ich habe daheim eine große Geschichte zu erzählen: *Die Eroberung von Grim Batol*. Wundere dich nicht, wenn eines Tages Zwerge diese Geschichte in Tavernen zum Besten geben …"

„Verlässt du uns?", fragte Rhonin völlig überrascht. Sie hatten die Schlacht gerade erst gewonnen, und er selbst versuchte immer noch, überhaupt wieder zu Atem zu kommen.

„Du solltest wenigstens noch bis morgen warten", bekräftigte auch Vereesa.

Der Zwerg hob die Schultern, als wolle er andeuten, dass er gern geblieben wäre, wenn er denn eine Wahl gehabt hätte. „Es tut mir Leid, aber diese Nachrichten müssen so rasch wie möglich die Aerie erreichen. So schnell die Drachen auch sein mögen, ich werde vor ihnen in Lordaeron sein. Es ist meine Pflicht, und ich möchte ein paar Leuten zeigen, dass ich noch am Leben bin."

Rhonin ergriff dankbar Falstads kräftige Hand und war froh, sie nicht mit seiner verletzten Hand schütteln zu müssen, denn der Zwerg hatte einen eisernen Griff. „Danke für alles."

„Nein, Mensch, ich danke dir. Ich bezweifle, dass es einen Reiter gibt, der ein glorreicheres Lied als ich singen kann. Das wird die Frauen aufhorchen lassen, glaub mir das ruhig!"

Vereesa reagierte überraschend für eine sonst so reservierte Elfe. Sie beugte sich vor und küsste den Zwerg leicht auf die Wange. Falstad errötete unter seinem dichten Bart.

„Gebt auch Euch Acht", sagte sie zu dem Reiter.

„Das werde ich." Er sprang gekonnt in den Sattel seines Greifen. Ein letztes Winken, dann berührte Falstad die Seiten des Tiers leicht mit seinen Fersen. „Vielleicht sehen wir uns wieder, sobald der Krieg wirklich vorbei ist …"

Der Greif erhob sich in den Himmel und kreiste einmal über ihnen, sodass Falstad sich ein letztes Mal verabschieden konnte. Dann wandte sich das Tier nach Westen, und der kleinwüchsige Krieger verschwand mit ihm in der Ferne.

Rhonin winkte der kleiner werdenden Gestalt nach und erinnerte sich mit einigen Schuldgefühlen der Vorurteile, die er gegen den Zwerg gehegt hatte. Falstad hatte sie endgültig widerlegt.

Zärtliche Finger nahmen seine verletzte Hand und hoben sie hoch.

„Darum hätte sich schon längst jemand kümmern müssen", mahnte ihn Vereesa. „Ich habe geschworen für deine Sicherheit zu sorgen, und das hier würde kein gutes Licht auf mich werfen …"

Sie duzte ihn zum ersten Mal.

„Endete dein Schwur denn nicht", ging er darauf ein, „als wir die Küste von Khaz Modan erreichten?"

„Vielleicht, aber es scheint so, als müsste dich jemand zu jeder Stunde eines Tages vor dir selbst schützen. Was wirst du dir wohl als nächstes zufügen?" Auch die Elfe erlaubte sich ein leichtes Lächeln.

Rhonin ließ zu, dass sie sich um seinen gebrochenen Finger kümmerte und fragte sich, wie er den Kontakt zu Vereesa halten sollte, nachdem die Drachen sie nach Lordaeron zurückgebracht hatten. Sicherlich war es für ihre Auftraggeber besser, wenn sie ihnen die Ereignisse gemeinsam schilderten, sodass sie nachprüfbar waren. Er würde es Vereesa vorschlagen, um zu sehen, wie sie darauf reagierte.

Seltsam, machte er sich bewusst, *wie schnell ich die Sehnsucht nach dem Tod, die ich anfangs gespürt habe, abgelegt und begonnen habe, das Leben wieder zu genießen – und das obwohl ich beinahe zerquetscht, aufgespießt, geköpft oder verschlungen wurde.*

Er würde die Ereignisse auf seiner vorherigen Mission stets bedauern, fühlte sich aber nicht mehr von ihnen verfolgt.

„So", sagte Vereesa. „Lass es so, bis ich dir Besseres zu bieten habe. Dann sollte es bald verheilt sein."

Sie hatte etwas Stoff von ihrem Umhang abgerissen und aus dem Holz einer zerbrochenen Streitaxt eine Schiene angefertigt. Rhonin betrachtete ihre gelungene Arbeit.

Er ließ unerwähnt, dass er nach einer Ruhepause in der Lage gewesen wäre, die Hand selbst zu heilen. Schließlich hatte sie ihm so gerne helfen wollen ...

„Danke."

Er hoffte, dass sich die Drachen Zeit lassen würden. Nun, da die Orks besiegt waren, hatte es Rhonin nicht sonderlich eilig, nach Hause zurückzukehren.

Als die Nachricht über den Fall von Grim Batol und den Verlust der Drachen für die schrumpfende Horde die Allianz erreichte, feierte das Volk auf den Straßen. Jetzt musste der Krieg doch endlich vorbei sein und der Friede vor der Tür stehen ...

Alle großen Königreiche bestanden darauf, die Worte des Zauberers und der Elfe aus deren eigenen Mündern zu hören und sie befragten die beiden langwierig zu alledem. Eine Nachricht, die sie von einem der Greifenreiter aus den Aeries erreichte, dem gefeierten Helden Falstad, bestätigte deren Geschichte.

Während Rhonin und Vereesa ihre Reise durch die Königreiche fortsetzten und sich dabei näher kamen, legte derjenige, der sich einst als der Zauberer Krasus getarnt hatte, in der *Halle der Lüfte* seinen eigenen Bericht vor. Anfangs wurde er von den anderen feindlich aufgenommen, vor allem von denen, die wussten, dass er sie alle belogen hatte. Allerdings konnte niemand das Resultat anfechten, und Zauberer waren sehr pragmatisch, wenn es um Ergebnisse ging.

Drenden schüttelte seinen in den Schatten liegenden Kopf und sah den gesichtslosen Magier an. „Ihr hättet beinahe alles vernichtet, was wir aufgebaut haben!", rief er. Der Sturm, der plötzlich durch die Kammer fegte, unterstrich seine Worte. „Alles!"

„Jetzt verstehe ich das. Wenn Ihr es wünscht, werde ich meinen Rücktritt aus dem Rat erklären und selbst das Exil akzeptieren."

„Einige hielten mehr als nur das Exil für angebracht", kommentierte Modera. „Viel mehr ..."

„Aber wir haben darüber beraten und entschieden, dass der Erfolg des jungen Rhonin Dalaran nur Gutes eingebracht hat, sogar von unseren Verbündeten, die sich kurz über die mangelnde Information, diese unmögliche Mission betreffend, beschwerten. Besonders die Elfen sind zufrieden, weil eine der ihren beteiligt war." Drenden hob die Schultern. „Es gibt wohl keinen Grund, noch weiter über dieses Thema zu sprechen. Krasus, Ihr seid hiermit offiziell verwarnt, doch persönlich gratuliere ich Euch!"

„Drenden!", fauchte Modera.

„Wir sind hier unter uns. Ich kann sagen, was mir gefällt." Er knetete seine Finger. „Nun, wenn sonst niemand einen Beitrag leisten möchte, würde ich gerne über einen gewissen Lord Prestor sprechen, dem angeblich gewählten Monarchen von Alterac, der wie vom Erdboden verschwunden zu sein scheint."

„Das Schloss steht leer, die Diener sind geflohen", fügte Modera hinzu, der sich immer noch über das Verhalten seines Kollegen in Bezug auf Krasus ärgerte.

Ein dicklicher anderer Zauberer erhob die Stimme: „Die Zauber, die das Gebäude umgaben, sind ebenfalls vergangen.

Und es gibt Anzeichen dafür, dass Goblins für den geflohenen Magier gearbeitet haben."

Der gesamte Rat sah Korialstrasz an.

Er spreizte die Hände ab, als wäre er so überrascht wie die anderen. „Lord Prestor" hatte sich anscheinend auf dem Weg ganz nach oben befunden. Warum hatte er, wollten die anderen wissen, all dies aufgegeben? „Es ist mir ebenso ein Rätsel wie euch. Aber vielleicht hat er einfach nur eingesehen, dass er unserer vereinten Kraft auf Dauer nicht widerstehen könnte. Davon muss man fast ausgehen, denn nichts anderes würde erklären, wie er so viel aufgeben konnte …"

Diese Aussage gefiel den anderen Zauberern. Wie die meisten Wesen, die Korialstrasz kannte, waren sie anfällig für Schmeicheleien.

„Sein Einfluss weicht bereits", fuhr er fort. „Wie Ihr alle sicherlich wisst, hat Genn Greymane bereits Protest gegen Prestors Thronfolge eingelegt, und Lordadmiral Proudmoore unterstützt ihn darin. König Terenas hat sogar bekannt gegeben, dass Nachforschungen über die Herkunft des angeblichen Adligen viele Ungereimtheiten ergeben hätten. Die Gerüchte über Prestors bevorstehende Eheschließung sind verstummt."

„*Ihr* habt diese Nachforschungen über seine Herkunft angestellt", kommentierte Modera.

„Ich habe Seiner Majestät vielleicht einige Informationen zugespielt … ja."

Drenden nickte zufrieden. „Rhonins Mission hat unseren Wert in Terenas' Augen und denen der anderen erhöht, und wir werden dies zu nutzen wissen. In weniger als zwei Wochen wird Lord Prestor nirgends in der gesamten Allianz mehr willkommen sein."

Korialstrasz hob warnend eine Hand. „Wir sollten subtiler vorgehen. Wir haben genügend Zeit. Schon bald werden sie vergessen haben, dass es ihn je gegeben hat."

„Vielleicht habt Ihr Recht." Der bärtige Magier sah die anderen an, die zustimmend nickten. „Einstimmig angenommen und beschlossen! Sehr schön." Er hob die Hand, um die Versammlung aufzulösen. „Wenn das dann soweit alles ..."

„Eigentlich nicht", unterbrach ihn der Drachenmagier. Die Wolke eines vergehenden Sturms trieb durch ihn hindurch.

„Worum geht es noch?"

„Obwohl Ihr mir mein fragwürdiges Handeln vergeben habt, muss ich mich doch für geraume Zeit aus den Aktivitäten des Rats zurückziehen."

Sie waren überrascht. Er hatte noch nie eine Ratssitzung verpasst, geschweige denn sich aus dem Rat zurückgezogen.

„Wie lange?", fragte Modera.

„Ich weiß es nicht. Sie und ich waren so lange getrennt, dass es Zeit braucht, bis wir uns wiedergefunden haben."

Trotz des Schattenzaubers glaubte Korialstrasz Drenden blinzeln zu sehen. „Ihr habt eine ... *Frau*?"

„Ja. Vergebt mir, wenn ich nie über sie sprach. Wie ich bereits sagte, wir waren lange Zeit getrennt." Er lächelte, obwohl sie das nicht sehen konnten. „Aber jetzt ist sie zu mir zurückgekehrt."

Die andern tauschten Blicke aus. Schließlich antwortete Drenden: „Dann wollen wir Euch natürlich nicht im Wege stehen. Ihr habt das Recht, dies zu tun ..."

Er verneigte sich und hoffte, eines Tages zurückkehren zu können, denn dies hier war zu einem Teil seines Jahrhunderte währenden Lebens geworden. Allerdings verblasste es neben der Aussicht, mit Alexstrasza zusammensein zu dürfen. „Ich danke Euch und hoffe natürlich auch weiterhin auf dem Laufenden über alle wichtigen Angelegenheiten zu bleiben."

Er hob seine Hand zum Abschied, während sein Zauberspruch ihn von der *Halle der Lüfte* wegführte. Korialstraszs letzte Worte entsprachen mehr der Wahrheit, als es die anderen

Zauberer vielleicht ahnten. Als einer der Kirin Tor, selbst wenn er dem Rat fern sein würde, plante er tatsächlich, die politischen Manöver genau zu verfolgen. Trotz „Lord Prestors" Verschwinden gab es noch immer gefährliche Zwistigkeiten zwischen den Königreichen, wobei Alterac, wie stets, einen besonderen Platz einnahm. Seine Pflichten gegenüber Dalaran verlangten, dass Korialstrasz den Überblick bewahrte.

Was seine Königin und sein uraltes Volk anging – er und andere, die waren wie er, würden weiterhin beobachten, beobachten und Einfluss nehmen, falls es nötig war. Alexstrasza glaubte an diese jungen Völker, sogar noch stärker nach dem, was Rhonin und die anderen geschafft hatten, und gerade deshalb wollte Korialstrasz alles tun, um diesen Glauben zu untermauern. Das schuldete er ihr und denen, die ihm bei seiner Mission geholfen hatten.

Seit seiner verzweifelten Flucht hatte niemand mehr Deathwing zu Gesicht bekommen. Die anderen hielten ununterbrochen Wache, deshalb war es unwahrscheinlich, dass er in nächster Zeit für Probleme sorgen würde. Vielleicht war seine Zerstörungswut sogar völlig gebannt worden. Und eigentlich hatten die anderen erst wegen ihm ihr Interesse am Leben und an der Zukunft wiedergefunden.

Die Zeit der Drachen war in der Tat vorbei, aber das bedeutete nicht, dass sie nicht weiterhin Einfluss auf die Geschicke der Welt nahmen – auch wenn das niemand je bemerken würde.

ENDE

ÜBER DEN AUTOR

Richard A. Knaak ist der Verfasser von mehr als zwanzig Fantasy-Romanen und mehr als einem Dutzend Kurzgeschichten. Unter anderem schrieb er den *New York Times* Bestseller THE LEGEND OF HUMA für die *Dragonlance*-Reihe. Abgesehen von seiner tatkräftigen Mitarbeit bei *Dragonlance*, ist er für seine populäre *Dragonrealm*-Reihe bekannt. Zu seinen anderen Werken zählen Fantasy-Romane wie FROSTWING und KING OF THE GREY. Neben DER TAG DES DRACHEN für die *Warcraft*-Reihe, hat er auch zwei Romane verfasst, die auf *Diablo* beruhen, z. B. LEGACY OF BLOOD. Darüber hinaus arbeitet er an einer Trilogie für *Dragonlance*.

EINFACH FANTASTISCH

Neue Romane zu Videogame-Hits

DIABLO

DIABLO Band 1:
Das Vermächtnis des Blutes
ISBN 3-89748-703-9
erhältlich ab 5. April

WARCRAFT Band 1:
Der Tag des Drachen
ISBN 3-89748-700-4
erhältlich ab 26. Februar

WARCRAFT Band 2:
ISBN 3-89748-701-2
Erhältlich ab 25. Juli

DIABLO Band 2:
ISBN 3-89748-704-7
Erhältlich ab 24. Sept.

**Die Welt der Dark Fantasy!
Im Buchhandel.**

BLIZZARD ENTERTAINMENT   Dino

Horror-Romane zum Videogame-Bestseller
RESIDENT EVIL

RESIDENT EVIL Bd. 1
Die Umbrella
Verschwörung
288 Seiten, € 8,95 (D)
ISBN 3-89748-617-2

RESIDENT EVIL Bd. 2
Caliban Cove –
die Todeszone
256 Seiten, € 8,95 (D)
ISBN 3-89748-618-0

RESIDENT EVIL Bd. 3
Stadt der
Verdammten
352 Seiten, € 9,95 (D)
ISBN 3-89748-669-5

RESIDENT EVIL Bd. 4
Das Tor zur
Unterwelt
288 Seiten, € 9,95 (D)
ISBN 3-89748-692-X

TRITT EIN IN DIE WELT DES SURVIVAL-HORRORS!

RESIDENT EVIL Band 5: NEMESIS ab Juni 2003 erhältlich.

Dino
www.dinocomics.de

Resident Evil is © CAPCOM CO., LTD. © CAPCOM U.S.A., INC. 2003. All Rights Reserved.

FINAL FANTASY IX

TETRA MASTER CARD GAME

Mit exklusivem, noch nie gesehenem Artwork!

Das hoch strategische, virtuelle Spiel wird Realität!

Wer Final Fantasy® kennt, kennt auch **Tetra Master™**! Unter den Bewohnern der Final Fantasy®Welt hat sich dieses Kartenspiel zum absoluten Dauerbrenner entwickelt.

Bisher konnten Final Fantasy®Fans das spannende „Spiel im Spiel" nur **virtuell zocken**. Das ändert sich jetzt! Mit **Final Fantasy®IX Tetra Master™** von Dino wird das virtuelle Lieblingskartenspiel der Final Fantasianer zur Realität. Spannend wie in Final Fantasy®selbst doch jetzt nicht mehr allein auf PC oder Konsole beschränkt!

Weltpremiere! Exklusiv in den USA und in Japan für Dino entwickelt!

Box mit Regelbuch, Spielplan, Chips und 120 Karten für nur
€ 12,95 UVP

SQUARESOFT

©2000, 2001 Square Co., Ltd.

Im Comic- und Spielwarenhandel oder unter www.dinocomics.de